骨を引き上げろ

ジェスミン・ウォード
石川由美子訳

作品社

骨を引き上げろ

目次

わが弟、ジョシュア・アダム・デドーへ
彼は導き、わたしは従う。

わたしのほかに神はない。
わたしは殺し、また生かし、傷つけ、またいやす。
わたしの手から救い出しうるものはない。

——『申命記』三十二章三十九節より

私は小さき者であるが、ゆえに多くを知り、
無限の目となった身体を通して、
不幸にも、私はすべてを見る。

——グロリア・フエルテス『いま』より

おれたちは寝転がって星を見上げ
大きくなったら何になるか話していた
何になりたい？　おれが訊くと、彼女は言った。「生きていたい」

——アウトキャスト、アルバム『アクエミナイ』
「ダ・アート・オブ・ストーリーテリン（Part 1）」より

一日目　裸電球の下での出産

チャイナは自分で自分を攻撃している。状況を知らなければ、自分の足を食べようとしているのかと思うところだ。頭がおかしくなったのかと。まあ、ある意味そうなのだけれど。スキータ以外の人間には手も触れさせない。ピットブルらしい頭の大きな子犬だったころには、よく家じゅうの靴を盗んでいた。黒ならくたびれるまで履いても汚れが目立たないからと、母さんが買ってきた家族全員分の黒いテニスシューズ。その中で母さんの忘れ去られたサンダル、赤い土が中まで染みて薄いピンク色になったかかとの薄いサンダルだけが、違って見えた。チャイナはそれを家具の下やトイレの裏にこっそり積み上げ、その上で眠った。成長して走れるようになり、階段を自力でよたよた下りられるようになると、こんどは靴を外へ持ち出し、庭の低い方にある浅い溝まで運んでいった。わたしたちが靴を取り上げようとすると、松の木のように頑（かたく）なにふんばった。そしていま、かつて奪ったチャイナが与えようとしている。かつて盗んだチャイナが授けようとしている。チャイナが子犬を産む。

　チャイナのお産は、母さんが末っ子のジュニアを産んだときとはずいぶん違う。母さんはジュニアを自宅で産んだ。わたしたち全員をこの家で、母さんの父親が森を切り開いて暮らしを築いたこの土地、わたしたちがいま〈穴（ピット）〉と呼んでいるこの場所で産んだ。唯一の娘であるわたしは当時まだ八歳の末っ子で、なんの役にも立たなかった。でも父さんいわく、母さんは誰の助けもいらないと言ったという。ランドールもスキータもわたしもあっというまに生まれてきたし、三人とも自分のベッドで、熱い裸電球の下で産んだので、ジュニアも同じようにいくと思っていた、と。けれどもそうはいかなかった。最後の方では、母さんはベッドの上にしゃがみこんで叫んでいた。出てきたジュニアはアジサイみたいに全身が青と紫だった。母さんが産み落とした最後の花。そして父さんがジュニアを差し出すと、母さんもそんなふうに、花に触れるみたいに、ジュニアに触れた。花粉を落とすまいと、花を損ねるまいとするように、指先でそっと。病院へは行きたくないと母さんは言った。それを父さんがベッドから引きはがし、血の痕（あと）を点々と残しながらピックアップトラックへ運んで、それが、わたしたちが母さんを見た最後になった。

　チャイナのお産は闘いだ。まさに闘犬（ピットブル）。よその犬と闘い、自分のお腹から出てこようとするまだ目の見えない濡れた子犬たちと闘う。チャイナは汗をかき、わたしの兄弟たちは暗がりの中でぼうっと光り、物置小屋の窓から見える父さんの顔は、日差しを受けてきらめく水中の魚のように輝いている。静かだ。空気が重い。雨が降りそうで降らないときの、あの感覚。星はなく、〈ピット〉の裸電球だけが煌々（こうこう）と燃えている。

「入口に立つなよ。チャイナがいらつくだろ」スキータは父さんに生き写しだ。肌の色が黒く、背が低くて、やせて引きしまっている。筋肉がロープのように浮き出して、でこぼこしている。スキータは十六歳で兄弟の上から二番目、でもチャイナにとっては一番目だ。チャイナの目にはスキータしか映らない。

「べつにこっちのことは見てないじゃん」とランドール。長男で、十七歳。身長は父さんより高いけれど、肌の黒さは同じくらい。肩幅が狭く、目が大きくて、いまにも顔から飛び出しそう。学校では冴えないやつと思われているけれど、ひとたびバスケットコートに立てばウサギのように敏捷で、長い脚を使って優雅にジャンプする。父さんがウサギを狩るときには、わたしはいつもウサギの味方だ。

「落ち着かねえだろ」スキータがチャイナの毛に両手を滑らせ、耳を近づけてお腹の音を聞く。「リラックスしないといけないのに」

「その犬がリラックスなんかするかよ」ランドールは入口のそばに立ち、スキータがドアの代わりに釘で留めたシーツをめくっている。この一週間というもの、スキータは出産に備えてずっと物置小屋で寝泊まりしていた。わたしは毎晩小屋の明かりが消えてスキータが眠ったとわかるまで待ってから、勝手口をこっそり抜け出てここを訪れ、いまと同じ場所に立って、スキータのようすをうかがった。するとスキータはそのたびに、チャイナの背中に自分の胸を当てて眠っていた。指の爪が肉を包むように、チャイナに沿って身を丸めていた。

「ぼくにも見せてよ」ジュニアはランドールの脚にしがみついてのぞきこもうとするものの、おっかなびっくりで鼻までしか入れない。チャイナはたいていわたしたちのことは無視しているし、ジュニアもたいていチャイナのことは無視している。それでも七歳にもなれば、興味はしんしんだ。三か月前にジャーメインに住んでいる知り合いが来て雄のピットブルをチャイナとつがわせたときにも、ジュニアはドラム缶の上にしゃがみ、古いトラックの荷台を地面に埋めて鶏舎のワイヤーを張った急ごしらえの犬小屋を、じっと見下ろしていた。やがて二匹が重なると、ジュニアは顔に腕をまわして目を覆っていたくせに、家に入っていなさいとわたしがどなっても、その場を動こうとしなかった。テレビに熱中しているときとか、眠りに落ちるときによくやるように、腕をしゃぶりながら耳たぶをいじっていた。どうしてそんなことをするのか前に訊いたら、たんに〈水みたいな音がするから〉としか答えなかった。

スキータは恋人のことしか眼中にないという感じでチャイナに気をとられ、ジュニアのことは完全に無視している。実際のところ、チャイナはスキータの恋人だ。ランドールが黙って戸口に手をつっぱり、ジュニアが中に入るのを防ぐ。

「だめだからね、ジュニア」わたしも脚を突き出して、ジュニアが犬に近づかないよう、チャイナのお尻の下に溜まっている黄色い粘液に近づかないよう、ガードを補強する。

「見せてやれ」父さんが言う。「もう知ってもいい年だ」父さんは闇の中の声だ。片手にハンマーを持ち、もう片方の手に釘の束を握って、物置小屋のまわりを衛星のように回っている。チャイナは父さんを嫌っている。わたしが脚を戻しても、ランドールもジュニアも動かない。父さんがくるりと向きを変え、彗星のように闇の中に遠ざかる。金属を叩くハンマーの音が響いてくる。

「くそっ、チャイナが緊張するじゃないか」スキータが言う。

「お腹を押してあげたら？」とわたしは言ってみる。ときどき、母さんが死んだのはそのせいではなかったかと思う。母さんの姿が思い浮かぶ。あごを胸にぎゅっと押し当て、ジュニアを押し出そうといきむのに、ジュニアは絶対に外へ出るまいとして中の何かにしがみつき、けっきょくそれごと生まれてしまったのではないだろうか。

「だいじょうぶ、必要ない」

確かにチャイナには必要なさそうだ。チャイナの脇腹が波打つ。唸(うな)り声が漏れ、口が黒い線になる。目が赤い。ピンク色の粘液が滴る。全身に力がこもり、皮下に何百万個ものおはじきが浮き上がって、体の内と外が裏返りそうになる。開口部に紫がかった赤い電球が見える。チャイナが花開く。

飲み友達の誰かに今夜どうしているかと訊かれたら、父さんはハリケーン対策に追われていると答えるだろう。いまは夏だし、このあたりでは夏には毎年ハリケーンがやってきては去っていく。いずれも穏やかなメキシコ湾を渡って全長四十二キロのミシシッピの人工ビーチに到達し、古い夏の別荘とかつての奴隷船を改装したゲストハウスを襲撃し、湿地帯(バイユー)を駆け抜け、松の林を通り抜け、風力を失い雨を落として北の方で息絶える。とはいえ、近年ではこのあたりを直撃することはめったにない。

たいていは右に曲がってフロリダへ行くか、左に曲がってテキサスへ向かい、わたしたちのことは袖でかすめていくていどにすぎない。もう何年もごぶさたしているので、空き瓶にどれだけ水を溜めて、イワシと肉の缶詰をどれだけ補充して、桶に何杯水を溜めておけばいいかも忘れてしまった。けれども今朝、父さんのピックアップトラックからつけっぱなしのラジオの音が聞こえてきた。熱帯低気圧十号がメキシコ湾で消滅したばかりだというのに、プエルトリコの近海で別の熱帯低気圧が発生しつつある、と気象予報士が話していた。

そんなわけで、今朝は父さんがわたしとジュニアの部屋の壁を叩いて起こしに来た。

「起きろ！　仕事は山ほどあるぞ！」

ジュニアは自分のベッドで寝返りを打って壁を向いた。わたしはいったん起き上がってそのまま起きるように見せかけてから、もういちど横になって眠った。二時間後に目を覚ましたときにも、ラジオはまだ鳴っていた。ジュニアのベッドはもぬけの殻で、床に毛布が落ちていた。

「ジュニア、残りのガラス瓶も拾ってこい」

「家の下にはもうないよ」

窓から外を見ると、父さんがビール缶で家の床下を指していた。ジュニアは短パンを引っぱり上げているところで、父さんがもういちど床下を示すと、しゃがんで床下に這っていった。わたしが小さいころには床下なんて怖くてたまらなかったのに、ジュニアはぜんぜん臆さない。家を支えている軽量ブロックのあいだに姿を消したきり、午後じゅうずっとそこで過ごし、チャイナをけしかけるぞとスキータに脅されて、ようやく出てくることもある。床下でいったい何をしているのか前に本人に訊いてみたら、たんに〈遊んでいる〉としか答えなかった。わたしの頭には、ジュニアが犬のように巣穴を掘って砂まじりの赤土の中に寝転がり、わたしたちの足が床板を滑ったり押しつけたりする音を聞いている姿が思い浮かんだ。

ジュニアはなかなかコントロールがよく、家の下からは瓶や缶がビリヤードの玉のように転がり出てきて、錆(さ)びた浴槽にぶつかって止まった。浴槽とは言っても父さんがくず鉄をスクラップしている廃品置場にあった牛用のもので、プール代わりに使えばいいと、去年ジュニアの誕生日に持ち帰った。

「シュート」ランドールの声がした。ゴールの下で椅子に座っていた。手製のバスケットゴールは、郡の公園から盗んできたリングを枯れた松の幹にねじこんだものだ。

「もう何年も来てないし、こっちには来ないだろう。おれが子どものころには毎年来たもんだけどな」マニーだった。彼に見られないよう、わたしは窓の端に寄った。マニーはバスケットボールを片方の手からもう片方の手に移していた。彼の姿を目にしたとたん、わたしの肋骨は繭(まゆ)のようにぱっくり割れ、心臓がみるみる羽を広げて飛び立った。

「年上ぶんなよ。たかだか二歳の違いだろ。おれだってそれぐらい覚えてる」跳ね返ったボールをランドールがキャッチして返した。

「たとえこの夏こっちに来るのがあったとしても、せいぜい枝が吹き飛ぶていどだね。ニュースなんか当てになんない」マニーの髪は黒い縮れ毛で、目は真っ黒、歯は真っ白、肌は切ったばかりの松の幹の中心の色だ。「ボア・ソバージュで誰かがパクられるたびに、いいかげんなことしか言わないし」

「それはジャーナリストだろ。気象予報士は〝科学者〟だ」とランドール。

「どっちもくそだね」わたしのいるところからだとマニーは赤くなったように見えたけれど、実際には、赤く見えたのはにきびと傷痕のせいだ。

「いや、こんどのは来るぞ」父さんはそう言って、ピックアップトラックの横腹で片手をふいた。

マニーは目をぐるりと回し、親指をぐいと父さんに向けた。そしてシュート。ランドールはボールをキャッチして、こんどはそのまま持っていた。

「まだ熱帯低気圧にもなってないんだろう?」ランドールが父さんに言った。「ジュニアにボウリングみたいなことさせてさ」

ランドールの言うとおりだった。ふだんなら父さんも水は水差しに何杯か溜めておくていどだ。父さんは缶詰しか料理できないので、うちでは缶詰の肉とウインナーソーセージは切らしたことがない。トップラーメンも毎日のように食べている。ゆでる場合はソーセージを足して汁を捨てればスパイシーなパスタになるし、そのまま食べればクラッカーに近い味がする。前回大型のハリケーンがこのあたりを直撃したときには、母さんもまだ生きていた。嵐のあとで、音のしなくなった冷凍庫に残っている肉がだめになるからと全部焼いたら、つながったままの辛いソーセージを何本も食べてスキータがお腹をこわした。ランドールとわたしはポークチョップの最後の一切れをめぐって争い、母さんがわたしたちを引き離すそばで、父さんは笑っていた。〈まったくこいつはたくましいな。言っただろう、ちびで、やせで、喧嘩っ早い——つくづくおまえにそっくりだ〉。

「だが今年は違う」と父さんは言って、ピックアップトラックの荷台に座った。一瞬、しらふに見えた。「ニュースの言うとおりだ。毎週新しいのが発生してる。こんなことは初めてだ」マニーがふたたびシュートを打ち、ランドールがボールを追った。

「骨がうずくんだよ。こっちへ向かってくるのが感覚でわかる」

わたしは髪をポニーテールにまとめた。髪はわたしの唯一のとりえだ。突然変異。白いドーベルマン、みたいな。らせん状のカールで、色は黒。濡れるとしんなりするけれど、乾くとほどけたロープのようにボリュームたっぷりになる。一種の先祖帰りだろうね、と母さんは言って、縛ることもなく好きに走り回らせてくれた。せっかくなので、わたしも楽しむことにしている。けれども鏡を見ると、ほかにこれといった魅力がないことは自分でもわかった。横に広がった鼻、黒い肌。体つきは、小柄でやせていた母さんの曲線部分を全部たたんで閉じた感じで、ごつごつして見えた。わたしはシャツを着替えて外の会話に耳をそばだてた。断熱材を張っていない薄い壁は板が継ぎ目で反り返り、わたしは外に出る前からマニーに見られているような気がしてならなかった。高校の国語の担任のデドー先生は、毎年夏に読書課題を出す。九学年の終わりにはフォークナーの『死の床に横たわりて』を読んで、わたしは〈少年はなぜ自分の母親のことを魚だと思ったのか？〉といういちばんの難問に答えてAをもらった。今年の夏、十学年の終わりには、エディス・ハミルトン編の『ギリシア神話』を読んでいる。おととい読み終えた「八つの短い愛の物語」という章では、英雄イアソンとアルゴー船の物語が展開する。メディアが宮殿を出て初めてイアソンを目にしたときも、こういう感じがしたのだろうか、と思った。体の中を強風が吹き抜け、激しく揺さぶられる感じ。赤土の庭に響きわたる虫の声、ボールの弾む音、ラジオから流れてくる父さんのブルーズ――すべてがわたしを外へと誘っていた。

　チャイナが前足に顔をうずめてしっぽの先を宙に突き出し、最初の子犬を押し出す最後のいきみに備える。三点倒立でも始めるみたいで思わず吹き出しそうになるけれど、もちろん笑ったりはしない。チャイナから血がにじみ、スキータが手を貸そうとしてさらに顔を近づける。チャイナが急に顔をもたげてぱっと目を開き、歯をむく。

「危ない！」ランドールが声をあげる。チャイナは不意を突かれて驚いたのだろう。スキータに軽く押さえられて、立ち上がる。わたしたちはカソリックとして育てられたのだけれど、いちど母さんに連れられて父さんのメソジスト教会に行ったことがある。チャイナの動きは、そのとき教会で目にした光景にそっくりだ。霊にとり憑かれているというか、スキータの声ではなく、聖なる声に突き動かされているみたい。どういう感覚なのだろう。巨大な手で体の中身をごっそり絞り出されるような感じだろうか。

「見えた！」ジュニアが甲高い声をあげる。

一匹目は大きい。チャイナを押し広げ、ピンク色の粘液に包まれてつるりと出てくる。スキータがそれを受け止め、あらかじめ細かく裂いてそばに用意してあった薄いタオルの山にのせる。そしてふいてやる。

「オレンジか、父親似だな。こいつは殺し屋になるぞ」

子犬はほぼオレンジ色だ。まさに赤土の色。それも畑に苗を植えるとか、石を取り除くとか、遺体を埋めるとかで、穴を掘ったときの赤土の色。ミシシッピの赤。父犬がそういう色だった。小柄で、一個の赤い筋肉の塊(かたまり)のようだった。闘いで怪我(けが)した部分の肉と皮膚が乾いて固まり、あちこちかさぶたになっていた。その犬とチャイナが交尾したときには、あごにも毛にも血がついて、愛し合うというより闘っているみたいだった。チャイナの皮膚が、風に吹かれた水面のようにさざなみ立つ。二匹目が脚から先に滑り出てきて、とちゅうで止まる。

「スキータ!」ジュニアが甲高い声を出す。ランドールの脚に抱きついて、片目と鼻を押しつけている。やけに黒く、小さく見えて、夜の暗がりの中では服の色もわからない。

スキータが子犬のお尻をつかみ、子犬の体がすっぽり隠れる。スキータが引っぱり、チャイナが唸って、子犬がするりと出てくる。雄だ。ピンク色。タオルの山にのせてふいてやると、白地にスイカの種をまいたような黒い斑点が散っている。小さな口の切れ目から舌が突き出て、アニメのキャラクターみたいだ。死んでいる。スキータがタオルを離すと、子犬はボウリングの硬いピンのように山から転がり、赤い子犬に軽くぶつかって止まる。ぶつかられた子犬は痙攣(けいれん)するように、まばたきするように、脚を細かく震わせている。

「だめだ、チャイナ」スキータがつぶやく。次の子犬が出てくる。こんどのは頭からゆっくりと滑り出てくる。ためらいがちな、孤独なダイバー。ランドールの友達のビッグ・ヘンリーも、いっしょに川へ泳ぎに行くと、いつもそんなふうにダイブする。ゆっくりと、慎重に、筋肉と脂肪の絡(から)み合った大きな体で水を傷つけまいとするように。それを見てほかのみんなは笑う。マニーはいつもいちばん大きな声で笑う。その歯は白く輝くナイフ、顔は赤味をおびたゴールドだ。スキータが両手をおわんの形にした中に、子犬が着地する。雌だ、白と茶色のパッチワーク。動いている。母犬と同じように頭をひょこひょこさせている。スキータがきれいにふいてやる。そしてまた、チャイナのうしろに膝をつく。チャイナが低く唸る。高く吠える。開く。

父さんのピックアップトラックが玄関の真正面に停まっていたにもかかわらず、ジュニアの投げた空き瓶がふくらはぎに命中したにもかかわらず、わたしの目は真っ先にマニーに向かった。彼は卵でも持つように、ボールを指先だけで持っていた。ボールの扱いがうまいやつはそうやって持つんだ、とランドールが言う持ち方。マニーなら石の上でもドリブルできるに違いない。町の公園のバスケットコートで、砂利混じりの隅の方でドリブルしているのを見たことがある。ランドールとふたりでドリブル対ディフェンス、ディフェンス対ドリブル、と繰り返していた。小石のせいでパドルボールのゴム玉のように脚のあいだで不規則に跳ね、思わぬ方向に大きくそれるにもかかわらず、どちらも必ずと言っていいほどみごとにボールを捕らえ、ドリブルを続けていた。貝殻や灰色の小石で切り傷をつくりながらダイブし、ボールが逃げる前に転びながら追いついていた。ボールを持つマニーの手つきはなんとも優しく、血統書つきのピットブルの子犬でも抱いているようで、わたしもそんなふうに触れられたいと思った。

「ハイ、マニー」喘息（ぜんそく）の発作のような甲高い声になった。首がほてって外の空気よりも熱くなった。マニーはわたしを見て軽くうなずき、人差し指の上でボールを回した。

「よう、元気？」

「ちょうどいい」父さんが言った。「おまえもジュニアを手伝って瓶の用意をしてくれ」

「床下に入るなんてもう無理だよ」わたしはもぐもぐと答えた。

「おまえは拾うんじゃなくて、洗う」父さんはのこぎりを、ずっと使っていないので茶色くなったのを、トラックの荷台から引き抜いた。「板はそのへんにあるだろう」

わたしは近くにあった瓶をふたつ拾って水道に向かった。栓をひねると、蛇口から熱湯のようなお湯が噴き出した。一方の瓶の内側に乾いた泥がこびりついていたので、瓶の口から水を入れた。縁までゴボゴボ上がってきたところで、瓶を振って泥を落とした。マニーとランドールは互いに口笛を鳴らしながらプレーを続けていて、そのうち残りの面子(めんつ)も集まった。ビッグ・ヘンリーとマルキス。意外にもみんなばらばらにやってきた。スキータと物置小屋にいたのでも、リズベスおばあちゃんの朽ちかけた家にいたのでもなかったらしい。ここはもともと母方の祖母の土地で、うちとその空き家以外に家はない。酔っ払ったりハイになったりして帰るのが面倒になると、みんな適当な場所を見つけて眠っていく。廃車のバックシートとか、父さんがジャーメインのガソリンスタンドで人から安く譲り受けたものの、私道に入ったところで動かなくなったRV車とか。わたしたちがまだ小さかったころに、父さんが母さんに言われて虫除けの網を張った正面のポーチとか。父さんもとくに気にするでもなく、そのうちむしろ、〈ピット〉に誰もいない方が違和感を覚えるようになった。空っぽの水槽、みたいな。水が干上がって魚もいないのに、前にビッグ・ヘンリーの家のリビングで見たような石と模造珊瑚(さんご)だけがごろごろしている感じ。

「よお」とマルキスが言った。

「おまえらどこに雲隠れしてたんだよ。〈ピット〉がもぬけの殻だったじゃん」ランドールが返した。

瓶の水がピンク色になってきた。わたしは水をパチャパチャいわせながら体を揺らし、マニーのことは見るまいとしていたのに、我慢できずにけっきょく見てしまった。彼は見ていなかった。マルキスと握手をしているところで、太くて武骨な指がマルキスの茶色い華奢(きゃしゃ)な手をすっぽり覆い隠していた。わたしはきれいになった瓶を下に置いて次の瓶を手に取り、また同じ作業に取りかかった。髪が首に覆いかぶさり、母さんの手編みの毛布のように暑かった。いまでも冬には重ねてかぶり、朝起きると汗をかいている。洗剤のボトルが足もとに落ちて、ふくらはぎに泥がはねた。

「全部きれいにな」父さんがハンマーを手に大股で通り過ぎた。洗剤のせいで手がぬるぬるした。泥が泡に覆われていった。ジュニアは瓶を探すのをやめてわたしのそばに座り、泡で遊び始めた。

「マニーが先に来たのは、シャリヤから逃げ出したかっただけだろ」マルキスがボールを奪い取った。身長はスキータよりも低いけれど、同じくらい敏捷で、そのままドリブルをして貧相なリングに向かった。ビッグ・ヘンリーが声をたてて笑い、マニーに向かってウインクした。マニーは表情を変えずに体だけで反応を返し、鶏のようにせわしなく筋肉を動かしてみせた。マニーがマルキスの前に立ちふさがってゴールを守ると、ランドールが踏み固められたコートの端に立って手を叩き、マニーがボールを奪ってパスするのを待った。それをビッグ・ヘンリーが肩で押してガードした。身長はランドールとほぼ同じだけれど、もっとはるかに幅があり、回転するコマのように優雅で軽やかだ。すでに全員が本気だった。

手の中の瓶がチャリン、と軽く握った小銭のような音をたてた。瓶が割れてガラスが砕け、手の中で滑った。わたしはそれを地面に落とした。

「どいて、ジュニア！」さっきまでピンク色だった手が赤くなっていた。とくに左手。「血だ」とっさに声が出たけれど、ささやいただけで、けっして大きな声ではない。マニーに振り向いてほしいとは思っても、めめしいと思われるのはいやだから。男と違って痛みを我慢できない哀れなやつとは思われたくない。ランドールがマニーのリバウンドをキャッチして、わたしの方へ歩いてきた。わたしは膝をついて蛇口の下に左手をかざしているところで、水が赤いリボンになって流れ落ち、足もとにぬかるみができていた。ランドールはボールをうしろにほうり投げた。傷は二十五セント玉ぐらいの大きさで、血は止めどなく流れ続けた。

「どれ」ランドールが傷のまわりを押さえ、血がどくどくとあふれ出た。胃が気持ち悪くなった。「血が止まるまでこうやって押さえているといい」ランドールはそう言って、さっきまで瓶の口を押さえていたわたしの親指を傷口に当てた。「ほら押さえて。おれの手は汚れてるから。痛みがなくなるまで」切り傷やすり傷をこしらえて母さんのところへ駆けていくたびに、同じことを言われた。アルコールで消毒してから傷口を押さえて息を吹きかけ、それが終わると、痛みはすでに消えていた。〈ほらね？　最初から怪我なんかなかったみたいでしょう？〉

マニーはそのあいだマルキスと猛スピードでボールをパスし合っていて、ドラムを連打するような音が響いていた。マニーがこっちを振り返り、ランドールが膝をついてわたしの方に屈みこんでいる姿を目に留めた。顔がいつにも増して赤く見えたけれど、すぐにまたいつものようにシュッと息を吐いたので、バスケに夢中なだけで、わたしを気にかけているわけではないのだと悟った。〈ほら押さえて……痛みがなくなるまで〉。胃がぐらりと傾いた。ランドールがもういちどだけぎゅっと押さえて立ち上がり、それと同時に、しばしのあいだ口もとに浮かんでいた母さんの面影も消えてなくなった。マニーがむこうを向いた。

次の子犬は黒と白の雄だ。白い毛が首をぐるりと巻いてうしろに流れ、肩を横切っている。それ以外は全身黒。スキータがきれいにふいてタオルの上に置いてやると、びくっとしてくんくん鳴く。くんくんとはいっても声は大きく、コオロギの声に負けていない。マルディグラのお祭りで踊る、いちばん声の大きなインディアンだ。白い羽飾りを頭にかぶってシャウトしながら、沈下都市ニューオーリンズの穴ぼこだらけの通りを踊り歩く。わたしはその子犬がほしくなる。なぜならわたしにこの髪を授けてくれたニューオーリンズのインディアンのように、呪文を唱え、歌いながら生まれてきたから。だけどスキータは譲ってくれないだろう。売ればそうとうなお金になるからだ。血筋もいい。ボア・ソバージュのピットブルのあいだでは、チャイナは相手の犬をつかんで離さず、臆病者にしてしまうことで知られている。なにしろ首の腱を引きちぎる。近くの町ジャーメインから来た父犬も、負けず劣らず獰猛(どうもう)だ。飼い主のリコはマニーのいとこで、その犬を闘わせてそうとう稼いでいるらしく、オイル交換の店で機械工としてパートタイムで働く以外は、ピックアップトラックに犬を乗せ、森の中で開催される非合法の闘犬試合を渡り歩いているという。

「全部黒ならよかったのに」とスキータが言う。

「わたしはいいと思うけど」スキータに、みんなに、物置小屋の中にどんどん増えてくる犬たちに言ったつもりが、チャイナの声にかき消されて誰の耳にも届かない。チャイナは甲高い声で吠えている。ウォルフ川で高い木に吊るされたロープから手を離すときに、わたしが出すような声。恐怖と興奮の入り混じった声。チャイナの切りつめた耳が丸まって前に倒れる。子犬が滑り出てくる。黄色に黒の筋が入っているように見えるけれど、スキータがふいてやると黒い部分が消えてなくなる。

「血って、夜だと黒く見えるんだな」ランドールが言う。

　子犬は真っ白だ。母犬のミニチュア版。ただし母犬は唸っているのに、子犬の方はうんともすんとも言わない。スキータが顔を近づける。ほかの子犬はあごを開いて脚をぴくぴくさせている。わたしたちはみんな汗だくで、夏の土砂降りを逃れてたったいま小屋に駆けこんできたみたいに濡れている。スキータは首を振っているけれど、汗なのか泣いているのかはわからない。スキータが目をしばたたく。人差し指で真っ白い頭を引っかくようになぞり、さらに胸からお腹へなぞる。子犬の口が開いてお腹がふくらむ。さすがはチャイナの娘。闘士(ファイター)だ。子犬が息をする。

　わたしは手にぼろ布を巻いて残りのガラス瓶をすべて洗い、キッチンの壁に沿って並べた。ジュニアはアルマジロを仕留めてくると宣言して、周囲の森の中へ駆けていった。バスケットは終了し、ビッグ・ヘンリーは蛇口から水を飲んで頭を濡らし、犬のようにぶるぶるっと水を切ってわたしを笑わせ、それから十六歳の誕生日に母親に買ってもらった中古のカプリスを移動させて家のそばに停めた。ランドールとマニーは試合のことで口論していた。マルキスは樫(かし)の木陰で車のフードに寝転がり、葉巻を吸っていた。車のステレオはアンプとベースが壊れて六×九インチのスピーカーしか使えないので、音楽よりも話し声の方が大きかった。わたしは割れた瓶のかけらを拾い、半分欠けたごみバケツのふたにのせた。膝をついて、わたしを切ったガラスがないかと目を凝(こ)らした。それがすむと、うちの裏に広がる森を目指して歩きだした。目がマニーを探したがってこめかみがむずむずしたけれど、そのまま歩き続けた。

ここの土地はもともと母方の祖父母のリズベスおばあちゃんとジョゼフおじいちゃんのものだった。全部で約六万平方メートル。〈穴(ピット)〉と名づけたのはジョゼフおじいちゃんだ。おじいちゃんは仕事仲間の白人たちに、家の基礎部に使う粘土を掘らせてやっていた。土地の裏側、前に飼料用のトウモロコシを植えていた開けた場所に丘があるので、そこの斜面を削らせていた。ところが欲しがるままにあげていたら、いつのまにかうちの裏に乾いた池ほどの穴と崖ができていた。しかも丘を巻いて流れていた小川の筋が変わって穴に溜まり、本当の池になった。そこでおじいちゃんは、このままでは土地が水没するかもしれない、池が広がって地面を呑みこみ、ここが沼地と化してしまうかもしれないと思い、お金のために土を売るのをやめた。その後まもなく、おじいちゃんは口腔がんで亡くなった。というか、わたしたちが小さいころに、リズベスおばあちゃんがそう話していた。おばあちゃんはいつも大人を相手にするようにわたしたちに話し、大人を相手にするように罵(ののし)った。おばあちゃんはロザリオの祈りを唱えたあとで眠ったまま亡くなり、そのとき七十代で、その二年後に、リズベスおばあちゃんが産んだ八人の子どものうち唯一の生き残りだった母さんが、ジュニアを産んで亡くなった。

いまはわたしたちと父さんだけ、それにチャイナと鶏と、父さんに余裕があるときに豚が一匹いるだけなので、ジョゼフおじいちゃんが作物を育てていた周囲の畑には藪（やぶ）が広がり、ノコギリヤシが繁って、松の木がヘアブラシの剛毛のように伸びている。

ごみはいつも、ピット池のそばの浅い溝に捨てて燃やしている。周囲の木から松葉が舞いこみ、それが燃えるといい香りがする。そうでなければプラスチックの焦げるにおい。ガラスを溝に捨てると、黒い燃えかすの上で星のようにきらきら光った。池の水位は低かった。もう何週間もまともに雨が降っていない。必要な雨は、疲れてお腹を空かせた子どものように、メキシコ湾の沖合いで発達中の嵐に抱かれている。夏に充分な雨が降れば、池には縁まで水が溜まってそこで泳げる。ふだんピンク色の水は、茶色っぽい濃い赤になっていた。かさぶたの色。戻るつもりで回れ右をすると、金色が目に飛びこんできた。マニーだった。

「干上がってるな」マニーはわたしのそばまで来て立ち止まった。腕を伸ばせば届く距離。なんなら爪を這わせることも。「これじゃあちょっと泳げない」

わたしはうなずいた。いざ話しかけられると、何を言えばいいのかわからなかった。

「まあ、おまえのおやじの言うとおりだとすれば、じきに泳げるようになるだろうけど」

ごみバケツのふたで足の横を叩いたら、土が粉のように舞い落ちた。土がこびりついていることを忘れていた。黙っていようと思ったのに、どうしても気になり、けっきょく声に出して尋ねた。

「どうして庭の方にいないの？」

わたしは彼の足もとに視線を落とした。もとは白かったジョーダンが、オレンジシャーベットの色になっていた。

「なんでみんなといないのかって？」

「うん」見上げると、マニーの顔は汗をかき、ニスを塗ったように光っていた。気がつくとわたしの唇は開いていた。別のわたしなら、その汗を舌でぬぐっていただろう。きっとしょっぱかったに違いない。けれどもその娘は顔を近づけたりはしないし、笑みを浮かべて彼の首に唇を這わせたりもしない。その娘は黙って待つのみ。なぜなら神話の物語に登場する女たちとは違うから。彼女たちのことを読んでいると、わたしはページをめくる手が止まらない。男をたぶらかすニンフたち、残酷な女神たち、天変地異を引き起こす母親たち。神の心に愛の炎をともしたイオ。男をシカの姿に変えて犬をけしかけ、軟骨まで食いちぎらせたアルテミス。娘をさらわれ、時間を止めたデメテル。

「おれは、草は吸わないからな」マニーの片方の靴が地面を摺って、わたしの靴のそばに来た。「知ってのとおり、大麻はやめた」両足とも目の前にある、と思ったら、目の前に彼がそびえ、急に日差しが遮られた。「かわりに何をするかも、知ってのとおり」そう言ってマニーは、今日一日の中で初めて本当に、まっすぐに、わたしを見た。そして笑みを浮かべた。日に焼けた赤い顔にえくぼとにきびの痕が散り、事故の傷痕がきらきらと光っていた。十七歳のとき、彼は州の北の方で真夜中にいとことドライブをしながら飲んでハイになり、ハンドルを取られてシカにぶつかった。そして窓から投げ出され、小石とガラスの散るアスファルトに落下した際に、すりむいてやけどのような痕ができ、いくつもの骨を折った。彼はまさに太陽だった。

　マニーが最初に触れたのは、いつもと同様、お尻だった。それからショートパンツをつかんで引っぱり、下に落とした。続いて指でショーツを引っぱる際に彼の腕がわたしの腰を軽くかすめ、その部分が舌で触れられたみたいに熱くなった。キスはなし。いつものように、口ではなく、体でちょっと触れるだけ。下着が脚を滑り落ちた。彼はオレンジの皮でもむくように、わたしの服をむいていった。彼が求めているのはもうひとりのわたし。どろどろに熟れた体の内側。ねばねばした芯の部分。男の子みたいなわたしの体と黒い肌、のっぺりとした顔のむこうに男たちが見ているもの。その女の芯の部分を、マニーとこういうふうになる前は、自分が与えたいからではなく、欲しいと言われるので与えていた。そのしばしのあいだだけ、わたしはプシュケやエウリディケやダフネになれたから。愛されたから。だけどマニーは別。彼はあんなにすてきなのに、それでもわたしを選んでくれる。何度も、繰り返し。わたしの芯を求めてくる。だからわたしは、もうひとつの芯(ハート)も差し出した。松の木が〈リング・ア・ロージー〉のように輪になって回りだし、わたしは地面に身を横たえた。〈あっというまに終わるのだろう。わたしの髪に顔をうずめ、唸り声とともに果てるのだろう〉。そう思い、彼の腿の裏にかかとを強く押し当てた。知っているのはマニーだけではないけれど、いちばん知っているのはマニーとその体。いちばん愛しているのは彼。髪を枕に赤い土に横たわり、腰を使ってそれを伝えた。胸がうずいた。本当は体を倒してどこもかしこも触れてほしい。けれども彼が触れるのはわたしの腰だけ。チャイナが吠えた。ナイフのような鋭い声。わたしは古代ギリシアの女のように大胆だった。マニーは愛に夢中、マニーはわたしを愛していた。

チャイナが子犬をなめている。チャイナのこんなに優しい姿を見るのは初めてだ。子犬を産んだらチャイナがどうするると、わたしは思っていたのだろう。上に座って窒息させるとか。咬(か)みつくとか。子犬の頭を嚙み砕いてしまうとか。けれどもチャイナはそんなことはしない。スキータとふたり、誇らしげな両親のように子犬のこちらとあちらに立って、わが子をなめている。

「まだ終わりじゃないからな」父さんがピックアップトラックの荷台から声をかける。「後産が残ってる」そしてふたたび闇の中に姿を消し、わたしの洗った瓶が地面を転がってカラカラとあとを追う。

チャイナはまるでいまの言葉を聞いたかのように、隅の方にあとずさり、ブロックと車のモーターらしきものの隙間に入りこむ。声は出さず、歯をむくだけ。顔をしかめる。スキータは動かない。チャイナがひとりでやりたがっているので、スキータも手出しはしない。子犬をなめたせいで鼻のまわりが濡れ、黄色とピンク色に光っている。お尻の方でびちゃっと音がしたかと思うと、チャイナがすばやく向きを変え、いまも細い粘液の筋をたらしたまま、落ちたものを食べる。わたしは低く屈んで、スキータの脚のあいだからのぞきこむ。端の方は濃い紫、というより黒に近く、チャイナが首をひと振りすると、濡れて光ったぐちゃぐちゃのものは消えてなくなる。父さんが最後に飼っていた豚の内臓のようだった。屠ったあとでごっそり桶に入れ、もつ煮にするためにわたしたちに洗わせた、あれ。あまりのくささにランドールは吐いていた。

「犬って必ず後産を食うんだってな」とランドール。チャイナがスキータのそばを通りながら、小指をなめる。それはチャイナのキス、ついばむようなキスだ。そして、子犬がのった汚れたタオルの上に立つ。

「見てあれ」とわたしは言う。

たったいまチャイナが胎盤を落として食べたところで、何かが動いている。スキータが手と膝をついて這っていき、拾い上げる。

「できそこないだ」と言って、明かりの下に連れてくる。

まだらもよう。黒と茶色の筋がシマウマみたいに肋骨に沿って伸びている。サイズはほかの兄弟の半分ぐらい。スキータが手を丸めると、完全に隠れてしまう。「生きてる」と言って、スキータの顔が輝く。子犬がさらに増えて喜んでいる。できそこないでも、無事に育てばおそらく二百ドルにはなる。スキータが手を開き、花芯のように子犬が現れる。めしべの先みたいにじっとして動かない。スキータの口もとが下がり、眉も平らになる。「まあ、育たないな」

母犬になったというのに、チャイナは横になって乳を与えようとしない。大きな赤い子犬をなめたきり、あとのことは忘れている。スキータを通り越して、わたしたちを見ている。わたしたちが入口にいるので、気が立っているのだろう。スキータが首輪をつかんでなだめようとしても、頑として動かない。ジュニアがランドールの背中をよじ上る。立ち去る前にスキータをハグしようかとも思うけれど、チャイナが唸っているので、笑みを向けるだけにする。暗がりの中でスキータに見えるかどうかはわからないけれど。スキータはよくやったと思う。初めてのお産なのに、死産は一匹だけ。穴を掘って子犬たちを隠そうとでもするように、チャイナが土間を引っかく。廃品に埋もれた庭の廃墟で、父さんが何かの金属を叩いている。わたしたちはその場をあとにする。うしろでスキータがカーテンをぴったりと閉め直し、静かな澄んだ夜を外に締め出す。小屋が暗くなる。

三人で家に戻り、お風呂に入るようにわたしが言ってもジュニアは無視を決めこみ、ランドールが水を出してバスタブに連れていくまで体を洗おうとしない。ランドールは入口に立って見張っている。さもないとジュニアは体を洗うと言ってドアを閉め、バスタブの縁に座って水の中で足をばたばたさせるだけに決まっているからだ。ジュニアはお風呂が嫌いだ。わたしはいちばん最後に浴びる。水の栓しか回していないのに、ぬるい。八月は一年でいちばん暑さが深い。熱が地面の奥に達して井戸水が煮える。わたしがベッドに入るころには、ジュニアはすでに寝入っている。窓のボックス扇風機がブーンと鳴っている。仰向けになるとめまいがし、頭がくらくらして、吐き気がする。今日は一食しか食べていない。目の前にマニーが思い浮かぶ。彼の顔がわたしの顔をなめまわす。腰と腰が重なって、汗の熱を感じる。彼は体を使ってわたしを見ている。メディアを愛するイアソンのように、わたしを愛している。ジュニアが子どもらしいいびきをかくそばで、わたしはマニーの吐息を頭の中に感じながら、眠りに落ちる。

二日目　隠された卵

産後の朝は静かにしてやらないといけないのに。空気で音をもみ消してやらないといけないのに。けれどもここ〈ピット〉では、静けさは迷い犬のように訪れては去っていく。それらの迷い犬は、チャイナがうちに来て落ち着くまでは、父さんが銃で追い払っていた。父さんが豚を飼っていたころは、朝になると雌豚が、まとわりつく子豚にキイキイわめいていた。雌鶏（めんどり）たちは隠した卵を温めて雛を孵（かえ）し、羽ばたきながらコッコと鳴いて、わたしたちを叩き起こした。チャイナの子犬がこの世で初めて迎える朝も、違いはなかった。わたしはハンマーの音で目を覚ました。

家の外に出てみると、スキータはずいぶんこざっぱりしている。少なくともシャツは着替えたようだし、顔は磨いたように光っている。角材に釘を打って別の角材とつなげている。わたしはいまもパジャマ用のTシャツ姿で、時間もかなり早いので、今朝は涼しいと言ってもいいぐらいだ。

「何してるの？」

「犬小屋を作ってる」スキータが釘を叩く。「あとひと月半もすれば必要になるからな」

「ちょっと気が早すぎない？　いまから犬小屋なんて」わたしは目をこする。お腹が空いた。いまさら戻っても眠れないだろう。ハンマーを打つのをやめろと窓からどなって、頭から毛布をかぶればよかった。

「あいつらだって生きていくからには体もでかくなる。ずっと好きに走らせとくわけにはいかないからな。下手すると撃たれかねないし」スキータは椅子のかわりに座っている伏せたバケツを前に傾け、ズボンのポケットにハンマーを入れる。「見てみる？」

わたしはうなずく。

物置小屋に入ると、体をくねらせていたぬるぬるのボールたちは消えている。かわりにそこにいるのは、まっさらの綿毛で覆われたふわふわのボールだ。なんだかヒヨコみたい。目はいまもぴったり閉じて、うっすらとした黒い線は閉じた口のようだ。ただし口は開いている。ハアハア、フンフンいっていて、甲高い声でミュウミュウ鳴いているのは、吠えているつもりだろうか。ころころ転がって重なり合い、チャイナの脇腹にぶつかって止まる。チャイナがわたしを見る。スキータがカーテンを閉じる。

「まさか五匹も手に入るとはな。初産だし、せいぜい二匹ぐらいだろうと見こんでいたのに。こいつが踏みつぶすとか、死産だとか。まさかこんなに残してくれるとは」

スキータはわたしの真近に立ち、しばらく互いの肩が触れている。話すあいだもわたしの顔は見ない。じっと土間を見つめている。こういうことは、スキータはほかの誰にも話さない。チャイナにさえ。ときどきわたしだけに打ち明ける。わたしはいつも耳を傾ける。

「よくテレビなんかで出産に立ち会った父親が、奇跡だって言うだろ？　これまで豚やのら犬やウサギのを見ても、ぜんぜんそんなふうに感じたことはなかったけど。こいつらはまさに奇跡だ」

「何か食べる？」わたしの空腹は限界に達している。

チャイナが唸るように低く吠え、スキータがわたしの言ったことなど聞いていなかったかのように振り返る。

「いや」スキータがハンマーを握る。「先に枠を仕上げたい。それがすんだら、チャイナが子犬をちゃんと世話してるか確認して」額をかいて、肩をすぼめる。「まあ、ブリーダー的なことをいろいろと」話をしめくくるようにわたしの顔をちらりと見て、ふたたびハンマーを振るいだす。わたしは朝食を探しに出かける。

　卵の見つけ方は母さんに教わった。母さんのあとについて庭じゅうを歩き回った。ここは昔から片づいていたためしがない。母さんが生きていたころでさえ、エンジンを外されて空(から)になった車がフードの開いたままごろごろして、食いつくされたあとの動物の骨のように車体だけになった姿をさらしていた。そのころはまだ、雌鶏は十羽ほどしかいなかった。すべての卵が見つかるわけではないので、いまでは二十五羽とか三十羽ぐらいに増えている。雌鶏たちは卵を隠すのが本当にうまい。わたしはいったいどうやって母さんのあとを追ったのだろう。母さんの肌は枝を伸ばした樫のように黒かったし、明るい色の服も着ていなかった。爪のようなピンク色も、レンギョウのようなブルーも、バナナのような黄色も着ていなかった。もしかするとシャツもズボンも明るい色のを買ったのに、着ているうちに色褪せて、それでいつも黒やオリーブ色やナッツ色を着ているように見えたのかもしれない。だから上手に隠された巣から卵をこっそりいただこうとして母さんが身を屈めると、わたしにはほとんど見えなくて、母さんが動くと木が動いているように、風が木立のあいだを通り抜けていくように見えたのかもしれない。それでわたしは母さんを目で追うかわりに手で触り、ズボンやスカートを引っぱって、いっしょに樫の木のあいだを歩き回り、卵を探したのだった。卵探しは好きだ。ひとりでふらりと出かけて、何を見るでもなく、好きなだけゆっくり歩いていられる。父さんのこともジュニアのことも気にしない。風になった気分。静けさになった気分。前を歩く母さんが振り返ってにっこり笑うところ、あるいは口笛を吹いてわたしを急(せ)かすところ、鬱蒼(うっそう)とした影の中で白い歯がのぞくところを想像する。そうは言っても、これは仕事だ。気を引きしめて、食料探しに集中しなければ。

わたしにとって最初から難なくできたこと、それが泳ぐこととセックスすることだった。十二歳のとき。最初は父さんのダンプトラックの運転台で寝そべって。相手はひとつ年上のマルキス。スキータのいちばんの友達で、わたしを含め三人で仲がよかったので、夏には実質的にうちで暮らしているようなものだった。三人で裏の森を迷子になるまで駆け回り、ピット池で仰向けに浮かんで日々を過ごした。夏じゅうずっとオレンジ色の土埃（つちぼこり）を払い続け、まるまる一か月のお泊まり大会のあいだ、毎朝起きるとシーツが乾いた赤土のようにざらざらしていた。あるときマルキスとふたりでダンプトラックに身を潜め、スキータに見つかるのを待っていたら、マルキスが胸に触ってもいいかと訊いてきた。当時わたしの胸はふくらみかけていたものの、まだレモンパイのクリームの先端ぐらいの大きさで、真ん中に硬い粒がついているにすぎなかった。わたしが触らせてやると、マルキスはさらに、あそこを見せてくれないか、大きくなったら二度と見られないかもしれないから、とせがんできた。わたしは見せてやった。そうしたらマルキスが触ってきて、気持ちいい、と思ったらそうでもなくて、それからまた気持ちよくなった。やめてと言うより触らせておく方が楽だったし、押しのけて〈なんで？〉と訊かれるよりは、入れさせてやる方が楽だった。答えるよりは、黙ってさせておく方が楽だった。スキータに見つかったのは、ことがすんだあとだった。わたしは全身汗だくで、目に汗がしみてちくちくし、その中にはマルキスの汗も混じっていて、マルキスの方はといえば、それまでぼうっとした笑みを浮かべていたのが、急に目を見開いて愕然としていた。〈おまえら何してたの？〉とスキータに訊かれて、わたしは〈べつに〉と答えた。トラックの中は牛乳を沸かしたようなにおいがした。スキータに気づかれたらどうしよう、と気が気でなかった。マルキスとわたしのにおいに気づかれたら、肘（ひじ）と膝と骨と皮のような体を滑らせ合っていたことに、マルキスの汚れた顔に浮かんだショックの表情と薄笑いに、気づかれたら。そこでわたしは先に運転台を降り、バーベキューのグリル探しはふたりにまかせてその場を去った。その晩は何かグリルに使えそうなものを見繕（みつくろ）って森に運び、マルキスが自分の家からくすねてきたスパムを焼いて、キャンプをすることになっていた。

バスルームで、わたしは鏡に映った自分を見た。服を脱いで体を洗った。もういちど服を着た。とくに変化はなかった。お腹も、お尻も、腕も、あいかわらず棒のようにまっすぐで、ほどよく丸みをおびたところはどこにもなかった。あいかわらずちびのやせで、黒い髪はくるくる巻いてふくれあがり、唇は薄かった。見た目はぜんぜん変わらなかった。父さんはわたしたちがまだ小さいころ、六歳かそれぐらいのころにいきなり抱き上げて水の中にほうり投げ、泳ぎを仕込んだ。わたしはすぐにこつをつかんだ。むせてピット池の泥水を吐くこともなかったし、泣いたりもがいたりもしなかった。ぽっかり浮かんで水面に顔を出し、しぶきをはね上げながら、父さんが立っている浅瀬に戻った。水をかき、水を蹴り、水に押されて前に進んだ。セックスもそれと同じだった。

シャツの前に入れた卵は石のように温かい。だけど明るい。石にしては色が明るすぎる。もっと色のよく似た粘土の塊ぐらいの重さでシャツを引っぱられそうな気がするのだけれど、それも違う。オタマジャクシになる前のカエルの卵を見たことがある。春になると、うちの周囲の溝はオタマジャクシであふれ返る。わたしとスキータが小さいころには、よく溝のそばに腹這いになって水の中に手を伸ばし、卵を取り出して顔に近づけ、小さなミミズみたいなカエルが卵の中で体を震わせ、もぞもぞ動いて、伸びたしっぽの先で殻をつついて出てくるのが見えないだろうかと目を凝らした。それが何百もの小さな閉じた目玉のように見える時期には、卵は光よりも明るく、そよ風のようにひんやりしていた。胎内にある卵も――馬の卵とか、豚の卵とか、人間の卵とか、母体の保護を必要とするような卵も――そんなふうに軽いのだろうか。ホタルの心臓が入ったゼリーのように、透明なのだろうか。それとも石のようにじっと黙っているのだろうか。中の神秘は透けて見えるのだろうか。あるいは秘密のように隠されているのだろうか。人間の卵の中身は透けて見えるのだろうか。

またしても卵焼きというのでジュニアは口をとがらせている。映らなくなった大きな古い木のテレビの上にのった映るテレビの前に座りこみ、わたしが目の前に置いた卵焼きの皿には無視を決めこむ。皿を床に置いたのは、父さんにぶたれるかランドールに諭されるかしないかぎり、ジュニアがテーブルで食べることはないからだ。

「だって輪ゴムみたいな味しかしないし」とジュニアがつぶやく。

わたしは輪ゴムの味を思い出す。金属的な、ぴりっとする味。それと苦み。あれだけやわらかくて弾力があるわりには、ずいぶんまずくて奇妙な味。ミミズが子どもの手から逃れるように、舌がびくっとして奥に引っこむ。その卵は絶対にそういう味ではない。

「ジュニア、へそ曲げ（オーニー）はやめて」これはわたしたちが幼いころによく母さんに言われた言葉で、わたしも癖でジュニアに使う。父さんもたまに使っていたけれど、あるときランドールがくすくす笑って、それというのもオーニーが〈むらむらする（ホーニー）〉に聞こえたせいだと気づいてからは、使わなくなった。一年ほど前にデドー先生の授業で配られた単語リストにその言葉の本来の形らしきものがのっていて、そのとき初めて言葉の正体を理解した。〈へそを曲げる（オーナリー）〉。そこで、ほかにもそんなふうに母さんが崩して使っていた言葉があっただろうかと考えた。以前はよくばかみたいなタイミングで、そういう言葉が思い浮かんだ。台所を掃いているところへ父さんがビールをこぼしながら入ってきて椅子を蹴った瞬間に、〈怖い（テトリファイド）〉とか。ピット池で泳いでいるときにマニーが指で触れてくるのを感じて、〈愛されてる（ラヴ）〉とか。十一月にベッドで寝たまま別の布団に潜ろうとするみたいに、あるいはわたしを温めに来てくれた誰かに場所を譲ろうとするみたいに、壁を向いて体を丸めるときに、〈寒い（フリージド）〉とか。オーニーと言われても、ジュニアは笑わない。「誰かが食べるしかないでしょう？　食べ物を無駄にするわけにはいかないんだから。アフリカには飢えてる子だっているんだからね」

「チャイナにやればいいじゃん」ジュニアがぶつぶつ言う。耳をこすっている。「ぼくはラーメンでも食べる」

「わたしは作らないよ。もう卵を焼いたんだから」

「べつに作るまでもないし」ジュニアはじっとテレビを見ている。おもちゃのコマーシャル。きっとラーメンはそのまま食べるつもりだろう。そしてキッチンで何かとがったものを探し、粉末スープの袋に小さな穴をあける。その穴から一日かけてスープの粉をちびちび吸うつもりに違いない。わたしは皿をつかむ。卵がゴムのようにぷるぷる揺れる。

釘を打つスキータの脚をつついて作業を中断させ、卵焼きの皿を示すと、スキータはわたしを物置小屋へ案内する。ハンマーと競って声を張りあげるのは気が進まない。ばつが悪いというか、大袈裟というか、これ見よがしというか。べつにスキータのほかには誰もいないのだけれど。中ではチャイナが横向きに寝そべり、そこに子犬たちが折り重なって身をよじらせ、顔を押し当てて乳を吸っている。チャイナが顔をもたげ、歯をむく。スキータを目にして少しだけ唇が下がるものの、依然として牙はのぞいている。できれば子犬を一匹手に取り、昨日スキータがやっていたように、濡れた鼻面でわたしのシャツをつつかせてみたい。でも実際には、スキータがチャイナの前に皿を置くのを入口に立って見ているだけだ。

「白いやつが赤いのと同じぐらいのサイズになってさ」

チャイナはわたしを無視することにしたとみえ、鼻で皿をつついて卵を少しだけなめる。ねばついた唾液の糸があとに残る。

「見てみる?」スキータが身を屈めて赤い子犬を乳首から引きはがし、チャイナのお腹を乳がつたう。八つある胸がはち切れそうにふくらんで、人間の胸みたい。わたしは大きく息を吸い、喉にこみ上げる石に抗(あらが)い、空気を呑み下す。石が溶けて焼けるように熱くなる。続いてわたしは外へ飛び出し、膝をついて体を抱き、髪を黒い雲のようにたらして、赤い地面にたっぷり吐く。スキータの視線を感じる。子犬を持っていない方の手が背中に触れて、なるほど、いつもこんなふうにチャイナに触れているんだ、と理解する。

父さんがビッグ・ヘンリーからにこにことビールを受け取る。ビッグ・ヘンリーは身長があって体格もよく、顔が角張ってまじめそうに見えるので、ガソリンスタンドでも二十一歳以上に見られてビールを買うことができる。本当はまだ十八なのに、身分証の提示も求められない。

「おまえみたいに体のでかいやつは、きっとそっちの方もいろいろ経験ずみなんだろう」

父さんがビッグ・ヘンリーの方に身をのり出し、彼の影に包まれる。指で突こうかパンチを見舞おうか迷っているようだ。

「女っていうのはこう、ぎゅっとしがみつけそうな、たくましいのが好きだからな」

父さんはそう言って彼の肋骨を肘で小突く。顔は下を向いて笑っている。冗談を言うときはいつもそうだ。

「おれなんかはその点がさっぱりだから、若いころにはけっこうふられたもんさ」

父さんが片手で自分のお腹をさする。シャツの下のその部分は、じつは平らで黒く引きしまり、筋肉を覆う脂肪と皮は薄いTシャツていどにすぎない。あれだけビールを飲んでいればお腹がボウリング玉のようにふくれていても不思議はないのに、そうではない。

「〈クロード、あたしはもっとたくましい男が好みなの。あったかいのがいいのよ。夜中に骨みたいな硬い足にのってこられたんじゃや、ぞっとするもの〉ときたもんだ」

ビッグ・ヘンリーは同調するようにうなずいている。いかにも話がおもしろいといったふうに目を見開いて。

「〈わかるでしょう、やっぱり男は大きくなくちゃ〉ってな」

ビッグ・ヘンリーがちびちび飲んでいたビールを父さんに渡し、ピックアップトラックの屋根の上に身を屈める。床下から拾い集めた瓶の最後のひとつが日差しを反射する。中の洗剤液がダイヤモンドのようにきらきら輝く。

「クロードさん、今日はハリケーンに向けてどんな対策を？」ビッグ・ヘンリーが庭を見渡して尋ねる。ランドールを探し、スキータを探し、どちらも見当たらないので、わたしの方をちらりと見て、諦めたように肩をすぼめる。

お互いまだ小さかったころ、ビッグ・ヘンリーはピット池のいちばん深いところ、牡蠣の殻がびっしり埋まっているところで、よくわたしをおぶってくれた。わたしが足を切らないようにと言いながら、彼は自分もはだしだった。でも彼の足はけっして切れなかった。それ以来、ビッグ・ヘンリーが触れてきたことはいちどもない。そのうち彼ともセックスするのだろうと思っていたけれど、彼がそういう目的で近づいてきたことはいちどもない。わたしもつねに誰かがいたので、自分から彼を誘ったことはない。ビッグ・ヘンリーはいつもどこかそのへんにいて、大きな体で用心深く動いている。歩くときには左右に揺れながら、つま先を使って弾むように歩く。水の中を歩くときのように腕を振って。ビールの瓶を持つときには三本の指で持つ。

「ドッグフード買いに行くけど、おまえも行く？」

スキータが家の横からまわってきて、わたしに尋ねる。ビッグ・ヘンリーがほっとした表情になる。スキータが物置小屋に立ち寄り、チャイナが吠える。地面に並んだガラス瓶は動いていないのに、中の水はずっときらきら光って、音がひゅうひゅう鳴っている。ビッグ・ヘンリーが車のエンジンをかけ、わたしとスキータも乗りこむ。

セントキャサリンの食料品店では、駐車場はたいてい半分ほどしか埋まっていない。ところがいまは満車で、わたしたちは車に乗ったまま同じ場所で十分ぐらい待たされている。熱気が車を叩きつけ、マルディグラのパレードに出かける人が便乗を求めて叩いてくるみたいだ。さながらビーズの粒のように、窓の隙間から熱が入りこんでくる。エアコンの風が顔と胸を綿あめのようにそっとかすめ、舌で触れたみたいに熱でじゅわっと溶ける。真ん中あたりのほどよい場所に停められたにもかかわらず、駐車場をつっ切って店にたどり着くまでの道のりはだらだらとして長い。スキータはすたすた歩いて、足を引きずるわたしを熱の中に置き去りにしていくけれど、ビッグ・ヘンリーは歩をゆるめ、目の端で見ながら気にしてくれる。

店に入るとわたしはビッグ・ヘンリーのあとを追い、ビッグ・ヘンリーはスキータのあとを追って、スキータはカートにぶつかりながら、それを押す女たちのそばを通り過ぎていく。女たちの髪は羽毛のように軽く、腕にはそばかすが散り、それぞれラップアラウンド・タイプのサングラスをかけた背の高い男を引き連れている。金持ち連中はカーキズボンにヨットクラブのシャツを着ているし、そうでない連中は迷彩柄のズボンにシカの絵がプリントされたTシャツを着ている。

「必要なものは水と電池と……」女が品物の名前を並べながらベビーカーを押し、大きくカーブを切って通路を曲がってきたかと思うと、そのうしろから大きなモップ頭のティーンエイジの男の子が大股でついてくる。女の話は聞いていない。スキータとビッグ・ヘンリーをちらりと見て、視線をそらす。

スキータはその場の全員を、闘犬場に集まった駄犬のように無視している。ビッグ・ヘンリーは踊るように人々とすれ違い、「すみません」「失礼」ともぐもぐ言っている。わたしはちびで色が黒い。つまり透明人間だ。なんなら冥界を通り抜けて消えてしまったエウリディケになってなれる。誰の目にも映らない。

ドッグフードの種類はせいぜい十あまりだし、どれにするか、おそらくスキータはすでに決めているはずだ。いつもと同じ、いちばん高いやつ。前に父さんが飼料の量販店で二十キロ入りの無名のドッグフードを買ってきたことがあった。それをスキータがチャイナにやると、チャイナは水でも飲むようにがっついたあとで、半熟の目玉焼きみたいなどろどろの便を〈ピット〉のそこらじゅうにまき散らした。その後一か月ほど、スキータは家からこっそり残り物を持ち出してチャイナに食べさせていた。そして同じ一か月のあいだ、物置小屋にこもって父さんのぽんこつの芝刈機をえんえん蹴飛ばし続けたのち、ある日ついにそれが叫び声をあげて生き返ると、カトリック教会へ出かけていって墓地の芝刈りと草むしりのアルバイトの話をまとめてきた。教会が承諾してくれたのは、たぶん母さんのことを知っていたからだと思う。そういうわけでスキータは、夏のあいだは週に三回芝を刈り、冬には草をむしっている。そうやってドッグフード代を稼いでいる。そして父さんが〈オークス〉に出かけてブルーズを聴きながら酔っ払ってうなずいている夜に、スキータが握った両手をポケットに入れて父さんの部屋から出てくるところもたまに見かける。朝起きたらお金が少し減っていることに、そのうち父さんが気づくのではないかと気が気でない。そうなれば父さんは廊下に飛び出し、大声でスキータを呼びつけて、怒りとアルコールを湯気のように吐き散らすだろう。幸いまだそういう事態には至っていない。

「うちの犬はあれがお気に入りなんだ」わたしが近づくと、ビッグ・ヘンリーがグリーンの大袋を指している。いちばん安いわけではないけれど、いちばん高いわけでもない。スキータは彼を無視して、すでに別の二十キロ袋を引っぱり出している。

「チャイナは自分が気に入ったのしか気に入らねえよ」スキータがぼそりと言う。かついだ袋がぐったりした子どものように肩にのり、ジャリジャリと音をたてる。

「おまえそのうち、犬にアレルギー薬を買うようになるからな。マルキスが言ってたけど、おまえらの学校にいる白人の娘の飼ってる犬が、草アレルギーなんだってさ。草、だぞ」ビッグ・ヘンリーがささやくように言う。

「つまり世の中には、犬と人間のあるべき姿を心得てるやつもいるってことだろ」スキータがジャンプして袋の位置を調整する。ちょうど真ん中で前後に下がり、スキータの胸が半分隠れる。「平等なんだってな」

「うちの犬、きっといまごろくしゃみしてるぜ」ビッグ・ヘンリーが肩をすぼめて笑う。彼の目はアスファルトがあせたような色で、笑うと顔の中で指の爪みたいに細くなる。

「きっと苦しくて息もできねえだろうよ。それでおまえのことを恨むのさ」

　レジはどこも長蛇の列だ。スチールの買い物かごもすべて山盛り。スキータは重心を移し変えながら左右に揺れ、ビッグ・ヘンリーとわたしは互いにぶつかり、ともにまごつく。ビッグ・ヘンリーがうしろに跳びのいたひょうしにキャンディーと雑誌の棚が揺れ、わたしはさっと腕組みをして肘をつまむ。わたしもかごを持てばよかった。日用品はどうするつもりかとまわりの人に思われそうだ。だけど家の棚には店が営業を再開するまでの数日ぐらい持ちこたえられる食料はあるし、足りなければ父さんが補充してくれるだろう。本当に嵐が来るのなら。とはいえ、レジ係のエプロンの肩紐が片方だけずれ落ちて、それを直す暇もないかのようにずっと食品をスキャンしているさまを見ていると、なんだか不安になってくる。そのレジ係は全身真っ赤だ。赤い髪のポニーテール、赤い頰、赤い手。ポケットに両手を入れると、妊娠判定キットが、さっきひとりでトイレに行ったときにパッケージから抜き取ってショーツのゴムにはさんでおいたのが、脇腹を引っかく。

　思い立ったのは、おそらくチャイナのことがあったからだ。何かがおかしいことはわかっている。このところ一日おきに吐いているし、動き回っているあいだもずっと誰かがわたしの胃をもんで、食べたものを体の外に押し戻そうとしている感じがする。ここしばらくはラーメンとポテトに飽きて食事の量が減っていたし、生理はもともと不規則だというのもあるけれど、それでも胃のむかつきと嘔吐のことを考えると、やはり確認しておくべきだという気がする。生理も二か月来ていないし、朝起きるとお腹が張って、重いような、痛いような、じゅくじゅくした感じがして、いまにも血が出てきそうなのに——出てこない。過去のセックスをすべてさかのぼっても、金や銀のコンドームの包みはつねにあったように思う。体を離して立ち上がったあとに彼らが残していく、コイン形チョコレートの金紙のような包み。そういうことを考えながらふと見ると、道路と草むらのあいだに女がひとり倒れている。

「女だ」とわたしは言う。

「車だ」とスキータが言う。見るとそこ、松の木のあいだに、猫が幹を登ろうとするみたいな格好で、車が一台引っかかっている。まるで木に跳びついたみたいに。ちょっと木の皮に触ってみたかったので立ち上がって抱きついた、みたいに。

「このあたりを走るときにはスピードを落とすって知らなかったのか？」スキータが言う。「そこらじゅうに標識があるのによ」

「地元の人じゃないのかも」わたしは指摘する。なぜなら男がひとり、頭を抱えて浅い溝の中を行ったり来たりしているからだ。血がカーブを描いて顔の横をつたい、指のあいだを通って腕を流れ落ちている。このあたりの道がその血のようにくねくね曲がって、湿地帯(バイユー)の中でもとくに運転しづらいことを知らなかったに違いない。このあたりでは、道路はとりあえず乾いた地面を見つけ、その縁にしがみつくようにして伸びている。だから制限速度を超えて走るような場所ではないことを、その男は知らなかったに違いない。父さんもいちど、酔っ払ってここでトラックを大破させたことがある。警察に放免されて帰宅したあとも、たっぷり二時間は〈死者のカーブ〉のことを罵っていた。

「だいじょうぶですか？」減速して車を停止させながら、ビッグ・ヘンリーが窓の外に声をかける。

スキータは正面を向いたまま、窓の外の光景にも行ったり来たりしている男にも無視を決めこむ。

　男が顔を上げて溝から出てくる。女のことが見えていないのかと思うほど無頓着にそばを通り、蹴飛ばすのではないかとひやりとする。片手に持った携帯電話を耳に押し当て、もう片方の手で薄い茶色の髪をつかんでいる。白いボタンのついた白いシャツを着ていて、血が美人コンテストのたすきのように胸を斜めに横切っている。

「ここがどこだか教えてくれないか?」男が言う。耳の遠い老人に話しかけるみたいな大きい声。

「九一一に電話しているんだけど、どこにいるのか訊かれていて」

「ボア・ソバージュとセントキャサリンのあいだです。湿地帯(バイユー)の。ペリッジ通りの近くでデドー・ブリッジのすぐ手前と言えば、伝わりますよ」

　男はうなずき、しゃべろうとして口を開く。

「場所は……」と言って、口を閉じる。「代わりに言ってもらえないかな。場所は……」助手席の窓からにゅっと手を入れ、赤い手で握った電話をスキータの顔の前に突き出す。スキータはよけようともせず、ぴくりとも動かない。男の手を通り越して、じっと前を見ている。ビッグ・ヘンリーが身をのり出し、二本の指で携帯電話をつまむ。血が点々と水玉もようを描いている。

「そう、事故です。ふたり。車が林の中でひっくり返っています」ビッグ・ヘンリーが現在地を繰り返す。「これはその男の人の電話で、女の人はその場に倒れています」しばしの沈黙。「はい、わかりました。そうします」膝に視線を落としてぼそりと答える。「ありがとうございます」地面の女はいまも腕を枕に、たったいま何かを離したみたいに両手の指をぱっと開いて、横向きに眠っている。

「なんて言われたの?」わたしは尋ねる。

「到着するまでいっしょにいてくれってさ。数分で着くからって」

「おれ、帰らないといけないんだけど」スキータが言う。

ビッグ・ヘンリーはスキータを見ながら車を路肩に寄せ、伸びた草の上に停める。男にぶつかりそうではらはらする。男は溝に戻って力なく立ち、つま先はもう女には触れていない。ビッグ・ヘンリーの車が十センチすれすれのところを通っても、目に入らないかのように別の方を向いている。

「子犬がいるんだよ。あいつはまだちゃんと世話ができないのに」

ビッグ・ヘンリーが車のエンジンを止める。わたしは自分の体に腕をまわす。妊娠判定キットがカサカサ鳴る。ビッグ・ヘンリーが車のキーを抜いて、膝にのった携帯電話をじっと見る。それからドアを開け、車を降りて、ドアを閉め、男の方へ歩きだす。

「あいつ、腹空かせてるんだけど。しかも子犬に乳をやって」スキータが言う。

ギリシア神話のすべての物語には、ひとつの決まったパターンがある。男が女を追うか、女が男を追うか。両者が中間で出会うことはけっしてない。誰かが溝に倒れていれば、登場人物はそこへ向かうか、立ち去るか、ふたつにひとつだ。ビッグ・ヘンリーは女のそばに膝をついている。男はしゃがんでいるので頭しか見えず、その頭を両手で抱えている。唸っているようにも聞こえる。ビッグ・ヘンリーは道路脇に舞い降りたハゲワシのように所在なく足を交差させ、女を上から眺めている。コンドームの金色のパッケージと同じ髪の色をしたその女は、いったい男のなんなのだろう。

「あいつのことだから、何しでかすかわかんねえし」ビッグ・ヘンリーが充分に離れるのを待ってから、スキータがぼそりと言う。ずいぶん小さな声だけれど、わたしがうしろにいることを忘れているのだろうか。

「あのふたり、家族だと思う？　友達だと思う？」判定キットが体を引っかくので座り直したいのだけれど、ショーツのゴムから落ちるとまずいので、あまり大きくは動けない。スキータは答えない。わたしは前の座席を押す。

「なんだよ？」

「家族と友達、どっちだと思う？」そう訊いてふたりの方を振り向くと、男がふらふらと近づいてくる。ビッグ・ヘンリーがうしろから呼び止めているけれど、つぶやいているようにしか聞こえない。

「恋人だろ」とスキータが言う。

わたしはずっと、スキータには〈ピット〉で起きていることの半分も見えていないに違いないと思っていた。十二歳のときに最初のピットブルを連れてきて、どこぞの庭から盗んできたとわたしに打ち明けてからというもの、スキータのまわりには犬しかいないように思われた。縞もようの犬、白っぽいピンク色のはげた犬、太った犬、皮膚の下に魚がたかっているのかと思うほど骨の浮き出たやせた犬。スキータは犬が吠えるように話し、犬の太いしっぽが地面を叩くように歩いた。わたしたちは少しだけ互いを見失ってしまった。でも考えてみたら、犬が眠っているあいだ、犬が家にいないあいだは、スキータは何を見ていたのだろう。何に注意を向けていたのだろう。チャイナがうちに来る前は、犬はみんな一歳になる前に死んでしまった。そのたびにスキータは一週間だけ待って、それから次の子犬を手に入れた。チャイナの前にはドッグフードなど買ったこともなくて、残飯と鶏の飼料を混ぜて食べさせていた。そのスキータが、恋人の何を知っているというのだろう。スキータは変わり者だ。男同士でいるときには、汗ばんだ毛皮みたいなにおいを発している。女からすれば、おそらくくさいと感じるにおい。もちろんスキータのような男が好きな子だって、この世に必ずひとりはいる。必ず。誰にでも必ずひとりはそういう相手がいるものだ。わたしもそれぐらいは知っている。だからと言って、スキータがそういうことを信じているとは思えない。べちゃっとドアを叩く音がしたのでそちらを見ると、男がいて、指の触れたあとに赤い釣糸のような筋が残っている。目を細めてスキータをじっと見ていて、スキータは体を倒してドアから離れている。

「きみ」取っ手を回す音がする。スキータが窓を閉めている。「どうも前にどこかで見かけた気がするんだが」

　スキータの手がぴたりと止まる。

「草を刈っていなかったっけ？」

「すみません、車から離れてください」わたしは金切り声をあげる。

「墓地で」

　スキータが窓をぴったり閉じる。たちまち気温が五度上がる。

「くそやろう」スキータがつぶやく。「なんでてめえの女を見ててやらねえんだよ？」本当はドアを開けたいのだろう。「なんで目に入らないみたいにほうっておけるんだよ？　洗濯物の山みたいにまたいでよ？」わたしにはわかる。本当はドアを開けて、すでに流血しているその男にぶつけてやりたいのだろう。思いきり罵ってやりたいのだろう。

「その人、怪我して血が出てるんだからね」

「見たことあるわけねえだろ。ボア・ソバージュの人間でもないくせに」

「湿地帯（バイユー）のお屋敷に住んでるのかも。北の方の教会に通ってて、そこへ行くとちゅうで見かけたとか」

　スキータが肩を軸にして内側を向き、窓のハンドルが背中に食いこむ。ガラスに頭を押しつける。

「ビッグ・ヘンリーのやつ、さっさとこいつを連れに来いよ」スキータが言うと、ちょうどビッグ・ヘンリーが草をかき混ぜながらこっちへ向かってくる。走っているときの彼の動きはとても優雅だ。立ったり座ったり歩いたりするときの、ものを壊すことを恐れるかのようなぎこちなさが消えてなくなる。

「ほら、もうすぐ救急車が来ますから」ビッグ・ヘンリーが片手で男の肘をつかむ。「いっしょにあっちへ」

　男が額をこすり、血がバンダナのように広がる。目が左右にきょろきょろ動いて、わたしたちには見えない本でも読んでいるみたいだ。

「ほら」

「そんなやつほうっておけって」スキータが唸るように言い、さらに身を低くする。「こっちはチャイナが待ってるんだからよ」

男は前傾姿勢で歩きながら、首を左右に振っている。スイッチグラスとギンバイカが絡まり合う林を道路脇からのぞきこむ。歩くときにも腕は振らない。女のそばでいちおう立ち止まるものの、見もしない。携帯電話を取り出し、番号を押して、しゃべる。ビッグ・ヘンリーは女を挟んで反対側に立っている。待っている。二十分後に救急車が到着したときにも、男はまだしゃべっている。女はまだ眠っている。スキータは目を閉じている。二、三分おきに鼻の穴がふくらむ。


ビッグ・ヘンリーが車のギアをパーキング位置に入れるより先に、スキータはランドールがジュニアをかつぐみたいにドッグフードを肩にかつぎ、小走りで物置小屋へ向かう。ビッグ・ヘンリーは肩をぐるりと回し、スキータが降りたばかりのシートの背に腕をのせる。

「運転ありがとう」とわたしは言う。

ビッグ・ヘンリーが腕を曲げて振り返り、わたしを見ながら返事をする。けれども物置小屋で興奮して吠えるチャイナの声にかき消され、わたしにはほとんど聞こえない。チャイナの声がナイフのように飛んでくる。〈食らえ、食らえ、食らえ、食らえ〉。

「どういたしまして」

わたしは口もとをぴくりとさせ、笑みになっていないことは自覚しつつも、とにかく車を降りてビッグ・ヘンリーのそばを離れる。彼はまだ見ている。わたしはショートパンツのポケットに手を入れ、歩く際に判定キットが落ちないように指でつまむ。

「ちゃんと手を洗ってね！」家に向かいながら、わたしは振り返って大声で言う。さっきの血がついたかもしれない。あの男の血が、流れていた血が、ビッグ・ヘンリーの手についたかもしれない。あいつの体の中から出てきたもののせいで、ビッグ・ヘンリーが病気になるかもしれない。わたしが玄関のドアを押すころには、ビッグ・ヘンリーはすでに外の水道のそばにいて、皮をむく勢いで両手をこすっている。

バスルームに入ると、水滴はどこにも見当たらないのに、母さんが父さんを手伝ってふたりで張った古いピンク色のタイルはじっとりしている。バスタブは乾いている。わたしは判定キットを取り出して、水を流しながらビニールの封を破る。スティックに尿をかけることは映画で見て知っているので、そのとおりにする。それをバスタブの縁に置き、蹴飛ばして床に落とさないように気をつけながら、中に入る。バスタブは金属製で、温かい。底に敷いてあるプラスチック製のマットはやわらかい。わたしはビッグ・ヘンリーがあの男を見ていたのと同じ目つきで、スティックを見つめる。白いバスタブに対してわたしの足は黒く、内側にこすりつけると汚れの筋が残って、わたしの色がこびりついたみたいだ。わたしは自分の両手の上に座る。お腹は見ない。バスタブの中の、平らなお腹。伸びた草の中に横たわる足もとの女をけっして見るまいとしていた、あの男のように。

さながら雨のカーテンのように、スティックに色が広がっていく。数秒後、二本の線が現れる。それぞれの窓に、一本ずつ。やせっぽちの双子の線。スティックを見ながら、店のパッケージに書いてあったことを思い出す。〈線が二本現れれば、あなたは妊娠しています〉。あなたは妊娠している。わたしは妊娠している。わたしは立てた膝に覆いかぶさり、膝こぞうで目をこする。自分が何者かという恐ろしい事実が、乾いた秋の日の焚き火のようにお腹の中で燃え上がり、松の落ち葉を貪りつくす。この中に何かがいる。

三日目　土の中の病原菌

ゆうべは数分ごとにうとうとしたり目覚めたりを繰り返しながら、眠れますように、目を閉じて何もない真っ暗な眠りの中に落ちていけますように、と祈っていた。まどろむたびに、妊娠しているのだという事実が意地悪くわたしを蹴飛ばし、叩き起こした。七時に起き出したときには喉が焼けるように熱くて、顔は濡れていた。

いまのところ、わたしにとって妊娠とはすなわち吐くことだ。目を開けてしわの寄った天井を見上げ、自分が誰で、ここがどこで、自分が何者かを思い出した瞬間から吐き気がする。吐く音を誰にも聞かれないよう、蛇口をひねって水を出す。水を止めてバスルームに鍵をかける。腕に頭をのせて寝そべると、床のタイルはカウンターにひと晩放置してあった水のように生ぬるい。便器の根もとに目を向けると、埃がスパニッシュモスのようにまわりにこびりついている。もしかすると、そのまま寝入ったのかもしれない。あんまり長く寝そべっていたので、腕から顔を上げると、皮膚に残った髪の痕が、読めない筆記体の文字になっている。床のタイルが暗い船底のようにぐらりと傾く。

「エシュ！」ジュニアが叫んで取っ手を回し、ドアをバンバン叩いたかと思うと、次の瞬間には裏のドアをバタンと鳴らして外に飛び出し、階段から用を足す。

「エシュ？」ランドールが呼ぶ。

「ごめん、脚剃ってる！」わたしはタイルに向かって返事をする。声がかすれている。

「脚を剃ってる？　おれはもう外でジュニアを取り出せる年じゃないんだぞ」

「もうすぐ終わる」わたしは洗面台に身を屈め、もう吐かないと思えるまで水を飲む。水を止めてからも、さらに飲みこむ。生の挽き割りトウモロコシの中で舌を転がすような感触がするけれど、それでもまだ飲みこむ。〈吐かない、吐かない、絶対に吐かない〉と繰り返す。わたしはバスルームを出て、壁の幅木に沿って歩く。

「だいじょうぶか？」ランドールが立ちふさがる。

「だいじょうぶ、毛はちゃんと流しておいたから」わたしは答える。

庭のむこうから父さんが動く方のトラクターをプスプスいわせる音が聞こえてくるけれど、わたしは無視する。ベッドに戻り、薄い毛布を頭からかぶって膝に口を押し当てる。息がひどく熱くて、毛布の中にふたりいるみたいだ。


次に目を覚ますと、部屋の空気が熱している。天井が低いので熱が上に昇っていかない。どこにも熱の逃げ場がない。こんな時間になるまで父さんがジュニアをよこさなかったとは驚きだ。さっさと家のことを片づけてハリケーンに備えろと、起こしに来させなかったとは。ゆうべ遅くにわたしがツナサンドを作っていたときには、父さんはジュニアとふたりでガラス瓶の一部を家の中に運びこみ、壁に沿って並べていた。数が覚えられないかのように何度も瓶を数え直し、わたしとランドールがくすねようと狙っているとでも言いたげに、こっちを見ていた。もしかするとわたしのぐあいが悪そうだとランドールが言ってくれたのかもしれないけれど、父さんが気にするとは思えない。たぶんみんなどこかに散ったのだろう。ジュニアは家の床下へ、ランドールはバスケの練習に、スキータはチャイナや子犬といっしょに物置小屋へ。胃が焼けてむかむかするので、ベッドの隅に手を伸ばし、壁とマットレスのあいだにほうり投げてあった本を引き寄せる。『ギリシア神話』は依然として、金羊毛を求める冒険とメディアのくだりを読んでいる。どうしても他人ごとと思えない。メディアがイエソンを見て恋に落ちる場面を読むと、喉をわしづかみにされる思いがする。彼女の姿が目に浮かぶ。イエソンを助けるためにこっそり力を貸すところ。姿を消すための塗り薬や、岩にまつわる秘密。メディアは魔法を操り、自然をへし曲げ、ありえないことを引き起こす。ところがそれだけの力を持ちながら、イエソンのことになると、強風にさらされた松の若木のように自分の方がへし曲げられてしまう。真っぷたつに折れてしまう。わたしには彼女の気持ちがよくわかる。顔を上げると、開いた戸口にスキータが泣きそうな顔で立っている。

「どうしたの？」

黙って首を振るだけなので、わたしはあとについていく。

物置小屋に入ると、子犬たちが土の上で泳いでいる。お腹をぺったりくっつけて、脚を小枝のように突き出して、土埃の波の中で頭をひょこひょこさせている。ぴくっとして転がる。声は出さない。あくびをするときみたいにピンク色の舌が見えるだけ。一匹を除いて全員がチャイナを目指して泳いでいき、わたしたちが川で泳ぐときに沈んだ木につかまるように、チャイナのお腹にすがりつく。四苦八苦しながら乳首を捉え、わたしたちがぬるぬるした幹の上でバランスをとるときの足つきで、チャイナのお腹をもむ。一匹を除いて全員が泳ぎ着き、乳を飲む。

その一匹というのは、白と茶色の雄だ。アニメのキャラクターみたいな、生まれ落ちるときにビッグ・ヘンリーのようにダイブしていたあの子犬。その場につっ伏している。土間を食べるかのように口を開いたり閉じたりしている。スキータが顔を近づけているので、しゃべると白と茶色の毛がはためいて、子犬が動いているように見える。

「朝はなんともなかったのに。乳もときどき飲んでたし」

「いつ気がついたの？」子犬が頭を横に向ける。なんだか首が折れているみたい。スキータが重心をかかとに戻す。子犬が泳ぎながらあえぐ。

「一時間くらい前」

「チャイナのお乳が合わないとか」

「たぶんパルボウイルスじゃないかと思うんだ。土から感染したんじゃないかな」

今朝タイルの上でうたた寝したときのことが強烈によみがえる。

「きっと調子がよくないだけだよ」

「土にウイルスが混じってたら？　ほかの子犬にも感染したら？」

子犬が片方の前足で床を叩く。

「お乳を飲ませてみれば？　もしかすると足りてないのかも」

スキータが子犬をすくい上げ、チャイナから数センチ離れた土の上に置いてやる。チャイナが頭を下げる。ヘビを思わせる先のとがった頭。子犬の首がまたもやびくっと動いて、チャイナが唸る。硬い地面を岩が転がるような音。子犬が凍りつく。まだ目も開いていない。またしてもチャイナが唸り、子犬が横にずれる。

「やめろ、チャイナ」スキータがささやくように言う。「ちゃんと乳をやれよ」それから子犬を少しだけ前に押しやる。子犬の顔が砂を鋤く。

チャイナが弾かれたように首を伸ばして、吠える。激しく吠えたてる。チャイナの歯が子犬をかすめ、子犬の足がびくっと前に出て、ぎゅっと引っこむ。

「スキータ！」わたしは叫ぶ。

「ばかやろう！」スキータが傷ついた目でチャイナをにらむ。それから子犬をつかんでシャツにくるみ、脚を曲げてぺたんと座る。チャイナはスキータを無視して、サギの首を思わせるつややかな白い腕に頭をのせる。まぶたが落ちると、急にひどく疲れて見える。ぱんぱんに腫れた胸を子犬たちが引っぱる。その姿は疲れた女神だ。

これだけ大勢の母親なのだ。

「もしかしてほかの子犬を守ろうとしているとか。その、チャイナにはわかるのかも。もし本当に深刻な病気だとしたら」

スキータが手の中の子犬を野球ボールのように丸める。そしてうなずく。

「わかった」表で虫たちが歌っている。外は晴れてまぶしく、金色だ。父さんがトラクターのエンジンをかける。ハリケーンに備えて〈ピット〉じゅうから板を探し、積み重ねて引っぱってくる。前にビッグ・ヘンリーが、ジャーメインにいるいとこの子犬がパルボウイルスで全滅したと話していた。やっと目が開いたと思ったら最初の一匹が死に、その後は毎日裏の犬小屋へ行くたびに新たな子犬が死んでいて、それがあまりに小さくて硬いので、とてもそれまで生きていたとは思えないほどだったそうだ、と話していた。「今夜キャンプするけど、おまえも来る？」スキータの黒いTシャツに包まれた子犬は、黒いボールだ。丸くて、ぴくりとも動かない。けれどもスキータは自分の手もとではなく、愛情と敬意の入り混じった表情でチャイナを見ている。「こいつは隔離するしかない。死ぬまでなるべく楽に過ごさせてやろう」

「うん」わたしは静かに答える。胃がひくひくする。わが子を手にかけるスキータを、わたしはしかと見守ろう。「もちろんつき合うよ」

わたしにとって、食べるという行為がすっかり変わってしまった。キッチンでおわんにかぶさるようにしてエッグライスを食べながら、自分のことも、今夜森で食べる食料をくすねているスキータのことも、騙(だま)している気がしてならない。ひと口ひと口が新たな嘘。食べ物なんてぜんぜん欲しくもないのに。スキータは流し台の下からビニール袋をさらに取り出し、食料の入ったビニール袋がクモの卵嚢みたいに不透明になるまで巻いていて、おそらくハリケーン用の非常食に手を出しているのだろうけれど、何がどれだけ入っているのかわたしには見えない。

「これでばれないかな？」スキータが尋ねる。

わたしは食べ物をのみ下す。うなずく。

「水の入ったあそこの瓶もひとつ持っていった方がいいな」

「父さん、たぶん数えてたよ」

「昨日のビールのせいだってランドールに言わせりゃいいさ。数え間違えたんだろうって」

「ランドールは来ないの？」

「さあ。でもおやじには適当に言っといてくれるだろ」

スキータがビニール袋の包みをシャツの中に入れる。まるで妊婦だ。

わたしはスチールのスプーンでおわんの腹をなで、カーブに沿ってぐるりと滑らせる。お米の粒がくっついて、卵がひとつにまとまる。それが消えてなくなると、自分はいったい何を養っているのだろうと思えてくる。すりつぶされた食べ物が喉を滑り落ち、雨水が樋（とい）を流れるように体の中を通り抜けて胃にたまる場面を想像する。そうやってわたしの中にいるものが成長し、冬には赤ちゃんになる。スキータがにこにことドアを押さえ、わたしが通るのを待っている。スキータには何も見えていない。

ジュニアが板を引っぱって庭をつっ切っていく。一方の端をぐいと持ち上げ、うしろ向きに引きずっていく。父さんが〈ピット〉のあちこちからかき集めてきたもので、そこらじゅうに置かれている。ジュニアはそれを集めて山にしているところで、どの板も虫に食われてところどころ黒く腐りかけているせいで、引きずったあとに砕けた木のくずが点々と残る。ジュニアがパンくずを落としながら歩いているみたいだ。本人もチョークの粉の中で転げ回ったみたいに、おがくずにまみれている。薄地のグレーの短パンがずり落ちて、脛のなかばに達している。たぶんスキータのお下がりだ。ジュニアが板を落とし、バンと音がする。

「ふたりでどこに行くの？」ジュニアが尋ねる。

「おまえには関係ねえよ」スキータが答えて物置小屋に入り、わたしもあとに続く。

「仕事を続けて、ジュニア」とわたしは言う。子犬が死にかけているなんて、まだ知らなくていい。幼くても死ぬなんて、知らなくていい。

「命令される筋合いないし」ジュニアはわたしが遮る下をかいくぐってカーテンの内側に滑りこみ、スキータが病気の子犬を持ち上げるところを目に留める。子犬はもう泳いでいない。頭がごろりと横に倒れて片腕が上がるものの、スキータが操り人形のように引っぱっているのか、子犬がみずから抵抗しているのかわからない。

「入ってくんな、ジュニア！　おまえ、態度悪すぎだぞ」スキータは高いところにある棚からバケツを取って子犬を中に横たえ、チャイナに届かないようにもとの場所に戻す。チャイナが唸り、スキータがチャイナの額の真ん中に指を当てて制する。「黙れ」

「ランドールに言ってやるから。その子犬になんかひどいことしようとしてるって！」ジュニアが飛び出していく。

「まったく」わたしはつぶやく。

チャイナが横向きに寝そべったままわたしを見る。子犬がせっせと乳を吸うあいだも、石のように動かない。目だけが光を受けて、石油ランプのように輝いている。考えてみれば、それがチャイナだ。いつでも攻撃できるよう、ふだんはむしろじっとしている。わたしと違って。チャイナはしっぽも動かさない。お腹から腕へ、わたしの皮膚が張りつめていく。

「夜までここに置いておこう。万一パルボウイルスだとしても、ここならほかのにはうつらないだろう」スキータが穴のあいたTシャツで両手をぬぐう。シャツがめくれて肋骨が見え、筋肉質のやせた腹部があらわになる。「くそっ。細菌のやつめ。おれも手を洗わないといけないな」

階段に座ってスキータを待っていると、木立の中からランドールが現れる。弾むように歩きながら、緑の下の闇から体のパーツをひとつずつ受け取っているみたいだ。胸、お腹、腰、両腕、両脚。そして最後に、顔。ジュニアは背後で響く声。ランドールにおぶわれてお腹に足をまわし、かかとの当たる部分に白っぽい埃の痕を残している。

「どういうことだ？　おまえらが子犬を溺れさせようとしてるって、ジュニアが言ってるけど」

ふいに吐き気がこみ上げる。

「わかんない、なんでそう思ったのかな」

「バケツに入れてたそうじゃないか」

「子犬が一匹、パルボウイルスにやられたのよ」

「バケツに入れて溺れさせようとしてたんだよ！」ランドールがジュニアを背負い直したので、訴える際に一瞬だけ肩の上から顔がのぞく。

「溺れさせようとなんかしてないから」

「それじゃあ、どうするつもりなんだ？」

「池の方に連れていく」

ランドールが手を離してもジュニアはぎりぎりまでぶら下がり、ついには脚が麺(めん)のようにだらりと伸びて、棒を滑り下りるみたいにランドールから滑り下りる。わたしたち三人は黙って見つめ合い、眉間にしわを寄せている。

「ほら行け、ジュニア」ランドールが言う。

「だって、ランドール――」

「行けって」

　ジュニアが胸の前で腕を組む。その肋骨はさながら黒く焦げた小さなバーベキューグリルだ。シャツを着ないと。

「行け」

　ジュニアの目は光っている。走っていく際に足がぱたぱたと小さな音をたて、土埃の雲を残していく。スキータが、家からくすねてきた夜食とバケツをつかむ。

「そんなにあっさり始末するなんてありえないだろう」ランドールが言う。

「ありえるさ」

「よくなるかもしれないのに」

「パルボはよくなんねえよ。子犬がかかったらおしまいだ。こいつを処分しないと、ほかのにまでうつるかもしれない。そうしたら全部死ぬんだぞ。それこそジュニアが耐えられると思うか?」

「いや。だからといって、もっと別の方法があるだろうに」

「ないね」スキータはビニール袋をエアガンといっしょに肩にかけ、震える手でバケツを持つ。「おまえ、バスケのことは知ってるんだろうけど、犬のことは知らねえだろ」そう言って歩きだす。「ジュニアにはおまえからなんか言っといてやれよ。なんて言えばいいのかわかんねえけど――とにかく、これはやるしかないんだよ」

「あいつ、まだほんの子どもなんだぜ、エシュ」ボールを持たないランドールの手はぜんぜん優雅に見えない。もてあましているように見える。

「わかってるよ」わたしは答える。「でもわたしたちだって子どもだったわけだし」なんのことを話しているかはランドールもわかっている。

「おれ、あいつがドラム缶にのって隙間からのぞいてるところを何度も見てるんだよ。びびって中に入れないもんだからさ。子犬をじっと見てるんだ。そのうちチャイナが吠えだすから、おれが引き離すんだけど、そうしたらあいつの小さな心臓がやたらに速く鳴ってるのが伝わってきてさ。しかも三十分後には、また同じところに上ってる」

わたしは肩をすぼめ、何かを差し出そうとするみたいに手のひらを上に向ける。もちろん差し出せるものなど何もない。わたしは小走りに駆けだし、ピット池を目指して木立の陰の中へずんずん分け入るスキータのあとを追う。

「さっさと来いよ！」スキータがわたしを呼び、ランドールが宙を殴る。見えないボールをパスするみたいに。

「くそっ」ランドールが悪態をつく。「くそっ」

スキータがくすねてきたものは次のとおり――パン、ナイフ、コップ、二リットル入りのフルーツパンチ、チリソース、食器用の中性洗剤。スキータはそれをバケツのそばに置き、二個のブロックとその上にのったバーベキューグリルの埃をはらう。何年か前にランドールとふたりでしつらえたバーベキュー用のかまどだ。スチールのグリルは焦げて真っ黒に、ブロックは灰色になっている。スキータが歩きだすと、吊り紐で肩に下げたエアガンの先端が腿の裏に食いこむ。

「それはなんに使うの？」わたしは尋ねる。

バケツの中で子犬がくんくん鳴いている。寂しいのだろう。

「いいから来なよ」スキータが言う。

森の中では動物たちが影の谷間を矢のように行き交う。木漏れ日の上の方で鳥たちが甲高く鳴いている。スキータは肩を内に丸め、それらすべてを通り過ぎていく。地面を見ながら前傾姿勢で歩いていく。わたしはそのうしろを、積もった松葉の中で足を引きずりながら騒々しくついていく。もっと膝を上げて静かに下ろそうと思うのだけれど、そうすると体がぐらついてしまう。いずれ赤ちゃんになるものが水風船のようにお腹の中に居座って、いまにも破裂しそうな感じ。秘密を抱えているせいで、動きがぎくしゃくしてしまう。スキータが立ち止まって松葉の中に膝をつき、パキパキと葉の折れる音がする。下の葉はすべて腐って土になる。スキータがわたしを振り返って首を振り、木立を見上げる。わたしたちは待つ。

　ハリケーンが来る前には、避難できる生き物はみんな避難する。鳥は北へ飛んで嵐を避けるし、それ以外の生き物は地表をさまよい、可能なかぎり風雨を逃れる。ここしばらくはずっと晴天が続いている。まぶしい。毎日耐えがたいほど暑くてまぶしくて息が苦しい。マニーがわたしの上で汗をかいているときの、あの感覚。金色。まるで燃えているみたい。足の下で虫たちが立ち往生し、木から木へリスが跳び交い、松の梢（こずえ）のあいだをカラスがカアカアと鳴きながら滑るように飛んでいく。その羽音は、砂まじりの前庭に落ちた松葉を掃くムッダおばさんの箒（ほうき）のように静かだ。スキータは、チャイナを見るのと同じ目でカラスを見ている。いまこの瞬間にもチャイナが口をきき、過去のあらゆる疑問に答えてくれるに違いないと確信しているような目。父さんはたぶんまともじゃない。今年の夏はすっかりハリケーンにとり憑かれている。去年は去年でジャーメインのショッピングモールが竜巻に襲われたのを見て、今後はメキシコ湾が新たな竜巻回廊になると信じきっていた。家のどこでしゃがんでいればいちばん安全かを夏じゅうくどくど訴えて、そのたびにジュニアをキッチンで捕まえ、学校で教わる竜巻の避難訓練をおさらいさせていた。膝をついて脚を折り曲げ、両脚のあいだに頭を入れて、細い指でそれを覆い、か弱い首を守る。

　スキータがエアガンを肩から下ろし、撃鉄を起こす。まずは軽く構えて、木立のあいだに書かれた文字を読むかのように視線を行ったり来たりさせる。

「何を撃つ気？」

「肉の缶詰が少ししかなくて手を出せなかったからな」

「言っておくけど、わたしは調理しないからね」

　スキータがエアガンを構える。銃口を空に向ける。梢のあたりで風がかすかに動き、誰かが部屋を出ていったあとのように、やがて静まる。木々は黙って待ちわびる。銃が前後に揺れ始める。スキータが狙いを定め、木立のあいだを跳び交うリスたちを追う。ふわふわの灰色。夏の食料をたっぷり食べて肥え太っている。

「しーっ」スキータが制する。「食べるものはどうしたって必要だろ」

　枝がきしむ。風がふたたび訪れ、松の梢がこすれ合う。けれども樫の木は動じない。樫の木はリスたちのお気に入りだ。黒々とした硬い枝を、リスたちは高架道路のように駆けめぐる。それは丈夫な家でもある。嵐が来ても充分に持ちこたえるだろう。もし本当に来たとしても。日に焼けた松が強烈ににおう。

「いただき」とスキータが言い、銃を撃つ。

　弾が松の木に当たって跳ね返り、誰かがパンチを見舞ったようなドスッという音が響きわたる。スキータが顔をしかめる。リスたちが黒いしみの中に溶けてふたたび姿を現し、幹の湾曲部をぐるりと回って消えたかと思うと、またしても顔を出す。しっぽの半分欠けた一匹が木の股に現れてその部分を滑り抜け、地面を目指して駆けだしたそのとき、スキータがふたたび銃を撃つ。リスの手が木から離れて体が丸まり、赤いリボンのような筋を残しながら幹を転げ落ちていく。スキータが立ち上がって駆けだし、さらに撃つ。半分しかないしっぽがぴくりとして、リスがじっと地面に横たわる。ミシシッピのリスにしては体が大きい。

「わたしは処理しないからね」

カラスが叫んで去っていく。梢の方で虫たちがいっせいに騒ぎだす。

スキータはリスを両手で拾い、体がばらばらにならないように支える。脈に合わせて血が噴き出す。心臓に合わせて。

「今夜、あいつも来ればいいのにと思ってるんだろう」

「あいつって？」

「知ってるんだろ？　ビッグ・ヘンリーじゃない方だよ」とスキータは言って、リスの毛皮から赤いイヤリングのようにぶら下がっているべっとりした小さな毛の塊を投げ捨てる。「マルキスでもない」

「べつに」わたしは首を振る。スキータがしっぽの残りをつかんで引っぱる。仕留める前に残っていた部分がブラシの毛のように抜ける。

「おまえら、似合わねえよ」スキータはそう言って、血まみれの死骸をじっと見る。暑さのせいで鼻に汗をかいている。〈そんなことない〉と言ってやりたい。〈彼といるとわたしの心臓もそんなふうにバクバクするんだから〉と言って、赤く血を噴きながら死んでいくリスを指差したい。けれどもわたしは何も言わず、スキータは肩をすぼめてリスを捧げ物のように持ち上げ、ピット池の方へ戻り始める。

キャンプの場所に戻ると、スキータはリスをビニール袋にのせてナイフを取り出し、頭を切り落とす。血は、夏に雨が降ったあとの蒸れた地面のにおいがする。切った頭をスキータはボールのように下草の中にほうり、リスの胸に上から下へ、ナイフでぎざぎざの線を引いていく。さらに十字を描く要領で、両腕のあいだに線を引く。容赦なく、ただ黙々と、戦いを前にしたチャイナのように集中して。毛皮をぐいと引っぱると、内皮が肉からはがれて風船のようにふくらみ、伸びて、伸びて、濡れたぼろ布のようにぐにゃりとしたところで、ぽいと捨てる。リスの足先には小さな毛皮のブーツが残っているけれど、スキータはかまわずに切り落とし、頭と同じところに投げ捨てる。リスはもはやたんなる肉の塊で、大きさはポークチョップを二枚重ねたぐらい。スキータが腹部に切りこみを入れると、青と紫の濡れた糸のようなものがずるりと出てくる。

「くそ」スキータがささやく。そこらじゅうに内臓のにおいが立ちこめる。父さんが前に豚を飼っていたころ、豚は自分たちの汚物の中で糞をたれ、餌を食べて性交し、ピンク色に肥え太っていった。その豚と豚小屋のにおいが、これとそっくり同じだった。生ぐさくて、糞まみれ。まさに〈くそ〉。

内臓を引っぱってもなかなか出てこないので、スキータはそれを固定している筋を切ろうとして、うっかり腸を切ってしまう。

「うえっ、くそ」スキータはリスと内臓とナイフを血まみれのビニール袋に落としてその場を離れ、両手を膝につっぱって下を向く。わたしも喉に砂がこみ上げ、息ができない。

「最悪、スキータ」わたしはそばの茂みに駆けこみ、においとぬるぬるの物体からなるべく離れて、地面に膝をついて卵を吐き、米を吐き、水を吐き、胃の中にあるものをすべて吐いて、もはや食べ物はすっかりなくなり、喉も空っぽ、ガスと唾液がこみ上げてしかたがないのに、それでもまだ全部は吐き出せない。体の中、底の方に、何かが残っている。

肉が焼けて茶色く縮み、宝石のような硬い角がいくつもできるころには、ほかの面子も揃い始める。マルキスは肉を自分のポケットナイフで切り分けて、チリソースのせいで水っぽくなったパンに小さな塊を叩きつけている。スキータはサンドイッチを作ってわたしに手渡し、引き続き自分の分を作る。肉は硬く筋ばって、半分はチリソースの赤とうがらしの味がし、そのせいでパンがピンク色に染まって、半分は野生動物の味がする。ひと口かじるや、わたしはたちまちドングリを食べる身と化し、恐怖におののきながら、古い樫の木の真ん中にある小さな暗い洞(うろ)を目指してジャンプしている。スキータとふたりでバーベキュー用の薪(まき)を探すあいだに日は落ちた。空が頭上で鮮やかに燃え、木々のむこうに太陽が沈んで、水が排水溝から流れ出すように空から色が消えていき、気の抜けた白から濃紺色へ、そして闇へと変わっていった。どうやらわたしは薪をくべすぎたとみえ、スキータはTシャツを手に巻いてリスの足をつかみ、肉が焦げないように何度も火から出さなければならなかった。でもそのおかげで火が大きくなり、暗がりの中でもみんなの顔がちゃんと見える。

「うまいじゃん」とマルキスが言う。

「焦げの味がする」とスキータが言う。隣にいるビッグ・ヘンリーが笑う。

「くそまずいよ。おまえらよく食ってるな」ビッグ・ヘンリーはさらにビールを飲み下す。ビールは完全にぬるくなり、蒸し暑い夜の中で瓶は汗もかいていない。「その子犬にでもやった方がいいんじゃないのか」

わたしはサンドイッチを嚙まずにすむよう、前歯でなるべく小さく切って舌にのせ、唾で湿して丸吞みする。スキータが瓶に半分ぐらい残ったフルーツパンチを渡してくれたので、その生ぬるい着色砂糖水をひと口飲み下す。おなかは空いていないけれど、食べている方が吐き気が軽くなっていい。もしまた吐いたら、たぶん誰かにどうしたのかと訊かれるだろう。嘘はつきたくない。みんなが納得するような嘘。みんなに見られて、あれこれ訊かれるような事態は避けたい。わたしはマルキスに瓶をまわす。うちにある中では、いちばん本物の果汁に近い味。母さんはよく食料品店でわたしをショッピングカートにのせて店内をめぐりながら、これをカートに入れていた。赤いフルーツパンチをわたしが座っているシートの横にねじこむので、そちら側の脚が冷たくなった。それでもわたしは気に入っていた。そのあとエアコンのないピックアップトラックに乗って帰るあいだも、その脚だけは手の中で溶けていく氷のようにずっとひんやりしていたから。

バケツの中で引っかく音がして、スキータが上に屈み、ぐっと顔を近づけて子犬に見入る。たびたびバケツの縁に触れ、手を入れて慰めてやりたそうにしているけれど、そうはしない。

「その子に名前はつけないの、スキータ？」わたしは尋ねる。

「ああ」スキータは顔を上げない。「おまえがつけたいなら、つけてもかまわないけど」スキータは両手であごを抱えて座っている。「こいつ、女だし」

名前。前に、蚊よけに使うろうそくと同じ名前の子が学校にいた。シトロネラ。その子はつねに複数の彼氏がいて、複数のリップグロスをもっていて、すべてのフォルダーを教科書とカラーコーディネートしていた。川でその子のグループと出くわすたびにわたしは水の中で膝をつき、首まで浸かってその子を眺めていた。その子はシトロネラのろうそくみたいに金色で、あまりに非の打ちどころがないので、本当は嫌ってやりたかった。実際のところ、少し嫌いだった。でもときどき、歩きながらひとりごとみたいにその子の名前を口にすることがあって、その響き、舌のまわりをくるりと回るような、アイスクリームを口いっぱいほおばったときのような感触が好きだった。〈シトロネラ〉。その名前を子犬につけてやりたい。とはいえ、少なくともマルキスはその子を知っているわけで、笑われそうだ。もしかしたら彼女とつき合ったこともあって、手をつないで公園まで歩いたかもしれない。

「ネッラ」わたしは言う。「ネッラっていう名前にしたい」

スキータがうなずく。ビッグ・ヘンリーがビールの一・二リットル瓶を渡そうとするので、わたしは首を振る。チリソースのせいでいまも舌から唾液が湧いてくるけれど、ネッラがいなくなればわたしはおそらく泣くだろうし、これ以上の塩分はほしくない。マルキスが焚き火に棒を差し入れ、灰をつつく。

「いい名前じゃん」ビッグ・ヘンリーの笑みが半分だけ輝いて、消えていく。スキータは聞かなかったかのようにバケツの中をのぞく。そんなふうに名前を思いついて少しだけうれしくなったのもつかのま、喜びは炎のようにゆらめいてふっと消える。どうせ死ぬのに、名前などつけてどうするというのだろう。

木立の方から何かの折れる音、踏まれた葉っぱが砕けてザクザク鳴る音が近づいてきて、ランドールとマニーが現れる。焚き火の明かりを全身に受け、欲しいままに貪って、マニーが燃えあがる。にっこり笑う。顔の傷がきらめいて、わたしの心は赤く染まる。

「ジュニアがやっと寝てくれたよ」ランドールが言う。「マニーのいとこのリコも、キロの前に飼ってた犬をパルボウイルスにやられたらしい」

マニーがランドールと並んで火のそばに座る。マルキスに手渡されたフルーツパンチをたっぷり飲んで、底には申し訳ていどにしか残らない。

「早いところ始末した方がいい」マニーが言う。「楽にしてやった方がな。リコは病気だとわかった時点ですぐに喉をかき切ってた。おまえはいま、そいつを苦しめてるだけだからな」

「いや」スキータが答える。「もう少し待つ」

「撃つのか？」マニーが銃を目に留める。「まあ、少なくとも時間はかからないだろうけど」

「いや、違う」

「じゃあ、どうするんだ？」

スキータが顔を上げる。けれどもその目はマニーではなく、ランドールを見ている。

「母さんがどんなふうに鶏を始末したか、おまえ、覚えてる？」スキータが尋ねる。

木立の中で鳴くセミの声が、散発的な雨のようだ。黒い茂みの中で、波のように引いては寄せる。

ランドールは話しながらじっとスキータを見つめ、スキータはバケツの縁を握っている。

「鶏を始末するのは特別なときだけだった。おれたちの誕生日とか、おやじとの結婚記念日とか。母さんはまず、あいつらをじっくり見定めた。一羽残らず知っているようだった。どいつが卵を産んで温めているとか、どいつはしばらく産んでないとか、どいつはただ肥え太って年をくっていくだけだとか。鶏の方もわかるみたいで、だんだんそわそわし始める。せわしなく歩き回り、仲間同士でかたまって、小屋には近づこうともしない。ところが次の瞬間には、母さんは一羽を手につかんでいた。そして家の裏にある、おやじが森から引きずってきたあの大きな古い樫の切り株のもとへ連れていき、しばらくじっとその場に立った。鶏の方は羽がかすんで見えるぐらい派手に暴れるんだけど、声はたてない。すると母さんは目隠しでもするみたいに鶏の顔に片手を当て、ぎゅっと握ってひねった。首を折るんだ。そして切り株の上で頭を落とした」ランドールは息も継がず、一定の速さで流れる小川のように、自分の中から言葉を一気に吐き出す。「鶏ももう、あのころのような味はしないな」近くの木立でコオロギが低く唸りだし、ランドールの声が呑みこまれそうになる。母さんが鶏を始末するところを、わたしはそれほど覚えているわけではないはずなのに、ランドールの話を聞くうちに光景が思い浮かんで、覚えているような気がしてくる。

「ああ」スキータが答えて、ゆっくりと目をしばたたく。子犬を持ち上げる。子犬のお腹がふくらんだりへこんだりして、空気が出てくるときに、カエルの鳴くような音がする。わたしも触れようと思って手を伸ばす。「触るな」スキータが制する。「ほかの犬にうつるかもしれないだろ」そう言って薄い笑みを向け、自分の手に視線を落とす。

木立のあいだから三日月がのぞき、ネッラがそれに合わせて歌う。一瞬、リスのように影を切って跳ぶジュニア、こっちを見て機をうかがうジュニアの姿が見えたような気がするけれど、もういちど目を凝らしても、火のむこうには闇が広がっているだけだ。

子犬をつかんでひねるスキータの手つきは、母さんの手のように確かだ。

子犬を埋めて戻ってくるときには、スキータはシャツを脱いでいる。筋肉がさっきのリスのように黒く筋張っている。オイルでも塗ったみたいにびっしょり汗をかき、一瞬、火明かりの中に立ち止まって、ぜいぜいと息をつく。そしてシャツを火に投げ入れる。

「おまえ、何やってんの？」リスの骨をしゃぶりながらマルキスが振り返る。ぴちゃっと音を立てて危うく呑みこみそうになり、むせて吐き出す。

「汚染されてるからな」スキータが答える。「全部」

スキータはズボンを脱ぎ、火に投げ入れる。

「本気かよ？」マルキスが笑う。

「完全に本気さ」スキータが答える。ボクサーパンツがずり下がっている。上の方がすり切れて、ゴムがのぞいている。スキータは食器用の洗剤をつかみ取るなりピット池の黒々とした水の方へ歩きだし、歩きながら屈んでパンツから片足を抜き、続いてもう片足も抜いて、体は前を向いたまま、肩越しに振り返って火に投げ入れる。全身が筋肉だ。スキータの裸を見るのはお互いまだ小さかったころ、母さんがわたしたちをいっしょにお風呂に入れていたころ以来だ。

「信じらんねえ、そこで洗う気かよ」マルキスが言う。すると言い終えるより先にランドールが立ち上がり、子犬には触れていないにもかかわらず、自分も着ている服を全部脱いで積み重ねる。ランドールはスキータより背が高く、長い手脚はゴム紐のようだ。ビッグ・ヘンリーがビールの瓶をぐりぐりと押して地面に固定する。まず靴を脱ぎ、靴下を脱いで半分にたたんでから、靴の中につっこむ。ビッグ・ヘンリーの足は大きくやわらかそうで、黒くて長い赤ん坊の髪のような毛がくるくると表面を覆っている。

そして兄たちの行くところ、わたしはどこへでもついていく。

わたしは服を着たまま水に入る。完全に濡れるまで待ってから、スキータの洗剤をひったくり、自分も服に泡をすりこむ。服が真っ白になったところで一枚ずつ脱いでいき、水の中で裸になる。脱いだ服は岸の上で泥にまみれ、汚いぬるぬるの山になる。

「おまえらみんないかれてるな」マルキスはそう言いながら、けっきょく自分も服を脱ぎ、わたしたちのあとを追って水辺に来る。

「まあ、おれも暑いし」とマニーが言い、わたしの座っていたあたりに白いTシャツとズボンを脱ぎ捨て、下着だけになる。それから走って水に飛びこむなり、ランドールの背後に浮き上がってタックルを仕掛け、ふたりいっしょに水中に沈む。笑いながら取っ組み合って、釣糸に引っかかってもがく魚のようだ。マルキスは高い木の枝からぶら下がったロープにつかまって揺れ、ビッグ・ヘンリーはゆっくりと水をかいて水中を移動している。彼の手はまっすぐに水を切るので、しぶきが立たない。マニーはいまもランドールと互いに沈め合って笑っている。わたしにもそんなふうに触れてほしい。こっちに泳いできてほしい。腕をつかんでぎゅっと抱き寄せてほしい。でも彼がそうしないことはわかっている。ランドールがマニーからするりと逃れて、スキータの方へ泳いでいく。スキータはさっきからひとりで立ち泳ぎをしている。

「気をつけろよ。そこの茂みの下、沼マムシがいるからな」とランドールが言う。スキータは皮膚がむけそうなほど強く体をこすっている。

「だいじょうぶ。おれのことは眼中にねえよ」

「おまえが咬まれても毒は吸い出してやんねえからな」と言って、ランドールが笑う。

「おれのことは咬まねえよ。におうからな」

「におうって？」

「死のにおい」

ランドールが泳ぐのをやめて歩きだす。暗くて顔は見えない。

「いい加減にしろよ、スキータ」ランドールのはねた水に焚き火が映って赤くなる。空から花火が降ってきたみたいに、しずくがスキータに降りかかる。鳴り響くセミの声の下で、ジュッと音が聞こえてきそうだ。「おまえの言ってること、そろそろ本気でいかれてるからな」

ビッグ・ヘンリーがマルキスの足をつかんでロープから引きはがそうとしている。マルキスが脚をばたつかせるので、こんどはロープの方を力いっぱい引っぱると、ロープを結わえてある枝ごと折れて、太い骨が折れたみたいなものすごい音がする。

「うわ、最悪！」マルキスがわめいてロープを離すも間に合わず、枝はビッグ・ヘンリーの頭を直撃する。わたしも肋骨が痛くなるほど笑っていたら、魚が跳ねたみたいにいきなりマニーが浮き上がって、まるで一等賞の景品みたいに水中からぽんと飛び出してきて、わたしの笑いはぴたりと止まる。ひっ、と喉を引っかいたような音が出る。

「やあ、エシュ、元気？」そう言いながら、マニーはビッグ・ヘンリーとマルキスが枝を相手に水中でもがき、ランドールが泳いで助けに向かう方を見ている。話すあいだも、わたしには横顔を向けたまま。スキータはいまも体をこすり、わたしたちのことは見ていない。マニーがふたたび潜ってわたしの右に浮き上がる。まだ手を伸ばしても届かない。

「うん、まあ」わたしは言葉を呑みこむ。

「おれたちの前で服を脱ぐ勇気はなかった？」マニーは笑っている。でもやっぱりこっちは見ていなくて、ゆっくりと泳ぎながら、わたしのまわりを月のように回っている。あるいは太陽のように。

わたしの喉からは小さな雑音しか出てこない。

「みんなに見られるのが怖かった？」

わたしは首を振る。

「そう捨てたもんでもないのに」

「捨てたもんでもない？」ささやくように言ったあとで、ばかみたいに繰り返している自分に恥じ入る。

「まあそんなところ」マニーが耳に指を入れてぶるぶるっと頭を振り、犬が頭を振るときのようにしぶきが飛んでくる。マニーの下唇はピンク色でふっくらしているけれど、上唇は薄い線。わたしはずっと、彼にキスすることを夢見ている。三年くらい前、彼がある女の子とセックスしているところを見た。父さんの留守を見計らい、ランドールとふたりでその子を〈ピット〉に誘ったらしく、三人で笑いながら窓の下を通り過ぎるのが聞こえてきた。わたしもあとを追って森に入った。池のそばまでやってくると、マニーはその子のお尻をぎゅっとつかんで、犬の脇腹をなでるみたいにお腹をなで、その子は寝転がってマニーを受け入れた。マニーは上にのり、その子の腿のあいだで片手を行ったり来たりさせて、それからキスをした。二回、三回。口を思いきり開いて、たっぷり味わうようになめていた。キャンディーバーのように甘いのかと思うほど。むしろ食べていたと言っていい。いつからあんなふうにキスするのをやめたのだろう。それともたんに、わたしにはしたくないだけだろうか。彼はいま、わたしのまわりを泳ぎながら半分だけわたしを見て、半分はビッグ・ヘンリーとマルキスの方を見ている。わたしの手をつかんでたぐり寄せ、ペニスを握らせる。

「そう捨てたもんでもない」とマニーが言う。どんな感触がするのだろうと思って、わたしは水の中でマニーの胸に、赤い葡萄のような乳首に、手を伸ばす。葡萄よりずっとやわらかい。筋肉との境目はシュガーダディ・キャンディーのキャラメル色。マニーが体を離す。「なんのまねだよ」彼のペニスがわたしの手からするりと抜け、ひんやりした水の中で熱かったそれが、消えてなくなる。

「わたしはただ――」

「エシュ」いかにもがっかりしたような、おれに触ってくるこの女は誰だよ、みたいな言い方。マニーの横顔は険しく、火明かりの中で、磨きたてた一セント硬貨のように輝いている。笑うと下唇が薄くなる。「気でも違ったのか？」

手をたぐり寄せられたときにつかまれた部分が、いまもうずく。

「ううん」彼の名前を呼ぶつもりが、けっきょくそれしか出てこない。

「お断りだかならってことは承知のはずだろう」マニーが水をかいて浮き上がり、脚で蹴って離れていく。「そういうのじゃない」そのひと言で、痛みが洪水のように押し寄せる。

マニーはランドールの方へ泳いでいく。ランドールは歩いて岸へ上がり、服を着ている。マニーの背中は閉じたドアだ。なんてきれいな肩だろう。わたしは彼の背中にのり、水の中の深い場所から足が届く岸辺まで泳いで運んでもらうところを想像する。そのマニーは泳ぎながら振り返ってわたしにキスをし、息を奪う。水の中でペニスを握らせるかわりに、岸に上がって手を握る。わたしの秘密を打ち明けたら、彼は振り向いてくれるだろうか。わたしは肺の空気をすべて吐き出し、水に潜る。顔が熱い。赤ちゃんも、母親の中でこんなふうに浮いているんだろうか。両手でお腹を抱えると、父さんがしらふのときにしか言わないような言葉が聞こえてくる。〈闇の中でおこなわれたことは必ず明るみに出る〉。マニーがその子にキスしているところを見て以来、わたしはずっと彼に恋い焦がれている。彼がシャリヤとつき合う前から愛している。シャリアはスリムで、肌の色が明るくて、ちょっと頭がいかれていて、マニーがほかの女にちょっかいを出していると思ったら、誰彼かまわず殴りかかる。前に〈オークス〉でティーンズナイトがあったときに、マルキスのいとこの頭に瓶を叩きつけて割ったこともある。シャリヤ。彼女の目は猫のようにいつもきょろきょろ動いている。マニーはランドールを相手にほかの子の話もするけれど、結局いつも、話題はシャリヤのことに戻っていく。携帯電話をチェックされるとか、しょっちゅう電話をかけてくるとか、週にいちどしか料理をしないとか、いっしょに暮らしているトレーラーハウスに彼の服だけ積み残しておくので、自分で洗わないと職場のガソリンスタンドに着ていく服もないとか、さんざん文句を言いながら。あるとき公園でシャリヤと会ったら、気の狂った猫の目でまっすぐにわたしを見てきた。そして、獲物でも脅威でもないと判断した。わたしの方が先に好きになったのに。メディアがイアソンと出会って恋に落ちたときも、きっとこういう感覚だったに違いない。彼を目にした瞬間、肋骨がみるみる炎に包まれて、血が沸き、全身から湯気が立ち昇る。これほど強烈な感覚を、マニーは感じていないなんて想像ができない。

わたしのお腹はかぼちゃのように硬い。なぜなら中に赤ちゃんがいるから。セックスのさなかにわたしの頬に触れるマニーのまつげのように小さな赤ちゃん。その赤ちゃんはやがてわたしの腰に触れるマニーの指先ぐらいになり、背中のくぼみに触れる手ぐらいになって、肩にかぶさる腕ぐらいの大きさになる。もしも無事に育ったなら。これはマニーの子。この五か月、セックスは彼としかしていない。森でジュニアを探しているときに、ふいにマニーが現れて、体をつかまれ、女の芯（ハート）を知られて以来、わたしは彼しか受け入れていない。ひとたび彼とセックスをしたら、ほかの誰ともしたくなくなった。マルキスやフランコやボーンやほかの誰かにそういうそぶりを示されても、肩をすぼめるか、聞こえないふりをする。頼まれても、その場を立ち去る。そうすると、マニーに向かって歩いているような気がするから。

水の上で音がする。誰かが大声をあげている。水面に浮き上がって息を継ぎ、肺に空気を吸いこむと、そこにはもうスキータしか残っていない。そしてスキータは無言だ。頭上でコウモリが旋回し、空中の虫をついばみながら、黒い秋の落ち葉のように休みなく翼をひらひらさせている。スキータは岸を目指して泳ぐわたしを見守り、洗剤まみれの服を着るわたしを見守り、それから黙って向きを変え、裸のまま、先に立って闇の中を歩きだす。

四日目　盗む価値

このあたりは蚤だらけだ。リズベスおばあちゃんとジョゼフおじいちゃんの家を目指し、わたしは気持ちの悪い蚤のたまり場を歩いていく。蚤がひっつき虫のように脚にくっつき、咬みついてくる中をかき分けて、ようやくポーチの残骸の上に立つ。家に向かって斜めに立てかけられた二枚の板は、打ち捨てられた桟橋が高潮に呑まれるみたいに、押し迫る地面の波に覆われつつある。玄関の網戸はとうになくなり、ドアは一対の蝶番だけでかろうじてぶら下がっている。家の中へ入るには、両手に木の粉がつくのを覚悟のうえでドア板を押し、葉っぱの絡まったクモの巣のあいだを、体を縮めて横向きにくぐり抜けるしかない。

この家は白骨化しつつある動物の死骸だ。かつて生きていたことを物語るあらゆる痕跡は、長年のあいだにすっかり持ち去られてしまった。ジョゼフおじいちゃんは生前、うちの父さんが家を建てるのを手伝ってくれたというのに、ひとたびおじいちゃんとおばあちゃんが亡くなると、わたしたちはソファーから椅子から写真から皿から、家が空になるまで一切合切を運び去った。母さんはここをそのままにしておこうとしたのだけれど、そのうちわたしやスキータのベッドが必要になり、うちの鍋が黒くなって別の鍋が必要になると、リズベスおばあちゃんが生きていたころのようにソファーに鉤針編みのカバーをかけて霊廟みたいに残しておくよりは、そういう必要性の方が差し迫っていたのだ、と父さんは言った。そういうわけでわたしたちは、ほぼ食べつくした食事をさらにつつくように家のものを持ち去り、ジョゼフおじいちゃんをめぐる記憶はオーバーオールとグレーのシャツと嗅ぎタバコ、そして年とともに青くなっていった目だけになった。リズベスおばあちゃんについてはもう少し、生きていたころのことを覚えている。おばあちゃんの膝に座って髪で遊んだこと。まっすぐで、灰色で、ワイヤーのように硬かった。薬を呑むのを手伝ってあげたこと。毎日呑まなければならない薬が両手いっぱいあったので、それをひとつずつ渡してあげた。甘いいちじくを食べさせてくれたこと。いっしょに家の裏でもいできて、食べるときにも外の日なたのように温かかった。わたしが鳥のように恐る恐る食べると言っておばあちゃんは笑い、歯がないせいで笑顔が真っ黒だった。たまにぴりぴりしてハグをされるのもいやがり、かまわれるのを嫌って、ポーチの自分の椅子に座っていた。おばあちゃんが亡くなったときには、行ってしまったんだよ、と母さんに言われて、どこへ行ったのだろうと思った。まわりのみんなが泣いているので、わたしは子ザルのように母さんにしがみつき、やわらかな体に手脚を巻きつけて、自分も泣いた。視界を奪う夏の土砂降りの雨のように、わたしの中を愛情が流れていった。そうしたらこんどは母さんが死んで、そのときにはもう、わたしのしがみつける相手はひとりも残っていなかった。

わたしは前に屈んで蚤をきれいにはたき落す。キッチンに入ると、スキータが隅の方でふうふういいながら、全身に力をこめて何かを引っぱっている。昨日は短いアフロだった頭が今日はさっぱり剃りあがり、ほかの部分より少しだけ色が明るくなっている。耕したばかりの地面みたい。

「ここにいるってジュニアに聞いたから。何してるの?」

「このリノリウムをいただこうと思って」

「なんのために?」

スキータは床のリノリウムを隅の方からはがそうとしている。大きなパネルが顔の前で犬の耳のようにぱたぱたしている。

「あいつらは土の中にいるからな」と言って引っぱる。唸るだろうと思ったのに、唸らない。筋肉が風船ガムのようにぷっとふくらむ。「パルボのやつら。きっと物置小屋の土間にいるんだ」

「それで、ここの床をどうするの？」

「土間を覆うのさ」スキータがリノリウムを引っぱり、ぱかっと大きな音がして、パネルがはがれる。それを後ろにほうり投げ、先に積んであった四、五枚の上に重ねる。

「チャイナのために床を張るってこと？」父さんは母さんと結婚するときに、うちの家づくりに取りかかった。子どものころによく父さんやジョゼフおじいちゃんから話を聞かされていたので、わたしはてっきり、それは結婚に伴う男の務めのようなものだと思っていた。女のために住む家を用意すること。

「いや」スキータは父さんの錆びたカッターで次の一枚の下面をはがす。「子犬のためだよ。チャイナは成犬だし体力もあるから、パルボに感染しても死にやしない」そう言って、リノリウムをぐいと引っぱる。「あいつらは金（かね）だからな」

「髪、どうして切ったの？」

「邪魔だったから」スキータは肩をすぼめ、ふたたび引っぱる。「今日の予定は？」

「とくに」

「おまえも行く？」

「どこに？」

「森のむこう」もういちど引っぱったところで、リノリウムがはがれる。スキータがそれを離れた場所にほうり投げる。「ひとっ走りすることになるけど」走るのは昔から得意だ。子どものころは、男の子と競争しても必ず三着以内に入っていた。ランドールに勝ったこともあるし、一度か二度はスキータとも接戦だった。「手を借りたい」

「わかった」スキータがわたしを必要としている。チャイナが子犬を産む前は、お互い何日も顔を見ないこともざらだった。そして何日か経ったころ、ピット池へ泳ぎに行くときや卵を探しているときに、あるいはランドールとマニーがいることを期待して木立の中を歩いているときに、スキータにばったり出くわした。スキータは自転車の古タイヤやロープを使い、チャイナに突進や咬みつきや押さえこみの練習をさせていた。ふたりで綱引きをして土煙を巻き上げ、松葉の中に川のような跡を残していることもあった。別のあるときには、チャイナが昼寝をするそばで、スキータはカミソリを食べていた。ピンク色の内頰と舌のあいだにカミソリの刃を何枚か差し入れ、気のせいだったかと思うほど、目にも留まらぬ速さでふたたびさっと取り出す。どうしてそんなことをするのか訊いたら、にやりと笑って、〈チャイナに歯があるなら、おれにもあっていいだろ〉と答えた。

「いいよ」とわたしは答える。

遠くで父さんのトラクターが唸りだし、近づいてくる。スキータがリノリウムを拾い上げて裏の窓からほうる。裏手のドアは長年のあいだに藤と葛に覆われてしまったので、そこなら父さんも来ないとわかっているからだ。家の中へ入るには玄関のドアを通るしかない。最後の一枚とカッターを投げ終えたちょうどそのとき、父さんがドアを乱暴に押して入ってくる。銃弾が部屋じゅうに跳ね返るような音がしたので、蝶番がはずれたのではないかと思ったけれど、ドアはいまもちゃんと立っている。父さんの髪にはクモの巣が灰色の尾を引き、葉っぱが一枚くっついている。Tシャツの両脇と首まわり、それに背中の中央が黒くなっている。ブーツで床をがんがん踏みつけるので、腐った板が抜け落ちるのではないかと思うような音がする。父さんはわたしたちよりそんなに大きいわけではない。メディアが父王から逃れて兄弟とともにイアソンについていこうと決意したときも、こんなふうに見えたのだろうか。父王の立派なローブの下に、肩の小さな男が透けて見えたのだろうか。父さんは、いまはもうそれほど働いていなくて、牡蠣漁の船で半端仕事を請け負ったり金属スクラップを運搬したりするていどだけれど、わたしの記憶しているかぎり、毎日ずっと同じ作業服を着ている。つま先をスチールで補強した作業ブーツに作業ズボン、二枚のTシャツと二組の靴下。母さんは毎晩、寝室の隅にある椅子に父さんの服をきれいに重ねて置いた。すると父さんが背後から近づいて、椅子の方に屈んでいる母さんの腰に腕を巻き、首筋にささやきかけた。そしてわたしたちに、テレビでも見てこい、自分たちの部屋へ行け、さっさとここから出ていけ、と命じた。父さんが顔を上げて、驚く。

「何をしてるんだ、こんなところで？」

「べつに」スキータはすかさず大声で返事し、父さんがいるドアの方へ歩きだす。

「ちょっと待った」父さんが呼び止める。「手を借りたい」

「おれ、チャイナの世話をしないと」

「こっちが先だ」通り過ぎようとするスキータの腕を父さんがつかむ。「チャイナは待てる」

スキータはそのまま歩を進め、父さんの手を振りほどく。その指がするりと離れたことにスキータは自分でも驚いた顔をし、父さんもとまどったようにちらりとわたしを見る。スキータが立ち止まって振り返ると、父さんは屋根裏を指差す。

「湾で次の嵐が発生した。ホセだ。メキシコに向かうらしい」

スキータはあきれて目を丸くし、さらにぐるりと回したそうにしているけれど、さすがにそこまではしない。

「あそこに板があるだろう？　あの二枚、それほど傷んでなさそうなのが」

スキータがうなずく。意外にも今朝の父さんは、朝からビールを飲んだときの、あの甘いパンのにおいがしない。

「うん」

「このハンマーであれを壁からはがして下に投げてくれ。おれとエシュで外に運んでトラクターにのせるから」

リビングの天井は何年も前に抜け落ちて、いまではその上の屋根裏まで簡単に見渡せ、場所によっては屋根の梁ものぞいている。天井の梁をつかもうとして、スキータがジャンプする。ところがジャンプの高さは足りているのに、梁の表面にしっくいがフジツボみたいについていて、なかなかうまくつかめない。

「エシュ、スキータをのせてやれ」

スキータが、気は確かかと言わんばかりに父さんを見る。でも言わない。

「自分でできるよ」

なんなら父さんが梯子になって、ロープのように頑丈な手でスキータを持ち上げてやってもいいのだけれど、父さんがそうしないことは三人とも承知している。

「どうぞ、スキータ」

わたしは学校でチアリーダーが互いの上にのって人間ピラミッドやジャングルジムを作るときの要領で、片脚を前に出して膝を曲げ、うしろの腿を立てて、なるべくしっかり固定する。父さんは腕組みをして、屋根裏を見上げている。

「いいよ、エシュ。自分でジャンプできるよ」

「いや、無理だ」父さんが言う。「ほら、さっさとしろ」

スキータの片手が肩に置かれる。手の皮がびっくりするほど硬い。父さんの手が全体的に砂利のようだとしたら、スキータの手にはたこがあって、やわらかい砂地に小石が埋まっている感じ。怒ってあごに力がこもり、ふだん笑っていないときには下を向いている唇が、いまは一直線になっている。

「おまえにのって、梁をつかむから。いいか？　なるべく急いでやる」

わたしはうなずく。スキータはさらにしばらくわたしを見てから、繰り返す。

「なるべく急いでやる」

スキータが腿にのり、スニーカーがぎゅっと押してきて、ゴムの溝がスパイクのように食いこむ。痛っ。思わず声が漏れたので、押しとどめようと喉を締めたら、息もできない。スキータが両足で立ち、天井裏の梁をつかむ。わたしの腿は震えている。

「ほら、そこだ」と父さんが言う。

スキータがわたしの腿を押して腕で体を持ち上げる瞬間、皮膚をすりつぶされるような感じがする。またしても声が飛び出し、わたしは大きく息を吸って屈辱を噛みしめる。小さいころ、わたしたちが転んで膝をすりむきわんわん泣くと、父さんは目をぐるりと回して〈泣くな、泣くな〉と言った。わたしは立ち上がって腿をさする。

「よしよし」と言って父さんがハンマーをほうり上げ、スキータは屋根裏のわたしからは見えないところへ移動して、板をはがし始める。わたしは前に屈んで腿に顔を近づけ、そこに残っているスキータの靴の痕をさする。一枚目の板はすぐにはがれる。顔を上げると、スキータが天井の穴から板を投げるところで、板は父さんの足もとぎりぎりのところに落下する。わたしはあわてて跳びのく。「気をつけろよ、ぼうず」

父さんはわたしに板を渡してドアを示す。次の板がみしっとはがれる音がしたので振り返ると、スキータがそれを天井裏から父さんめがけて紙飛行機のように滑空させる。父さんが屈んでかわす。

「くそっ！」

「ごめん」と言ってスキータは飛び下り、猫のように着地する。板は父さんをかすめて壁にぶつかり、ガラガラと音をたてて床に落ちる。スキータはにやにやしている。

「このやろう」

「ごめんって言っただろ」スキータはもう笑っていない。けれども板を押してドアを通り抜けながら、わたしは下を向いて笑っている。なぜならスキータの顔が、カミソリ食いをマスターしたあの日と同じ顔だったから。そしていまのが、わたしのための仕返しだとわかっているからだ。

森に入って東へ向かい、枝が地面を這うほど大きな古い松と樫のあいだを一キロ半ほど歩いていくと、牧場があって、何頭もの雌牛が草を食(は)んでいる。牧場は木と有刺鉄線の柵で囲われ、中央に大きな茶色い納屋(なや)があって、その隣に、急勾配のトタン屋根がのった小さな白い家が建っている。そこには白人が住んでいる。

あるとき森の中で丸一日かけて鬼ごっこをし、チームを組んで何時間も走り回って隠れたり探したりしていたときに、スキータがそこを発見した。いきなり開けたところに出たと思ったら、松の木が無惨に切り倒されていて、いくつもの切り株が、誰も座ることのない椅子のように柵のむこうまで点々と続いていた。草のあいだにはシラサギもいて、口やかましいガールフレンドが世話を焼くように、せっせと地面をつつきながら雌牛のそばを歩いていた。森から飛び出した瞬間、思いがけず視界に飛びこんできた広い空と異様な光景にたじろぐあまり、わたしはスキータにタッチをするのも忘れていた。青の多さに圧倒された。木立に挟まれた私道らしき陰の中から一台のピックアップトラックが音もなく現れ、一頭の牛がモオオと鳴いた。トラックが停まると中から年配の白人の男と女が降りてきて、自分たちの巻き上げた土埃をあおいで散らした。遠くで犬が吠えていた。

「行こうよ、スキータ」とわたしは言った。

スキータは首を傾け、目を細めて、いましばらく家の方を眺めていた。

「置いていくよ」わたしはくるりと向きを変えて小走りに駆けだし、森の中へ、大きく張り出した緑の枝の下のやわらかな地面へ戻った。薄暗い森のかなり奥まで戻ったところで、スキータが猛スピードで追いついてくるのが聞こえて、もしかしてボア・ソバージュの黒人地域のはずれにあったあの家に住む白人たちが追いかけてきたのだろうかと怖くなって振り返ったら、いるのはスキータだけで、それもすごく落ち着いた顔をして走っていた。息が上がっているようすもなかった。

スキータがわたしの部屋に来ていっしょに行くと告げた先は、そこだ。スキータはリズベスおばあちゃんのところではいていたジーンズから、松葉色のTシャツと、両方の膝に穴のあいた濃い茶色のズボンにはき替えている。テニスシューズの中に靴下は履いていない。

「おまえも着替えた方がいいな」スキータが言う。「緑か、茶色か、黒。白とかベージュはだめだ」

「どうして？」

「目立つから」スキータが廊下に出たので、わたしは引き出しを引っかき回して黒いTシャツとランドールのお下がりの黒いバスケパンツを見つけ出す。もとはセントキャサリン高校のロゴがついていたので、きっとランドールが誰かの練習着をくすねてきたのだろうけれど、かなりくたびれていて、スキータにだめ出しされそうな蛍光ブルーの裾の文字ははがれ落ち、グレーの痕がうっすら残っているにすぎない。わたしは髪をポニーテールにまとめ、黒い靴下とテニスシューズを履いて、オーバーサイズのTシャツのお腹の部分を整える。スキータが壁を二度叩く。急げの合図だ。

「よし行こう」

ドアから外へ飛び出すと、目の前にいた鶏たちが四方に散って、夏の雨に打たれて舞い散るサルスベリの花びらのようにくるくる回る。茶色、錆色、白。あたりに聞こえるのは鶏たちの羽音だけ。そこへチャイナが割って入り、吠えたてる。

〈ピット〉から遠く離れたこのあたりでは、松の木は空に向かってまっすぐに伸び、梢近くの緑の針はぴくりとも動かない。ときおり上部を風が通り抜け、そのときだけかすかに揺れる。まるでわたしには聞こえない何かにうなずいているみたいで、一瞬、もしかしてメキシコ湾の沖合いでホセが鼻歌を歌っているのだろうか、と考える。風は、下にいるわたしたちのところまでは届かない。地上の空気は熱くむっとしている。木立が鬱蒼と茂っているせいで下草もあまり育たず、影に覆われた硬い地表では、光を求めて低木が競い合っている。昨日と同様、森には小鳥もいるけれど、このあたりのは小さくて茶色。本当に小さくて、わたしの手の中に収まるくらい。なんならチャイナの口の中にも。わたしたちが木立の隙間を縫って見えない小道を行くあいだ、小さな鳥たちは木から木へ飛び移り、甲高い声で呼び合いながら、ずっと同じペースでついてくる。松の林を抜けると、もわっとした空気の中に、樫の木がむっつりと微動だにせず立っている。腕からたれ下がった灰色のスパニッシュモスは、老いた王様のあごひげのようだ。スキータに手をつかまれ、その感触に驚いて、わたしはとっさに跳びのきそうになる。スキータの指は硬く、チャイナのリードを握るうちに手のひらにできた小さな豆が乾いて、古くなったパンのようにがさがさしている。スキータに手を引かれ、わたしは松と樫と樺と小鳥たちの回廊を駆け抜ける。自分でも止められない。引っぱられてうしろにもたれ、声をたてて笑う。

やがてわたしたちは同じペースで走りだす。顔がほてってぴんと張りつめ、空気が鼻から水のように入ってくる。わたしは空気の中を泳いでいる。わたしの体は本来の仕事に専念する。動くこと。スキータが先に行こうとしても無理。わたしたちは互角。スキータが少しだけペースを速め、それでもつないだ腕がたるんだまま、わたしが変わらずそばにいると、スキータはちらりと振り返ってにんまり笑う。するとそこに、銀色が。内頬にカミソリが入っている。メディアもこんなふうに走ったのだろうか。兄弟とともに手と手をつなぎ、父の束縛を逃れて、アルゴー船に乗るために。一歩一歩が、飛翔する鳥の助走のように感じられたのだろうか。伐採地の端にたどり着き、スキータがわたしの手を離す。わたしは膝をついて前に倒れ、枯れた松葉に顔をうずめて、日に焼けた落ち葉の精気を吸いこみながら、全身から汗が滴るのを感じる。用を足したい。お腹の中に濡れた重みを感じ、赤ちゃんのことを思い出す。茂みが目に留まる。戻ってくると、スキータは脱いだシャツを片手に握り、傷痕だらけの節の上でカミソリをくるりと回している。剃ったばかりの白っぽい頭をシャツでぬぐい、肌を刺す汗をぬぐう。わたしはお腹をさらしたくないので、重くなったシャツの裾で顔をふくのはやめておく。有刺鉄線と舌をたらした雌牛のはるかむこうに、納屋と家がぽつりと建っている。家は長年のあいだに建て増しされたとみえ、全体的に不揃いだ。一方の端に差しかけ小屋があって、正面ポーチの屋根の傾斜と対をなし、船の両側に漕ぎ手がいるように見える。わたしたちは目的地にたどり着いた。

「おまえには見張りを頼みたい」

「あんたはどこへ行くの？」

「納屋に入れるかどうか試してみる。横に小さい窓があるだろ？　トレーラーの真上にある、あれ」

「うん」

「賭けてもいい、きっと鍵もかかってない」

「どうして納屋に入る必要があるの？」

「牛用の虫下しがある。間違いない」

「犬に牛用は無茶でしょう」

「だいじょうぶ、使えるんだ。リコが、あいつの犬とチャイナが交尾してるときに話してた。犬に与えるにはむしろ都合がいいらしい。多少ぐあいは悪くなっても、完全に駆除できるから。みんなやってる」

「つまりそれを盗むってこと？」

「これ以上失うわけにはいかないからな」

「なるほどね。それで、誰か来たらどうやって知らせればいいの？」

「あそこに切り株が集まってるだろ？　牧場の真ん中あたり。三つくっついてるやつ」

「うん」

「あそこに伏せてて、白人たちが来たら、指笛を鳴らす。そして身を低くしたまま、走って森へ戻る」

「あんたが捕まったら？」

「止まるな」そう言って、スキータはまっすぐにわたしの顔を見る。頭を前に突き出して低く構える姿は、リードにつながれた先で対戦相手と向き合い、緊張して闘志に燃える犬のようだ。「いいな？止まるな」


鞭打つ枝に抗いながら、わたしたちは牧場の縁に沿って家と納屋をぐるりと一周する。スキータのシャツはいまも手の中、けれどもカミソリはふたたび口の中だ。木立のあいだを用心深く進みながら、枝を曲げて犬のリードのように握り、折らないように軽くつかんで、二本の指でそっと離す。わたしが通るまで押さえていてくれるのだけれど、たまに跳ね返って腕や顔に当たると、輪ゴムで弾かれたような痛みが走る。思わず声が漏れる。

「ごめん」と言って、スキータが振り返る。

わたしが肩をすぼめても、スキータはすでに見ていない。家の方をのぞいている。わたしたちは牧場をまわりこんで家がある方へ向かっていて、スキータは車がないか、なんらかの動きがないかと目を配っている。納屋とは反対側の家の影の中で、子犬が舌を出している。雑種犬だ。スキータが立ち止まって、膝をつく。Tシャツを着て指を一本なめ、宙にかざす。首を傾けて片方の耳を上に向け、木々のさざめきか、波状に押し寄せる虫の声でも聞いているようだ。わたしはまたもや肩をすぼめ、さらに両手を上に向ける。

「何してるの？」わたしはささやく。

「風上か風下か調べてる」

「なるほどね、クロコダイル・ハンター」笑いを誘うつもりが、スキータは笑わない。にこりともしない。指をさらに二本なめて、宙に突き出す。「あの人、死んじゃったんだよ」

「黙れよ、エシュ」スキータは小声で言い、ズボンで両手をぬぐう。「最初に来たときに犬の声がしたからな」またしても指を一本なめて宙にかざし、すぐに下ろす。「わからないや」

　わたしたちはブラックベリーの蔓（つる）の只中（ただなか）に立っている。棘（とげ）のある蔓が足首に絡んで脛を引っかき、子どもが殴り描きしたような深く短い血の線がいくつもできている。膝で宙を蹴って逃れようとしたら、ふくらはぎとつま先にますます絡みついてくる。

「じっとして」スキータが小枝をつかむように蔓を握って引っぱる。「あいつらには血のにおいがわかるんだからな」

「これだけ離れていれば無理でしょう」

「いいさ、そう思っていれば」蔓がはがれる。スキータがまたしても指をなめたと思ったら、こんどはそれで、わたしの足にブヨみたいにくっついている血のしずくをぬぐう。叩くようにしてふきとり、もういちど指をなめて、ぬぐう。忍耐強く取り組む表情は、わたしたちが口のまわりをクールエイドの蛍光色に染めていたり、ほっぺたに菓子くずをつけていたり、そういう小汚い格好で人前にいるのを見つけたときの母さんの表情とおんなじだ。母さんは子猫をきれいにするように、わたしたちをきれいにしてくれた。スキータが身を屈めてわたしの靴下の縁をぬぐい、剃り上げた頭が汗で光る。片方の足を持ち上げられたので、わたしはスキータの頭に片手をのせてバランスをとる。剃った頭はうろこを逆なでしたような感触がして、縁が乾いて黒くなりかけた木陰の水たまりみたいにひんやりしている。

　家の方で動きがないか注視しながら、わたしたちは木立のあいだを匍匐（ほふく）前進する。低木が絡まり合い、しゃがんでかき分けて行くことができないので、腹這いになって体を引きずる。ヘビのようにずるずると、乾いた松葉と地面を肘で捉えて体を引っぱる。スキータはたびたび止まって耳を澄ませる。松葉や小枝が頭から滑り落ちて肩に溜まり、クリスマスの電飾みたいだ。わたしも止まってなるべくじっとし、危険に耳を澄ませようとするのだけれど、耳の奥で血がどくどくと脈を打ち、その音と自分の息がひゅうひゅういう音しか聞こえない。ひとつの藪を通り過ぎ、ふたたび次の藪を這い進む。腕についた土埃はやがて泥になり、縞もようになる。松の梢のあいだからわずかに日が差し、ひと言ふた言ささやいて、静かになる。下生えの中を這って進むわたしたちのほかは誰もいない。牧場と静まり返った家をようやく半周したところで、ウサギが一匹、座ってこっちを見ている。両耳をぴくりとさせ、横を向いたままわたしたちをじっと見ていて、見開かれた黒い片目は濡れたビー玉が顔にはめこまれているかのよう、大きくつやつやとしたその目には、この世のものではない何かが見えているかのようだ。わたしたちが進むあいだもウサギはじっとして動かず、わたしたちが小さな空き地を突破したあとも、道路を目指してさらに進んでからも、動かない。

道路へ向かう道のりは、それほど鬱蒼としているわけではない。周囲の木はほとんどが冬になると葉を落とす落葉木だけれど、いまは夏なので青々と繁っている。そのため風が吹くと葉がパタパタ鳴る。道路は狭く、家の見え方から察するに、スタート地点からようやく四分の三周ぐらい進んだところ。道路の中央には牡蠣の殻が一列に敷いてあり、残りの部分には川から運んできたとおぼしき小石が敷きつめられている。路肩に砂囊が積まれて小高くなっているので、わたしたちはそのそばに膝をつく。スキータが私道の先に目を凝らし、わたしに向かって右手を上げる。〈待て〉と、レースの縁取りのような指の関節が告げている。

虫たちが焦げるようにジュージュー鳴いて、わたしたちに応える。熱気がすさまじい。私道の少し先にヘビが寝ている。スキータが手を振ってわたしを先へうながし、いっしょに道を渡る。小石の上を走るわたしたちの足は、跳ねて転がる小石と同じくらい軽い。

　私道は果てしがなく、両側の木立が中央で出会うはるかかなたで消えてなくなる。この一年、わたしたちはすごくついていなかった。セントキャサリンのスクールバスの経路が変わったおかげで朝の六時半にバスに乗り、続く一時間というもの、勝手知ったるボアの黒人地域を通り抜け、わたしたちにとっては未知の領域、内陸側に広がるボアの白人地域を延々とめぐるはめになった。バスはいくつかの教会と雑貨屋を通り過ぎ、そういう店ではたいていタバコやポテトチップスや激辛チップス、瓶入りの清涼飲料、駄菓子などを売っていて、店先にはガスタンクがひとつあり、落書き文字が彫られていた。ランドールは窓ガラスに頭をもたれて眠り、スキータは宿題を片づけ、わたしは似たような寂しい土地に建つ似たような家を眺めて過ごした。トレーラーハウス、屋根が低くて横に長いれんが造りの家、二部屋ていどしかなさそうな粗末な木造小屋。そしてそこから乗ってくる子たちは全員白人だった。鼻の下に針金のような髭を生やしたずんぐりした少年、こすったような赤い頬と水のような青い目をした女の子。彼らの家にも別のスキータとエシュが忍び寄り、戸棚の砂糖を目指して床下を行進する蟻のように、屋敷のまわりを匍匐前進するのだろうか。

　家はどの角度から見てもいたって簡素だ。白い壁は日にさらされて薄茶色に焼け、窓はすべて閉じられて、白いカーテンが引かれている。見えない目を閉じた家。正面には端から端までコンクリートのポーチが渡され、揺り椅子がいくつか、うちの壁の継ぎ目に棲みついているトカゲのような鮮やかなブルーの揺り椅子が、じっとうずくまっている。納屋の方は塗装されておらず、屋根が高くて、ドアは閉まっている。壁は古く、黒っぽくて、ジョゼフおじいちゃんがリズベスおばあちゃんの家を建てるのに使ったような板。壁全体がそうとう古くて、端の方からめくれそうな感じもそっくりだ。

「シューッ」とスキータが息を吐く。静かにしろと言っているのか、わたしの名前を呼んだのか、わからない。いずれにしてもその場に止まっているので、わたしもうしろで立ち止まる。スキータが指いだに――誰かいる。

を差す。するとそこ、わたしたちが最初に家と納屋を眺めた木立の隙間、〈ピット〉へ続く木々のあ

スキータは背中を丸め、地面に手を触れながら、影から影へ少しずつ走って前進する。ふたりして木に抱きつく。それから横向きに寝そべり、赤土の斜面の上をのぞきこんだそのとき、ようやくそれに見覚えのあることに気がつく。ゴム紐のようにびよんと揺れる腕、用心深く揺れたり止まったりする脚。ランドールとビッグ・ヘンリーだ。続いて甲高い声が聞こえてくる。ジュニアだ。

「誰の家?」

「白人のだよ」ランドールが答える。

「本当にこっちに向かってたのか?」ビッグ・ヘンリーが尋ねる。

「おれとジュニアが溝を跳んで庭へ渡ったと思ったら、ふたりで走っていくのが見えたんだ。ずいぶん急いでた」

「なんでここだとわかるんだ?」

「わからないけど」ランドールが答える。「ここしかないだろう。ふたりじゃ鬼ごっこはできないし。まあ、おれたちが見つけたら、あいつら絶対に始めたがるだろうけどな」

「牛、見に行きたい」ジュニアがぴょんぴょん跳ねてランドールの顔の高さに届こうと頑張る。でも胸までしか届かない。「ねえ、お願い」

「だめだ」ランドールが言う。「ここからでも見えるだろう」

わたしはそっちへ行こうと立ち上がりかける。するとスキータに腕をつかまれ、いやというほど肩を引っぱられて、中腰でぴたりと止まる。スキータは首を振っている。その表情は読めない。地面を指して、むこうに存在を悟られないよう、これから何をしようとしているかばれないよう、わたしを

隣にしゃがませようとしている。

「協力してもらおうよ」わたしはささやく。「見張りは多い方がいいじゃん」

スキータはいまもわたしの手首をつかみ、ロープを引くみたいに強く引っぱっている。それでわたしを引き止められると思っているのだろうか。わたしが手を振りほどくと、濡れた魚のようにつるりと抜ける。

「絶対にそうだから」と言って、わたしは歩きだす。スキータもついてくるよりしかたがない。振り返るまでもない。松葉のこすれる音とぐちゃっと砕けるような音がして、案の定、ついてくる。

ランドールは知覚が鋭く、人には見えないものが見えて聞こえないものが聞こえるようなところがあり、今回も真っ先にわたしたちに気がつく。

「ここに来るのが見えたような気がしたんだ」

「まあね」と、わたし。

「なんであんなに走ってたんだ？」ランドールが訊く。ビッグ・ヘンリーは木にもたれて前に屈み、幹を椅子の背にして宙に腰かけている。

「さあ」と、わたし。

背後からスキータが言う。

「ジュニアは帰さないとな」

「なんでここにいちゃだめなんだ？」

「手に入れたいものがある」スキータは腕を組む。

「どこから？」ランドールが尋ねる。スキータを見つめ、うなずいて口を開けているので、魚があえいでいるみたいだ。「なるほど」と言って、黙る。

「何を？」ビッグ・ヘンリーが尋ねる。

スキータが大きく息を吸って吐き、胸の前で腕をさらにぎゅっと組む。

「犬のもの」スキータはどうせ言わないだろうから、わたしが代わりに答える。

「だめだ」ランドールが言う。

スキータは黙ってランドールを見ている。組んだ腕に、筋肉がロープのように浮き出ている。

「あの白人の家に何が置いてあるかわからないだろう。銃があるかもしれないんだぞ」ビッグ・ヘンリーが言う。

「家じゃないの」わたしは答える。「わたしたちが入るのは納屋」

「わたしたちは入んねえから」スキータが言い、唇に力をこめる。「納屋に入るのはおれで、おまえはさっきも言ったように見張りだから」

「ふたりともどこにも入んねえから」ランドールが細長い指を広げて首を振り、そばで見ているジュニアの腕をつかむ。「みんな帰るぞ」

「やれやれだ」ビッグ・ヘンリーがささやくように言う。

「おれたちは帰んねえよ」スキータが腕を振りほどいてぱっと広げ、きっぱりと宣言する。七月四日の独立記念日にやる小さな爆竹、全面から火花を散らし、鮮やかな酸性の炎に包まれてうちの庭の硬い地面を跳ね回る、あれみたいだ。「そもそもおれとエシュは一時間近くかけてここを一周して、あの家を観察してたんだ。家は無人で、建物の反対側、むこうのあの私道の近くに子犬が一匹いるきりだ。必要なものはわかってるし、どこにあるかもわかってる。それにおまえだって、恩恵がないわけじゃないからな。おれの子犬が無事に育てば八百ドルにはなる。八百だぞ。八百あれば何ができると思う？　おまえは再来週のバスケの合宿代の残金を払うのにおやじに頭を下げなくてもすむし、奨学金のために夏のリーグ戦でいいところを見せなきゃとか、焦る必要もなくなる。合宿、行きたいんだろ？　だけどおやじに金がないこともわかってるんだろ？」荒い息遣いはしだいに収まり、両手が体のそばに下りる。いまはもう、硫黄混じりの苦い煙がたなびいているにすぎない。「だいたいおれの親でもないくせに」スキータがつぶやく。

「そんなのばかげてるって」ビッグ・ヘンリーが言う。

「ぼく、いちばんに走れるよ」とジュニアが言って、ランドールの腕を引っぱる。

「黙って、ジュニア」とわたし。

ランドールがジュニアを引き寄せ、スキータが血をふいてくれたときにわたしがしたように、ジュニアの頭に手をのせる。ジュニアが黙ってわたしたちの方を向くと、ランドールの腕がスカーフのようにジュニアの首に巻きつく。ジュニアはいまもにこにこして、自分も走る気満々だ。

「おまえはどこへも走らないから、ジュニア」ジュニアがしかめ面になり、ランドールの腕がジュニアの胸を抱きかかえる。ランドールがジュニアの頭を見下ろし、髪についているスパニッシュモスを払う。「おれのためだっていうのか？」ジュニアの頭に向かってそう言うので、最初は誰に話しているのかと思ったけれど、ふと見ると、スキータがわたしの横でうなずいている。うなずくたびに額の汗が流れ落ち、力強い鼻の脇を通り、やわらかい毛で覆われた鼻の下を通って、弱々しい夏の小雨のようにあごの先から滴る。

「ああ」スキータが答え、いまもうなずいている。「そうだ」

スキータが計画の概要を説明する。おそらく犬のこと、チャイナのことになると、がぜん頭が冴えるのだろう。朽ちかけた板で犬小屋をつくったり、リスのバーベキューを用意したり、リノリウムをはがして床に敷いてやったり。

「おまえが広いところに出ていくと目立つからな」

「もともと行く気はなかったよ」ビッグ・ヘンリーが答え、スキータは肩をすぼめる。

「というわけで、ジュニアとここに残ってくれ。黙れ、ジュニア。これは遊びじゃないんだ。ヘンゼルとグレーテルって聞いたことがあるだろ？　あの家の主がそうなんだよ。おまえを子豚みたいに太らせて食ってやろうって魂胆なんだ。だからつべこべ言わずにビッグ・ヘンリーと森でおとなしくしてろよ。もしゆうべみたいにこっそり出てきたら――黙れ、ジュニア、こっちはちゃんと見てるんだ――とっ捕まえてお仕置きだからな。その前に白人のやつらがおまえを取って食わなきゃの話だが」

「おれも納屋に入るのを手伝った方がいいのか？」ランドールが尋ねる。

「いや、ひとりで充分だ。それにおまえだと身長が邪魔になる。おまえは牧場の端の方、柵のそばで全体に目を配ってほしい。何か見えたら、指笛を鳴らす」

「エシュは？」ランドールが尋ねる。

「エシュは牧場の中ほど、あの切り株のところで伏せて見張る。あそこの方が近いぶん、私道がよく見える。何か見えたら、そっちも指笛を鳴らす。思いきり鳴らせよ、エシュ。赤ん坊が泣くみたいな音じゃなくて」

「指笛をマスターしたのはわたしの方が先だからね」わたしは指摘する。

「わかってるよ」スキータがそう言ってちらりと見たので、それが本心であることを互いに了解する。

「以上だ。みんな用意はいいな」その口調は確認というより断言だ。まだと答える余地はない。「よし、それじゃあ。おれがあの窓から出てくるのが見えたら、全員走ること。絶対に振り返るな。とにかく走れ」

　わたしたちは一本の線で結ばれている。牧場を横切るひと筋の線。スキータは膝を曲げ、背中を黒いボールのように丸めて、納屋の窓を目指し走っていく。わたしは小高い場所で伸び放題の草に囲まれ、ヘビのように這いつくばって、切り株の陰で待機する。ランドールはわたしの後方で木陰に潜み、爪ほどの小さな葉をつけた大きな藪の背後にしゃがんでいる。そしてビッグ・ヘンリーとジュニアは、ランドールのさらに後方にいる。わたしがここへ来るときには、ビッグ・ヘンリーは前後に足踏みしながら弾んでいて、ジュニアは少し離れたところで足をYの字に開いてしゃがみ、松葉を棒でほじくって持ち上げ、三角屋根を作っていた。

牛たちは草を塊ごと引きちぎり、同じペースで噛んでは呑みこみ、ぐいと顔を上げる。シラサギたちは二、三羽ずつ連れだって、羽ばたきながら歩いている。一羽が連れから離れてふらふらとこっちへ近づいてくる。一歩ごとに地面をつつくので、くちばしがもうひとつの脚に見える。どんどん近づいてくる。わたしが〈しっ〉と言うと、立ち止まる。ほかのシラサギよりもひときわ白い。羽根がふんわりとして、皆より若いのか、羽毛の下でふわふわの暖かい体が脈を刻んでいそうな感じ。もういちど〈しっ〉と言うと、枕を振ったみたいにばさばさと離れる。牛たちはスキータがそばを駆け抜けても知らん顔で、自分の食べているサラダのよほど近くを通ったときだけあわてて脇へ寄り、一メートルほど離れたところで落ち着く。スキータはむこう側から柵をくぐり、さっきわたしに示した窓に向かって全力疾走する。さながら跳ねる影だ。片手が顔に近づいてすぐに離れたのは、おそらくカミソリを取り出したのだろう。ジャンプして窓の出っぱりにしがみつき、壁に足をつっぱってバランスを保ちながら、窓をいじっている。わたしの脇の下がほてってじっとりしてくる。

「何をもたついてるのよ？」心の中でスキータを急かす。「ほら、スキータ、急いで」

スキータが手をひねっても窓は開かない。壁を滑り下りて、もういちど顔に手をやる。Tシャツの裾をつかんで頭からさっと脱ぐなり、腕に巻いて、ふたたび窓の出っぱりに跳びつく。片手で体を支えつつ、Tシャツを巻いた肘を窓に叩きつける。窓が割れる。もういちど肘をぶつけると、ガラスが砕ける。スキータが脚を半分に折りたたみ、肩をひねって、下腕と膝だけになる、と思ったら、影に包まれた納屋の内部と同じくらい黒くなり、次の瞬間、いなくなる。

「ふう、まったく」わたしはさっきのシラサギにささやきかける。その鳥はいまもまとわりついて、わたしの足のあたりで疑り深く円を描きながら地面をつついている。

　道路はここから見るかぎり無人だ。木立が揺れて、遠くで緑のカーテンがちらちらと光っているみたい。道路はダークグリーンのベルベットの線と化して、その中央に消えていく。わたしはその一点をじっと見つめ、何かが見えないかと必死に目を凝らしつつ、何度も唇をなめ、舌をひねって、指笛に備える。片腕がしびれてきたので、横に転がって道路を見やる。いま、青い色が見えただろうか？　死にゆく星のように、一瞬だけ金属が光っただろうか？　けれどもそこには何もない。ふたたび鳥に向かって〈しっ〉と言いながら、なぜマニーは来なかったのだろう、と考える。次はいつ来るのだろう。今度はもっと求めてくるだろうか。なんとかまた目を合わせることはできないだろうか。引き止めることはできないだろうか。

　突然、痛みが襲ってくる。鋭い差しこみ。腰がずきんとして、わたしは両脚をぴったり閉じる。どういうことだろう。膀胱が、まるで水に浸したスポンジだ。どうにもならない。用を足したい。またしても。

「最悪だよ、スキータ」納屋の壁に向かって、ちらちらと光る無人の道路に向かって、わたしは訴える。だいじょうぶ、我慢しよう。ところがまたしても差しこみが来て、わたしは草の中で腰を左右に揺らし、脚に力をこめる。こうやって動くと、こんなふうに脚に力をこめると、効くことがある。圧が引いていく。ところがやれやれと首を振り、道路にいまも人がいないことを確認してうなずいたとたんに、またもやそれが襲ってくる。我慢できない。卵の中のオタマジャクシがぎりぎりまで育ってしまった感じ。圧が高まる。だいじょうぶ、我慢できる。やっぱりだめだ。

　わたしは立ち上がり、ランドールが緑の中にしゃがんでいるあたりを振り返る。おそらくバスケパンツとショーツを横にずらせば、用は足せるだろう。ところが脚まわりのゴムを引っぱっても、きつくてうまくいかない。だからといって、道路を向いたまま用を足すわけにはいかない。いくらなんでもそれは無理。ランドールとビッグ・ヘンリー、それどころか、奥にいるジュニアにまで見られてしまう。肩や脚なら、なんなら乳首だって、少しぐらい見られても耐えられるけれど、この牧場で、みんなにお尻を向けて用を足すなんて、絶対に無理。だいじょうぶ、すぐに終わる、とわたしは自分に言い聞かせる。それからジャンプしてその場にしゃがみ、森の中にいるジュニアとランドールとビッグ・ヘンリーの方を向いて、お尻をぎりぎりまで地面に近づけ、肌に空気が触れるまでバスケパンツとショーツを斜めに下ろす。力をこめて尿を押し出すと、ホースから水が飛び出す勢いで草に当たる。草が押されて低くなる。赤ちゃんも尿意も正体は同じだ。忘れたころ、すっかり忘れて消えたと思った勢いたところに現れる。

服をずり上げようとしたら引っかかったので、濡れた草を踏まないように注意していたそのとき、それが聞こえる。聞きたくなかった。ランドールの指笛。鋭く短い、甲高い音。よくショーツを引っぱり上げた拍子に前につんのめって両手をつき、うしろを振り返ると、銀色のラジエーターグリルと揺れてかすむダークブルーが目に入り、みるみる私道を埋めつくす。

〈帰ってきた〉という言葉が頭の中でコウモリのようにばさばさと飛び回る。ランドールが叫ぶ。「エシュ！」それでもわたしは口の中に指を入れ、吹いて、吹いて、吹きまくる。

窓の表面に、まずスキータの腕が現れる。トラックが私道のむこうから近づいてきて家の横にまわり、わたしが手と膝を地面につけたままあとずさると、牛たちがそわそわと散っていき、鳥たちが羽ばたいてそれを煽り、わたしにつきまとっていた例のシラサギもガアガア鳴いて去っていき、するとトラックのドアが開いて、わたしは立ち上がりかけるものの、姿勢はいまも前屈み、うしろ向きのままだ。トラックの荷台にいる犬が雌ジカのように跳ね、飼い主の注意を喚起しようと何度も吠えていて、長いぼさぼさの毛をしたその犬、雲に覆われた暗い空と同じ色をしたその犬の頭は、牧草地にいるわたしの方を向いている。その鼻は間違いなく、わたしたちを結ぶひと筋の線を指している。

トラックから、まず白人の男が降りてくる。ドアをバタンと閉め、犬に向かって両手を振る。漁師が夜にスズキを狙って浅瀬で網を投げる、あのしぐさ。わたしは足に有刺鉄線を巻かれたみたいに動けない。スキータの上半身が窓から突き出したちょうどそのとき、犬がトラックから跳び降りて、すり切れて小石になりかけたアスファルトの上でショベルを引きずるように低く唸り、ワンと吠える。スキータは顔から落下して腕と頭で着地し、崩れて、一回転してから立ち上がる。そしてスキータが地面を蹴って駆けだすと同時に男が納屋を振り返り、そこからでは見えないと気づいて犬のあとを追い、雨をまとった嵐のような色をしたその犬が、弾みながら納屋をぐるりと回りこむ。スキータは走りながら片手を上げ、空気を叩くみたいに手のひらを前後に振っていて、それが走れの合図なのだと気づき、わたしもようやく回れ右をして全力疾走の態勢に入る。背後で男がどなっている。「おい！こら！　うちの牧場で何をしているんだ！　おい！」男は年配で、髪は犬と同じ色。腕は短く、お腹が出ていて、本気で走りだしたものの顔はすでに赤く、けっきょく牧草地の真ん中あたりで走るのを諦める。けれども犬は完全に内熱機関と化し、点火と燃焼とピストン運動を繰り返している。スキータがわたしに追いついて、あえぎながら〈走れ〉と言い、そこでわたしも男を見るのをやめ、ちょうどトラックから降りてきた女、ピンク色の服を着て腰に手を当てている真っ赤な髪の女を見るのもやめて、男が杖を振るように右手を振り回し、足を引きずりながら牧草地を歩いてくるのも見ないで、走る。犬は数メートル後方で興奮して吠えまくっている。

「こら！」男が犬に向かってどなる。わたしが最後に見たときには、あいかわらずない杖を振り回しながら家の方に体の向きを変えていた。目の前に森が開けてわたしたちを呑みこむ。ビッグ・ヘンリーとジュニアの姿はすでになく、ランドールも優雅に弾みながら前を行く。頭を下げて長い脚をうしろに振り上げる姿は、黒いリボンがたなびくようだ。犬の声が喉の奥でひっと詰まり、続いて歯のあいだからずたずたに裂けて飛び出してくる。わたしの心臓は血を噴き、腕と脚がずきずき痛む。体の中心部に尿の重みを感じる。走って散らすしかない。

「こら！」またしても男のどなる声。森に包まれ、声がくぐもって聞こえる。続いて銃声。「ツイスト！」男が呼ぶ。「ツイスト！」声がすうっと消えてなくなる。わたしの足は地面を捉え、つかんで、蹴る。スキータもわたしの隣をいつものおかしな格好で、両手を刃のようにして走っている。犬が吠えるたびに、その歯がわたしの首をかすめるような感覚に捕らわれる。恐怖に皮膚が張りつめる。

「急げ」と言ってスキータがわたしを追い抜き、先に行く。わたしは脚を伸ばし、かかとで地面を蹴って、勢いを取り戻す。背後で犬がグルルルと唸る。松の木をかわしながら滑るように前を行くのはビッグ・ヘンリーだ。大きな体にジュニアがしがみつき、振り返ってわたしたちを見ている。その顔は凍りつき、ビッグ・ヘンリーが走る衝撃で一足ごとに揺さぶられて口が開く以外は、どこも動かない。泣くかわめくかしていていいるに違いないと思ったのに、そうではない。この狂暴な犬に追われる必死の逃走が何を意味するか、ジュニアは知っているのだ。ビッグ・ヘンリーもいまは地面を踏み鳴らし、あわてふためくクマのように、藪を引きちぎりながらドスンドスンと駆けていく。ランドールはバスケのポイントガードさながらに、木立をかわしながら先頭を行く。犬の歯がカチッと嚙み合わさり、けっして気のせいではなく、わたしの脚によだれがふりかかる。するとスキータが枝を拾い、バットのようにかまえたと思ったら、ゴルフクラブのようにうしろに向かって振り上げる。

「もっと速く」スキータの足取りが乱れる。わかっている、お腹の中の秘密のせいだ。わたしは足の指を伸ばし、土踏まずとかかと、アキレス腱、さらにふくらはぎまで伸ばして、膝の蝶番と、腿と腰をつなぐ蝶番を解除する。これはわたしのもうひとつの特技だ。走ること。

「あと半分！」スキータがどなる。わたしたちは樫の木の大聖堂に差しかかり、土煙を残して中央のチャペルを通過する。犬はひと跳ねごとに甲高い声をあげながら、いまもすぐそこにいる。そのうち興味をなくして離れていくだろうと思ったのに、いっこうにその気配はなく、しつこい雷のようにどこまでも追ってくる。
「食らえ！」スキータがどなり、またしても犬に向かって小枝を振る。いまはわたしも互角の速さで走っているけれど、どちらも負けるわけにはいかない。わたしたちは丘に差しかかる。松の木がないかわり、松葉が積もって滑りやすい。ふもとの方でビッグ・ヘンリーが起き上がろうとして片手で地面をつかみ、もう片方の手で関節が白くなるほど強くジュニアをつかんでいる。ジュニアの方も、転ぶあいだもけっして手を離さない。
「早く！」わたしは前に向かってどなる。ランドールの手でビッグ・ヘンリーから引きはがされるあいだも、ジュニアはひと声も発さない。わたしたちはいまやひとつの群れと化している。ランドールは先頭を行き、松のあいだがいちばん広くあいているところを示し、いちばん低い藪を飛び越え、いちばん屈強な樫の幹をぐるりとまわる。ノコギリヤシが脛に当たり、鞭のようにぴしっと鳴る。犬の声がひときわ高くなる。〈やった〉と、そいつは言っている。眼下にピット池が現れて、わたしたちは岸辺を抱きしめる思いでさらに加速し、ピット池から物置小屋まで、追っ手を逃れて家を目指し、勝手口の閉じたドアを、車の屋根を、それぞれ目指す。ピット池から物置小屋まで、木立のあいだを安堵の吐息とともに走り抜けると、ついに裏庭が現れて、スキータが小枝をほうり投げる。犬が横滑りをして停止する。喜び勇んで高らかに吠え、赤ら顔の男に伝える。〈ここだ、こいつらはここにいる！〉
しいっと唇に指を当てて制するかのように、チャイナが現れる。ツイストに跳びかかるチャイナは、灰色をかすめる白、雲に降り積もる雪だ。氷のように冷たく、容赦を知らない。チャイナが巨大なひとつの歯と化す。ツイストは唸り返すものの、体はすでに後ろを向き、ボールのように丸くなって叫んでいる。ランドールはジュニアを抱えて階段を一気に駆け上がり、ジュニアはいまも口を開いたままじっと目を凝らし、わたしは階段下で立ち止まり、ビッグ・ヘンリーは自分の車の屋根に上り、その状態で全員が見守る中、スキータが腕を伸ばしたまま急停止し、くるりとうしろを振り返る。ふたたびツイストの悲鳴があがり、そこにはパニックの響きが聞きとれる。チャイナがツイストを捕らえて背中を丸め、全身でぐいと押して、さらに深く歯をうずめる。またしても子犬を生もうとしているみたいだ。ツイストの叫び声が甲高い悲鳴に変わる。チャイナにがっちりと首をつかまれている。スキータは笑みを浮かべている。

「スキータ！」わたしはどなって背中を叩く。肩甲骨にはさまれた筋肉は、さながら皿にのった夕食の肉だ。スキータが驚いて振り返り、笑みが消える。

「何？」

「チャイナ、あの犬のこと殺すよ」

スキータがもういちど振り返ると、チャイナは体をふたつに折って全身牙と化している。相手の犬はうめいてぴくぴく震え、血を流している。

「やめさせて」

スキータがポケットに手を入れて中身をいじり、わたしにも形が見える。拳を丸めたぐらいの大きさ。牛用の虫下しだ。

「悲鳴を聞いて飼い主が追ってきたらどうするの？」唸り声と叫び声に負けないよう、わたしは大声で訴える。ツイストは竜巻のようにぐるぐる回っている。

「ストップ！」スキータが吠え、チャイナのもとへ駆けだす。「チャイナ、やめろ！」大声で命じ、腿をつかんで引っぱる。チャイナはもういちど意地悪く頭をぐいと押してから相手を離し、勢いよく振り返る。血しぶきが上がってきらきらと宙を舞い、しずくとなり、赤いにわか雨となって、砂に滲みこむ。ツイストがジャンプして駆けだし、飼い主のように脚を引きずりながらピット池へ向かい、池を過ぎて、パニックの響きをおびた甲高い鳴き声が、どこか別の救急現場へ遠ざかっていくサイレンのようにこだまする。あとには赤い雨が残される。

五日目　骨を引き上げろ

体は語る。妊娠のせいで朝から満杯の膀胱を抱えてトイレに駆けこみ、鏡の前に立つスキータと鉢合わせして、わたしはそのことを悟る。スキータはシャツを脱ぎ、お腹を横切る傷を二本の指でなぞっている。闘犬の試合のあとでチャイナの口の中をのぞき、切れていないか、欠けた歯はないかと点検するときのように、そっと、用心深く。カップケーキのアイシングをちょっと味見しようと思って、指で触るときみたいに。

「どうぞ」スキータがささやくように言い、シャツを着る。まだ日が昇っていないので、バスルームの明かりは灰色だ。お互いにすれ違ってスキータはドアの外に立ち、わたしはドアを少し開けたまま用を足す。流したあとで便座を下ろし、ふたたび座ってお腹を押すと、手を押し戻してくる感触がする。期待はつかのま、たちまち夢ではなかったことを思い知る。廊下でもぞもぞしていたスキータが、わたしに立ち去る気のないことに気づいて、ふたたび中に戻ってくる。ツイストが逃げていったあとで、スキータのシャツが裂けているのは目にしていたけれど、傷がそこまでひどいとは知らなかった。

「いつやったの？」

「窓から出るとき。急いでたから」

わたしはお腹をへこませる。全身に吐き気が広がる。なんと言うべき？

「ごめん。急にトイレが我慢できなくなって」

スキータは使い古して白くなったエースのバンデージを取り出し、シャツの裾をまくってシュラグのように首と肩に引っかける。やせているので、シャツがだらりとぶら下がる。

「だいじょうぶ」スキータが答える。

バンデージはランドールのもので、たぶん膝に使ったやつだ。膝を繰り返し故障して、手術が必要だとコーチに言われている。手術代は学校が出してくれるだろうけれど、ランドールは試合をどれも休みたくないので、ずっと先延ばしにしている。試合後には、膝は水風船のように腫れている。

「見えたらすぐに鳴らしたんだけど」

「わかってる」スキータは一方の手でバンデージの端を持ち、もう一方の手でそれを胴に巻こうとしている。傷は怒っている。えぐれた部分が正面と脇腹に四か所。バンデージはうまく巻けない。

「貸して」と言って、わたしは一方の端をつかむ。スキータが手を離す。昨日よりも頭の色が体のほかの部分に近くなっている。ゆうべわたしが寝るときには、スキータはチャイナといっしょに物置小屋にいた。土間にリノリウムを敷きつめてから、犬をまた中に入れていた。犬小屋はいまも三本の角材を歪(ゆが)んだ直角にくっつけただけの状態で、地面に根を生やしつつある。「何か塗った？」

「シャワーで流しただけ」スキータは自分の脇に向かってもぐもぐと答える。「そのあとで消毒液はかけといた。チャイナのやつ」それもまた、チャイナの試合後にスキータがやることのひとつだ。タオルを洗って漂白殺菌し、消毒液に浸してチャイナをふいてやる。チャイナはそのあいだ、独立記念日用の新しい服を着て褒めそやされている女みたいに、物憂い笑みを浮かべている。

「これって、きれいなの？」バンデージは磨耗して、なんとなく薄汚れて見える。

「ゆうべ洗って漂白したよ」スキータがため息をつく。バンデージを巻く一周目、布が触れる際にぴくりとするのではないかと思ったけれど、スキータは動じない。めずらしく犬のにおいもしない。いつもメキシコ湾に吹いている風、湾に潮を送りこむ、あの風のにおいがする。でもビーチ付近の潮のにおいはこれとは別だ。〈天使の入江〉の潮は、泥から掘り起こしたばかりの牡蠣(かき)のにおいがする。小さいころはよく父さんがそこに、その小さな入江に、泳ぎに連れていってくれた。そこの水は川の水より冷たく濁り、底には牡蠣の殻の風景が広がっていた。わたしたちは牡蠣を掘り起こし、入江から沖に向かってほうり投げた。端の方では沼地の草が揺れ、松の木が水面に張り出していた。ペリカンが列になって浮いていた。父さんは沈みかけた桟橋の近くで、あるいは橋脚の出っぱりに座って、友達と釣りをした。そういう一日の終わりには、たいていはビールのすっかりなくなったクーラーボックスと、冷たい水の中でぶつぶつ言っている一、二匹のニベだけが残された。父さんの友達が七キロ近くあるベラを釣って、みんなで大格闘の末に水から引き上げたこともある。一日の終わりになると、父さんは大声でわたしたちを呼びつけた。けれどもそれは、怒っているからというより酔っ払っているからで、わたしたちの背後では夕焼け空がコマのように回っていた。わたしたちの足にはいつも切り傷が絡(から)まり合っていた。

「もっときつく」スキータが言う。

　その入江には、ときどき母さんもいっしょに行った。母さんは父さんとその友達をひとめぐりしたあとで、父さんが〈ピット〉で見つけたプラスチックやアルミ製のひしゃげたガーデンチェアに腰を下ろした。男たちのジョークに笑うこともあったけれど、ビールは飲まなかった。たいていは両脚のあいだに釣り竿をはさんで座っているだけだった。赤ちゃんザメを釣り上げたのも母さんだった。色は水と同じ色、体長は母さんの腕ぐらい、そして強者(つわもの)だった。父さんが代わりに竿を持つと言っても、母さんは渡さなかった。父さんの友達が笑い転げて自分たちに渡すように説得しても、母さんは両手で竿をしっかり握り、牡蠣の殻だらけの砂浜を行ったり来たりして、足を引っかく水草の中に分け入り、橋の下に入ったり出たりしていた。そんなふうに延々と歩き回り、皮下脂肪に包まれて丸みをおびたたくましい腕で、サメを疲労困憊させた。諦めて往生しなさいよ、となだめすかしながら。そしてついにサメが観念すると、たぐり寄せて大笑いし、その声がペリカンといっしょに空に舞い上がって、翼を広げ、風を捉えて飛んでいった。その晩母さんはサメをバターで焼き、バターミルクに浸してくさみを抜いた。食べてみるとやわらかく、潮の味がして、骨がなかった。

「そろそろ終わりそう？」スキータはわたしの手もとを見ている。バンデージの下に隠れている傷を思い浮かべているのだろうか。傷が癒えたらどんなふうになるか、想像しているのだろうか。みずからの闘いの傷痕（きずあと）。

「うん」とわたしは答える。

　母さんが最後にわたしたちと入江に行ったときには、父さんが釣糸を水に投げ入れようとしてうしろに振りかぶった際に、針が母さんの手に引っかかってしまった。返しのついた針は深く刺さった。母さんはそれを引き抜き、わたしたちが泳いでいた海水でゆすいだ。お腹にはジュニアがいて、すでに大きかった。傷口がふさがったときにはいびつに歪んで紫色に腫れ、膿（うみ）が出始めたので、けっきょく病院に行って塗り薬をもらうはめになった。母さんに連れられて店の中を歩くときや外で人ごみの中を歩くときには、わたしはいつも首根っこをつかまれていたのだけれど、そのたびに傷痕の感触がして、ペリカンのことを思い出した。ペリカンのくちばしは近くで見ると縁の方が黒ずみ、船にフジツボが付着したみたいになっていて、母さんの手がそれと同じ色をしてナイフのようにとがっていたからだ。ペリカンは、わたしたちがそばで泳ぐといやがった。母さんの手は特別、母さんだけのもの、この世にひとつきりだった。母さん。

「おまえ、昨日、走るの遅かったな」

　わたしはバンデージをスキータの体に近づける。スキータが洗面台から錆（さ）びた安全ピンを取り、バンデージの端を留める。

「最初はね」わたしは答える。

「なんで？」

「さあ」光が霧のようにバスルームに忍びこむ。

スキータがシャツをもとに戻し、わたしの体を胸、お腹、足、と見下ろす。スキータは何を知っているのだろう？　わたしは重心を移し替え、体の前で腕を組みそうになるのをなんとか踏みとどまる。

「重くなったのかもな」

「太ったってこと？」わたしは泣きそうになるのをぐっと堪える。知られたくないのはもちろんだし、そうでなくても、口に出して言うなんて絶対に無理。自分にさえ、まだ声に出しては言っていない。あの二本の線を目にして以来、そのことを頭の中でぐるぐる追いかけているだけだ。

「いや。成長だろ、たぶん」バスルームの光が濃くなっている。スキータが出ていくと光が隅々に行きわたり、入江のにおいもすっかり消えて、あとにはわたしと揚げ物のようなにおいだけが残される。わたしは洗面台の蛇口を回し、便器に顔を入れて、できるだけ静かに吐く。

わたしは洗面台に上って膝で立つ。硬い金属製の台はプラスチックのカウンターとの境目が細く盛り上がっていて、その部分が膝に食いこむ。自分のお腹がいまどれぐらいの大きさなのか、はた目にもわかるのかどうか、見ておきたい。人目を気にせず見られる鏡は家じゅうでここしかない。リビングの壁に偽の金縁に入った大きな鏡があるけれど、あそこでこれをやるわけにはいかない。自分の目できちんと見ておかなければ。スキータやランドール、ジュニア、父さん、そして〈マニー〉の目に、どんなふうに見えるのか。手で触れて確かめるだけでなく、この目で確かめなければ。眠りの中でお腹を抱え、目覚めたらショーツの中に手が入っていた、というのではなく。

シャツの裾をブラの上までまくり上げる。胸が腫れぼったくふくらんで、生理前のように過敏になっている。でもまだブラの中に押しこんでおける。その下に平らなY字の部分があって、腰へとつながる。お腹に散った黒豆みたいな小さな粒は、小さいころにかかった水疱瘡（みずぼうそう）の痕だ。ソファーに寝転がって三日間、痛みのせいで朦朧（もうろう）として過ごした。わたしもランドールもスキータも同時にかかって、母さんが一時間おきにカモミールローションを塗ってくれたのだけれど、そうやって膝枕をしてシャツをめくり、安堵と眠りをすりこんでもらう回と回のあいだがとてつもなく長くて、アラスカの真冬のように暗く終わりのない一日に感じられた。小さな水ぶくれが舌にもできた。

妊娠する前は、わたしのお腹はほぼ平らで、おへそだけが少し飛び出て、ぎゅっと閉じた目のようだった。黒い肌に、それより黒い発疹（ほっしん）の痕。いまもそれほど太って見えるわけではなく、満腹のときよりやや大きいぐらい。おへその目がうっすらと開いている。それを囲むように肉の層ができている。横を向いて洗面台に足をつっぱり、底につま先を立ててかかとにお尻をのせ、膝を下ろして、なるべく背中を伸ばして座る。なるほど。スイカというほどではない。そこまでは大きくない。マスクメロンとも違う。そこまでの主張もない。考えつく中でいちばん近いのは、ハネデューメロンの丸みだろうか。楕円形のかすかな丸み。両手で押しても、牡蠣の身のようにへこんで真珠の形が浮き出るわけではない。押し戻される。生温かい液体がどっと押し寄せてくる。わたしはTシャツから手を離す。服は共有なので、わたしが着ているのもたいていは男もののTシャツだ。それと、ゆるめのジーンズと綿のショーツ。服を着ているとわからないけれど、まぎれもなくそこにいる。たぶんスキータは、わたしが水から上がって服を着るときに見たのかもしれない。わからないけれど、とにかく、二度と見られるわけにはいかない。どうしても見えるようになるまで、避けられなくなるまで、目をつぶっていられなくなるまで、わたしたち全員が石になってしまうまで、けっして見られるわけにはいかない。

父さんがハリケーンに備えて庭のあちこちに積み上げている鳥の巣みたいな板の山が、今日は大きくなっていない。父さんは土の中に潜むヘビのように、ダンプトラックの下に隠れている。紺色のズボンをはいて、裾を作業ブーツの中にたくしこんでいる。ブーツはずっと前のクリスマスに母さんが買ったときには茶色だったのに、いまは黒だ。父さんの足のそばにはジュニアが座り、地面に何個も穴を掘っている。土をきれいに取り除いて掘った痕跡を消し、穴だけが残るようにしている。

「レンチを渡してくれ、ぼうず」

ジュニアは聞いていないか動きたくないかのどちらかだ。地面の砂を手のひらでそっと叩いている。スキータがチャイナを連れてくる前に〈ピット〉に住みついていた野良犬たちのことも、よくそんなふうにとんとん叩いていた。犬たちは決まってまだらで、乾いた小枝の色、地面に沈んで黒くなっていく葉っぱの色をしていた。ジュニアのあとをついてまわり、ジュニアが風呂に入りたがらないとかテストの点がまた悪かったとかでランドールとやり合ったときには、顔をなめてやった。ジュニアが庭や森に飛び出していって泣いていると、水かさの増した小川のように、跳びはねながらまわりをぐるぐる回った。あるいは家の床下でジュニアと重なり合っていた。けれどもチャイナがうちに落ち着いて二年が経ち、野良犬たちは姿を消した。チャイナが殺したのか、それともチャイナの体重が増えてタイヤを二つに裂けるようになった時点で、一匹また一匹と夜のあいだに去ったのか、覚えていない。ジュニアは永遠に乳離れの早すぎた子犬だ。

「ジュニア！」父さんがどなる。ふたりの視界に入らないよう、わたしは破れた日影の網を歩いていく。スキータを探している。今日は犬に薬をやるはずだ。

「ジュニア！」父さんが手に持った何かの工具でトラックの縁を叩き、鐘のような音が響く。ジュニアがびくっとして、目の前の穴からわれに返る。「レンチ！」

ジュニアがレンチを拾う。年のわりに力があって、レンチをつかんで握ると、筋肉が瘤（こぶ）になる。好き嫌いの多い子にありがちで、やせている。思春期に達した子が引きしまったり太ったりして大人の体になっていく、まだその手前。ジュニアがレンチを父さんの脚の上に置く。

「はい」ジュニアがぼそりと言う。わたしは急ぎすぎたせいで見つかってしまう。首を振って制するものの、ジュニアはすでに声を出している。「エシュ、どこに行くの？」

「エシュ！　ほかの兄弟はどこへ行った？　手が必要だっていうのに」車の下から父さんの声が煙のように昇ってくる。

「知らない」

「なんだって？」声が轟く。

「知らない、って言ったの」わたしが答えると、ジュニアがついてこようと立ち上がる。わたしは歩を速める。

「スキータはどこ？　ランドールは？」ジュニアが尋ねる。

「待て！」父さんがどなる。「ちょっと来い」

父さんがトラックの下からもぞもぞと出てくる。庭にはトラックのほかにもさまざまな廃品がごろごろしている。デビルドエッグにパプリカを散らしたような錆だらけの冷蔵庫が複数台、エンジンがいくつか、古い洗濯機が一台。手動で服をかき回すタイプで、手持ち式のケーキミキサーのようなハンドルがついている。

「運転台にのってほしいんだ。ジュニアが合図したらエンジンをかけてくれ」

「スキータを探してこようか？」

「いや、いい」父さんはすでに片方の肩をトラックの下に入れている。「こいつは今日じゅうに、いま、やっつける。ダンプトラックがあれば、嵐が過ぎたあとでひと稼ぎできるからな。昨日ホセがメキシコのやつらを襲ったばかりだっていうのに、湾には早くも次の嵐が発生だ。熱帯低気圧十号。これだけ距離があって水温も高いとなると……」父さんの声が金属の下に消える。トラックが壊れたのは母さんが死んだ直後で、事故のせいだったので、父さんは障害者手当てをもらった。嵐のあとで大型トラックなど運転したらその点を問いただされるのではないかと思うけれど、本人には訊かない。ジュニアが父さんのそばにしゃがむ。父さんのそばの砂地には、半分残ったビールの瓶がねじこまれている。

ハンドルはいくつもあって、どれをどう操作すればいいのかわからない。

「どうやればいいのかわからないって父さんに言って」わたしはジュニアにどなる。シートは縫い目の部分がクラフトフーズのビニール包装みたいにめくれ返って、中のウレタンが湿気っている。ダッシュボードもハンドルも窓ガラスも埃に覆われ、キャンディーのように薄く固まっている。

父さんがそばに来ると酢のようなにおいがする。塩のようなにおい。飲んだばかりのアルコールのにおい。

「そこにあるだろう?」

「うん」

「それがクラッチだ。そっちがブレーキ。それをここ、ニュートラルに入れる。そっちは何もしなくていい。そしてキーを回しながら、クラッチとブレーキを同時に踏みこむ」

「わかった」

「ほかはいっさい触るな」父さんの手はわたしの手にそっくりだ。スキータの手にも。幅の広い偏平な指も父さん譲り。けれども父さんの顔を見ても、シャツの首から指の節のように突き出た鎖骨を見ても、ほかに譲り受けたものは見当たらない。父さんがトラックの横をまわっていなくなる。ほどなくジュニアが横によじ登ってくる。

「エンジンをかけろだって」

わたしはペダルを踏みこんでキーを回す。かちっと鳴るだけで、何事も起こらない。ジュニアが飛び降り、ふたたび現れてよじ登る。

「もう一回だって」

もう一度踏んで、回す。今回はかちりともいわない。ハエが一匹ぶうんと入ってきて、腕に止まろうとする。腕を振って払いのける。

「くそ！」機械の下からくぐもった声が聞こえてくる。

「もう一回やった方がいいか訊いてきて」

ジュニアは降りようともしない。身を乗り出して大声で伝える。小さな筋肉が靴紐のようにぴんと張る。ジュニアが赤ちゃんだったころにはたいていランドールが抱っこして、そうでなければわたしが抱いていた。最初のうちは父さんがミルクをやり、だいじょうぶと判断したところでわたしとランドールに引き継いだ。父さんはランドールに粉と水の正しい分量を教え、ミルクが熱くなりすぎないように湯煎する方法を教えて、それから自分はピックアップトラックのもとに戻り、庭仕事や半端仕事を探しに出かけた。その後はランドールがミルクを作り置きして冷蔵庫に常備し、それをわたしかランドールがあげるようになった。スキータが抱くと、ジュニアは必ず泣いた。わたしたちが学校へ行っているあいだは、父さんがムッダおばさんのところへ連れていった。ムッダおばさんはわたしの知るかぎりいつでもホームドレスを着ていて、白髪をビッグテールに編みこみ、頭の上で輪っかにしていた。親が働いている子をお金をもらって預かっていて、ジュニアも就学前のヘッドスタート・プログラムに通う年になるまで見てもらった。ちょうどそのころからムッダおばさんは記憶が飛ぶようになり、子どもを預かるのをやめた。ひとり娘のティルダが介護のために戻ってきたけれど、たいていはクスリを求めてジャヴォンの家と自分の家を行き来している。はたしてジュニアはムッダおばさんのことを覚えているのだろうか。その人のことは話題にもしないし、公園へ向かうときに、かくれんぼで鬼になった子どものように庭のツツジのあいだをさまよう姿を見かけても、名前を口にすることもない。そもそもジュニアは物事を記憶することがあるのだろうか、と思うことさえある。もしかして頭がざるのようになっていて、誰にミルクを飲ませてもらったとか、涙をなめてもらったとか、母親代わりに世話をしてもらったとか、そういう記憶が全部網目からこぼれ落ちて、樋を流れ落ちる水のように流れ去り、いま現在のことしか覚えていられないのではないだろうか。〈砂の穴〉とランドールにもよくどなられている。〈シャツも着ないで、この鳥ガラめ〉。野菜を育てた土がきれいに洗い流されるように、ジュニアの現在からは記憶がきれいに洗い流されている。

ペダルを踏み、キーを回して、待つ。

「ストップ!」父さんが宙でレンチを振る。トラックが大きいので、頭はフードに隠れて見えない。見えるのは黒い手と汚れた工具だけ。「降りろ。まだだめだ。行っていいぞ」

わたしが跳び降りると、ジュニアもすでにあとに続いている。

「もう一本ビールを持ってこい、ジュニア」

「いつもおいていかないでよ、エシュ。待ってよ!」ジュニアが訴え、幽霊のように立ち昇る土埃をあとに残して家の方へ駆けていく。

「たまには息抜きさせてやらないとな」とスキータが言う。隣にはチャイナがいて、羽虫に咬みつこうとしていている。そしてそこには、胸の前で腕を組み、頭のてっぺんに野球帽をのせたマニーもいる。チャイナの口が閉じるたびに、本人の意に反してマニーの体がびくっとする。肩の丸い部分を見るとわかる。

「風呂に入れてやった方がいいんじゃないのか」マニーがぞんざいに言う。チャイナがまたしてもぱくっと口を閉じ、取り逃がした獲物に向かって首を振ると、マニーがびくっとしたことを取り繕うために肩をすぼめる。

「まあな」スキータが膝をつき、チャイナの胸に手を滑らせる。チャイナが顔を上げ、〈オークス〉で踊る女のように全身をくねらせる。ボアの中心部には約二・五万平方メートルの緑地と野球場があって、〈オークス〉というのはそこでやっているブルーズクラブだ。野球場では夏のあいだ、日曜ごとに町の黒人チームの試合がある。前に、わたしたちがもっと小さかったころ、日曜の野球をやっているときに外のトイレが壊れていて、店のトイレを使うためにランドールが中まで連れていってくれたことがある。ランドールとわたしとスキータが一日じゅう友達に二十五セント玉をせびり続けて、球場の売店でピクルスとソーダを買い、選手席のうしろの金網にぶら下がって、よそのチームが手を叩いたり指笛を鳴らしたりバットを蹴ったり投球練習をしたりするのを眺めて過ごすあいだ、父さんと母さんはずっとそのブルーズクラブに出たり入ったりしていた。

「おれの見るかぎり、過去最高に汚れてるぜ」とマニーが言う。

チャイナには昨日の犬、ツイストの血が、いまも少しだけ口の両側に口紅みたいについている。〈ピット〉の赤土のせいで毛皮はピンク色にてかり、海水でべたついた生煮えのエビのような色をしている。マニーはわたしとジュニアには無視を決めこみ、ジュニアはバスケットでシュートを決めるみたいにジャンプして、木の枝に触れようとしている。マニーが細巻きのシガリロ用にポケットに持ち歩いているライターが、指の関節のあいだを上下に行き来しながら踊っている。落ち着かないときの癖だ。何かしながら別のことを考えているときに、自分では気づかずにやっている。

「闘犬試合の直前まで待とうと思ってさ。その方がぴかぴかになるからな」

ランドールに連れられて〈オークス〉に入ったあの日、店じゅうにもうもうと煙が立ちこめ、床を転がるビール瓶がテーブルにぶつかる中を歩くあいだ、ランドールはずっとわたしの両肩を痛いほど強くつかんでいた。ダンスフロアには母さんの姿もあった。母さんが踊る姿を見たのは、あとにも先にもそのとき限りだ。父さんではなく別の男の人と踊っていて、父さんはフロアの端に座って眺めていた。母さんはチャイナのように体を震わせ、首を大胆にのけぞらせていて、喉をつたう汗が光って見えた。ふだんは硬くてびくともしない感じだったのに、くねくねと流れるようだった。きれいだった。

「てっきり休ませるのかと思ったら。まだ乳をやり始めたばっかりなのに」ライターの動きがぴたりと止まり、マニーが宙に投げてキャッチする。それからシガリロに火をつけて口の隅に押しこみ、くわえたまま話す。

「試合には出さねえよ。でもいちおう、連れていこうと思ってさ。あいつらにチャイナを忘れてもらっちゃ困るからな」

チャイナが物憂そうに砂地に寝そべる。胸はいまも張っているけれど、前ほどではないかもしれない。それが体の前にぺたりと広がり、枕のようになる。胸の皮が肋骨と分かれる部分でしわになっている——乳首はごく淡いピンク色、ほとんど白と言ってもいいぐらい。実際に触ってみたことはないけれど、触れたらきっとやわらかくて、日なたでもひんやりしていそう。ほかの犬のようにあごを地面に置いて鼻からふんと息を吐くこともなく、マニーとわたしをじっと見ている。まるで知っているかのように。

「そういえば、リコも来るらしいぜ。キロを闘わせると言っていた」

リコのことを話しながら、マニーはふたたび赤とシルバーのライターをくるくる回し始める。ライターにはタトゥーのようなもようが描かれている。〈燃えるハート〉という文字と、斜めに合わさった二個のハートが炎に包まれている絵。マニーがシガリロにキスをして、煙を吸いこむ。チャイナが目をしばたたき、あくびをする。わたしの胸の内側で、何かが動きだす。誰かがホースの水を全開にして、真夏の暑さで焼けたポンプの水が一気にあふれ出すような感じ。熱くてやけどしそう。これは愛、愛の痛み。マニーはぜんぜんわたしを見ようとしない。

「まあ、万全だといいな。マルキスから聞いた話だと、バトンルージュに住んでるやつのいとこが最強の雌犬を手に入れて、こっちで闘わせると豪語してるらしいから」スキータがチャイナに体を近づけて脇腹をなでて、肋骨に沿って毛並みを整える。しっぽがぱたりと動いて土埃が立ち、ふたたびじっと動かなくなる。

「キロはいつでも万全さ」

リコというのはマニーのいとこ、キロを買ってチャイナとつがわせた、あのジャーメインの男だ。キロはさながら巨大な赤い筋肉の塊で、あごの力がすさまじい。キロのことをスキータに自慢げに話したのも、マニーだった。チャイナも成長するにつれ、子犬のころにはぐにゃぐにゃだった筋肉が、牡蠣に抱かれた真珠のように硬くなった。そしてスキータ自身も、生きた筋肉と化してチャイナに尽くした。チャイナは硬く引きしまり、強くなった。ところがこうして木陰で顔を合わせるたびに、マニーはスキータの最強の犬のすばらしさを矮小化できるとでもいうように、けちをつけてくる。そうすることで、チャイナの存在をかすませることができるとでもいうように。チャイナはそれほど白くも美しくもなければ輝いてもいないのだと、飢えと闘いとあがきに満ちたこの廃品まみれの不毛の〈ピット〉に咲く一輪のモクレンではないのだと、わたしたちに思いこませることができるとでもいうように。

たとえばプラスチックの牛乳瓶ケースや切り株に座ってこう言う。〈いとこのリコが火みたいな犬を手に入れてさ。年はたぶんおまえの犬と同じくらいなんだが、もっとでかいな。筋肉もあるし、あごなんか殺人的だ〉。スキータの方はマニーを無視するか、チャイナに自転車のタイヤを咬ませた状態で砂地を引きずり、がらくたの中を歩きながら、〈そうなんだ〉とやり過ごす。マニーは〈ああ〉と答え、ガラスで焼けたきれいな顔の中で、白い歯がきらりと光る。〈ああ〉。するとチャイナが、犬が高い声で唸るときのあの声で唸り、お尻を下げてぐっとふんばる。スキータがうしろに引っぱられて転びそうになり、〈さて、どうなるか〉と返す。

マニーと連れ立ってうちに来るまで、リコはずっとチャイナのことを小ばかにしていた。そしてついに目にしたチャイナは、背の高さは人間の膝ぐらい、雄犬のようにがっちりとして筋肉もありながら、優雅でしなやか、長い首と頭はヘビを思わせた。スキータは斜めに伸びた木にチャイナを登らせ、車のタイヤを食いちぎらせているところで、タイヤに埋めこまれたワイヤーのせいで手には血がにじんでいた。いざ交尾の場面になると、チャイナはキロがうしろからなめても、上にのっても、かまわず好きにさせていた。笑って喜んでいるように見えた。スキータの首には筋が浮き立ち、細めた目はほとんどつぶっているように見えた。キロはキスでもするみたいに開いた口をチャイナの首筋に当て、よだれをたらした。するとチャイナはホールド行為だと思いこみ、服従を嫌って咬みついた。何度かかすめたり咬みついたりしたすえに、やがてキロを振り払った。キロは血を流していた。チャイナは無傷だった。

「犬の名前はなんていうんだ？　そのバトンルージュの」

「ボス」と答えてスキータは笑う。チャイナが土に向かって鼻からふんと息を吐く。

「まあ、キロはフロリダからルイジアナまで手広く闘ってるし。相手の脚を折ったこともある。そいつらの方こそ万全だといいな」

「見たのか？」

「え？」

「骨を折ったところ」

「いや、リコから聞いた」マニーは羽虫を払い、シガリロを大きく吸いこんで、煙を顔の前に霧状に吐き出す。「おまえら火でも焚いた方がいいんじゃないのか。なんだってこの〈ピット〉には、年がら年じゅう虫がいるんだよ。ブヨが調子にのって真っ昼間から出てきやがって。夕方なんか最悪じゃないか」そう言ってシガリロを地面に落とすと、煙の筋が鉛筆で描いたように立ち昇り、ほどなく砂の中で消える。

「〈ピット〉にいると、みんな野生に返るのさ。ブヨもな。蚊だってコウモリみたいにでかくなる」スキータがわたしとジュニアをあごで示す。「気をつけた方がいいぞ。ジュニアもただのちびに見えて、いきなり喉にパンチを浴びせて息を止めにくるからな。それにエシュ――」スキータが立ち上がり、チャイナが地面をくんくんと嗅ぎながら一周する。「チャイナの強さは知ってのとおりだが、おまえ、〈ピット〉にいるもうひとりの女を侮ってないか？」

「べつにどっちのことも侮ってはいないけど」マニーはそれでもわたしを見ない。「チャイナもまあ、前ほどではないだろう」

「なんだって？」スキータの瞼が浮き上がる。

「子犬を産めばどんな犬も弱くなる。いくらおまえがそうは思わなくてもな。乳をやって子どもの世話をするっていうのは、生き物からそうとうの力を奪うもんだ。雌であることの代価さ」マニーがようやくわたしに目を向ける。ガラスの面をつるりと滑るような視線。

スキータが声をたてて笑う。体を叩き割って出てくるみたいな声。

「本気かよ？　逆に強くなるんだろ。守るものができてよ」スキータもわたしに目を向ける。視線が離れたあとも感触が残る。「強さとはそういうもんだ」

チャイナが子犬をなめるようにスキータの手をなめている。スキータが頭を押しのけてもまだなめてくるので、スキータの視線がマニーからそちらへ向かう。首に浮き上がった筋が消え、それとともに敵意も消える。スキータが犬なら、逆立った毛が寝ているところだ。

「命を与えればば」スキータがチャイナに顔を近づけ、首からあごへ手を滑らせて、いまにもキスをしそうな勢いで顔をなでる。チャイナがちらりと舌を出す。「なんのために闘うべきかがわかるようになる。愛が何かもな」スキータがチャイナの脇腹をさすり、肋骨をなでる。

「虫下しはもうあげたの？」わたしは尋ねる。マニーはわたしのことをそんなふうに、弱き者と見なしているのだろうか。彼を呑みこみ、吸いこんで、一滴残らず奪うこの体は、代価を支払うべきだと考えているのだろうか。自分はその代価を永久に支払わずにすんで、ラッキーだと思っているのだろうか。

「いや。さっきやったら飲まなかった。こぼされた」

「調合のやり方は知ってるよな？」マニーがショートジーンズのポケットにライターをするりと戻す。体にぴったりした袖なしのシャツは、本人の歯と同じくらい真っ白だ。シャリヤが洗濯したに違いない。女の弱さに関するいまの言葉を、シャリヤにも告げたことがあるのだろうか。彼女のことも雌と呼び、言葉の最後を、熟す前のサトウキビのように吐き出したことがあるのだろうか。

スキータがマニーを見上げる。両手が下がり、あごがぽかんと開いている。

「調合？」

「嘘だろう、おまえ、その犬を殺す気か？」マニーは吹き出すのをこらえるように笑っている。わたしは唾を飲み下し、気がつくと、彼を突き飛ばしてやりたい衝動に駆られている。彼の胸筋に両手を当てて突き飛ばしてやりたい。よくもスキータをそんな目で見て、侮辱して。わたしのことだと知りもせずに、あんなことを言って。うしろに突き飛ばして、悪い方の腕を痛めつけ、地面に押さえつけてやりたい。いちどでいいから体じゅうに触れさせてやりたい。「イヴォメックを犬にやるときには、食用油に混ぜるんだ。油がないからって水に混ぜてもだめだからな。水だとうまく混ざらない」

「だいじょうぶ、今朝はいっさい飲んでない」スキータはチャイナの頭を押さえて目をこじ開け、のぞきこんでいる。

「本当に？」マニーはいまも薄い笑みを浮かべている。

「ああ」

「それと、ほんの少量だからな。医療用の注入器は？」

「ああ、それは……」スキータが言いよどむ。「昨日、手に入れた」と言って、わたしを見る。昨日の牧場主と虫下しと犬の顛末は、おそらくマニーもランドールから聞いているだろうけれど、スキータとしては誰彼かまわず知られたい話ではない。あの牧場主があれこれ聞き回って森をさまよい歩いて来たとしても、知っている人間は少なければ少ないほど、話す人間も少なくてすむ。わたしたちが住んでいるのはボア・ソバージュの黒人地域の真ん中だし、あの牧場主が住んでいるのはずっと離れた白人地域の動脈部だから、はるばるやってくるとは思えないけれど。杖を斧のように振り回し、泡を吹く犬を引き連れて、おそらくあの青っぽいぴかぴかのピックアップトラックのうしろの窓にライフルを積んで。それでもスキータとしては、〈でも一応〉というわけだ。

「体重十キロにつき〇・五cc。どうだろう、チャイナは三十キロぐらい？　だとしたら一・五ccだ」

マニーはそう言って胸の前で片方の腕を引き、肩をすぼめる。傷痕が伸びる。退屈したときのしぐさだ。スキータとチャイナから目を移し、リノリウムの新しい床でまどろむ子犬たちを見ようと物置小屋の奥に目を凝らすジュニアのむこう側、森の方に視線を向ける。あくまでもわたしのことは見ようとしない。「それ以上やったら視力をなくす可能性もあるからな。それどころか死ぬ可能性も」

　スキータがチャイナの臀部をつかんで引き寄せ、あごをこじ開けて舌のにおいを嗅ぐ。恋人から父親に早変わりだ。そしてチャイナはパパっ子の娘。わたしはつま先で地面の砂に線を描き、ポケットの中でこっそりお腹を抱えていた両手を出す。自分をさらし、マニーがチャイナを見るのと同じ目でわたしを見るように。ジュニアが物置小屋の暗がりに向かって口笛を吹く。子犬を自分のもとに、光のもとに、新しい兄のもとに呼び寄せようとするように。そしてかつての迷い犬たちのように、いっしょに床下に潜ろうと誘うように。

「入口から離れろ、ジュニア」スキータが言う。その吐息をチャイナがなめ、言葉を味わう。「エシュ、油はうちにあったよな？」

植物油なら、父さんが自分で獲ったり友達にもらったりした牡蠣や魚をフライにするときに使う七・五リットル瓶が棚にあるけれど、チャイナがなめたがるとは思えない。油に指を入れて歯にすりつけると、なんだか金属っぽくて、ほとんど味がしない。けれどもベーコンの脂（あぶら）なら、父さんが古いコーヒー缶に入れてカウンターに置いてある方なら、缶はぬるぬるしているけれど、肉汁の味がする。もういちど噛めば次は塩の効いたかりかりのベーコンだ、端は焦げて小枝のように硬く、中はやわらかいベーコンだ、と期待させるような味。これならチャイナも気に入るだろう。

スキータはどこからか大きな段ボール箱を見つけてきたらしく、上半分をカットして、中に何かの布を敷いてある。古着なのか、古いシーツなのか、タオルなのか、上に子犬がのっていると黒っぽいグレーのぼろ布にしか見えないので、わからない。箱の下の方には〈ウエスティングハウス・エレクトリック社〉と書いてある。

「教会のホールの裏にあったのを持ってきた」とスキータが言う。医療用の注入器を引っぱって、イヴォメックを吸い上げているところだ。水と同じ無色透明。蹴飛ばされて歪んだ錆だらけの工具箱の上に座り、膝のあいだにイヴォメックの瓶をはさんでいる。スキータが重心を移し、工具箱の内側の金属が押し潰されて、歯ぎしりのような音がする。瓶のふたを閉めて、ズボンのポケットに戻す。マニーの姿はなく、かわりにジュニアが隅の方に立って背中で手を組み、小屋の壁にもたれている。

「マニーは？」

「用事があるってさ」スキータは片手に注入器を、もう片方の手にベーコンの脂が入ったコーヒー缶を持っている。手が震えている。

「また来るって言ってたよ」ジュニアが言い添える。立ったまま前後に揺れて壁にぶつかり、トタンを揺らす。

「ジュニア、やめろ。くそっ、ボウルが必要だな」スキータがわたしを見る。「ボウルを持ってきてくれないか、頼む」

「ジュニア、ボウルを持ってきてあげて」本当はトイレに行きたいのだけれど、シャツの中のメロンは熟れているのだけれど、この場を離れたくない。

「自分が頼まれたんじゃないか」ジュニアは子犬をじっと見ながら静かに言い返す。子犬たちは何も見えないまま、箱の縁から真っ逆さまに身を投げようとしている。

「ジュニア、行って」

「いやだ」

「エシュ、頼むよ」

　家に入り、ほとんど座るまもなく用を足す。前に屈んで膝に口を当て、膝こぞうのやわらかい皮膚に唇で触れる。外に出ると真昼なのに雄鶏(おんどり)が鳴いて、くぐもった虫の声を突き破る。吐き気が胃を苛(さいな)む。マニーは帰った――彼のことは知りたくないし考えたくもない、と思うのに、別のどこかで日差しを浴びてシガリロを吸っているのだろう、ガソリンスタンドでお客に品物を渡しているのだろう、沼に生える水草のようにそっとシャリヤに触れているのだろう、と考えてしまうし、実際にそうなのだとわかってしまう。わたしは日陰を歩いて物置小屋へ向かう。避けられずに枝の隙間から日が当たると、やけどしそうに熱い。

　スキータがベーコンの脂を片手いっぱいすくってボウルに入れ、続いてイヴォメックを入れる。指で混ぜる。日陰なのに小屋の中の方がむしろ暑くて、誰かの握り拳の中にいるみたいだ。ジュニアとスキータはどちらも汗に覆われて、スキータの方は頭から額へ水のように流れる汗が目に入り、泣きそうなのかと思うほどまばたきを繰り返している。ボウルの中のイヴォメックがちゃんと混ざっているだろうかと、わたしも目を凝らしていると、戸口の日が陰ってスキータが顔を上げ、わたしを通り越してそちらに目を向け、不機嫌そうな顔になる。

「戸口からどけよ。光を遮ってるだろ」

マニーだ。両手を鴨居に当てて小屋の中に身をのり出し、体がタフィーのように伸びている。わたしのいる場所からだと、シルエットと笑った白い歯しか見えない。そんなふうに顔が見えないと、わたしみたいに真っ黒だと、なにか奇妙な感じがする。水のしみた紙にインクを流したように、背後の太陽に黒く塗り潰されている。

「おれのライター、誰か見なかった?」マニーの声は、スキータが座っている工具箱の角のように鋭くとがっている。

「いや」スキータはいまも指で薬を混ぜている。「そこ、どけよ」

「おまえは、エシュ?」

わたしは首を振る。

「自分のポケットに入れてたよ」ジュニアに言われ、マニーはドア枠にもたれてポケットに手を入れる。小屋の中に光が散って、マニーの横顔が見える。ガラスでやけどした方。するとポケットをあさるのをやめて、わたしたちの方を向き、その顔がふたたび黒くなる。そうやって頭上の黒い梁を握るように、わたしの手を握ってほしい。いっしょに小屋を出て、〈ピット〉を離れ、日の光に耐える力を貸してほしい。わたしの秘密を知って、抱きしめてほしい。変わってほしい。

「おまえ、その場にいなかっただろう、ジュニア」マニーが言う。

「サンキュー」スキータがわたしに言う。イヴォメックはすっかり脂に溶けこんでいる。クリーミーなオフホワイト。スキータが味見をする。

「やめておけって」影のマニーが言う。

「用事があるんじゃなかったのか？」

「力を貸そうとしてるだけだろう」

「そこをどいて明かりをくれた方が助かるよ——入るにせよ、出るにせよ」

「出るよ」マニーが肩をすぼめる。「木の下でも探してくる。入れるわけがない。チャイナに嫌われてるからな」チャイナはスキータの前に座り、そばにわたしがいることにはかまわずに、ベーコンの脂が入ったボウルをじっと見ている。はあはあと息をして、舌からよだれをたらしている。

「チャイナはみんな大好きさ」スキータは混ぜ合わせた薬を注入器に吸い上げている。

「わかったよ」マニーが笑う。またしてもあの笑み。彼の歯が見えるたびに、吐き気が肘で小突いてくる。マニーがどいて、光がどっと流れこむ。早く行ってほしいし、戻ってきてほしいし、最初からいなければよかったのにとも思う。スキータが注入器を手に立ち上がったので、チャイナはうしろ足で立って踊っている。

「そら」

わたしはボウルをお腹に押し当てる。

チャイナがうしろ足で跳ねている。昨日あの灰色の犬を引き裂いた犬が、いまは〈オークス〉のダンスフロアで踊る女だ。ジュークボックスからブルーズギターの最初のフレーズが響く中、ドリンクを片手にパートナーのもとへ歩いていく。チャイナが前足を下ろしてお尻を突き出す。スキータがしやがんでチャイナの首に腕をまわし、あごのまわりをつかんで上に向ける。

「いい子だ」

チャイナがにっこり笑う。舌がちらちらのぞいて、濡れた雑巾を振り回しているみたいだ。

「そう、おまえはいい子だ」スキータがささやくように言う。もう一方の手で注入器を傾け、チャイナの唇に近づける。

チャイナがひと吠えして、うなずく。恋人の胸に手を当てるように、スキータの胸に前足をのせる。頭をぐいとうしろに引いて服従の意を示す。懇願する。

「よしよし」とスキータが言う。

チャイナが注入器に鼻を押し当て、なめる。

「さすがはおれの女だ」ピストンを最後まで押して注入器を持つ指が合わさり、中の薬がなくなったところで、スキータが体を離す。子犬たちがぴくりとして、ふたりの足もとで鼻をくんくんさせる。チャイナがうっかりオレンジ色の子犬を踏んで、子犬がキャンと鳴く。

「つくづくおれの女だな」とスキータ。

外ではマニーが足で砂をかき混ぜながら、庭を行ったり来たりしている。

「あのライター、きっと自分の女からもらったんだぜ」スキータがチャイナの毛皮に顔を近づけてささやく。戸口から見ると、チャイナは埃をかぶった電球だ。ジュニアが壁沿いにこっそり忍び入り、子犬に近づこうとする。庭ではライターを探すマニーの足が土埃を巻き上げ、もうもうと舞う埃の中に姿がかすんで、白いシャツと金色の肌が傷んだ桃のように黒ずんで見える。

学校で女同士が話しているのを聞いたことがある。からからに乾いた洗濯物を紐から取り入れるみたいに、宙からさっとかすめ取るたぐいの会話。たとえ妊娠しても、一か月分のピルを飲めば生理が来る。漂白剤を飲めば体のぐあいが悪くなり、赤ちゃんになるものが排出される。お腹を思いきり強く打てば、車の角とかにぶつけてあざができるぐらい強くへこませれば、流産できるかもしれない。中絶するお金がなくて、赤ちゃんを産むわけにはいかないとき、お腹にいるものが誰にも望まれないときには、試してみるしかない。

バスルームで、わたしは立ったまま体を折り曲げてお腹をもむ。メロンをもんでどろどろにしてしまおうと思うのだけれど、何度やっても跳ね返される。すでに熟れ、何がなんでも種を生むと決めている。何か大きな硬いものに体当たりすることはできる。父さんのダンプトラックのフードとか、トラクターとか、庭にある古い洗濯機のどれかとか。洗濯室には漂白剤もある。手に入りそうにないのは避妊ピルだけ。処方を書いてもらったこともない。たとえ書いてもらっても、買うお金はなかっただろう。分けてほしいと頼める友達もいないし、保健所に行ったこともない。そもそも誰が連れて行ってくれるというのだろう。父さん？　ときどきわたしが娘であることすら忘れているようなのに？　ビッグ・ヘンリーとか？　車を持っている数少ない友達。マニーとか？　〝闇に輝く白い歯〟のマニーとか？　〈わたしがうまく処理すれば、たぶん彼は気づかない〉。わたしはふと考える。〈気づかなければ、時間を稼ぐことができるかも。なんの時間を？〉わたしはお腹を押す。〈マニーが変わるための。わたしを愛するようになるための〉。

それがわたしの選択肢。そしてそれはゼロに近い。

日はとうに沈み、わたしは便座に座って、ランドールがカーテン代わりに留めたタオルをめくって庭をのぞく。スキータが板を引きずって物置小屋の入口に向かうのが見える。裸電球が小屋の外に向かって煌々（こうこう）と燃え、スキータが地面に膝をついたところを照らしている。板から釘を抜いている。明かりの縁に虫が群がっている。しばらく放置され、倒れたかかしのように地面に刺さっていた犬小屋の枠が、ふたたびまっすぐに立っている。スキータはチャイナのために家を建てる。チャイナを見守り、病気を見極める。スキータは愛を知っている。

「くそやろう」

父さんのピックアップトラックが庭に入ってくる。のろのろと動いているので、エンジン音に消されることなく悪態が聞こえてくる。酔っているときにはいつもそんなふうに運転する。思いきり速度を落として、車のライトをつけたまま。スキータを包んでいた金色の光の泡がヘッドライトに破壊され、庭に光が氾濫する。スキータがハンマーを持った腕を上げて目を覆う。父さんはピックアップトラックをダンプトラックと平行に停める。ダンプトラックは今朝わたしがエンジンを試したときから、錆びついてうんともすんとも言わずに座っている。ヘッドライトをつけたまま、父さんがピックアップトラックから降りてくる。

「まったく、くそやろうが！」

言葉を強調するためにドアをバタンと閉めようとするのだけれど、不発に終わる。金属を持つ手がするりと離れてドアはごくそっと閉まり、窓際の便座に座るわたしにも聞こえない。

「〈ヴァンズ・サルヴェージ〉のやつらめ」父さんはぶつぶつ文句を言っている。「必要なパーツさえ揃えてない」人に寄りかかるみたいにピックアップトラックの側面に寄りかかり、母さんが生きていたころ、夜に酔っ払って帰宅したときのように、小声でしゃべっている。母さんは外まで迎えに出ていき、父さんを子どものように抱き寄せた。身長もそれほど違わなかったので、完全に寄りかかられても平気だった。正面ポーチに上がるコンクリートの階段をいっしょに歩いて上りながら、父さんはよく母さんにささやいていた。何を話していたのか、わたしたちのところまで聞こえてきたことはない。愛していると告げていたのだろうか。月明かりを浴びて、優しい気持ちになって。

「ライト、つけっぱなしだよ」スキータが言う。

「これじゃあ嵐のあとでどうやって稼げっていうんだ」そう言ってピックアップトラックをぴしゃりと叩くものの、その手つきは中途半端でぎこちなく、ずるりとなでたようになる。「なんだって？」

「ライトがつけっぱなし」スキータはなかなか抜けない釘を抜こうとして、下を向いたまま集中している。目の端でちらりと父さんのようすをうかがう。

「ああ」父さんが車の中に手を伸ばし、つまみを押してヘッドライトを消す。それからゆっくりとスキータの方へ歩いていく。酔っているときの歩き方だ。一歩一歩、ゆっくりと。「何をやってるんだ？」

「べつに」スキータはぴたりと止まり、釘を抜くのをやめる。ただし、いまも下を向いたまま。

「べつに？」

「なんにも」

「どう見ても何かやってるのに、なんにもってことはないだろう」

「疲れてるんじゃないの？」

「なんだと？」

「ダンプトラックのパーツを探して一日じゅう駆けずり回ってたんだろう？」

「そのとおりだ」父さんが答える。「〈ユー・プル・イット〉でも〈サルヴェージ〉でも、気は確かかって目で見てきやがった。パーツはなかった。おれが店を見てまわるあいだも、手を貸そうともしなかった。最大級の嵐が来るんだと言っても、何を言ってるんだって顔で見てきやがった」

スキータは体を起こして重心をかかとに移し、父さんの話が終わるまで待つ体勢を整える。ハンマーは膝の上。

「その板は、おれが積んでおいたやつじゃないのか？」

「違うよ」

「あれは家に打ちつけるために集めたんだ。勝手なことばかりしやがって。うちの窓が割れてもいいのか？」

「だから、父さんの板に手をつけたわけじゃないって」

「なるほど、それじゃあどこで手に入れた？」

「森の中だよ」スキータは膝の上でハンマーを行ったり来たりさせている。父さんがいつもの手順を踏んで不機嫌を爆発させるのを待っている。

「違うな、森で見つけたわけじゃない」父さんは驚いて飛び立つコガネムシを追い払おうとするように、バタースコッチみたいな硬い甲羅の、あのてかてかの茶色い虫をかき分けながら進むかのように、宙で片手を振っている。そして唾を吐く。「そうだろう」

「森で見つけたんだよ」スキータの声はいたって静かだ。ハンマーも動かない。

「くそったれが！」父さんがどなる。「おれがこれだけしてやってるっていうのに、おまえらときたら感謝のかけらもなしだ！」虫がさらに騒ぎだしたとでもいうように、またもや両手を上げる。そのまま伸ばしてスキータの腕をつかみ、引っぱって立ち上がらせる。そして突き飛ばすつもりだ、たぶん。手荒に扱ってやろう、屈辱を与えてやろう、とするときの父さんのやり方。わたしたちを引き寄せて揺さぶり、それからうしろに強く押して、地面に転ばせる。歩き始めたばかりの子どものように手脚を広げて転び、手も顔も土にまみれて、涙と唾と鼻水でびしょびしょになって、屈辱にまみれるように。スキータは体に力をこめ、手に持ったハンマーのようにまっすぐに立っている。父さんはスキータを押そうとしているのだけれど、なかなか手を出さない。頭ではこうしようと思っているのに手が言うことを聞かない、みたいな感じ。すると、スキータの肩をつかむ。強く。そして揺さぶる。

「離してよ、父さん」ごく静かな声で、わたしにはほとんど聞こえない。

物置小屋の戸口にチャイナが立っている。唸（うな）りもせず、吠えもせず。ただその場に立って首をかしげ、前足を大きく開いて、胸のせいで体が大きく見える以外は小屋の暗がりに呑みこまれている。ぴくりともせずに立っている。

「離せよ！」

「これだけしてやってるというのに！」スキータを強く押した勢いで父さんはうしろに傾き、それでも転ぶ前になんとかもちこたえる。

　スキータもうしろによろめくものの、しゃがんだだけで、足の裏は地面についている。チャイナが前に飛び出す。スキータがバトンのようにハンマーを突き出す。

「止まれ」スキータが制する。「止まれ！」声がうるんでいる。チャイナがその場にぴたりと止まる。公園のそばの墓地に立つ表面のはげた彫像、雨だれの筋がついた天使だ。燃えるように輝いている。

「そのまま来ればよかったものを」父さんが腕を下ろして言う。「かかってくればよかったものを」

　スキータがチャイナににじり寄り、ハンマーを下に置いて鼻面に手を当てる。スキータの指のあいだから見えるチャイナはマーブルもようだ。

「そうしたら北へ連れていって撃ってやれたのにな」

「いやだ」

「動物監理局に電話して。連中がそいつを連れていくところをおまえに見せてやれたのにな」

　スキータはチャイナの背中に腕をまわし、お腹を抱いている。手は胸のあいだのどこかに隠れ、見えない。チャイナは振り返ってスキータをなめようとはしない。じっと父さんを見ている。スキータはもう一方の手でチャイナの胸をさすっている。上から下へ、大きく何度もなでている。

「おれは家族を救おうと必死なんだ」父さんが言う。スキータがしゃがむ。「おまえたちみんな、もっとおれに感謝しろ。わかったか？」

　夜の虫たちが〈イエススススス〉と答える。スキータは父さんの言葉を無視し、チャイナをなでながら、父さんとチャイナを交互に見ている。

「その板はもとの場所に戻しておけよ。わかったか？」

　チャイナのしっぽが下がる。けれども耳は冠羽のように、いまもぴったり頭に伏せている。スキータはチャイナに何やらささやいている。つぶやいている。

「わかったか？」父さんが声を荒らげ、スキータの方に一歩踏み出して止まる。チャイナのしっぽが立つ。

「わかった」スキータが答える。父さんの方を向いて、まっすぐに父さんを見つめ、しわのないまっすぐな表情で、口だけをわずかに動かして。「わかった」

「ならいい」父さんがうしろに下がる。スキータがチャイナに寄りかかり、動きを封じる。父さんが家に入ろうと、体の向きを変える。足を摺（す）って横にずれ、ゆっくりと、慎重に、自分を見つめるスキータとチャイナを見つめながら、打ち捨てられたハンマーと、倒れた木枠と、虫と木立のざわめく闇のもとにふたりを残していく。風が吹き、花嫁のドレスのように裾を広げてふたりのもとを去っていく。

六日目　確かな手

父さんが鶏舎の残骸を壊している。もともと雌鶏（めんどり）にも雄鶏にも見放されていたのだけれど。夏ごとの豪雨で木材は朽ちてやわらかくなり、その後、節々の凍りそうな短い冬のあいだに乾いて中がうつろになり、やがてたわんでひしゃげていった。かつてはそこに母さんの洗濯紐が結わえてあり、もう一方の端は松の木に結わえてあった。母さんが亡くなったあとで父さんが家の近くの木に移したら、ぴんと張らなかったものだから、ランドールやわたしが洗った服をかけて木の洗濯ばさみではさむと、紐がたわんでみんなのズボンが地面についたまま揺れている。

ゆうべハンマーを手に父さんと鉢合わせしたあとで、スキータは犬といっしょに物置小屋で眠った。それでわたしはさっきからリビングの窓際でソファーに座り、スキータが家に入ってくるのを待っている。スキータは裏にいる父さんを避け、ぐるりとまわって玄関から入ってくるはずだ。けれどもスキータはまだ浮上してこない。わたしたちがピット池で泳ぎ始めたころ、スキータはがらくたが礁（しょう）をなす泥の水底にしゃがんだまま、誰よりも長く息を止めていることができた。わたしたちが不安に駆られた小船のようにまわりを回り、上がってくるように呼びかけても、下の方で泡を出しながらじっとしていた。わたしは小休止することに決め、ウインナーソーセージの缶をこっそりバスルームに持ちこんで、五本とも一気に平らげる。あっさりしすぎて空気のようだ。今朝は本を読もうとしたら、またしてもメディアに気を奪われ、金羊毛をめぐる冒険のところで止まってしまった。メディアはもはやイエソンのことしか考えられず、頬は染まり、心は燃えて、甘い痛みにすっかり呑みこまれている。女神の策謀によって恋に落ちた彼女は、自分ではどうすることもできない。集中して読むことなど不可能だった。なにしろわたしのお腹はすっかり別の生き物と化し、頭の中では水泳選手が息を継ぐように何度もマニーのことが浮かんでくる。自分の方が辛くなってしまった。けっきょく本は壁とベッドのあいだに押しこんで、わたしはキッチンに忍び入り、父さんのハリケーン用の食料に手をつけた。いくら食べてもわたしの胃には届かない。お腹はすでにいっぱいなのだと、食べ物とそれ以外のものでいっぱいなのだと、告げてくれるものが何もない。

バン、バン、バン、とハンマーの音が響きわたる。板がきしむ。一枚はがれて下に落ちる。父さんが悪態をつく。〈このくそったれが〉〈むかつくな〉〈こんちくしょう〉。待つことに飽きたわたしはソーセージをさらにもう一缶つかみ取り、ショートパンツのポケットに忍ばせる。わたしもスキータのもとを訪ねよう。アルゴー船の英雄たちと偉大な冒険に旅立つ前に、メディアが兄弟のもとを訪ねたように。わたしもこの手を差しのべよう。

スキータの顔は誰かに両目を殴られたようなありさまだ。父さんが鶏舎を叩く音が物置小屋の入口から侵入し、血のように規則正しく脈を刻む。チャイナは床に寝そべり、子犬たちはミュウミュウ鳴いて乳に吸いついている。チャイナは前足に頭をのせたきり、わたしが敷居をまたいでも顔を上げようともしない。ジュニアはカラスだ。入口のそばのドラム缶にちょこんとのって、袋入りのピーナッツバター・クラッカーを食べている。それを目にして、わたしはまたもやお腹が空いてくる。

「どうもようすが変なんだ」スキータは床に座って壁に背中をもたせかけている。上を向くと喉仏がくっきり飛び出し、骨のようだ。

「どこが変なの？」スキータの目は熱があるみたいに赤い。

「なんというか――甘すぎる。いつもなら乳をやって、充分に飲ませたと思ったら突き放すのに、かれこれ一時間近く吸わせっぱなしで、動こうともしない」

「疲れてるんじゃない？　昨日言ってたみたいに」

父さんのハンマーが部屋を叩く。

「違うな」

「それじゃあ何？」

「飲ませすぎたんだと思う」

「マニーの言うとおりにやったのに？」

「マニーが本当に知っていると、どうしてわかる？」

「リコに教わったからでしょう」

「マニーがおれに教えるとわかってたら、リコが正しいやり方を教えるという保証は？」

「そんなことするわけないじゃん」

「誰が？」

「マニー」わたしは彼の名前を呑み下す。そんなことをするはずがない。絶対に。

スキータは天井を向いて目を見開き、組んだ両手を膝にのせ、肘をだらりと落としてしゃべっている。これはスキータの祈りだ。

「どうだかな」

「世の中の全員があんたとチャイナを陥れようとしてるわけじゃないんだからね」

スキータが床を這ってチャイナに近づき、顔の前で手を振る。チャイナがそれを目で追い、大きくため息をついて、リノリウムの床から土埃が波状に舞い上がる。

「べつにそんなことは言ってねえよ」そう言いながら用心深くチャイナの首に手をのせるさまは、かつて母さんがオーヴンからビスケットを取り出していたときの手つきにそっくりだ。チャイナがまたしても大きく息を吐き、一匹の子犬を漫然と押しやる。「そうそう、そうこなくっちゃ」

「きっと食べたら元気になるよ」

「おれ、こいつを失うわけにはいかないんだ」スキータの刈りあげた頭には、物置小屋で寝たせいで泥がついている。母さんが家の裏の小さな菜園で草を抜くときにも、腕がそういうふうになっていた。菜園には、父さんが道端で見つけてきた古いベビーベッドの柵で囲いがしてあった。スキータのいまの言葉は危険だ。チャイナが死ぬかもなんて、考えるだけでも迂闊なのに。声に出して言うなんて。言葉にするなんて。本当にそうなってしまうかもしれないのに。

「それよりお風呂に入ったら？」脇腹の切り傷のことを思い出し、ランドールの古いバンデージの下で膿んで赤くなっているようすが目に浮かぶ。〈ピット〉では、傷はごく簡単に化膿する。もちろん細菌感染のせいだ。たとえそうなってもスキータは病院へは行きたがらないだろうし、父さんも連れていきたくないだろう。「お腹の傷」

「おれはなんでもねえよ」スキータは父さんのハンマーの音に合わせてチャイナの頭をなでている。

「闘犬に行くときにはあんたもいい状態でないといけないでしょう？　体調を整えておかないと。チャイナだけでなく。あんたが不調だったら、チャイナはどうすればいいの？」こう言えばスキータの心に響く。プライドに。スキータはチャイナをなでるのをやめ、温もりをおびた丸い頭の上で手を休める。チャイナがため息をついて、別の子犬を脚で押しやる。床に映った三角形の日差しが消えたかと思うと、また現れる。雲に覆われ、ふたたび解き放たれる。スキータがわたしを見上げ、目を細める。

「わかったよ。チャイナを頼む」スキータは立ち上がって戸口へ向かい、通り過ぎる際にジュニアを押したので、ジュニアは危うくドラム缶から落っこちそうになる。

「いやなやつ！」

「それと、ジュニアに何も触らせんなよ」


　チャイナが弱々しく子犬を蹴る。寝そべったままあとずさって子犬から逃れ、背中が壁についたところで、ようやく痙攣（けいれん）のような動きをやめる。子犬たちがか細く鳴いて前足で宙をかき、なすすべもなく横に転がる。子犬の目は切り落とした爪の先だ。全部で四匹。チャイナに生き写しの白、キロによく似た赤、まだらのちび、黒地に白のもよう。全員よろよろとチャイナから離れる。わたしは戸口にしゃがむ。お腹が突き出して腿を、膝を、押してくる。Tシャツをお腹から引きはがす。チャイナがその場の全員を物憂そうにちらりと見て、それから前足に頭をのせ、目を閉じて、わたしの見るかぎり、眠りに落ちる。

「エシュ？」

「何、ジュニア？」子犬たちが脚をばたばたさせながらこっちへ向かってくる。ジュニアが止まり木から跳び下りてわたしのそばにどすんと着地し、そのまましゃがむ。

「チャイナのそばに戻してやらなきゃ」両手はだらりと膝からたれているのに、すでに子犬に手を伸ばしかけているようにしか見えない。「小屋から出ちゃうよ」

「わたしたちがここにいるのにどうやって出るのよ？」

「隙間からだよ」ジュニアの手がふたりのあいだをかすめる。「ここと か」

「触っちゃやだめだからね」わたしはもういちどTシャツをお腹から引きはがす。ジュニアの息はピーナッツバターのにおいがする。体がひどくだるい。視界を奪う土砂降りの雨のように、疲労が全身を流れていく。チャイナの耳が眠ったままぴくりと動く。チャイナが口をきけたらいいのに。

「そう言わずにさ」ジュニアはしゃがんだまま前に傾き、ゆっくりと子犬の方に身をのり出す。「もとの場所に戻してやるだけだから、ね？」ジュニアは白い子犬をつかみ、片手全体で首のうしろをつまんで三十センチほどうしろに戻し、チャイナに近づけてやる。チャイナが眠そうに息を吐く。ジュニアがわたしを振り返り、隙間だらけの歯、虫に食われた穴だらけの歯に唇でふたをしてにっと笑う。「ほらね？」

「わかったから、さっさとして」チャイナのしっぽが眠ったままぴくっと動いて、ふたたび静かになる。「チャイナが起きる前に」

「わかった」ジュニアが赤い子犬をつかんで、兄弟のそばに下ろす。唇が開いて歯がのぞき、すっかりにこにこしている。

「急いで」わたしはささやく。わたしもチャイナのように眠りたい。物置小屋のひんやりした土の上で横になりたい。

「わかってる」ジュニアがささやく。黒地に白いもようのある子犬が手の中で小さくもがく。弱々しく、まだ目も開いていなくて、ミミズのようだ。ジュニアが下に置く。

「もう触っちゃやだめだからね」わたしは小声でささやく。チャイナの脇腹の筋肉がぴくりと動く。洗濯紐に干されて風になびく白いシーツだ。「聞いてる？」

ジュニアが最後の子犬、まだらのちびのお腹をつかむ。肋骨の前で親指と中指が合わさる。ほかの子犬のように脂肪がつかず、ずいぶんやせている。ジュニアが鼻を近づける。この距離からだと毛皮が動いているように見えるけれど、その正体は、ふわふわの毛のあいだを縫って歩く蚤だ。子犬の首が横に傾き、背中が反対側にぐいと曲がる。子どもの片手に収まるぐらいの骨と皮と毛にすぎないのに、なんという首の力。

「聞いてる？」

「うん」ジュニアは動こうとしない。

「下ろしなさい！」わたしは小声でどなる。ジュニアに平手をみまってやりたいけれど、そうするとチャイナが起きてしまう。ジュニアは子犬のにおいを嗅いでいるところで、わたしがいなければ、間違いなくなめているだろう。チャイナが眠りの中で弱々しく唸る。

「いいかげんにして！」わたしはジュニアの細い棒のような腕をぎゅっとつかむ。肉に爪を食いこませる。わたしの手にこもった恐怖が伝わることを願って。

「わかったよ、エシュ！」ジュニアはべそをかいて振りほどこうとするものの、子犬はいまもつかんだままだ。チャイナの脚が動く。

「いますぐ！」爪をさらに食いこませる。脇の下が熱くほてって汗が噴き出す。燃えるようだ。「ジュニア！」

「わかったから」

ジュニアの笑みは消えている。口を強く引き結び、下の歯茎がのぞいている。泣くときの顔だ。硬くて細長い物差しのような背中。前に身をのり出し、子犬を手から転がす。子犬は脇腹で着地して止まり、頭で床を掃く。ジュニアは腕をさっと引いて胸に抱き、わたしを見るまいとしている。子犬たちをじっと見つめ、口もとを下げ、怒りをこめてささやく。

「痛いよ、エシュ。本気で痛かったんだからね」

「スキータが戻ってきたらどうするのよ？　チャイナが目を覚ましたら？」

ジュニアを離してしまうと、わたしの手はなんとも弱々しい。ジュニアが赤ちゃんだったころ、ランドールとわたしはソファーに座ってジュニアを代わる代わる抱っこし、ミルクをやってお腹をさすり、頭をなでてやった。ジュニアが顔をしかめると母さんにそっくりだ、とランドールは言った。

「血が出てるし」ジュニアは手のひらに唾を吐き、腕についた赤い痕、ウインクした目のような痕を何度もこする。「そこまで強くすることないじゃん」

「あんたが言うことを聞かないからでしょう？」小さいころ、ジュニアはちっとも泣かなかった。

「それでもさ」ジュニアが唾のついた手で目をぬぐう。

「だってどうなるかわかんないでしょう？」チャイナがまたしても眠ったままふんと息を吐く。「あんただってわかるよね？」わたしは手を振ってチャイナを示す。「チャイナのことは知ってるんだから」

チャイナがまたしても眠ったまま唸る。高めの鋭い声。わたしはジュニアの背中に触れ、背骨のビー玉を上から下へつたっていく。ジュニアは体をひねって逃れ、腕をつかんだままわたしを見る。牡蠣の心臓みたいに真っ黒な目。わたしはチャイナを振り返って眠っていることを確かめ、子犬たちが親から離れすぎていないことを確かめ、自分のTシャツがお腹に貼りついていないことを確かめる。またしても疲労が襲ってくる。ジュニアは地面にぺたんと座り、わたしにつかまれないように距離を保ちながらも、そばにいる。てっきり走って床下に逃げこむだろうと思ったのに。

「ごめん」とわたし。

ジュニアが肘を立てて地面につっぷし、お尻を宙に突き出す。子犬に向かってすすり泣く。赤ちゃんだったころ、ジュニアはいつもその格好で眠りに落ちた。ソファーで、ベッドで、ランドールと。子犬たちは見えない目で地面を泳ぎ、深い水の中を進むように、またしてもチャイナのそばを離れてジュニアの方へ向かってくる。もしかしてジュニアはこれまでにも、わたしたちがチャイナを連れ出しているあいだにこっそり小屋に忍びこみ、子犬たちと遊んでいたのだろうか。

「今日、いっしょに公園に行ける？」ジュニアが訊く。父さんが鶏舎を二度叩いて、悪態をつく。今日は二日酔いだ。機嫌が悪いに違いない。わたしはソーセージ缶のふたをめくって一本取り出し、ジュニアに渡す。チャイナが寝返りを打って壁を向き、眠りの中で可能なかぎり子犬たちから逃れる。

わたしはうなずく。

「うん、いいよ」

わたしたちがまだ小さくて、学校へ行くために起こしてもらっていたころ、母さんはまずわたしたちの背中に触れた。それからわたしたちがぴくっとして、朝に向けて動きだすのを手のひらに感じたら、起きなさい、学校の時間だよ、と優しく告げた。母さんが死んで父さんが起こすようになると、いちいち触ったりしなかった。父さんはドアのそばの壁をノックした。強く。そして〈起きろ〉とどなった。丈の短いジーンズと黒のランニングシャツに着替えて物置小屋に戻ってきたスキータは、すでに汗をかいている。スキータが母さんと同じやり方でチャイナを起こす。子犬たちがころころと離れていく。スキータがそれを大きな箱に入れると、子犬たちは何も見えずにあわてふためき、箱をひつかく。

「そろそろ起こさないとな」スキータが言う。わたしたちが公園へ行くつもりだと話すと、スキータは心を決める。「運動させて治すしかない」

スキータはチャイナをリードにつないで抱き上げ、一方の肩にぽんとのせる。チャイナのうしろ脚が腿に絡まって歩きにくそうだ。スキータがそれをやるのはチャイナが子犬のころ以来で、当時のチャイナは肩の上でにっこり笑い、スキータの耳や首の塩気をなめていた。いまはしかめ面をしてなかば目を閉じ、眠そうにうなずいている。唾液の筋がスキータの背中に細く伸びている。スキータは何度もチャイナを担ぎ直しながら、家の正面にまわって古いバスタブをよけ、走っている姿はいちども見たことのない車の外枠を迂回して、溝を跳び越え、磨耗したアスファルトの道に出たところで、ようやく地面に下ろす。ふいに風が吹いて松の木が左右に揺れ、チャイナも同じように揺れる。震えている。スキータの肩に散った白い毛は、見るからに硬そうだ。スキータが顔をしかめ、リードをぐいと引く。

「ほら」

ジュニアがわたしの脇腹にぶつかる。

「すぐ戻るから」と言って、家の方に駆けていく。

チャイナがぼんやりとそちらを向く。スキータがもういちどリードをぐいと引いて、歩きだす。チャイナもしかたなく動きだし、とぼとぼとついていく。チェーンタイプの首輪が両耳のところでぴんと張り、絞殺具のように頭をぐるりと巻いている。スキータは前傾姿勢で歩き続け、振り返ろうともしない。頭上ではタカが風にのって舞っている。らせんを描いて滑り下りてきたかと思うと、何度か羽ばたいて羽毛のような梢（こずえ）のあいだに姿を消す。わたしたちの家は錆色で、樫の木と庭のがらくたに隠れてほとんど見えず、一方に傾いている。土台のセメントブロックは砂色だ。わたしはスキータのあとを追う。ずいぶん足早に歩いていて、真昼の暑さの中にどんどん小さくなっていく。ジュニアはてっきりボールでも取りに行ったのかと思いきや、道を踏みしめるタイヤの音が聞こえてきて、見ると、道のむこうから自転車に乗って近づいてくる。立ち漕ぎで。黒いぽんこつの自転車は、ペダルを踏むたびに左右にがたがた揺れる。ジュニアが乗るにしても小さすぎる。急カーブを描いてそばに来てみると、サドルがない。だから立って漕いでいるのだ。わたしは声をたてて笑いだす。

「いったいどこで手に入れたの？」

「見つけたんだよ」ジュニアははあはあいっている。笑うというより息を吐いているみたい。続いてもういちどふんっと息を吐くなり、ペダルを踏んでそばを離れ、スキータのまわりを回り始める。普段のチャイナなら自転車に乗っているのが誰であろうと追いかけるはずなのに、いまはうなだれてとぼとぼ歩くだけで、ジュニアのことも無視だ。そんなチャイナをスキータも無視し、どんどん先へ歩いていく。丸めた背中は見るからに張りつめ、不安がひしひしと伝わってくる。リードはいまもぴんと張っている。わたしは走ってふたりに追いつく。

〈ピット〉を離れてボア・ソバージュの中心部に入るにつれ、しだいに家が現れる。木立の陰に隠れている家と家の距離がだんだん短くなり、やがて小さな雑木林に隔てられるだけになる。わたしたちはビッグ・ヘンリーの奇妙に細長い家を通り過ぎる。マルキスの小さなピンク色の家には窓が三つしかない。庭に群れ咲くツツジのせいで、家そのものも色褪せた花のようだ。金持ちのフランコの家はグリーン。どういうわけか、庭木の下から数十センチがペンキで白く塗られている。少し年長のジョシュアとクリストフが住んでいる家は青っぽいグレーで、家の横のポーチには網が張られ、庭の樫の木の下にはブーゲンビリアが茂っている。そしてムッダおばさんの家。もとは黄色だったのが褪(あ)せて薄茶色になり、藤に埋もれて息苦しそうだ。マニーのトレーラーハウスはボア・ソバージュの別の地区、ここからは離れた場所にある。ここには小さなカトリック教会があり、スキータが芝を刈った無秩序に墓の並ぶ墓地があり、未舗装の駐車場を備えた郡の公園があって、ボアの町になんとか秩序らしきもの、文明らしきものを確立しようと試みている。そして失敗に終わっている。生い茂る木立のせいで、公園はその境界からしてすでに曖昧だ。ネムノキが境界をまたいでバスケットプレーヤーのように優雅な長い腕をたらし、ピンク色の花をボールのように落としている。松の新芽が周囲の溝の中にも、網をなくしたバスケットゴールのそばにも、地中に沈みかけたぎざぎざの木製遊具のまばらな影の下にも、雨に打たれて角のとれた石のピクニックテーブルの横にも、そして草の伸びた野球場の真ん中にまで、伸びている。年にいちどは整備員が、たいていは白と緑の縞(しま)もようの囚人服を着た受刑者たちがやってきて、侵食してくる木を漫然と伐採し、花が咲く前の草と松の若木を刈っていく。けれどもボア・ソバージュの野生は、そんなことにはおかまいなしだ。たっぷり一年をかけて、ふたたび種を蒔(ま)く。

ジュニアがフーッと奇声をあげて離れていき、空気の抜けたタイヤのゴムが、のこぎりで切り株をこするような音をたてる。自転車は溝の中を滑るように下っていったかと思うと、ふいに上を向き、一瞬だけ宙を進んでガチャンと着地し、サドルがあるはずの部分に危うくジュニアを串刺しにしそうになる。ジュニアが振り返って得意そうに声をあげ、後輪を左右に振りながら公園に入っていく。スキータはいまも決然としてチャイナを引きずり、チャイナは恥じ入るように頭としっぽをたれている。バスケットコートに人が集まってプレーをしていて、ジュニアはそっちへ向かっているのに、スキータは別の方へ行こうとする。

「どうしたの？」

「歩かせて毒気を抜いてくる」

「ここに来るのに三キロ以上歩いたのに？　まだ足りないの？」

「ああ」スキータはチャイナのリードをぴんと引いて足早に歩きだし、墓地の方へ遠ざかっていく。

熱した空気が、じっとり濡れた青い毛布のようだ。わたしは体の向きを変え、ジュニアのあとを追ってバスケットコートへ向かう。木陰に並ぶたわんで反り返った小さな木の観覧席に、誰かが座っている。顔を縁どる黒く長い影と、腿で組んだつややかな長い脚、小さなショートパンツが見える。女がふたり。太陽に雲が差しかかり、ふたりの顔がはっきりする。シャリヤといとこのフェリシアだ。わたしはその場に、樫の木陰のベンチとは反対側のコートの端に立ち止まり、ほとんど倒れるようにして、草の中にぶざまに座る。

コートにはマニーもいて、紙テープがくるくるほどけるように回転しながらボールを投げ、シュートを決める。怪我（けが）の後遺症には、シャリヤも気づいているだろうか。ボールをすばやく持ち上げたあとで、それ以上は腕が伸びないのか、弾かれたようにもとに戻る。走るときには胸の前で大きく腕を振る。そうすれば傷が治るだろうと、癒えるだろうと、かつてのように継ぎ目のない完璧な体に戻るだろうと、いまも望みを抱いているかのように。セックスのときに体重を左にかけることは知っているだろうか。だからいつもわたしの右耳のそばで息をする。蟻が一匹わたしのくるぶしを這い、触覚でにおいを嗅いでいる。わたしはそれを、ちくちくと肌を刺す草の中に払い落とす。シャツの胸もとに汗のしみが広がっている。胸がかすかにうずいている。このごろではつねに痛みがある。肌の黒さが熱を集めている気がして、つい木陰に目を向けると、シャリヤの腕を飾る金属の一部に木漏れ日が当たり、金色の光を投げ返す。あそこには座らない。

ビッグ・ヘンリー、マルキス、ジャヴォン、フランコ、ボーン、そしてランドールもコートにいる。むせび泣くように息をしながら、互いの攻撃をカットしている。ビッグ・ヘンリーのほかは全員シャツを脱いでいて、肘で小突き合い、コンクリートの上で転倒して、手や膝や肘の皮膚が花びらのようにめくれている。どの顔にもはっきりと興奮が浮かんでいる。スキータがチャイナのリードを拳に巻いて、皮膚に食いこむほど強く引っぱり、〈いいか、相手をよく見ろ、よく見ろ――行け！〉と言うときの顔。彼らのほとんどはセックスのときも同じ表情をしている。樫の木陰で、シャリヤがキャンディーの箱を振って顔をあおいでいる。片方の腕をさすり、続いてもう片方の腕をさすって、手についた汗を払おうとするように、さっとひと振りする。穏やかで、落ち着き払って、飼い猫のようだ。決まった相手のいる女はみんなそう。愛情によって木の根のように深くつなぎ止められ、樫の木のようにしっかり支えられて、嵐が来てもけっして倒れたりしない。確かなものとしての愛情。きっとチャイナもそんなふうに感じているに違いない。うしろを振り返り、野球場の周囲を走るスキータとぴんと張りつめたリードを見ても、そう思う。

マニーがタイムを宣言し、目を閉じてぜいぜいと息をしながら、わたしに近い方のゴールに歩いてくる。支柱に寄りかかり、腕を伸ばして腰を離す。ランドールが頭のうしろに両手を当てて道路を見やり、遠くを走るスキータとチャイナに目を留める。マニーが腕を大きく振って筋肉を伸ばし、サイドラインに目を向けたところで、数十センチ先の草の中に座っているわたしに気がつき、口を歪める。

「オーケー」マニーが大声で宣言する。

ゲームが再開すると、マニーはさながら耳の中のダニに悩まされるチャイナだ。自分のしっぽを追いかけてぐるぐる回り、なんとか振り払おうと藪に頭を叩きつけ、スキータが膝のあいだにはさみ頭を固定してきれいに取り除いてやるまで、ずっとそうしている。マニーもレイアップシュートを決めようとして、そんなふうに、ビッグ・ヘンリーとマルキスのあいだを縫ってコートを前へうしろへと走る。それからぴたりと止まってジャンプシュートを放つものの、そのたびにランドールにはたかれてボールはコートの外に弾き出され、痛めた腕のせいで飛距離がだんだん縮んでくるにもかかわらず、ひたすらシュートを打ち続け、フランコがパスを要求しても無視している。マニーの顔が、チャイナが初めて耳ダニにやられたときの顔になる。まだ成長なかばで、もっと胴が短くて脚が長かった。暑さのせいで耳ダニがいよいよ騒ぎだし、猛烈に耳の中を咬み始めると、チャイナはジュニアが最後に世話をしていたのら犬、耳の欠けた黒と茶色の犬に襲いかかり、もう片方の耳も引きちぎった。ボーンがマニーにボールをパスし、マニーがキャッチして筋肉の攣れに顔をしかめ、それからゴール下のビッグ・ヘンリーに向かって突進する。ボーンも同じくらい体が大きく、ゴール付近にいるにもかかわらず。ビッグ・ヘンリーはマニーよりゆうに十五センチは上背があり、横幅も倍近くあるにもかかわらず。ビッグ・ヘンリーが膝を固定して構えた次の瞬間、ふたりは揃って転倒する。コンクリートの上をスライドする。

「おまえらアメフトじゃねえんだからな！」マルキスが金切り声をあげる。

「ファウルだ！」マニーがどなり、ジャンプして立ち上がる。

「おまえいったい何を言ってるんだ？」ビッグ・ヘンリーがぎょっとして尋ね、指とつま先で起き上がる。

「いいからプレーしようぜ！」ランドールが言う。片方の腕を道路の方、スキータの姿が遠くへ見えなくなった方に突き出して、振る。「どうでもいいからとにかくプレーしようぜ」そう言って、ビッグ・ヘンリーより先に立ち上がったマニーに手を置き、肩を握る。チャイナをなだめるスキータだ。マニーが落ち着く。その後はペースを落とし、もういちどタイムを宣言したのち、シャリヤの向かいにあるポールに座って休憩する。マニーが指を振り、シャリヤが笑う。

ゲームはしだいにゆるやかになり、ランドールがハーフコートをあとにしながらボールを投げ、スリーポイントシュートを決めたところで終了になる。マルキスが水道のもとへ駆けていき、フランコもあとに続く。ボールはそのまま転がって草むらで止まり、ランドールはわたしの方へ歩いてきて膝に両手を当てる。汗が水のように滴り、馬のように息を切らしている。ビッグ・ヘンリーがサギのようにひらりと草の上に舞い降りてわたしの隣に着地し、うしろに倒れて、太陽が雲間からのぞいてまぶしくなると両腕で目を覆う。

「いいゲームだったな」とランドールが言う。

「どういたしまして」ビッグ・ヘンリーがあえぎながら返す。

「スキータのやつ、いったい何をやってるんだ？」ランドールがしゃべりながら汗を吐き出す。

マニーが観覧席へ、シャリヤのもとへ歩いていく。

「チャイナを走らせてる」

「そのようだけど、なんのために？」

「昨日虫下しを飲ませたら、今日はようすがおかしいって」

「それで？」

「量が多すぎたんじゃないかって心配してるみたい」

ランドールはすっぱいブドウでも食べたみたいに、口をとがらせて上に向ける。ピンク色の内頬を噛んでいる。

「どうしようもないだろう」意見を訊いているわけではない。わたしは肩をすぼめ、視線を落として観覧席に目を向ける。シャリヤはマニーにスポーツドリンクを買ってきたようだ。マニーは樫の木陰に立ってボトルを傾け、中の液体をまっすぐ喉に流しこんでいる。葉陰からちらちらと日が漏れて肌に当たり、顔のガラスの傷痕みたいに全身がひび割れて輝いている。

「え?」

「どうしようもないだろう?」こんどのは訊いている。

「ああ」ビッグ・ヘンリーが答える。腕を大きく開いている。わたしを見ている。実際のところ彼は太っているわけではないのだけれど、とにかくすべてが大きい。両手は野球のミットのようだし、頭はメロンで、胸はドラム缶のバーベキューコンロ、両脚は頑丈な幹から張り出した枝のようだ。「どうしようもない」とビッグ・ヘンリーが言う。わたしはシャツの下のふくらんだ胸とお腹を見透かされている気がしてならない。座るとお腹はさらに突き出し、たんなる脂肪の域を超えている。ビッグ・ヘンリーがおずおずと笑って姿勢を変えるものの、とってつけたような感じは否めない。

「だよな、くそっ」ランドールが体を折り曲げ、バスケパンツで顔をふく。「くそっ」

「明日のサマーリーグの方は、万全なのか?」

「ああ」ランドールの声はバスケパンツに埋もれてくぐもり、布のせいでジリジリと震えて聞こえる。

「合宿の費用は出してもらえそう?」

「わからない。コーチはおれかボーディンのどっちかだって言ってる」

「緊張してる?」

「まあ、もらえるのはひとりだけど、おれはどの試合でもボーディンの倍は得点してるし、あいつより練習もしてるからな」

「おまえ、合宿にスカウトマンが揃うところをいまから想像してるんだろう」ビッグ・ヘンリーが笑う。

「おれってたぶん、黒のジャージがいちばん似合うと思うんだよな」ランドールがうしろに寝転び、頭を両手にのせる。「それかベビーブルー」笑っているけれど、ランドールがなかば本気なのをわたしは知っている。本当は行きたい大学も決まっている。

ビッグ・ヘンリーが肘を立てて起き上がる。観覧席ではマニーがシャリヤの隣に座り、体を近づけて汗だくの肩を彼女の肩にこすりつけている。シャリヤがきゃあと叫んで飛び上がると、マニーがそれをつかんで抱き寄せる。シャリヤが身をよじってふたたび甲高い声をあげ、笑う。太陽が容赦なく照りつけてわたしを焼き、汗と水と血が蒸発して、あとには皮膚と、干からびた内臓と、すかすかになった骨だけが残される。干しブドウのできあがり。できることなら体の中に手を入れて、心臓と、やがて赤ちゃんになる小さな濡れた種を取り除いてしまいたい。それさえ先に出してしまえば、残りはそれほど痛くもないだろう。

「草、かゆくなるぞ」

「そうだな」ランドールが答えて、バスケパンツのゴムを引っぱる。それから「水」と言って草地のむこうにある水道の方へ歩いていく姿は、しなやかで、そびえるように高く、真っ黒だ。

「ここだと暑いだろう」ビッグ・ヘンリーが二本の指でわたしの手の甲に触れ、軽く押す。

「うん」マニーは額の汗をシャリヤの頬にこすりつけている。シャリヤの声が悲鳴に変わる。なんという白い歯。

「おれの車に行かない？　木陰に停めて窓を開けてあるけど」ビッグ・ヘンリーは観覧席の方をちらりと見てから、ひと続きの動作で横に転がってすっと立ち上がる。彼がアスリートだということを、わたしはつい忘れてしまう。

「そうだね」いまは雲の流れが遅くなり、太陽を警戒するかのように、遠くの木立の線上で待機している。「そうだね」わたしは地面を見たまま立ち上がり、コートに背を向けて歩きだす。振り返りたくなる衝動をやっとのことで抑えつける。自転車に乗ったジュニアが猛スピードで近づいてきて、歓声をあげながら急カーブを描いてそばで停止しても、わたしは見ない。ジュニアは声をたてて笑っている。未舗装の駐車場の木陰にジャヴォンの車が停まっている。迫りくる夕焼けのように輝いている。マルキスがバンパーにもたれている。ランドールがうしろから走ってきて、ビッグ・ヘンリーの車のフードとフロントガラスに寄りかかる。濡れた背中が貼りついてプディングみたい。ビッグ・ヘンリーとわたしは中に座り、ドアを開け放して片脚を外に出し、頭をもたせかける。ビッグ・ヘンリーがアウトキャストの曲をかける。

ランドールがジョークを言い、ビッグ・ヘンリーが笑う。太陽が梢の上にのってわたしたちが帰るころには、マニーは恋人とふたりでコートにいる。ふたりで一対一のゲームに興じ、マニーが彼女をからかって手からはたき落としたボールが、不規則に弾んでコートを横切っていく。彼女の笑い声が、やわらいでいくピンク色の風にのって運ばれてくる。ビッグ・ヘンリーがドアを閉める。わたしも自分の側のドアをバタンと閉め、ランドールがフロントガラスの助手席側につるりとずれる。ジュニアはいまも自転車に立ち乗りしたままドアの上をつかみ、ビッグ・ヘンリーが獣の前足みたいな大きな手をその上に重ねる。ビッグ・ヘンリーがアクセルを踏んで離し、そんなふうにしてわたしたちは、いまや歩くどころか走っているスキータとチャイナのあとに続き、沈みゆく太陽と飛ぶように流れる雲の下、吸いこまれそうに黒く燃えるようにまばゆいふたりを追って、家までの道のりを行く。

子犬たちがお乳を求めてくんくん鳴いている。父さんがハンマーで鶏舎を叩き、釘と板に分解していく音を、あたりが夕闇に包まれるまでずっと聞いていたのだろう。身をすり合わせてもぞもぞと動いている。スキータが一匹ずつ首をつかんで取り出し、チャイナの前に下ろしてやる。チャイナはあいかわらず地面に鼻をつけている。リードはまだはずしていなくて、自転車のチェーンのような鋭利な鎖がずっしりとそばに溜まっている。口で息をしながら、喉の奥で何か湿ったものが引っかかるらしく、呼吸のたびにうんうんとうなずいている。脚はじっとして動かず、運動して汗をかいたせいで毛についた赤い土が流れ、背中に水彩絵の具で描いたような筋もようができている。裸電球の下で、わたしの腕はいつにも増して黒く、かつてないほど汚れて見える。わたしは髪をうしろに束ね、下のひと房を使って結ぶ。顔のそばにあってほしくない。母さんは間違っている。わたしには自慢できるものなど何もない。わたしには何もない。

「ランドール！」父さんのどなり声が響く。夜の中でハンマーの音がとぎれると、なにか奇妙な感じがする。

「はいよ」ランドールが物置小屋の戸口から返事を返す。隣にはビッグ・ヘンリーが立っている。ジュニアはランドールの背中にしがみついて肩につかまり、腕につかまり、力尽きて汗で滑り落ちていく。スキータが戸口を振り返り、父さんの呼びかけに対して首を振る。手に持った鎖がだらりとたれている。チャイナはまるで地面を食べているみたいだ。

「ちょっと来い」

ランドールはため息をついてジュニアの腕をつかみ、前に屈んでふたたび背負う。

「はいはい」

わたしはビッグ・ヘンリーのそばの空いた場所にずれたので、そこにいる全員が見える。ジュニアは歩いていくランドールの背中で指をなめ、ランドールの耳になすりつけている。

「うえっ。やめろって言っただろう」ランドールが耳をこすっても、もちろん完全には乾かない。

「下ろすぞ」

「いやだ、ランドール。お願い」

「それじゃあ、やめろ。本気で気色悪いからな」ランドールが立ち止まり、長い腕をジュニアのお尻の下で椅子にして、ふたたびひょいと背負い直す。「なんだい？」

鶏舎はまだ壁の一面が崩れているにすぎない。鶏たちはあわてふためき、酔っ払いのように父さんの足もとをうろちょろしている。父さんに家を解体されてうろたえているようにも見えるけれど、実際には、もう何年もそこでは寝泊まりしていない。物置小屋から漏れる裸電球の明かりと父さんの懐中電灯の明かりの中で、鶏たちが黒く見える。父さんがハンマーを地面に落とし、鶏たちが冬の木の葉のように羽をひらひらさせて散っていく。

「ハリケーンに名前がついたぞ。最悪のやつは決まって女、カトリーナだ」

「また別のが発生したの？」ランドールが尋ねる。

「おまえ、おれがずっと何を話してたと思ってるんだ？　そいつが来ることは最初からわかってた」

わたしは父さんの言葉を反芻する。〈最悪のやつは決まって女〉。父さんが首を振り、鶏舎に向かって顔をしかめる。「とりあえず試してみよう」

「え？」

「おまえがトラクターを運転して、おれがこの壁の、この部分に誘導する」そう言って、父さんが長い方の壁を指す。「そして一気にひっくり返す」

ランドールがふたたびジュニアを持ち上げる。ジュニアの顔がランドールの肩にのる。

「あんなの運転できないよ」

「ギアを入れてアクセルを踏むだけだ。ハンドルは操れるだろう」

「わざわざ暗い中でやることかい？」

父さんが横にずれたので、わたしのところからも顔が見える。かろうじてランドールの肩の高さ。

顔を見ると笑っているけれど、声を聞くとそうではない。

「どういうことだ？〈わざわざ夜にやるようなこと〉というのは？　メキシコ湾に居座ってた低気圧がハリケーンになったんだぞ。窓に打ちつける板が足りないっていうのに、おまえはただぼうっと座って、なんでわざわざ夜にやるのかとおれに訊くのか？」

ランドールは黙っている。ジュニアがふたたびずり下がってくる。

「そいつはいまフロリダに向かってる。それが斜めにずれて、どこを狙うと思ってるんだ？」

「フロリダだろう？」ランドールがため息をつく。「フロリダを襲ったあとは、たいてい消えてなくなるんじゃないの？」ランドールが持ち上げないので、ジュニアは足を使ってランドールの腰にしがみつこうとしている。けれどもだんだん力が尽きて、あごがランドールの肩のうしろに落ち、頭が肩甲骨まで沈む。「おれはただ、運転ならおれより父さんの方がうまいだろうと思っただけだよ」

「それはそうだが」父さんはおだてを軽くやり過ごす。いつもならランドールのおだては効き目があるのに。「おれが運転したのでは、ちょうどいい角度が見えんだろう。おまえがやれば、どこにどう当てればいいかおれが誘導して、一発で倒せる」

ジュニアの足はランドールの膝に達している。けっきょくそのまま地面に落ちて、危うく転びそうになる。ジュニアが父さんの神経を逆なでしてよけいにいらだたせることは目に見えているし、本当はこっちに呼び戻したいのだけれど、わたしはそのまま黙っている。いまはランドールがアキレウスだとしたら、ジュニアは相棒のパトロクロスだから。

「来い」父さんは闇の中へ歩きだし、ランドールがついてくるのを確かめようともしない。ランドールは首のうしろで両手を組み、やれやれと首を振って角を曲がる。ジュニアが影となってあとに続く。

スキータがチャイナのリードをはずして自分の腕から肩へぐるぐると巻いていき、やがて硬い銀の翼になる。チャイナはのっそりと定位置まで歩いていくなり、ぱたりと倒れる。いつもならまず優雅に座って、それから静かに横になり、脇腹を下にして寝そべるのに。スキータはリノリウムをきれいに掃いたに違いない。チャイナが頭をのせても土埃がたたない。スキータが戸口の方に歩いてきてリードをドラム缶の上に置き、形を整えながらしばらくそのまま立っている。チャイナを見ていることに耐えられないのだろう。

「あれのせいだと思ってるのか？」ビッグ・ヘンリーが尋ねる。

「わからない」スキータが答える。

「きっと疲れたんだよ」わたしはふたりに言う。それでスキータの眉間が平らになることを願って。結び目だらけの糸のようなでこぼこの溝が消えることを願って。スキータが自分の手を見つめるのをやめることを願って。ビッグ・ヘンリーが一方の足からもう一方の足へ重心を移し、ドア枠にもたれる。彼が動くと、バッタとイナゴとセミが不平を唱えて騒ぎだす。

「けっこう走らせてたし」

「うん」リードをもてあそぶスキータの手つきは、その昔、レバーやオートミールや缶詰のビートをいじっていた手つきと同じだ。成長期に入る前、腿に筋肉がついて肩が瘤になり、青豆だろうが、きのこだろうが、もつの煮込みだろうが、もはや食べられるものならなんでもかまわないみたいにがつがつ食べるようになるより前のこと。

「そのうえ授乳までして。きっとたんなる疲労だよ」

闇の中で父さんのトラクターが唸りだし、虫たちを威嚇する。トラクターが枝をのり越え、プラスチックのごみバケツをのり越え、解体された車のフェンダーをのり越える。割れて砕けた破片がうしろに残されていく。ランドールとジュニアがあとを追い、つまずきながら残骸の中を行く。スキータが力なく首を振る。

「あいつらきっと、ひと晩じゅうつき合わされるぞ」スキータが、棚の上に隠してあったチャイナのボウルをつかみ取る。棚の位置はかなり高く、背伸びをしないと届かない。ランドールやビッグ・ヘンリーなら手を伸ばすまでもないだろう。父さんがトラクターのエンジンをかけたまま、片脚を振り上げて地面に降りる。スキータがチャイナの餌を入れ、ドラム缶の上に置く。「待て」

ビッグ・ヘンリーが少しずれて、小屋を出るスキータに場所を譲り、わたしに向かってにっこり笑う。頭のうしろで月が蛍光灯のように輝いている。風がひゅうと鳴ってほつれた髪が顔に当たり、切れたクモの巣みたいな感触がする。ランドールがトラクターに上り、運転席に座る。ジュニアもひょいと上り、表面の錆をむき始める。

「おまえは何をしてるんだ？」父さんが問いただす。

「ランドールのお手伝い」

「いらない。降りろ」

「邪魔しないから」

「降りろ」

「お願い」

「だめと言ってるだろう」

ランドールが前にずれて、自分のうしろを示す。

「うしろならいいだろう。邪魔にもならないし」

ジュニアは父さんの機嫌を損ねまいとして体をそらし、いまにも飛び降りそうなふりをしているけれど、両手はいまも座席をつかんだままで、実際に降りるわけではない。

「お願い、父さん」

父さんは咳払い（せきばら）いをして唾を吐き出す。Tシャツの首まわりには穴があいて、誰かに引っぱられたみたいにでこぼこしている。

「さっさとしろ」

父さんにうながされてジュニアは続きを上り、座席のうしろに滑りこんでランドールの腰に手をまわし、メリーゴーラウンドに乗った子どものようにわくわくした顔になる。スキータが勝手口のドアをバタンと鳴らし、何かの入ったカップを持って出てくる。頭のそばで蛾が灰のように舞っている。近づいてくると、ベーコンの脂のにおいがする。

「食べさせないといけないからな」と言って、スキータは松やに色の脂をチャイナのドライフードにたらす。チャイナがスキータを見やり、ふたたび視線をそむける。スキータがボウルを目の前に押しやっても、チャイナは無視。スキータの目は顔の中の闇だ。「ほら、こっち」

チャイナが振り向いて顔をしかめ、歯と赤い歯茎をのぞかせる。子犬たちがぴくりとして、リノリウムの上をチャイナに向かって進んでいく。チャイナの胸の内側、ピンク色の肉のむこうにある乳のにおいがわかるのだろうか。チャイナの乳首は噛み終えたあとのガムのようだ。

「ほら、こっち」父さんが手を振ってトラクターを前に誘導する。「この角、ここだ」

「オーケー」スキータはため息を漏らし、這い寄ってくる子犬たちにはかまわずボウルをさらに押しやって、チャイナの顔が中に入りそうなほど近づける。スキータの筋肉と筋肉の境目は黒々として、まるで炭が詰まっているようだ。

「オーケー！」父さんがどなる。「そのまままっすぐ来い。ここだからな」ランドールがアクセルを踏み、トラクターがいきなり前進する。ジュニアの頭ががくんと倒れるものの、体はしっかりつかまっている。板の割れる音に続いて、金属が唸る。ランドールがもういちどアクセルを踏み、またしてもトラクターががくんと前に出る。「止まれ！　鶏舎の金網がトラクターのフロントに引っかかってる」

父さんが金網を引っぱり、トラクターのグリルとフードが引っぱられる。もういちどぐいと引いて、顔をグリルにつっこむ勢いで低く屈み、金網をほどいて、ふたたび引っぱる。ランドールはじっとしている。

「ほら」スキータがチャイナに命じる。

頭にぺたりと伏せた耳は、さながらプラスチックナイフ、ピンク色の濡れた口は生の鶏肉だ。違いは歯がのぞいていることだけ。体が震え、あちこちの筋肉が引きつっている。そうやって全身を震わせながら、いまはスキータと目を合わせ、乳を求めて餌のボウルをまわりこんでくる赤土色の子犬のことは一見、無視している。父親のキロにそっくりで、いちばん太って栄養状態がよく、いばっているやつだ。いかにも生命力がありそうな感じ。子犬の目が開く時期になれば、おそらく真っ先に見えるようになるだろう。

トラクターはエンジンをかけたままアイドリングしていて、いまにも動きだしそうだ。

「まだだからな！」父さんが金網を引っぱりながらどなる。ところが喉に力がこもって声がくぐもり、はたしてなんと聞こえたのか、ランドールはブレーキを離してギアを入れ、トラクターを前に進める。

「ストップ！」父さんがどなってうしろに下がる。握った片手を金網に取られたまま思いきり体をひねったので、腕がロープのように伸びて見える。

赤い子犬が這い進んでボウルを迂回し、鼻をくんくんさせながらチャイナの乳首を目指す。チャイナがごろりと起き上がる。唸り声とエンジン音がひとつになる。顔を上げて、前足をかまえる。スキータが尻もちをつく。赤い子犬はなおも身をくねらせてチャイナに向かっていく。まるで肥え太ったダニだ。チャイナが前に飛び出し、子犬を運ぶときのように首をくわえる。ただしそこに優しさはない。白目をむいて子犬を噛んでいる。タイヤのように宙で振り回している。けれども子犬が小さすぎて、スキータにはつかみどころがない。

「ストップ！」スキータがどなる。「やめろ！」

ランドールがトラクターのギアをパーキングに切り替える。ところが鶏舎のある場所が小高くなっているせいで、アイドリングにしたとたん、トラクターが後方に流れだす。

「やめろ！」父さんが叫ぶ。

父さんが手を振りほどく。オイルがべっとりついている。手を胸に当てる。オイルの染みがシャツを覆う。父さんはあごをぽかんと開いている。物置小屋の明かりの方へ歩いてくる。Tシャツに染みたオイルが赤になる。開いた口から出てくる声は、まるで獣の唸り声だ。

「やめろ！」スキータが叫ぶ。

父さんのシャツについた血の色と、チャイナの口の中のどろどろの子犬は、どちらも同じ色をしている。チャイナが子犬をほうり捨てる。トタンの壁にドサッとぶつかり、ずるりと落ちる。ランドールが走ってくる。ビッグ・ヘンリーは父さんと並んで地面に膝をついている。父さんの左手の中指と薬指と小指のあったところが、切り株のようにすっぱり切り取られている。指の肉は赤く濡れて、チャイナの唇と同じ色。

スキータが土間に膝をつき、ずたずたになった子犬を手で探る。ドラム缶と工具箱と古いチェーンソーに向かって頭と肩から倒れこむ。

「なんでだよ？」スキータが泣き叫ぶ。

「なんでだ？」父さんがかすれた声で、そばに立つランドールとビッグ・ヘンリーに訴える。血がどくどくと腕をつたう。その血を止めようと、ふたりは父さんの手首をつかんでいる。スキータはみずからぶつかった金属を殴りつけている。血まみれの口をして目をらんらんと輝かせるチャイナは、まるでメディアだ。もしもチャイナに口がきけるなら、わたしは訊きたい。〈母性とは、そういうものなの？〉

七日目　闘う犬と闘う男たち

病院へ向かう車の中はぎゅうぎゅうだった。父さんは花が咲いたように真っ赤になったタオルを手に巻き、前の座席に乗っていた。ビッグ・ヘンリーが運転し、ジュニアとランドールとわたしはうしろに乗って、血のにおいが干潮時のメキシコ湾を思わせた。そして犬のにおい。まるで運転席の真ん中にチャイナが座って血のついた舌でひげをなめ、放心状態のスキータに鼻をすり寄せているかのようだった。父さんは大きな子犬のようにくんくん言いながら、息を吸ったり吐いたりしていた。痛みの中で、本人はそのことに気づいていただろうか。父さんの首は長く筋ばって、焼いた七面鳥のようだった。車は裏道を通って木立のあいだを延々と走り、ぽつりぽつりと建つ家が、闇にたたずむフクロネズミのように半分だけヘッドライトに照らし出されては、うしろに遠のいていった。ジュニアはずっとわたしに手を握らせていた。病院に着いて、ランドールとビッグ・ヘンリーが父さんをなかば引きずるようにしてドアを抜けると、待ち受けていたみたいに看護士たちが立っていて、父さんを車椅子に乗せた。わたしたちはロビーの椅子に座った。看護士が父さんをそばに連れてきた。それからわたしたちをそこに置いて夜勤のナースとひそひそ話し、そのナースがデスクから立ち上がって、赤いハートもようのピンク色の制服に赤いクロックスを履いた格好で、クリップボードを手に近づいてきた。父さんは車椅子に座って前につっぷし、そのあいだも血は飢えた小川のように腿を流れてシートに染み、ナースに質問されて父さんが体を起こし、頭がぐるりとうしろに倒れて、そこでようやくナースは父さんの手に目を留めた。口を開いたナースの二本の前歯には、母さんのように隙間があった。彼女はクリップボードを小脇にはさんで車椅子の取っ手をつかみ、父さんの名前を訊いた。ランドールが質問に答え、車椅子を押すナースのあとについていった。

ジュニアは椅子に座ったまま眠りこんでビッグ・ヘンリーに寄りかかり、ビッグ・ヘンリーは前に屈んで膝に肘をつき、両手についた血をこすり落とそうとしていた。血はクラゲのようにピンク色に広がっていた。三つ離れた席に白人の夫婦が座っていた。男の方は頭がはげて、耳のまわりにタンポポの綿毛のような細かい毛が生え、女の方は年配の白人女性によくあるように、赤い髪が薄いアフロのように盛り上がっていた。服はどちらもこざっぱりして、アイロンの折り目に沿って色が褪せていた。数分おきに女の方は胸にぶら下がった金の十字架をさすり、男の方は銀縁の遠近両用めがねをはずして磨いていた。いっしょにそこにいるあいだ、ずっと受付ステーションを見つめていて、ビッグ・ヘンリーと彼の手も、転ぶ夢でも見ているのか急に蹴り上げるジュニアの足も、いちども見ようとしなかった。誰を待っているのだろうと思ったけれど、ナースが迎えに来てどこかへいなくなったので、わからずじまいに終わった。ロビーはきれいに磨かれ、色褪せて、クリーナーとコーヒーと疲労のにおいがした。

ランドールと父さんが長い廊下を歩いてきたときには、午前の三時になっていた。照明の下でランドールは父さんよりも老けて見え、父さんの目は酔っているときのようにうるんで、水をためたガラス瓶のように澄んできらきらしていたけれど、不機嫌ではなかった。足を引きずりながらランドールのそばを歩いていて、ガーゼとテープで手首までぐるぐる巻きにされた手が、蛾の繭(まゆ)が巻きついたペカンの枝を思わせた。繭の中では幼虫たちが熟れた緑の葉っぱを食べ、喉を絞めつけられるような暑い秋の日に、突然現れて黒い羽をはためかせる。けれども父さんの手は、完全な姿で現れることも羽ばたくこともない。父さんの手は蛾にはならず、繭の中には葉のない枝が骨のように残されるだけ。

いまは、父さんは眠っている。こんな時間まで眠っているのは、母さんが死んだあとの一週間以来だ。そのころはあらゆる場所で眠っていた。テーブルの椅子やソファーの上、廊下やバスルームの洗面台の横、体は敷居で脚は外。どこで眠っているときも、そばには必ず瓶や缶が、たいていはビールのそれが、小さな分身のように転がっていた。日が木立の梢よりも高くなり、家のまわりの小さな庭にあふれている。すべての窓ですべての扇風機が回っているせいで家がぶうんと唸り、生きているみたいだ。ビッグ・ヘンリーはソファーで眠っている。ランドールは自分の部屋でいびきをかいている。父さんの部屋のドアは閉まっている。鶏舎はいまも三面の壁で立ち、トラクターがたくましいゴムの肩を貸すように、少しだけ触れている。ジュニアは子ども向け教育番組の「リーディング・レインボー」の再放送を見ている。扇風機の音にかろうじてかき消されないていどのごく小さな音。けっして音量を上げようとはしない。

ゆうべ、スキータのことは物置小屋に残していった。本人も車の方へは来なかった。わたしたちが帰ったときには、ランドールとふたりで使っている部屋のベッドで眠っていた。といっても、本人は毛布にくるまっていたので、実際には体の塊を見たにすぎない。靴を履いたままの足が、歯ブラシの毛のように毛布から突き出ていた。物置小屋の入口にはカーテンの代わりにトタン板、おそらくリズベスおばあちゃんとジョゼフおじいちゃんの家の屋根をはがしてきたと思われるものが、差し挟んであった。チャイナはビスケット生地の白い塊のようになって外に寝そべり、朽ちかけた車のフレームに鎖でつながれていた。スキータが子犬と分けたのだろう。今朝わたしが起きたときには、スキータはすでにいなかった。そしてチャイナも。

わたしがチキンヌードルの入ったおわんをトレイにのせ、端の方を少しこぼしながら部屋に入ると、父さんは座って枕にもたれている。クラッカーを食べているところで、一枚ずつ唇のあいだに置いて、吸いこんでいる。噛むときに、ノートのページをくしゃくしゃにするような音がする。わたしはおわんとスプーンをベッド脇のテーブルに置く。テーブルには水道水の入ったガラスのコップと灰皿代わりのバドワイザーの缶、それに痛み止めと化膿止めの薬が散らばっている。父さんはランドールがゆうべのうちに積み重ねておいた古い毛布と鉤針（かぎばり）編みの枕に腕を休め、ベッドの反対側にある大きな鏡つきのドレッサーにのった十三インチの白黒テレビを見ている。母さんが死んだあとも、父さんは部屋をいっさい変えていない。ドレッサーの両側にはいまも、小さなガラスの燭台に立てられた長いピーチ色のキャンドルと、カップのようなずんぐりした花瓶に入った小さな造花のブーケが置いてある。母さんが鏡面とフレームのあいだに挟んであったポラロイド写真もそのままだ。父さんと母さんが向かい合って立つフレーム入りの写真もある。母さんの両手は父さんの肩に置かれて、アイロンで伸ばした髪はなめらかにうしろに流れ、ドレスの胸もとからのぞく鎖骨には厚みと光沢があって、真鍮（しんちゅう）のドアノブのようにみごとだ。母さんは口を閉じてほほ笑んでいる。父さんはぜんぜん笑っていないけれど、母さんの背中に両手をまわし、真剣な面持ちで誇らしげにあごを上げて立つ姿は、闘犬の場でスキータがチャイナと並んで立ち、狂気の闘いが始まる前にチャイナを誇示するときのそれと同じだ。

「アンテナを動かしてくれ」と父さんが言う。クラッカーのようなぱさついた声。父さんが体を倒してベッドのそばに置かれた籐のトレイを引っぱり、そのまま引きずって膝にのせる。左手に持ったおわんが震えて、トレイに戻すときに中のスープが少しこぼれる。

画面にはノイズしか映っていない。わたしは右のアンテナをつかんで、上に引っぱる。

「下」と父さんが言う。

窓のボックス扇風機からはなんの風も吹いてこない。毎日が前の日よりも暑く感じられる。左のアンテナをつかんで、叉骨のようにふたつに割く。

「そこ」

「カトリーナはフロリダに上陸しました……マイアミから……の位置にあります」ローカルニュースだ。天気予報士の女性がメインキャスターと話しながら目の前のディスプレイを示しているのだけれど、テレビが古くて解像度が低いせいで、地図のはずがコンクリートか砂嵐か油染みにしか見えない。

「速報によると死者も出ているようですね。その映像は嵐の……今後の進路については……？」雑音の合間に聞こえるマイケルの声はなめらかで落ち着いている。

「……なんとも申し上げられません。嵐は現在カテゴリー1で……今後弱まる可能性も……変わってくる可能性も……」予報士の髪は白っぽく見える。きっとブロンドだろう。

「視聴者の皆さんに何かアドバイスは……レイチェル？」テレビがザーッと唸り、わたしは二本のアンテナをさらに大きく開く。

「……可能なかぎり備えてください。カトリーナは現在……このままの勢力で進めば……北西に進んでおり……地域の方々も充分な備えが……政府は強制避難命令を出すものと思われます」

「それはつまり、どういうことでしょう？」

「つまり現在テレビをご覧になっている皆さんは……ハリケーンに向けてご自宅に留まる準備……あるいは避難の可能性に備えて……」レイチェルは笑みを浮かべているようだ。

「見えない、エシュ」

わたしはそばに寄る。マイケルがテレビカメラに向かう。

「……避難に向けてハイウェイは解放されるもようです。早めに避難された方が……時間……交通渋滞が……」

「まだ立ちふさがってる」スープに息を吹きかけてスプーンで混ぜるわりには、食べるわけではなく、怪我していない方の手をそのまま膝にのせたトレイの手前に下ろす。

母さんが写真の中から穏やかにほほ笑む。三年後にはこの部屋のベッドで多量出血で死んでしまうことを、本人はまったく知らない。その同じベッドにいま、父さんが指を三本なくして横たわっている。別のポラロイド写真の中では、わたしがキッチンで踊っている。たまにうちでやっていたパーティーで、父さんの友達に母さんの友達もひとりかふたり加わって、みんなでビールを飲み、泥と海水の混じった油でこんがり金色に揚がった牡蠣とポテトを食べた。母さんがラジカセのプラグをキッチンのコンセントに差しこみ、ボビー〝ブルー〟ブランドやデニス・ラサールやリトル・ミルトンのテープを入れて、わたしが手をかくかくさせながら踊りだすと、みんな手を叩いて大笑いした。キッチンにいる全員が汗をかいていた。母さんに〈さすがはわたしの娘、わたしのダンシング・ガール〉とでも言われれば、わたしはさらに勢いづいて足を蹴り上げ、腕を振りまくった。音楽にたっぷり絞られて、からからに干上がった。こんなふうに自分や母さん、それにランドールがジャンプする姿や、スキータが体に毛虫でも這わせているみたいに黒い目でくすくす笑う姿を見ていると、鏡の前から写真を全部ひったくり、自分の部屋へ持ち去ってしまいたくなる。それをベッドに広げて解読し、特大サイズのパズルのようにぴったり合わせてみたくなる。

「大切なのは……事前の備えです」とレイチェルが言う。

わたしは部屋のドアを閉じる。


チャイナが呼吸をしながら吠えている。息を吸って吐くたびに吠え、ぴしゃりと平手を見舞うような音がする。そういう音が木立のむこうから聞こえてくる。裏の階段にいるとだんだん近づいてくるように聞こえるのに、いつまでたってもスキータと連れ立って現れる気配はない。目の前にはただ日なたが広がっているだけだ。前日よりもさらに暑く、空気は沸騰寸前のお湯のようにじっとりしている。するとふいに、チャイナの声が止まる。ほかにも何匹かいる。近くの林、〈ピット〉の反対側、曲がりくねった砂利だらけの道路のむこう、チャイナといっしょに吠えている。コーラス隊のようにチャイナの声に応えている。そこらじゅうでいっせいに吠えだし、空一面に乾いた声が行き交う。そのどこかでスキータは真ん中に立ち、犬たちをおびき寄せているに違いない。リードを握る手に全神経を集中させて。全身を手のひらにして。スキータが指を握りしめ、犬たちが近づく。そしてリードを離した瞬間、犬たちは赤い地面へ、松のあいだへ、小川へ、樫の木へ、いっせいに飛び散る。遠吠えがあがる。空咳（からぜき）のような声が続く。

チャイナが大きくシャウトし、その瞬間、全員がぴたりと静かになる。

ランドールの試合は今日だ。バスルームの鏡を手のひらでふくと、端の方でガラスがひび割れ、表面がラメのようにはがれ落ちる。わたしはオイルを手に取って髪にすりこみ、巻き毛ていどに落ち着かせる。洗面台の下のプラスチックケースから母さんのだったヘアピンを二本取って耳のうしろに差すと、頭を枕にのせたように顔がすっぽり包まれる。ジュニアがテレビといっしょに歌っている。言葉は聞き取れないけれど、女の子よりも高い声。わたしは笑みを浮かべ、右を向いて、左を向く。こんなふうに見えるんだ、と頭の中で思う。こんなのは嘘だ。スキータは見えるより先ににおいがする。ねっとりした犬の汗のにおい。緑に色づいていく松葉のにおい。暑いキッチンに牛乳を放置してあったような、体を洗っていないようなにおい。スキータが戸口で立ち止まる。わたしは唇にワセリンを塗り、上下の唇をすり合わせてつやを出そうと試みる。

「さっきのあれはなんだったの？」

「さっきのあれって？」

「チャイナ。狂ったみたいに吠えてたけど」

外ではランドールがドリブルをしている。シュートを打って、跳ね返ったボールを家の方へ投げ、自分でキャッチして、ふたたびシュートを打つのが窓から見える。日は空の真上にあり、ランドールが練習している庭の広場に容赦なく降りそそいでいる。試合前のウォーミングアップ。ボールは空気が少し抜けていて、ランドールが触れるたびに平手で打つような音がする。

「べつに」

スキータのTシャツは首まわりが伸びきって、よだれかけのようになっている。自分で見下ろしてやれやれと首を振り、両手でつかんで引っぱる。シャツが裂ける。新たに伸び始めた髪の毛がつんつんして、マジックテープみたい。

「べつにっていう感じの声じゃなかったよ」

シャツの色が黒なので、濡れているのは汗だろう。まさか血ではないはずだ。血ならきっとわかるはず。スキータがシャツを床に落とし、タイルに当たってびちゃっと濡れた音がする。濡れた落ち葉が燃えるときの煙のように、スキータのにおいがバスルームに広がる。

「あいつ、忘れてた」

「忘れてたって、何を？」

「昨日、おれのことを」

「子犬ではなく？」

ランドールはボールがバックボードから跳ね返るたびにキャッチして、ふたたび投げる。けっして地面に触れさせない。あのべちゃっという破裂音を響かせることなく、何度もそれを繰り返す。唇の両端を下げて、笑っている。

「そう、おれのことを忘れてた」

スキータが屈んでバスタブの蛇口をひねり、レバーを上げてシャワーに切り替える。水から散る細かな粒がひんやりとして冷たく、霧のようだ。

「いつまで鎖につないでおくの？」

「必要なだけ、いつまででも」スキータが靴を床の反対側に蹴り捨てる。一回、二回。「必要なだけ、いつまででも」靴下をバナナの皮でもむくようにつるりと脱ぐと、ものの腐ったにおいがする。わたしの胃は激しく震える。


ビッグ・ヘンリーが自分の車のフードにちょこんと座っている。マルキスはその隣に座って体をほぼ半分に折り、背中と腕と脚しか見えなくて、なんだかカニみたい。フードの青い板金の上で大麻を巻いている。チャイナはビッグ・ヘンリーの方を向いていて、まっすぐにたれたピンク色の舌がクエスチョンマークのようだ。笑ったかと思うと顔をしかめ、何度もそれを繰り返すので、顔がふたつあるみたい。〈ピット〉の土でピンク色に染まった毛皮に茶色いかすがこびりつき、肩と腰と背中で筋肉の輪郭がマーカーで描いたようにくっきりと浮かび上がっている。ビッグ・ヘンリーが横に傾き、それから走りだすみたいな感じで軽く前に傾く。わたしは短めのショートパンツのポケットに手を入れ、可能なかぎり白くなるまでこすり洗ったテニスシューズに視線を落とす。オフホワイト、汚れたクリーム色、焼いてコショウを振った卵の白身の色。ビッグ・ヘンリーが、またもや顔をしかめているチャイナから視線をはがす。マルキスが前にずれて場所を空けてくれたので、わたしはそのうしろ、フロントガラスの近くに座る。

「準備は万端？」ビッグ・ヘンリーが訊く。

「誰が？」マルキスが訊き返す。

「おまえには訊いてねえよ、ばーか」ビッグ・ヘンリーが笑い、チャイナとわたしを見て笑いやむ。

「スキータのこと？」わたしは尋ねる。ビッグ・ヘンリーが首を振るそばでマルキスの背中がぴくりと動き、慎重に草をならし、取り分けて計っているようすが伝わってくる。

「ランドールだよ」

ランドールならたぶんバスルームに押し入って、さっさと出ろとスキータを急かしているか、スキータには無視を決めこんで洗面台に屈みこみ、タオルとせっけんで体を洗って、床とカウンターとトイレをせっけん水だらけにしながら試合のことを考えているかのどちらかだ。とうの昔に洗面台で洗えるサイズではなくなっている。

「ランドールなら準備は早いし、もうすぐ出てくると思うよ」

「試合のことだよ」ビッグ・ヘンリーがそう言ってちょっと笑い、唇の片側に小さなえくぼが現れる。

「ああ」わたしはうなずく。顔が熱くなる。「ずっと練習してたし。だいじょうぶ」汗のせいで腿の裏がつるつるしてくる。土砂降りの雨で泥が斜面を滑るみたいに体がフードの上を滑りだし、だんだんゆっくりになって、マルキスの背中に当たったところでぺたりと止まる。

「なんだよエシュ、そんなにおれを求めてるとは知らなかったよ」マルキスが振り返り、巻き終えた葉巻きをなめて閉じ合わせながら、得意気ににやりとする。そしてわたしにウインクする。舌の縁が白くなり、巻き紙がはがれて食べ物みたいにくっついている。わたしはそのウインクを知っている。そのにやにや笑いも。一年ぐらい前に最後にセックスしたときも、終わるとそういう顔で笑っていた。わたしに背を向けて、自分のあそこをふきながら、振り返って塩でも振るみたいにそれと同じ笑みを投げてよこした。わたしはフロントガラスと車のフードの継ぎ目をつかんで自分の体をぐっと引き寄せ、マルキスに触れずにすむように体を離す。彼のその笑みは好きじゃない。

「やめろよ、マルキス」

「おれたちいまファックしてんだ」

「こんな暑いとこでファックなんかできるやつはいねえよ」

わたしは車の横を滑り下り、下を向いてショートパンツを引っぱって、股に食いこんで腿が見えすぎになっているのを整える。それがすんで顔を上げると、ビッグ・ヘンリーがさっきチャイナを見ていたときと同じぼんやりした表情、何かほかのことを考えているような表情で、こっちを見ている。わたしは肩をすぼめ、それから、とくに何かを訊かれたわけではないことに気づいて、もういちど肩をすぼめる。

「ランドールを呼んでくる」わたしは歩きだし、やがて小走りになって、駆けだす。ふたりの視線を感じる。

出かけるときに部屋に寄ると、父さんは眠っている。わたしは水をいっぱい注いだコップとクラッカー一パック分をベッド脇のテーブルに置いて、薬の瓶を取りやすいように近くに押しやる。父さんは口を開けて眠っている。薬のせいで顔が弛緩して、よだれが出ている。ジュニアとランドールの寝顔はふっくらとしてなめらかで、赤ちゃんっぽい感じだけれど、父さんの寝顔はスキータにそっくりだ。しわの寄ったしかめっ面。闘いのさなかの凍りついた顔。ドレッサーから母さんがわたしを見て笑っている。その手は父さんを優しくなでている。ほほ笑みながら。

車では幸いうしろの窓際に座れた。ジュニアはわたしの膝の上で骨張ったお尻をもぞもぞさせ、スキータはまん中で大麻を吸い、マルキスはその隣、反対側の窓際に座って、立ちこめる煙のせいでかすんで見える。ビッグ・ヘンリーは頭にかぶった野球帽しか見えず、ランドールはシートにもたれて目を閉じている。体はじっとして動かず、まぶただけがトンボみたいにぴくぴくしている。夢を見ているわけではないと思う。ジュニアがもぞもぞと動き、わたしはジュニアを抱く手に力をこめる。ジュニアはわたしの盾だ。

サマー・リーグの試合はセントキャサリン小学校の体育館でおこなわれる。デドー先生によると、一九六九年に人種隔離政策が撤廃されるまで、ここは地域の黒人学校だったという。一九六九年といえば前回の大型ハリケーンがあった年で、人々は押し流された身内の死体を探し出して埋め直し、自宅の基礎があったところにテントを張って寝泊まりし、水や食料を求めて何キロも離れたところまで自転車や徒歩で通うことに疲れはてて、人種隔離を禁止する法律に抵抗するどころではなかったのだ、と先生は話していた。父さんは、ここの生徒が全員黒人だったころに通っていた。母さんもそう。いつだったかうちでブルーズパーティーをやったときに、わたしが体を揺すりまくって踊ったあとで、母さんがふたりの馴れ初めを教えてくれた。母さんが体つきは大人なのに髪だけ子どもみたいにピッグテールにしていると言って、父さんが廊下ですれ違うたびに髪を引っぱってからかったこと。そこであるとき母さんがくるりと振り返り、父さんの息が止まるぐらい思いきり強く胸を殴ってやったこと。すると父さんは髪を引っぱるのをやめて、かわりに母さんの机にプレゼントを置いていくようになったという。おばあさんからくすねたペカンキャンディーとか、新聞紙でくるんだペカンの実とか、日なたの温もりを残したブラックベリーを溝の土のついたまま、黒い汁の染み出た状態で、とか。それがふたりの始まりだった。

体育館では入口側の壁に沿って臨時の通路が設けられ、テープで床に貼られた画用紙が大型扇風機の風を受けてはためいている。販売ブースの前に差しかかると、髪をフィンガーウェーブに固めて唇をツツジ色に塗り金歯をはめた女が、ジュニアが足を擦って歩くさまを見てぐるりと目を回す。顔全体に散らした派手なペイントのせいで、黒いほくろがそばかすていどに薄れて見える。折りたたみ式のテーブルには、ポテトチップスの袋がきちんと等間隔に重ねられている。わたしはジュニアの骨ばった両肩をつかんでスタンド席の最上段まで押していき、そこに座る。

体育館の中は薄暗く、湿気のせいで空気がかすみ、天井の鉄骨が雲のむこうに隠れている。最上段は下よりさらに暑い。ビッグ・ヘンリーがマルキスの隣に座る。マルキスは片肘で体重を支えて長々と座り、ビッグ・ヘンリーからスポーツドリンクをせしめようとしている。ランドールはすでにコートに入って体を慣らし、チームのメンバーと互いのあいだを縫うように出たり入ったりしながらボールをパスし、レイアップシュートを打つところで、反動で跳ね返った手のひらが緩慢な弧を描く。スキータは席に着くなりずるずる沈んでお尻を床に落とし、脚を投げ出して靴の裏をコートに向け、背後の座席に腕を広げる。いつもは筋肉の塊のような体が弛緩しきっている。シャツの裾で額をぬぐうそばから、汗がふたたび玉になる。だるそうにうなずき、粒の揃った白い歯、輝く骨を見せて笑っている。ハイになっている。

「おれが来たんで驚いてるんだろ」スキータがコートを向いたまましゃべり、笑みが薄れる。目をしばたたいて真顔になる。

「うん」

「すんだことはしかたがない」スキータが肩をすぼめ、両肩がしなやかな羽根のようにふわりと上がって落ちる。「チャイナはおれのところに戻ってくる。もとのあいつに戻る。じきに」

「まだ子犬のそばに戻してないの？　お乳は飲ませてないの？」

「飲ませてるよ。おれが鼻面を押さえた状態で。あいつが子犬の方を振り向くたびに、おれが鼻面を叩いてる」

「残りの三匹は無事に育つかな」

「育つに決まってるだろ」スキータは自分の席に頭をのせる。唾を飲むと喉仏が上下に動いて、ネズミがヘビの喉を落ちていくようだ。「おれはこれぐらいじゃへこまない」

ジュニアがわたしの膝をとんとん叩き、モールス信号を送ってくる。

「ねえエシュ」

「いいよ、行っておいで。売店には近づかないこと」

ジュニアはにっこり笑って欠けた前歯をのぞかせ、それから笑みを呑みこんで、スナック菓子のテーブルには近づかないと信じてもらえそうな表情をとりつくろう。

「それと、何も盗っちゃやだめだから」

ジュニアは〈えーっ〉と甲高い声をもらし、口もとを下げて頼みこむような顔になる。

「だめ」

「ほら」ビッグ・ヘンリーが自分のポケットに手を入れて、ばらの小銭をビー玉のようにすくう。それをジュニアの手に落とすと、ジュニアは手をおわんのように丸めて目の前に掲げる。ジュニアがぴょんぴょんとスタンドを下りていき、Tシャツの背中が旗のように弱々しくふくらむ。

「ありがとうもなしかよ」マルキスが自分の三つ編みをなでる。

「ありがとう！」ジュニアが叫ぶ。

ビッグ・ヘンリーが膝に肘をついて首を振る。そうやって前に屈んでいると思ったら、ボウルのような大きな背中からいきなり顔がのぞいてわたしを見ている。まるでいまのお金はわたしにくれたとでもいうように。粉を吹いたペカンキャンディーを、たっぷり実のついたペカンを、日差しを浴びて黒く熟れたブラックベリーを、わたしの手のひらに置いたとでもいうように。スキータは薄目でまばたきをしながら試合を見ている。ランドールはチームメイトとともに早くも汗にまみれ、薄明かりの中で黒々と輝いて、ピット池のぬかるんだ岸に並ぶ濡れた石のようだ。ビッグ・ヘンリーは前を向いたまま宙に向かって話しているのだけれど、誰に訊いているかはその場の全員が知っている。

「おまえもなんかいる？」

ビッグ・ヘンリーの手はマニーの手とぜんぜん違う。とにかく大きくて、動きもゆったりとして、海岸沿いに植えられた外来種のヤシの葉が、堡礁島（ほしょうとう）にぶつかってゆるやかになった風を受け揺れているみたい。

「ううん」とわたしは答える。トイレに行きたい。

群れて立つ観客をよけながら、なんとかスタンド席の下までたどり着く。同じ学校の子、ボア・ソバージュの子、セントキャサリンの子。それでも体育館の席は半分以上空いている。最前列に座っているのは六、七人の親と、連れの小さな子どもぐらいだ。女子はベンチを叩いたり横にずれたりしながらも、いちおう座っている。男子は白いTシャツか袖なしのシャツを着てキャップをかぶり、バスケパンツをはいている。笑いが起こり、甲高い叫び声があがる。誰もがふざけ合い、小突いて冗談を言い、打ち明け話をして顔を赤らめている。

コートではランドールが早くも視界を遮る汗に抗い、必死に目をしばたたいている。シャツの両脇がつぼみのようにぴったり貼りついている。跳ね返ったボールを取ろうとジャンプして集団の中から抜きん出るも、すったもんだの末に、けっきょく転倒する。審判がホイッスルを鳴らし、ランドールがつま先で弾むようにファウルラインの方へ歩いていく。つま先が床に触れる以外、どこにも触れている気配がない。コートにも、ボールにも、皮膚が呼吸できるように指で引っぱったシャツにも。まるで湿地帯（バイユー）のツルだ。舞い降りてきたかと思えば、黒い沼に脚を浸すこともなく、ふたたび舞い上がる。

「許す」

彼との衝突に、わたしは激しく動揺する。彼はたくましくがっちりとして、その胸は、男の筋肉が射精に伴いやわらかくなっていくときの、あの感触。顔は赤みをおびたブラウンで、首をかしげてわたしを見ると、ドアから差しこむ光を受けて明るく輝く。歯にゴールドのアクセサリーをはめている。スキータとふたりでチャイナとキロを交尾させたあの日と同じやつ。その口がさらに開いて、唾で濡れて輝くジュエルの表面にスタンプされた文字がのぞく。ひとつの歯、ひとつのゴールドに、一文字ずつ。R・I・C・O。

「ごめんなさい」

斜めうしろにマニーが立っている。青い服を着ている。彼とシャリヤとリコは揃って床屋へ行ってきたに違いない。マニーの髪はずいぶん短くなり、縮れ毛というより黒いウェーブ状。そのせいで顔がますます引き立って見える。本当にきれいだ。筋の通った鼻。あごのラインが頬のくぼみにつながるところに、新しい紫色の印ができている。光沢を放つ傷痕のせいで、ほかの部分がよけいに生き生きとして見える。マニーがはっとして顔を上げ、男同士で〈よお〉と合図を交わすような感じで片方の眉を上げる。わたしに。隣に立つシャリヤはミニスカートにサンダルという格好で、あちこちくびれたり出っぱったりして、轍(わだち)ででこぼこになった道が雨でつるつるになったみたいだ。ゴールドのイヤリングにブレスレット、ネックレスまでぶら下げて。こんな、入場料もいらないところに。

「やあ、元気?」とリコが言い、わたしがコートラインのぎりぎりまでよけたそばを強引に通り過ぎていく。マニーもシャリヤの手を引いてあとに続く。わたしはドア付近にたむろしている子どもたちをかき分けて進む。みんなジュニアと同じくらいかそれより年下で、小さなキャンディーをワックスペーパーに包んだままなめ、塩気のきついチーズ味のチップスをほおばり、蛍光色の飲料水のラベルを骨ばった小さな指ではがし、それを交換し合っている。トイレは体育館をぐるりとまわった裏側の小さな建物にあるので、わたしは走ってそこへ向かう。

トイレは暗い。体育館よりさらに暗く、しかも狭くて、洗面台がひとつとダークグリーンの個室がふたつあるきりだ。壁は灰色の軽量ブロック。わたしは入口から遠い方の個室に入って鍵をかけ、しゃがんで用を足し、流してから、便座をふいてそこに座る。小さいので椅子のように座っていられる。腿のあいだに鼻を押しこんで息をする。お腹とシャツがかさばって、体と膝のあいだに枕がはさまっているみたい。引き抜いてしまえたらどんなにいいか。目が焼けるように熱い。胸の内側で鉈（なた）が暴れる。前後左右に暴れまくって、命を破壊しながらどろどろの道を切り開き、あとには緑色の物体が液を流して横たわる。腿に押し当てた顔が濡れている。わたしはそのまますべてが収まるのを待つ。やがてトイレの水滴が止まり、入口のドアのギイと開く音がして、鉈の動きがぴたりと止まる。体液と金属のにおいがする。

　シャツで顔をふいて個室の扉を開けると、そこに彼が立っている。入口のドアを引いて閉め、闇を封じこめる。

「ここ、女子用だけど」わたしは力なく告げる。

「ずっとおまえのことを考えてた」そう言うなりマニーはわたしを個室に押し戻し、自分も入って扉を閉め、わたしの両腕をつかんでくるりと回り、自分はそのまま便座に座る。そしてズボンのファスナーを下ろし、現れたペニスをわたしは痛いほど強く握りしめる。手の中のそれを痛めつけてやりたい。けれどもマニーは顔をしかめるでもなく、わたしのショーツをずらすことに専念している。それからわたしを引っぱって膝にまたがらせ、次の瞬間にはわたしの中にいる。濡れて、いとも簡単に。わたしの肩をつかんで力いっぱい下に押し、体をそらしてふたたび強く押し下げながら、わたしの胸に顔を当てる。腰より上をつかまれるのは初めてだ。両手はいまもわたしの顔のそばにある。わたしに触れている。

「待った」と言ってマニーはわたしを立ち上がらせ、ショートパンツと下着を片足から引き抜いて、もういちど自分の膝に座らせる。わたしの服は取りこみかけた洗濯物みたいに片方の足首にぶら下がっている。こんなやり方は初めてだ。マニーはわたしのお尻に両手を当てがい、目で確認しようと下を見ていて、そのために顔と顔が向かい合っている。マニーの髪の生えぎわに汗が吹き出し、バリカンの残した赤い溝にそれが溜まって、蟻が行列しているみたい。マニーが顔をしかめ、下を見て、横を見て、わたしの肩のむこうを見て、天井を見上げる。

わたしは彼の顔をつかむ。

手のひらに触れる彼のあごは剃ったばかりで、猫の舌みたい。彼の明るい肌と比べると、わたしの指は黒くて木の皮のようだ。

きっともうすぐわたしを見る。

マニーが首をすくめて横を向く。捕まえた魚のようにつるりとはねる。わたしは腰で円を描く。なんという甘い感触。

きっともうすぐわたしを見る。

マニーが鼻の奥を鳴らし、わたしの肩に顔をのせる。わたしは体を強く引いて彼の顔に両手を滑らせ、もういちど捕まえる。

きっともうすぐわたしを見る。

マニーが喉を鳴らし、わたしの汗ばんだ脇腹をつかむ。目を閉じている。わたしの知っているどんな女の子よりもまつげが長い。なんてきれいなんだろう。長い両手の親指がわたしのお腹をぎゅっと押し、もういちど抱き寄せかけて、がくりと止まる。もういちど強く押す。お腹がそれを押し戻す。

マニーが下を向いて、上を向く。目と目が合う。ずっとこのときを待っていた。ついに。彼が見ている。わたしを見て、両手を近づけ、ハネデューメロンの丸みに触れる。たんなるふくらみではない、たんなる脂肪ではない、赤ちゃんのつぼみ。彼の目は黒、真っ黒、星のない夜空。ずっとこのときを待っていた。彼は気づいた。

「くそっ！」マニーがどなり、わたしをほうり上げるようにして膝からどける。わたしはうしろの扉にぶつかり、ざらざらした猫の舌のような彼の頭は消えて、かわりにスチールの取っ手をつかみ、空気をつかんで、けっきょく手には何も残らない。トイレは沼地の泥のにおい、だんだん小さくなる水たまりの中で死んでいくオタマジャクシのにおいがして、マニーはズボンのファスナーを上げ、わたしを隅に折りたたむようにして扉を開け、薄暗いトイレに立たせたまま去っていき、残されたわたしの脚を液体がつたい、熟れた胸がうずき、髪からぶら下がった母さんのヘアピンの片方がトイレに落ちて、かすの浮いた便器の中に消えてなくなる。わたしは脚をふいてトイレを流し、渦巻く水が、嵐の赤ちゃんが、底へ底へとピンを吸いこみ、やがて完全に呑みこむさまを見つめる。

トイレの敷居を三回またいで、そのたびにもう泣き終えた、試合に戻って何食わぬ顔でみんなのそばに座っていられる、と思うのに、目からは涙がこぼれ出し、胸は焼け、サルスベリの花の中でミツバチがまどろむまばゆい空気よりも熱くなって、またもやわたしはトイレに戻るはめになる。さっきとは別の個室に入り、足を持ち上げて便器の上にしゃがむ。塩味のする膝に顔をぶつける。息ができるようになるのを待って個室をあとにし、冷たい水で顔を洗ってみるものの、目はいまも赤く、マジックハウスの鏡に映ったようにまぶたは腫れている。それからマニーがわたしを見たことを思い出し、わたしから、わたしのお腹にいるものから顔をそむけたこと、傷痕のある金色の顔をわたしの手から振りほどいたことを思い出して、これまでの自分を思い、いまの自分を思い、この先の自分を思って、ふたたび泣き濡れる。

「エシュ、だいじょうぶ？」

「だいじょうぶ」

「ビッグ・ヘンリーが見に行けって言うからさ。女子トイレに入るなんていやだよって言ったんだけど、ビッグ・ヘンリーが……」

「いま行く。ちょっとだけ待って」

いちおう顔は乾いている。きっとみんな、ちょっとハイになっていたぐらいに思ってくれるだろう。建物をまわって体育館に戻りながら、ジュニアに先に行ってほしくてゆっくり歩くのだけれど、そうするとジュニアもわたしをおいていかないように遅くなるので、けっきょく正面にたどり着くまでに十分近くかかる。

「だいじょうぶ、エシュ？」ジュニアが訊く。

閑散とした拍手が夕暮れのコウモリのようにパタパタと鳴ってはやむ。ときどきおーっと歓声があがる。うつろな響き。

「うん」わたしは口で息をする。トイレでは吐きそうになるほど泣いた。体育館のドア付近に子どもたちが鶏のように群れているので、てっきりジュニアはそっちへ駆けていき、わたしはひとりでそこを通り抜けるのだろうと思ったら、そうではない。ジュニアはエスコートするかのように、わたしの肘に腕を巻きつける。わたしはなかば目を閉じて下を向き、誰のものとも知れない脚、テニスシューズ、ゴールドのサンダルを履いた足だけを見ながら、ジュニアに手を引かれてスタンド席を上る。わたしたちはビッグ・ヘンリーをまわりこみ、スキータの隣、観客からもフロアからもいちばん離れた薄暗い場所に座る。座ったあとで気がつくと、マニーとシャリヤとリコが数段下の右側に座っている。マニーはシャリヤから体を離して前に身をのり出し、いまにもスタンド席を駆け下りて試合に飛び入りしそうに見える。背中が張りつめ、肩に沿ってシャツがぴんと伸びている。わたしは目をそむける。

「だいじょうぶか、エシュ？」スキータが訊く。ハイの状態がやや収まり、目のどんよりした感じも少しよくなっている。

「だいじょうぶ」わたしは努めて大きな声で言う。

「あのニガーめ」スキータがわたしの膝にそっと触れ、句点を打つようにうなずく。胸の中の悲しみに触れられた気がして、わたしは膝を離し、唇をぎゅっと引き結ぶ。早くも泣きそうだ。スキータがまたしてもわたしの脚に触れる。こんどは一本の指で、軽く、さっと。「くそやろうが」スキータがマニーの背中に向かって、ビッグ・ヘンリーに聞こえるぐらいの声で吐き捨てる。

「どうした？」ビッグ・ヘンリーが尋ねる。わたしは首を振って下を向く。

スキータが両手でベンチをバンと叩き、周囲に音がこだまする。それまで鳥のようにせわしなく手を動かし、マニーを肘でつついてしゃべっていたリコが、音を聞いて振り返り、金色の歯を見せてにこりと笑う。首を振るマニーにはかまわずリコは立ち上がり、一段とばしで階段を上ってきて、わたしとスキータの前に立つ。薄暗がりの中でリコの歯が光る。

「おまえのところの雌犬がおれたちの子犬を産んだそうじゃないか」

「おれたちの子犬？」スキータが訊き返す。

「ああ、おれたちの。てっきり山分けだと思ったが」

「そうかい」

「元気なのか？」

「いとこに訊けばいいだろ？」

「自分の目で直接見たい」

「見るもんなんかねえよ」スキータはもたれていた背中をゆっくりと起こす。肩が内に曲がり、筋肉に力がこもって、前屈みの姿勢になる。

「どういうことだ？」

「チャイナにとっては初めての子犬だ。死産も多かったし、生まれてからも何匹も死んでる」

「マニーの話だと、一匹はキロにそっくりだそうじゃないか。おれが欲しいのはそいつだ」

「死んだよ」スキータが立ち上がる。背の高さは一段下に立つリコと同じくらいで、体の幅は半分くらい。それでも首を横に傾け、目を細めてリコをにらむ姿からは、恐れていないことがうかがえる。

スキータは恐れ知らずだ。

「チャイナが殺った」その声にはどことなく口ずさむような響きがある。まるで歌うような、うれしくてたまらないといった響き。

「なるほど、それじゃあ別のでも」

「おまえにやれるのは、できそこないのチビしか残ってねえよ」

「できそこないなんかもらって、どうすんだよ？」リコが笑いながら答える。その歯にふさわしい金属質の硬い響き。

「だがまあ、残ってるのはそれだけだ。それと、黒地に白のもよう。どっちにしてもチビだけどな」

スキータは白い子犬、チャイナに瓜ふたつのあの子犬のことは黙っている。

「なあ、マニー？」リコが呼びかける。

「うん？」マニーが階段を上ってきて、スキータとリコを見る。わたしは彼の黒い目を無視する。

「おまえたしか、スキータがチャイナに生き写しの白いのを手に入れたって言ってたよな」

「ああ」マニーが答える。

「おれの雌犬が産んだ子犬に権利を主張するのは、少し早すぎるんじゃねえのか？」スキータは思いきり前に身をのり出していて、犬ならリードがぴんと張っているところだ。「まだ生まれて一週間だぜ。生後六週間たってからでないと親からは離せない。それぐらいおまえも知ってるだろ。六週間たつまでは、おまえには権利もくそもねえんだよ」スキータは笑みを浮かべながら手を軽く握って親指をほかの指でさすり、それをリコにぶつけたときの痛みをすでに味わっているかのようだ。マニーにぶつけたときの痛みを。スキータが本当に一発見舞ってやりたいのは彼、マニーの方だ。ビッグ・ヘンリーとマルキスが軽く弾みながら近づいてきて、スキータの両脇を固める。

「ボア・ソバージュのけちなニガーが寄ってたかって、おれをやりこめられるとでも思っているのか？　おまえらなんか全部まとめてぶちのめしてやるよ」

「おまえらみんな頭を冷やせよ」マニーが言う。「そもそも、そんなかっかするような話じゃないだろう」

「うるせえ！」スキータの声が響きわたる。最後の方で声がぐんと高くなり、顔が粉々にひび割れる。

「このげすやろう！」

「ちびのニガーにこんなこと言わせてほうっておくのか？　おれならこんなくそ――」

　それはスキータの待っていたひと言だ。スキータがリコに殴りかかる。リコの汗ばんだ大きな顔をめがけて、ゆるぎない怒りと小さな体ならではの瞬発力をもって、全身で殴りかかる。チャイナのように獰猛（どうもう）に。フロアの審判がホイッスルを吹き、まわりの観客がウェーブでも始めるみたいに立ち上がる。マニーがリコを受け止め、ビッグ・ヘンリーがスキータをつかもうと手を伸ばす。ところがマニーはいとこをスキータの方へ押し戻し、バレーボールのようにはじき返して、マルキスがマニーに殴りかかり、ビッグ・ヘンリーがあいだに割りこみ、壁になって全員を止めようとしたところでリコにパンチを浴びせられたものだから、けっきょくそのまま乱闘になり、階段を転げ落ちながら観客を布のように裂いていく。

　ランドールはコートの中央で集団の中からボールを奪おうと格闘中で、それを審判のひとりに甲高いホイッスルで制止され、プレーをやめたところで、観客のどよめきに気がつき、スタンド席を下へ移動しながら殴り合う男たちと、腕を組んでスタンドの端を駆け下りながらドアを目指すジュニアとわたしに目を留める。ランドールはとほうに暮れたようすでコートに立ち、だらりと伸びた片手の先にボールを持っている。別の審判がスキータとリコとマニーとビッグ・ヘンリーとマルキスに向かってホイッスルを吹く。いまや全員がコートサイドでやり合っていて、それをほかの観客たちが、ハリケーン前の泡立つ波のようにドアの方へ押していく。

「退場だ、バティスト！」コーチがランドールに向かってどなる。顔をふくのに使っていたグリーンのタオルが、強風に煽られた旗のようにぴしゃりと翻る。「おまえの身内だな？　おまえの責任だ！　おまえは失格だ！　とっとと出ていけ！」

ランドールが体育館の壁に向かってボールを高くほうり投げ、それがあちこちに跳ね返ってコートに戻る。乱闘に気を取られて棒立ちになっているプレーヤーのあいだで、動ける者がボールを捕まえようと追いかける。わたしはジュニアの腕を引っぱり、いちばんのりに外へ出る。ジュニアの足の速いこと。ドアの外にこぼれつつある乱闘の只中にランドールが飛びこみ、全員に向かってわめきだす。名前を呼びながらひとりずつ引っぱって怒りから引きはがし、ようやく皆の中心に立つと、誰よりも背が高く、鉄のように黒々として、ゲートのようにびくともしない。

「おまえらいったいどうしたっていうんだよ？」

「てめえ何様のつもりだよ？」リコがどなる。マニーがその肩をつかみ、手前に引いてランドールから引き離す。

「離せよ」スキータが言う。顔に細かい引っかき傷ができ、血が点々と玉になっている。ビッグ・ヘンリーがその腕をつかみ、マルキスがふたりのそばに立って、ぜいぜいと息をしながらにらんでいる。

「このげすやろう、殺してやる。てめえになんか何ひとつ渡さねえからな！」

「明日、おまえのしけた子犬を見せてもらうからよ」リコがばかにした笑みを浮かべる。唇から血が出ている。「あのしけた雌犬も連れてこいよな」

「子犬を産んだばかりの犬を闘わせられるわけがないだろう」ビッグ・ヘンリーがマニーとリコの方へ踏み出し、スキータをつかんだままよろめく。唇の片側がふくらんで濡れている。

「最初っからいけ好かねえやろうだと思ってたんだ」マルキスが咬みつくように言う。額に痣ができている。

「黙れ」スキータが言う。「ばかばかしい。おれの子犬は一匹だってやんねえよ」

「スキータ」ランドールがいまも両手を上げたまま、スキータに顔を近づける「明日の試合にチャイナを出して、それでキロが勝ったら、あの子犬たちは死ぬんだからな。わかってるよな」

「キロが勝つわけねえだろ」スキータがどなり、ビッグ・ヘンリーをぐいと押す。ビッグ・ヘンリーはいまも両腕でスキータを押さえている。抱きかかえている。

「だめだ」ビッグ・ヘンリーが言う。

「明日はおれのいとこもボスっていう犬を連れてくる。そいつがチャイナの代わりに闘ってやるよ。ボスが勝てば、おまえなんかくそくらえだ」マルキスが言う。

「で、もしおれが勝ったら？」リコが尋ねる。

「くそくらえさ」スキータが言う。

ランドールがスキータの胸を肘で突き、しいっと告げるように、リコに人差し指を向ける。

「そうしたら、子犬を一匹やる」ランドールが言う。

「おれが選ぶからな」リコがしゃがれた声で主張する。

ランドールがスキータを見て、ゆっくりとうなずく。

「ああ、好きなのを選べ」

スキータが首を振る。「くそったれ」

リコが笑う。金色の歯に、彼の名前が血で刻まれている。

スキータが唾を吐く。

「ああ」ランドールが言う。「そうすればいい」

八日目　思い知らせる

「ねえエシュ？」

ジュニアに触れられてわたしは反対側に転がる。

「エシュも闘犬、見に行く？」

今朝は目が覚めると同時に体が痛い。

「スキータが、エシュが行かないならぼくも行っちゃやだめだって」

ずっと誰かにぶたれていた。

「いまチャイナを洗う準備をしてるんだけどさ」

眠りの中でぶたれていた。

「ランドールがスキータと喧嘩しちゃって。チャイナを連れていくべきじゃないって言ってさ。チャイナを連れていくようなところじゃないって」

起きてトイレにも行きたくない。ものを食べる気も起こらない。

「スキータはいつもろくなことをしない、ぼくたちはいつも何かをぶち壊しにする、って言ってた。バスケの試合のこととか。あとはもう、スキータがどっかからお金でも持ってこないかぎり合宿には行けないんだって」

わたしは体を丸める。枕と毛布の下で痛みを抱いて、いまにも明るみに出そうな秘密をボールのように抱いて、丸くなる。

「今朝、ランドールが思いきりダンクシュートしてさ、リングが取れちゃったんだよ。スキータに直させてた」ジュニアがわたしの肩をとんとん叩く。

「ゴールを壊しちゃったんだよ、エシュ」

お願いだからやめて。

神話の本を最後まで読もうと思うのだけれど、ぜんぜん先へ進めない。とちゅうで立ち往生している。本を置いて汗ばんだ顔をふき、毛布の下で寝起きの息、午後になりかけて熟れた息を吸いこんだときに読み終えたのは、メディアが兄弟を殺害するシーンだ。メディアについては、まず彼女の甥がアルゴー船の英雄たちに語ることによって明かされる。魔法の力に長け、一族を助けてくれるのだ、と甥は話す。チャイナがイヴォメックを飲んでぐあいが悪くなったときに、わたしがスキータを助けようとしたように。ところがメディアの場合、恋をしたことで、助けるという行為が誤った形をとるようになる。著者によると、殺害の方法についてはふたつほど異なる説があるらしい。ひとつは、メディアが兄弟をだまして出航まぎわのアルゴー船におびき寄せ、イアソンが待ち伏せして殺したというもの。彼女は兄弟が息絶えるところをその目で見守り、自分と同じ顔をした若者が鶏のように切り刻まれ、ピンク色の肌が血まみれの肉塊になっていくのを眺めていたという。もう一説は、みずから兄弟を手にかけたというもの。つまり、彼女の兄弟はわが身の安全を疑うことなくメディアやアルゴー船の英雄たちとともに国を逃れたのだけれど、メディアがばらばらに切り刻んだというものだ。肝臓、胃と腸、胸、腿。追手に足止めを食らわせるために、メディアはそれを海にばらまき、父王にひとつずつ拾わせた。

その部分を何度も繰り返し読んでいる。まるでメディアがわたしといっしょに毛布をかぶり、ふたりでぐっしょり汗をかいているみたいだ。彼女から逃れるため、一夜と半日が過ぎても染みついて離れないマニーのにおいから逃れるために、わたしは起き上がる。


部屋を出ると、ジュニアが廊下にぺたりと座っている。

「なんでこんなところに座ってるの？」

ジュニアが肩をすぼめ、わたしを見上げる。

「外に出ようとしたらスキータがチャイナを洗う準備をしてて、家の下がぐちょぐちょになりそうだったから。なんで起きなかったの？」

「疲れてたから」

「父さんが、今朝はなんで食事を運んでこないんだって訊いてたよ。ランドールが、調子がよくないからって答えてた」

「ランドールは、父さんに卵も焼いてた？」

「うん」

「父さん、いまはどうしてるの？」

「眠ってる。ハリケーンのことで騒いでたけど。待っちゃくれないんだぞ、まっすぐこっちへ向かってるとニュースの女が言ってるんだからな、って。ランドールが落ち着くように言い聞かせて、ビッグ・ヘンリーと店に行ってビールを買ってきて、そうしたら眠った」

廊下の先の父さんの部屋までジュニアもいっしょについてくる。ランドールが窓に打ちつけた毛布はボックス扇風機の上で半分にたたんであり、扇風機が静かに唸って、そこから日差しが入ってくる。父さんは座ったまま、昨日わたしが最後に見たときと同じ前屈みの姿勢で眠っている。テレビが小さく鳴っていて、花火のようにパチパチいっている。画面にはメキシコ湾の地図が映し出され、カトリーナがコマのように回っていて、フロリダ半島の長い腕がたったいま投げたところみたいだ。ベッドのそばに缶ビールが二本ある。そのうち一本は開いていて、どちらも汗をかいている。わたしは部屋のドアを閉め、少しだけ隙間を空けておく。

「闘犬、行く？」

ジュニアに腕のうしろを触られて、わたしはトイレの前で立ち止まる。つねってくるので、本人を見下ろす。大きな黒い目、欠けた歯、長いまつげ。ジュニアの目がさらに大きくなり、期待が宿る。

「ねえエシュ、お願い」

「髪、誰が切ってくれたの？」

「今朝、ランドールが剃ってくれた。髪が伸びてちゃよけいに暑いだろって」

「確かに」わたしはジュニアの電球頭に手のひらをのせて、揺する。

「ねえ、エシュ」ジュニアが笑うと、父さんの部屋にある写真の中のスキータにそっくりだ。空気がじっとりしている。ピット池の水のようにじっとりしている。

「わかったよ。行こう」

わたしは便座に横向きに座り、窓枠に腕をのせる。体じゅうがナマズの電流に触れたようにちくちくする。胃はさながら鉛のおもりだ。物置小屋の前で、スキータがホースの水を片手で確かめている。気温が高く、蛇口から出てきたばかりの水は煮えているからだ。チャイナにかけられるよう、水が冷たくなるのを待っている。最初の一発を浴びて、チャイナが体を震わせる。脚を大きく開いて背中をまっすぐに伸ばし、顔を上げて立っている。そんなふうに水をなめる姿を見ていると、ぐあいの悪かったのが嘘のようだ。ペロペロキャンディーをもらった小さな女の子みたいに、すました顔でホースをなめている。くしゃみをして目をつぶり、体の横を土が面状に流れだす。つながれていない姿を見るのは久しぶりだ。

「ほら来い」スキータが言う。「ぴかぴかにしてやるからよ」

スキータが水を止め、空になりかけた洗剤のボトルを手に取って、チャイナの背中に中身を全部ふりかける。こすると泡がピンクっぽい灰色になる。洗剤を泡立てながら広くて平らな頭へ上っていき、そのまま顔へ下りていく。毛皮が引っぱられて食いしばった歯がのぞき、ピンク色の歯茎に向かって鋭くカーブを描く牙があらわになる。チャイナの目はうっとりとしてなかば閉じ、細長い隙間と化している。首を伸ばしてスキータの手に預け、それをスキータが引っぱってほぐし、マッサージする。鼻を宙に突き出した姿は、伸ばした翼のように長くて優雅だ。スキータが正面に膝をついてチャイナの胸をこすり、チャイナがうれしそうにスキータをなめる。

「やっとおれのところに戻ってきたな」スキータが言う。

「だから、チャイナを連れていくのはやめろって」

ランドールが家の角から曲がってくる。当然ながら手にはボール、と思ったら、ない。なんだか鼻が欠けているみたい。

「ランドール、おれのケツをなめてもいいぜ」

「おまえが腹を立てる筋合いはないだろう。おれにはあるけどな」

「チャイナはおれの犬だ。子犬もな」

「おまえが問題ばっかり起こすからだろう。おれはあの場をなんとかするしかなかった」

「あのコーチがくそなんだ」チャイナがまたしても皮を引っぱられて笑う。チャイナをこするスキータの手に力がこもる。チャイナが縞もようになる。「それとリコもな。チャイナには弱いところなんてどこにもねえよ」

「そうだとしても、おまえ、子犬のことは考えてないだろう」

スキータがホースから水を出す。チャイナが水の中でぐるぐる回る。

「止まれ！」スキータがどなり、チャイナがぴたりと動きを止める。「そりゃあ、おまえの犬を差し出すわけじゃねえからな」

「おまえこそ自分の試合が台なしになったわけじゃやないからな。合宿はどうしてくれるんだよ？」

「おまえだって同じことを言われたら、あいつに飛びかかってたさ」スキータが顔をしかめる。「それにあいつがエシュを見る目つき！」

「リコがエシュにちょっかいを出してきたのか？」言い合いながら行ったり来たりしてぬかるんだ地面に溝を掘っていたランドールが、ぴたりと止まる。

スキータが鼻を鳴らし、わたしがいるバスルームの窓に目を向ける。でも外は日差しがそうとう強いし、スキータには見えないはずだ。スキータはうっかり桃の種でも噛んだように口を歪め、それからひと声だけ、苦々しく、吠えるように笑う。

「おまえってほんと、わかってねえよな」そう言ってホースを押さえる親指の位置をずらすと、水が二手に分かれて勢いよくきらきらと飛び出す。それがチャイナの脇腹に当たり、硬い音をたてる。

「べつに来なくていいからよ。おまえには関係ねえし。シュートの練習でもしてくれれば」

ランドールは首を振り、乾いた地面につま先を突き立てる。土埃が上がり、静止した空気の中を漂う。ランドールがこっちを向いたので、座り直してうしろにずれると、Tシャツを通して水タンクの冷たくつるりとした感触が伝わってくる。

「いや、おれも行く」ランドールの声がする。「おまえ、約束したからな。子犬が無事に育ったら、合宿代を払ってくれるんだろう？」最初よりも大きな声。

「わかったよ！」スキータがどなる。「おまえ、土埃立てんなよ、ランドール」

「おまえってほんと、おやじにそっくりだな。いつも何かにとり憑かれてる」ランドールがスキータから離れて家に向かい、キッチンのドアがきしんで開き、閉まる音が聞こえる。

ホースの水が止まる。いまはタンクにもたれているので、窓の外はほとんど見えない。スキータはふたたびチャイナの前に膝をつき、洗剤の最後の残りを絞り出して、どこまでも白く磨きたてていく。角氷の真ん中に浮かぶ、あの冷たい雲の色。

「おまえ、ぴっかぴかだぜ」スキータがチャイナの耳にささやく。「コカインみたいに真っ白だ」手を刃のように立ててなでつける。「目がくらむよ」

ボア・ソバージュの貧相な家やトレーラーハウス、地面を引っかいたような狭い畑は、森にはとても太刀打ちできない。子犬と成犬を闘わせるようなものだ。森には泳げるようなぬめぬめとした池がいくつもあり、場所によっては澄んだ小川の水が流れこんで、スイミングプールほどの広さになっている。ただし底の土を映して水面は黒く、木の葉が浮かんで、蚤にたかられた犬のように見た目は汚らしい。ここにはモクレンの木が群生し、それらの木はそびえるように高く、葉は青々として光沢を放ち、登るのはまず不可能。あたりにはつねに桃のような香りが漂っている。森にはまた、とてつもなく大きな古い樫の木もあって、幹のように太く黒々と育った枝が地面に重みを預けている。そして森には泥と黄色い草に覆われた池があり、夜にはカエルで賑わい、げっぷの大合唱になる。開けた場所ではシカが草を食み、こちらにはっと気づくや、血相を変えて逃げていく。ここにはまたカメもいて、深い穴に落ちないよう、松葉と泥を用心深くかき分けて進んでいく。以前マルキスが大雨のあとできのこを探しにボーンやジャヴォンと森の奥まで出かけたら、オオカミに出くわしたと話していた。体はキツネのように引きしまり、毛は汚れた灰色で、自分を狙って撃ってきたと言わんばかりに三人をじっと見つめ、それから姿を消したという。

森の奥へ通じる小道は、うちから道路をさらに行った先にある。チャイナはわたしたちの前を行き、リードの先でリラックスして歩いている。リードはつや消しのスチール製で、首輪はクロムメッキ製。スキータがどこかから盗んできたものだ。スキータは髪を剃り直し、タオルをスカーフのように首に巻いている。ビッグ・ヘンリーはジュニアを肩車し、ランドールは大きな棒を手にうしろからついてくる。さっき溝を跳び越えるときにランドールがその棒を拾うのを見て、スキータは〈あそこに来る犬を相手にそれじゃあ太刀打ちできねえよ〉と言って笑った。それからチャイナを指し、〈こいつならできるけど〉とつけ加えた。ランドールはかまわずその棒を持ち歩いている。マルキスはたぶん、いとこといっしょに現地に着いているはずだ。カラスの声が響き渡る。木立の奥から犬や男たちの声が聞こえてこないかと耳を澄ませても、聞こえるのはときおり風が吹いて松の木がこすれ合う音と、樫の葉が逆立つ音だけ。モクレンの葉は大きく硬いので、風が当たると紙皿がパタパタぶつかるような音がする。この風は、メキシコ湾のどこかにいるカトリーナの前触れだ。誰かが部屋に入ってくる前に声が小さく聞こえてくる、あれと同じ。

雲が太陽の前に差しかかり、木立の下が暗くなる。雲が過ぎ去り、金色が溶けて木の葉の隙間から樹皮や地面にこぼれ落ちる。金紙に包まれたコインチョコ。ほどなくわたしたちは蔓（つる）のカーテンにたどり着き、いちばん下の枝から松葉の敷きつめられた地面に向かってたれ落ちる蔓の下を這い進む。スキータがチャイナの胸についた松葉を払ってやり、わたしたちに手を振って先に行くよう合図する。そうやって延々と歩いたすえに、ようやく最初のひと吠えがかすかに聞こえてくる。

「疲れた？」ランドールが訊く。

「ううん」とわたし。本当はお腹が水でぱんぱんに張った感じがして痛いのだけれど、それは言わない。枝を押しやって、手を離す。それでも腕を引っかいてくる。メディアは海へと旅立った。そこは古代のハイウェイで、波や太陽や風と同じくらい、死は身近な存在だった。海底に影を落として水面を見上げ、ひれを揺らして水中で待ちかまえる魚の数と同じくらい、そこらじゅうに死があふれていた。遠くの犬に応えるようにチャイナが吠える。

その広場は楕円の窪地（くぼち）になっていて、おそらく本来は池で、雨が降ると広がって深くなるところが干上がっているのだと思う。底は乾いた黄色い葦（あし）でマットのように覆われ、まわりはぐるりと木立に囲まれている。男たちと犬はそこここに集まって、煙をくゆらせながら言葉を交わし、大麻やタバコをまわし合って、〈その犬は何歳？〉とか〈その首輪はどこで手に入れた？〉とか〈これまでに何試合闘った？〉と尋ね合っている。犬は全部で十匹ぐらい、男たちは十五人ぐらい。女はわたしひとりだけ。マルキスの弟のエイジーも来ていて、ジュニアとふたり、勝負に挑む犬や男たちの輪を離れ、枝の低い灰色の木をどっちが早く上まで登れるか競争を始める。犬たちは茶色と薄茶色、黒と白、まだらの縞もよう、赤土色、といったところで、チャイナのような白い犬はほかにいない。広場に降り注ぐ日差しの中で、チャイナは耳を立て、しっぽを立てて、燦然（さんぜん）と輝いている。犬たちはうたた寝したり、歩き回ったり、吠えたてたり、リードを引っぱってもうじき闘いの場となる広場に身をのり出し、日なたに出ていこうとしたり、湿った黒い鼻で日差しに触れようとしたりしている。今日はどの犬も一対一で闘う。アルゴー船の英雄たちが冒険の噂を聞きつけてイエソンのもとに集まったように、男たちはキロとボスが闘うという噂を聞きつけて広場に集まってきた。彼らは皆よき闘い、容赦なき心、勝利を求めて、それぞれの犬を闘技場に送り出す。危険に満ちた彼らのエーゲ海ともいうべき森から帰還したあかつきには、〈おれの雌犬がやってくれた〉〈おれのニガーがあいつに勝った〉と報告できることを願って。中には緊張している者もいて、ポケットに手を出し入れしたり、汗ふきのタオルを振ってブヨをはたいたりしている。自信のある者は、肩の力を抜いて笑っている。ビッグ・ヘンリーはポケットから汗ふきを出して顔をぬぐい、ランドールは拾った棒に寄りかかって、浮かれ騒ぐ犬たちに顔をしかめている。一羽のタカが頭上で円を描き、翻って、いなくなる。

　マルキスはいとことおぼしき相手と並んで立っている。ふたり揃ってペカン色で、耳の穴にゴールドの輪を通し、揃って背が低いけれど、いとこの方が少しだけ太っている。マルキスはだぶだぶのTシャツに呑みこまれている。

「よお」マルキスが言う。「こっちがいとこのジェローム」

「いとこから聞いたけど、ちょっとした揉めごとがあるらしいな」ジェロームがマルキスに目を向け、ポケットから布を出して、すでに濡れているそれで頭をふく。「心配は無用だからよ」ジェロームがリードをぴしゃりと振ると、日なたで横になっていた彼の犬、ボスが起き上がり、こっちへ歩いてきて飼い主のそばに座る。全身が黒で、鼻のまわりだけ白い。

「確かにでかいとは聞いてたけど……」マルキスのささやくような声がとぎれて笑い声になる。「まさかここまででかいとはな」

　ボスは巨体だ。太っているうえに上背もあり、前脚が大きく湾曲して、正面から見ると馬蹄のような形をしている。チャイナの毛がシルクのようになめらかなのに対し、ボスの毛はずいぶん粗く、すでに治った傷、太ったヒルのような黒々とした闘いの傷痕が透けて見える。ボスがだらりと舌をたらして、笑う。あえぐような呼吸に合わせて脇腹がひゅうひゅうと出たりへこんだりして、ジェロームのシャツが波打っている。

「それで、相手の犬は？」

　自分の犬、ララをなでていたマルキスが立ち上がり、広場の反対側をあごで示す。マルキスはララの耳を切りつめて、自分と同じ輪っかのピアスをつけている。自分の犬は闘わせない。ララはやわらかな薄茶色で、チャイナに負けないぐらいこぎれいだ。松のあいだに寝そべって、わたしたちに片眉を上げてみせる。スキータが前に、マルキスの犬は毎晩家で、マルキスと同じベッドで眠るんだと話していた。そう言って肩をすぼめ、軽く笑ったのだけれど、唇の一方の端が上を向き、もう一方が下を向くさまを見て、父さんがいなければチャイナも毎晩スキータのベッドの足もとで眠るのだろうと思った。

広場の反対側では、リコの握るリードをキロがめいっぱい引いている。地面をくんくん嗅いで驚いたようなようすを見せ、それから前足で土を掘る。土が飛び散ってうしろ脚のあいだから出てくる。乾いた草をかき分けて、池の底を掘っている。もしかしてカエルでもいるのだろうか。乾いてひび割れた泥の隙間で涼んでいるのだろうか。体を伏せて、鋭い爪から隠れているのだろうか。リコは半分日なたに、半分日陰に立ち、マニーとふたりで色の黒い年長の男に向かって笑っている。男の履いている白い靴は、森の中でおこなわれる闘犬の試合に履いてくるにしてはずいぶん新しい。リコの歯もまばゆいけれど、腕組みをして立つマニーの笑みはそれにも増して金色に輝き、わたしの憎しみをかきたてる。

「バトンルージュからペンサコーラまで手広く闘ってきたけど」ジェロームが言う。「負けより勝ちの方が多いからよ」ボスはふたたび松葉の中に横たわり、鼻から息を吐いて、乾いた松葉を顔の前で羽毛のように吹き上げる。「なんでもかかってこいさ」

わたしは日陰にずれてランドールの隣に立つ。ランドールは例の棒で粘土質の地面を何度も突き刺している。ビッグ・ヘンリーはTシャツの前をまくり上げ、肌を空気にさらしている。わたしを見てにこりと笑う。スキータは日なたに立っている。黄色い広場で日差しをものともせずに犬と並んで立っているのは、スキータだけだ。わたしたちにはかまうことなく森の奥をじっと見つめ、そばにいるチャイナも同様に、わたしたちを無視し、遠くを見つめて立っている。チャイナは一瞬たりとも座らない。スキータがそういうふうに躾けたのだろうか。つねに並んで立つように、座ってお尻を汚さないように、輝きを失わないように。チャイナはやがて真珠になる砂のように白く、スキータは牡蠣のように黒い。けれども両者はふたりでひとつ。スキータのような形で犬を愛するというのがどういうことか、ほかの男たちにはけっしてわからない。

男たちが円の中央に集合する。犬たちは用心深く端に待たされ、リードはそれぞれ友人の手に預けられている。そんなふうに全員で集まって、対戦相手を決める。


「ボスとやりたいって、おまえ何を考えてるんだよ？」

「おまえの犬じゃおれのにはでかすぎるだろう」

「確かに子犬だけど気は荒いからな」

「相手は問わねえよ。雌だけど負けちゃいない」

「最大二回で」

「三回」

「誰がおまえの意見を訊いた？」

「おれも二回に賛成」

「シュガーも二回はいける」

「ホームボーイは三回」

「オジャックは全員とやって全員のケツをぺんぺんしてやるよ」


全員がいっせいに唸る。


「バディー・リーもな」

「トラックなら全員ひき殺してやれるね」

「おまえらおれのスリムを見たのか？　あいつにかかったらキロもどうなることやら」

「キロはボスとしかやらねえよ」

「ウィザードもキロと闘わせたい」

「だから、キロが来たのはボスのためだって」

「みんな聞いたな。キロはボスと闘いに来た」

閉じた輪の中央で、嵐の前の大気のように男たちが急に騒がしくなる。スキータとチャイナは端の方に立っている。男たちの議論が昂じて怒りのざわめきに変わったそのとき、それまで止まっていた空気がさーっと広場を通り抜けて土埃を舞い上げ、男たちが目をつぶる。おそらく父さんの言うとおり、カトリーナはこっちへ向かっているのだろう。ビッグ・ヘンリーが布で鼻を覆う。船出の前に、メディアは英雄たちを祝福したのだろうか。わたしがこの広場に立つように、女として熟れた体で甲板に立ち、人目を欺くために、みずからの裏切りを覆い隠すために、呪文を唱えて雨を呼んだのだろうか。イエソンは彼女に愛していると告げたのだろうか。マニーはキロのリードを握り、チャイナを見ている。スキータとチャイナは動かない。


「行こうぜ」とマルキスが言う。

スキータがチャイナを連れて円を離れ、わたしたちと並んで立つ。ただし距離をおいて、少し近づくていどに。シャツの首と背中の中央が濡れて色が濃くなっている。チャイナは耳をぴくりとさせてブヨを払う以外、じっとして動かない。

チャイナが生後一年を迎えて成犬になったと判断するや、スキータはすぐさま闘わせた。ボア・ソバージュやセントキャサリンでこんなふうに犬が闘うときには、勝負はつねに明快だ。チャイナはここにいるすべての犬と闘った。初期の二戦では奮闘もむなしく相手の犬より出血し、耳の一部を食いちぎられてしまったけれど、それを除けば頭を拳にして相手の喉に食らいつき、完封勝ちを決めている。相手の犬がキャンキャン鳴いて、スキータがチャイナを呼び戻し、その場の全員がチャイナの勝利を認めた。

いまではチャイナのにおいを嗅ぎに来る犬は一匹もいない。ひょこひょこ近づいてきてふざけて咬んだり、顔や肩をくわえたりする犬は一匹もいない。チャイナとスキータはいまも皆と離れて立っている。そして最初の二匹のあいだで最初の闘いが始まるや、もはや誰もじっとはしていない。闘いはまたたくまに動きだし、流血戦の様相を呈する。二匹は中央で顔を合わせたのち、池底の周囲を転げ回り、土埃と金色の草と小枝と血を蹴り上げる。体をねじり、歯をむき出して、むせび泣くように吠える。最初に悲鳴をあげるのは灰色の方、けれども倒れて体を引くのは茶色と白のぶちだ。容赦ない日差しと焼けつく闘技場、ときおり吹きつける身を焦がすような熱風、相手の爪、突発的な攻撃、歯。そうしたすべてから逃れたがっている。飼い主がうしろ脚をつかんで両者を引き離し、気合を入れて、ふたたび送り出す。ジュニアはビッグ・ヘンリーのうしろで片足から片足へ、つま先立ちで跳ねている。ビッグ・ヘンリーは絶えず首をふき、汗はまだ溜まっていないのに、粒にもなっていないのに、それでもなおふいている。さっきまでずっと楽隊長よろしく棒を振っていたランドールも、いまはやめて試合に見入り、かわりに棒をゴルフクラブのように握っている。灰色の犬が引き離されてキャンキャン吠える一方で、茶色と白のぶち犬はいまも飼い主の手の中で張りつめている。闘いを見つめるチャイナを、スキータがいちどだけそっとなでる。頭に軽く触れるだけ。するとその指をチャイナがなめる。チャイナはけっして退かない。

「オジャックの勝ちだな」灰色の飼い主が負けを認める。ぶちの飼い主が笑みを浮かべ、犬の頭をなでてやる。

マルキスの犬が金色の歯をきらめかせ、ウサギのように跳ねながら円の中に駆けていき、ぶち犬を祝うかのように吠えたてる。ところがオジャックはいまもやる気満々だ。飼い主の手から片脚をぐいと抜くなり、体をクエスチョンマークの形にひねってかぶりつく。ララが急ブレーキをかけて止まったいまも、ぶち犬の歯はホチキスのようにララの脚に食いこんだままだ。飼い主がぶち犬を引っぱり、マルキスがララのリードを両手で引っぱる。ぶち犬がララの脚を離し、低く唸る。

「やめろ！」ぶち犬の飼い主がどなる。

「このやろう！」マルキスが叫び、ララが脚を引きずりながらキャンキャン鳴いて戻ってくる。マルキスが覆いかぶさるように膝をつくと、ララはバターの色そのままに、彼の手の中でぐにゃりと溶ける。犬たちが吠えたて、うしろ脚で立ち上がってリードを引っぱり、それを男たちが引っぱり返す。チャイナが足踏みをして、胸が揺れる。スキータが首を振り、唾を吐く。男たちがリードを手首から腕へ、編むように巻いていく。喉が詰まってにっちもさっちもいかなくなったところで犬たちはようやく乾いた草に伏せ、前足にあごをのせる。ララはずっとくんくん鳴いていて、マルキスが片手で口を覆うと、汚れた液がその手をつたう。次の試合が終わってマルキスが手を離したあとも、ララはマルキスの脚に背中をもたせかけて座ったまま、森の方を向いてうなだれている。ジュニアが駆けてきて頭をなでてやる。キロとボスを残してすべての犬が闘いを終えるころには、ララはマルキスの弟の膝にお尻をのせ、ジュニアの腿に頭をのせて、ジュニアの脚をなめている。

リコとキロが闘技場に入る。ほかの犬と男たちは肩で息をし、血にまみれ、汗をまとっている。リコが笑みを浮かべ、キロもにやりとする。がっちりしているけれど、主人と違って上背もある。毛の色は松葉の下に広がる地面のような赤で、地面と同じく乾いてこざっぱりしている。リコがリードを手首に巻いてキロをそばに引き寄せ、脇腹に沿って軽く叩いてから、顔を上げる。「準備はいいかな？」

ジェロームがわたしたちのそばを離れる。ボスものっそりとついていき、キロとリコの二メートルほど手前でともに立ち止まる。ボスがリードに額をぶつけながら頭を二回振り上げ、ジェロームに笑みを向ける。ジェロームがゆっくりとそばにしゃがみ、ボスの耳にささやきかける。その向かいで、リコもキロの耳に何やらつぶやく。するとふたたび風が吹いて、雲が太陽を覆い、木々のささやきとざわめきの中にふたりの声もかき消える。続いて風が凪ぎ、ふたたび吹いて雲が流れ、広場がまばゆい球体と化したそのとき、ジェロームが「オーケー！」とどなってボスのリードをはずし、同時にリコもキロのそばを退く。いっさいの拘束を解かれたボスとキロが、闘技場を転がるように駆けだす。目の前に立つ相手が頭も伏せず尾も下げようとしないのを見て、怒り心頭に発している。

「捕まえろ！」ジェロームがどなる。びっくりマークを添えるように手を打ち鳴らして、何度も繰り返す。「捕まえろ、ボス！」

　両者が中央で向かい合う。同時にうしろ脚で立ち上がり、ダンスでも踊るように前足を相手の肩に置く。ボスの頭、くすんだ黒が、先に宙を切る。最初のひと咬み。キロが体をうしろに引き、ひねって逃れる。倒れながらボスに咬みつき、首筋に歯を沈める。

「揺さぶれ！　揺さぶれ！」リコがどなる。身をのり出すあまり、いまにも円の中につっぷしそうだ。

　リコの指示をキロは無視する。咬んでは離し、ふたたび咬みつく。白い歯がちらりとのぞき、赤い歯がのぞいて、さらにもういちど歯がのぞく。

「そのままつかめ、キロ！」リコがどなる。

　つかみかかろうとするキロをかわしてボスは頭をナイフのように振り上げ、キロの肩に切りかかる。血が噴き出し、キロがみるみる赤く染まる。キロより動きが鈍いかわり、ボスには力がある。

「さあ来い！」ジェロームがどなる。

　双方が倒れ、互いに離れる。キロが先にジャンプして立ち上がり、唸り声をあげてふたたび突進する。ボスがおもむろに立ち上がり、キロを迎える。互いに歯をむき、顔をかじり、キスをする。喉にかぶりついて、唸る。

「さあ来い！」ジェロームがどなる。

するとボスは自分が呼ばれたものと、ジェロームのもとに帰らなければと、誤解する。そこで身を翻し、焦げた石油を思わせる真っ黒な液体と化して宙を流れた次の瞬間、ばったり倒れて地面の水たまりと化す。キロが覆いかぶさり、背中に食らいついたのだ。ボスが勢いよく振り返り、唸り声が響きわたる。

「タイム！」ジェロームが訴える。試合はもはやクリーンとは言えない。ジェロームは過ちを犯した。「キロ！」リコがどなり、キロのうしろ脚をつかむ。「キロ！」ほとんど咳きこんでいるようにしか聞こえない。キロが口を離し、首を大きく振るそのまわりで、土埃と毛と血のしずくが雲のように舞う。ジェロームがボスの前足をつかむそばで、リコがキロのうしろ脚をつかみ、闘技場の反対側へ引きずっていく。どちらの犬も傷だらけだ。リコのシャツもすでに白とは呼べない。

ジェロームが膝をつき、ボスの背中の傷にタオルを押し当てる。タオルの生地が透けて黒くなり、傷口をふくと、さらに鮮血が流れ出す。ふたたび傷口を押さえ、出血がしずくになるまで待つ。ボスの白い鼻面に赤い筋がついている。ジェロームがリコに向かってうなずく。

「もう一回？」

「オーケー」リコが答える。

ジュニアがララの頭を地面に落とす。

「またあの木のところに行ってくる」ジュニアがマルキスの弟に言う。「いっしょに行く？」残されたララは起き上がって座り、とまどった顔をしている。ビッグ・ヘンリーは腕組みをして立っている。ランドールはボスの背中をじっと見つめ、例の棒を脚の横にだらりとぶら下げている、と思ったら、ひょいと持ち上げて肩にのせ、ため息をつく。

ジェロームがボスの腰をぴしゃりと叩き、ボスが駆けだして広場を横切り、キロと向き合う。二匹の境界がぼやけてひとつになる。ふたつの頭と四本の脚、二本のしっぽ。まるで古代の生き物だ。飢えて猛り、唸り声とともに海中から立ち上がる。ボスの頭がうしろに反って、一瞬だけはっきり見えたかと思うと、キロの肩のうしろに歯を沈める。

「うわ」ランドールが息を呑む。

キロが唸り声を発して体をほぼふたつに折り、ボスの前足を捉える。

「揺さぶれ、キロ！　そいつを揺さぶれ！」リコがどなる。

「やってやれ！」ジェロームがわめく。

赤と黒、どちらも猛り狂っている。キロが血を絞り出そうとボスを揺すれば、ボスも低く唸って何度も首を振り、やられた分をやり返す。どちらも離さず、どちらも諦めない。

「引き分けだな」とビッグ・ヘンリーが言う。

双方が相手の体に歯を食いこませ、ぴくりと動いてはこれでもかと問い、答え合っている。牙というナイフを肉という砥石で研ぎ合っているようなものだ。互いに相手を捉えたまま。どちらも離さない。

「そこまでだ」スキータが言う。

「ボス！」ジェロームがどなり、ボスのうしろ脚をつかんで引っぱる。

「キロ！」リコもキロをつかむ。

二匹が離れ、引きずられていく。ボスは切り傷だらけで、白い鼻面はもはや最初から赤かったとしか思えない。キロの赤い肩はますます赤くなり、汚れた栗色のショールをはおっているかのようだ。荒い息遣いが広場に響き、吹いたりやんだりを繰り返す風の音を覆い隠す。風は、父さんのハリケーンが送りこんでくる偵察隊だ。

「キロの勝ちだな」とリコが言う。

「寝ぼけたことをぬかすなよ」ジェロームが返す。

「何言ってんだよ。キロが勝ってただろう」マニーが言う。

「おまえらが何を見てたのか知らねえけど、キロが勝ってなかったことだけは確かだよ」マルキスが言う。

「キロが勝ったのは全員が見てた」白い靴を履いたリコの友達が言う。ただし靴は黄色っぽい茶色になっている。

「そんなくだらねえもん、誰も見てねえよ」とビッグ・ヘンリーが言い、それを機に皆がいっせいにしゃべりだす。〈キロの勝ちだ〉〈いや、ボスの勝ちだった〉〈このニガーめ、目はちゃんと開いてるのか？〉〈こっちのせりふだ〉。男たちが言い争うそのまわりで、犬たちは吠え、松葉の中で転がり、傷をなめ、しっぽを振っている。濡れた鼻を風の動きに向けている。


キロの体をふいていたリコが立ち上がる。キロはいまも血を流しながら笑っている。リコがキロをリードにつなぎ、下を向いてのっそり歩くキロを連れて広場のこちら側へ歩いてくる。眉間にしわを寄せてスキータをにらんでいる。スキータはいまも皆と離れて闘技場の端に立ち、その指はチャイナの頭のぎりぎり手前で止まっている。チャイナはまぶしくて直視できないほどだ。

「子犬はいついただけそうかな？」リコがスキータに向かって尋ねる。

「おれの犬は負けてないぜ」ジェロームが言い、リードをつないで立ち上がる。

「勝負はついてない」マルキスが言う。

「聞こえただろう。引き分けだ」ランドールが言い、前に進み出てジェロームのそばに立ち、リコと向き合う。リコが鼻を鳴らし、唾を吐く。風に押し戻されて本人の顔か白い靴に貼りつけばいいのに。ランドールは両肩に棒を担いで、かかしのように腕をぶら下げている。ビッグ・ヘンリーが影を落とし、マルキスの隣に立つ。マニーが広場のむこう側から歩きだし、黄色くなった靴の男もあとに続く。全員が歩きだし、中央で顔を合わせる。犬たちのように。

「おれの子犬は」リコが、スキータと隣であえぐチャイナに指を向ける。「どこだと訊いている」それからスキータの方へ歩きだし、リコとジェロームを取り巻いてゆるやかな細胞を形成していた他の面々もついてくる。マルキスは両手を拳に丸め、つま先でぴょんぴょん跳ねている。わたしも男だったら、マルキスのように闘うのに。

「いや」ジェロームが言う。「おれの犬は負けてない。おまえのはよくて引き分けだ」

「おまえの意見はどうでもいい」ジェロームに人差し指を振りながら、リコの目はいまもスキータを捉えている。「おれは白がほしい」

「勝負は引き分け。勝ち負けはなしだ」ランドールがリコを遮り、スキータの前に立ちはだかる。両肩を回して棒を片手で握り、大きく振ってバットのようにかまえる。全員が寄り集まってみるみる間隔が狭くなり、まばゆい日差しの下に黒い塊ができあがる。「勝敗は決められない」

「そうでもないさ」スキータが言う。「決めてやろうじゃないか」そう言ってチャイナの首からくすんだ灰色の重い鎖をはずし、にやりと笑う。チャイナもいっしょに笑う。

〈チャイナを闘わせるって、おまえどういうつもりだよ？〉リコが笑いながらキロを連れて広場のむこうへ戻り、マッサージを始めたところで、ランドールが声を殺してスキータに叫んだ。〈こいつは母親なんだぞ！〉ほかの男たちとそれぞれの犬も、円い広場のまわりに散っていった。塊はゆるみ、ほどけていった。〈あいつだって父親だろ〉。スキータはそう言ってキロを指した。〈何が違うんだよ？〉チャイナがスキータの脇腹に鼻をすり寄せた。〈そいつの乳だよ〉とランドールは答えた。〈乳は子犬のもんだ。おまえが心配することねえよ〉。スキータはぼそりと返した。〈問題はその子犬だろう。子犬はどうするつもりだよ？〉ランドールが問いただすと、〈おれたちはみんな闘うんだよ〉とスキータは答えた。〈誰だってな。さあ、いいかげんにほっといてくれないか。おれは犬と話がしてえんだよ〉。

「ねえランドール」ジュニアとマルキスの弟がネムノキから降りてくる。「スキータはチャイナを闘わせるつもりなの？」

「おまえたちは木の方に戻ってろ」ランドールが言う。「本気だからな。ほら」

「ほら行って」わたしもそばで言い添える。「終わるまで下りてきちゃだめだから」

ジュニアが小枝を拾い、マルキスの弟にほうり投げる。その子が着ている明るいグリーンのシャツには、木から降ってきたピンク色の花が散り、デニムのショートパンツにはきちんと折り目がついている。きっと母親がアイロンを当てたのだろう。

「落っこちないでね」わたしはさらにつけ加える。

「わかってるよ」ジュニアは大袈裟に息を吐いていらだちを示し、それからふたりで駆けていく。

マルキスはまわりに聞こえるようにわざとらしい大声で、リコはくそやろうだ、あいつの犬は弱っちいくそ犬だ、キロなんかぜんぜん勝っちゃいない、としゃべり散らしている。ビッグ・ヘンリーは首を振りながら何度もタオルで額をぬぐっている。ジェロームは大声でマルキスに相槌を打っている。ふたりがなぜいとこなのかがよくわかる。ボスはふたたびジェロームの足もとでくつろぎ、いまもわずかに血を流しながら、舌を出して笑っている。血が目に入り、まばたきをする。キロは松葉の中で仰向けに寝そべり、何度もCの形に丸くなっている。ランドールは例の棒をいまはゴルフクラブのように握り、前後に振って蔓に引っかけ、枝から引きちぎっている。わたしを見て、上唇に力をこめる。

「ふん」ランドールが棒を振り、土と乾いた松葉をはね上げる。「子犬はおしまいだ。合宿なんかくそくらえだ」そして唾を吐く。

円のむこうからマニーが見ている。犬たちが闘い、自転車のスポークのように広場をぐるぐる回って歯をきしらせ、肉と肉、歯と歯をぶつけ合っているあいだは、視界を狭めて彼を見ずにいるのは簡単だった。けれどもいま、そんなふうに眉を寄せて目をむく姿を見ていると、ほとんど気のどくに思えてくる。気にしない、とわたしは自分に言い聞かせ、メディアのようにぐんと背の高くなった自分、グリーンと紫の長衣をはおり、象牙と金の宝石をまとった自分を思い浮かべる。そしてぎこちなさを意識しつつも、毅然として肩を張り、スキータのもとへ歩いていく。スキータは広場の端でヤシの群生に囲まれて膝をつき、チャイナの耳に何やらささやきかけている。力をこめてさすっているせいで、手といっしょにずれた毛皮が波紋を描いている。チャイナはじっとその場に立ち、広場の反対側を見ている。日陰だと毛が銀色に見える。チャイナはじっとその場に立ち、広場の反対側を見ている。スキータの口から舌が飛び出し、思いがけずカミソリが現れて舌先で翻り、ふたたび口の中に吸いこまれる。スキータは何を暗誦しているのか、早口で歌っているようにも聞こえる。〈チャイナ・ホワイト〉。スキータがささやく。〈おれのチャイナ、漂白剤のように、チャイナ、あいつらを赤と白に変えてやれ、チャイナ。真っ白なコカインのように、チャイナ、鼻血を出させてやるがいい。血を見せてやれ、チャイナ、体の内と外をひっくり返してやれ、チャイナ、カミソリを呑んだかと思わせてやれ、チャイナ。震えあがらせてやれ、チャイナ、夢中にさせてやれ、チャイナ、おまえを求めさせてやれ、チャイナ、いやでもおまえなしには生きられないと、思い知らせてやるがいい、チャイナ。おれのチャイナ〉。スキータがつぶやく。〈教えてやれ、教えてやれ、教えてやれ〉。

スキータが広場を隔ててリコと向かい合うときには、チャイナのリードはすでに地面に置かれ、クロムの首輪もはずされている。チャイナはスキータの右脚のそばに立ち、耳を立て、しっぽをぴんと伸ばして、全身ぴくりとも動かない。息をしているのかどうかさえわからない。白、真っ白、炎の中心の、あの純粋な白だ。そしてキロは真っ赤、筋肉の塊、広場の動く心臓だ。キロが甲高くひと吠えし、リコがリードをはずしてぴしゃりと叩く。キロが駆けだす。

「行け」とスキータが言う。

キロが中央にたどり着くより先にチャイナは広場をつっ切ってキロと対峙し、炙るような唸り声で相手を迎える。脚や顔に咬みつくという選択肢はチャイナにはない。狙うはキロの首のみだ。キロと同時に立ち上がり、顔を前に投げ出して、咬む。

「気をつけろ、キロ！」リコがどなる。

チャイナがふたたびキロの首のうしろを捉える。そのまま顔を深く沈める。あごを閉じたまま体を引いて、毛皮を裂く。あえぐように息を吸い、ふたたび歯をむいて飛びかかる。

「おい、キロ！」リコがどなる。

チャイナは頭からキロにつっこみ、ミミズが赤土を掘るようにぐんぐん突き進む。

「キロ！」リコがどなる。

キロが体を低くして逃れ、チャイナの脚に咬みつく。弱い犬のせこい技。きっとリコが教えたに違いない。

「よし、揺さぶれ！」リコが叫ぶ。

キロがチャイナを揺さぶる。チャイナはいまも繰り返し頭をつっこみ、キロの栗色のショールを真っ赤なスカーフに変えていく。けれどもキロもチャイナの脚を捉えて離さず、波のように左右に揺する。キロの筋肉が沸点に達して赤い毛皮が液体と化し、真っ赤な洪水となって流れだす。首をひと振りするごとに唸っている。ところが続いてチャイナの鋭いあごに耳と顔の半分を呑みこまれ、咬み砕かれて、最後のひと声はそのまま甲高い悲鳴になる。

「そいつをつかめ！」リコがどなる。

スキータが腕を組み直し、顔を下げる。チャイナがキロの横顔にキスをする。恋人の顔をなめるような、母親が父親にするような、濃密なキス。

「いいからつかめ！」リコがどなる。

「チャイナ！」スキータに呼ばれ、自分は脚を咬まれているにもかかわらず、チャイナはキロから口を離す。そして答えるように振り返る。〈いま行くわ、愛しいひと、すぐに戻るわ〉。

「キロ！」リコがどなる。キロのうしろ脚をつかんで自分の方に引きずる。キロが舌鼓でも打つようにぴちゃっと音をたてて口を開き、チャイナの脚が自由になる。チャイナが弾みながらスキータのもとに駆けてくる。口紅がにじんだような赤い笑み。脚についた血は深紅のガーターだ。

「すげえな、引きずる必要もないってわけか」ジェロームが言う。

リコがキロの首をふいてやり、血の痕がスカーフからネックレスになる。次に全身を点検する。キロの呼吸はひどく荒く、地面に鼻を近づけて、血と唾をまき散らしている。マニーがリコの隣に膝をつき、何やらささやく。何をささやいているにせよ、それは卑しさの表れだ。彼はイアソン。メディアを裏切り、コリントスの王女と結婚したいと訴えているのだ。メディアが彼のために実の兄弟を殺し、父を裏切ったそのあとで。マニーの唇が動き、わたしは言葉を読む。〈あいつはただものじゃない、心がないんだ〉。つぶやきながら彼はチャイナを見ているのだけれど、わたしは自分が見られている気がしてならない。

「準備はいいかな？」スキータが尋ねる。チャイナはスキータと並んで立ち、脇腹に点々とついた血にはかまうことなく、口をぴったり閉じ、肋骨を大きくふくらませたりすぼめたりしている。キロに咬まれた脚、関節から上が赤くべとついて生々しい脚で、まっすぐに立っている。

リコがすばやく片手を振ってマニーの言葉を制する。マニーが立ち上がり、リコもいっしょに立ち上がる。男たちはすでに移動し、それぞれリコとスキータのうしろに集まっている。そこでわたしも、血の痕が赤くにじむ乾いた池の底が見えるよう、端に寄る。今日一日、闘う犬たちを囲んでいた男たちの輪が、霧のように消えている。

「あたりまえだ」リコが答え、キロの脇腹をぴしゃりと叩く。キロが唸って立ち上がり、一瞬ふらついてから、闘技場の中央に向かって駆けだす。小川が勢いを増して川になる。

「行け！」スキータが言う。チャイナが太陽を見上げ、吠える。一回、二回。それはチャイナの笑い声だ。枯れ草を掘って足を沈め、ジャンプとともに一気に駆けだす。

「つかめ！」リコがどなる。

キロが渦を描いてチャイナの肩をまわりこみ、かぶりつく。チャイナも応えて咬み返し、容赦なくキスを浴びせる。

「そいつをつかめ、キロ！」リコがどなる。

両者が立ち上がり、うしろ脚で立ったまま腕で相手を押さえ合う。チャイナが前足でキロの胸を押しやり、鞭のようにほどけて次の攻撃に備える。ふたたび頭を振り回して咬みつき、引きちぎるために。ところがチャイナがうしろに反り返ったそのとき、その胸を初めて目にしたかのように、たっぷりと乳を蓄えた重く温かい白い胸に初めて気づいたかのように、キロが頭を下げ、子犬が乳を飲むようなそぶりを見せる。けれどもキロは乳を飲むわけではない。咬む。チャイナの胸を丸ごと呑みこむ。

「嘘だろ」スキータが言う。

「揺さぶれ」リコが命じる。

キロは渦と化してチャイナを振り回し、揺さぶる。チャイナは爪を立てて前足で反撃し、あごを大きく開いて目を狙う。けれどもキロは離さない。

「ジャンプ！」スキータがどなる。「ジャンプだ、チャイナ！」

チャイナを木の上からジャンプさせるときにスキータが使う言葉だ。跳べ。飛べ。チャイナが体を丸めてキロに覆いかぶさる。体勢を整え、体を折り曲げて、ひとつの筋肉になる。そしてキロの耳をなめ、かぶりついたかと思うと、うしろに大きく反り返ると同時に前足で思いきり押しやる。チャイナが裂ける。胸が血に染まり、引きちぎられる。乳首が、ない。

「チャイナ！」スキータに呼ばれ、チャイナは前足で着地すると同時に駆けてくる。

キロが甲高く叫び、チャイナと逆の方向に背中から落下する。耳がちぎれている。

「来い、キロ！」リコが呼ぶと、ちぎれた耳を引きずってキロも駆けだし、リコの脚にぶつかって血の痕を残す。


「だから言っただろう」ランドールが言う。

「うるせえ」スキータが言う。

血が赤い炎となってチャイナの胸を呑みこんでいく。

「闘うなんて無茶だ」とランドール。

スキータはチャイナの首をもみながら、耳にささやきかけている。いまはなんと言っているのか聞こえない。顔を思いきり近づけているので、血管の赤く透けた白い耳に唇がなかば隠れている。チャイナの胸から血が滴る。チャイナがスキータの頬をなめる。

リコが立ち上がると、その顔はすでに笑っている。

「やっぱ白いのはやめとくかな」リコが言う。「もっと色が濃くてキロの血を引いてるやつの方がいいかもな」声をたてて笑う。

スキータが立ち上がり、チャイナがたくましい白い体で見上げる。

「こいつは闘う」スキータが言う。

ランドールが肩にのせていた棒をつかみ、大きく前に振る。

「これだけ痛めつけられれば充分だ」

「なあスキータ、負けは負けだ」ビッグ・ヘンリーが、言葉を味わうようにゆっくりと言う。

「負けてない」スキータが静かに返す。

リコが笑う。

スキータは肩をすぼめ、指でチャイナの鼻先に触れる。

「チャイナはおれのものだ。そして闘う」

キロが顔をしかめる。

「そういうことなら、このニガーの望みを叶えてやろうぜ」リコがキロに言う。

チャイナの肋骨を血と汗が、赤と灰色の筋を描いて流れる。

「行け、キロ」

キロが駆けだす。

「行け、チャイナ！　行け！」スキータが叫び、チャイナが前に飛び出す。血にまみれた胸から液体が流れ落ち、草の中に点々と痕を残す。

両者が向き合う。立ち上がる。抱き合う。互いの首に咬みついて、唸り合う。そこへ一陣の風が殴りこんできて、二匹の声をさらっていく。

キロがふたたびチャイナの肩を捉え、首をぐいと振ってチャイナを揺さぶる。

スキータの拳は固く握られ、全身の毛の逆立つさまが見えるようだ。

「そいつらに思い知らせてやれ！」スキータが呼びかける。ふつうに話すよりやや大きいていどの声。

チャイナが聞き留める。

「思い知らせてやれ」

チャイナは炎だ。酸素を貪（むさぼ）るようにすばやく首を反らして力を得ると、激しく燃えながらキロの首にかぶりつく。そのままキロを押さえて体に巻きつき、愛の炎となってキロをなめる。チャイナが体をひねり、肩を捉えられたままキロの上になる。チャイナの下でキロが荒れ狂う。チャイナはなおも咬み続ける。炎の下で水が蒸発していく。

〈教えてやれ、教えてやれ、教えてやれ、おまえなしには生きられないと〉。スキータの言葉を、チャイナが聞き留める。

〈あいにくだけど、お父さん〉。チャイナが言い、炎の舌でキロをなめる。〈あんたにあげるお乳はないの〉。チャイナがさらに燃え上がる。またもや胸を狙って咬みつくキロを、肩で押しやる。〈あんたにくれてやるのはこれ〉。チャイナのあごはネズミ捕りだ。ぱちんと弾けて、ネズミのかわりにキロの首を捉える。

キロが大きく、甲高く叫び、チャイナの歯のあいだを風がひゅうと通り抜けたような音がする。

スキータがにやりと笑う。

スキータが呼ぶ。「来い、チャイナ！」

チャイナがくるりと向きを変え、キロの喉の一部を引きちぎる。

チャイナが戻ってくる。

「やめ！　やめ！」汗にまみれ、苦々しく顔をゆがめてリコが叫ぶ。キロを引きずり、土埃の舞う池の底を戻っていく。マニーが膝をつき、わたしとスキータとチャイナをまとめてにらむ。わたしたち全員を憎んでいる顔。そんなことで傷つきたくないと思うけれど、傷つく。

キロが甲高い声で鳴き叫ぶ。

ピンク色のネムノキの花が風に漂い、舞い落ちる。マルキスの弟がジュニアをおいて木から駆け下り、ジェロームの脚に顔を隠して、ピンク色が点々と散った肩を震わせる。ジュニアはネムノキの中にじっとしゃがんで、両手が白くなるほど強く枝を握りしめ、枝を折ろうとするかのように、ときどきその手をぴくりとさせる。目を大きく見開いて、鳴き叫ぶキロをじっと見ている。やがて声に合わせてジュニアの体が揺れだすと、声はたちまち歌になる。

九日目　ハリケーン日食

誰かがバスルームで吐いている音で目が覚める。夢うつつの状態で、バスルームにいる自分の姿が見える。トイレの上に身を屈め、片手で便器を抱いて吐いている。続いて吐く声が大きくなり、舌が丸まって喉から出てきそうな音になり、それが自分ではないことに気がつく。わたしならそんな大きな声は出さないし、そういう音も出さない。バスルームが消えて目を開けると、夜明けの薄明かりが見え、天井が見えて、ツインベッドで眠っているジュニアと、床に蹴り落とされた枕と毛布、わずかに開いた部屋のドアが見える。

バスルームの床にしゃがんでいるのは父さんだ。片手で便器を抱きかかえ、床に片膝をついている。いまにも便器に飛びこみそうな勢い、舌を落っことしそうな勢いだ。

「父さん?」

「ランドールを呼んでくれ」父さんがあえぐように言い、それからまた背中を丸めて、体を引き裂かれるような声を出す。

廊下はまだ暗い。ランドールはベッドにいる。スキータはいない。昨日、闘いが終わったあとで、家の裏の裸電球の下でチャイナを洗っていた。きれいに洗ったあとで階段に座り、くしゃくしゃになった汚いチューブから抗生剤の軟膏を絞り出して、キロに咬(か)まれて肉がむき出しになった部分に塗っていた。脚と肩と裂けた胸が生肉のようだった。スキータは自分が脇腹に巻いているのと同じくたびれたエースのバンデージを取り出して三等分し、それをチャイナの脚、首と肩、お腹に巻いて、ピンで留めた。チャイナはその場に立って目を細め、くつろいだようすではあはあと息をしながら、おとなしくバンデージを巻かれていた。数分おきにしっぽを振って、そのたびに、赤くなっていないところをスキータがさすっていた。足とか、背中とか、しっぽとか。おそらくスキータはチャイナといっしょに物置小屋で眠ったのだろう。ランドールは二回押したところで目を覚まし、ぐるりと白目をむいて、両腕で顔を覆う。

「何？　どうした？」

「父さんがバスルームで吐いてる」

ランドールはわたしのことが見えないかのように見ている。

「なんだって？」

「父さん。バスルームで吐いてる」

ランドールがうなずいて、目をしばたたく。だんだん頭が覚めてくる。

「ランドールを呼べだって」

いっしょに廊下の端まで来るころには、ランドールは弾むように歩き、手脚から眠気を払っている。父さんは便器に頭をのせ、目を閉じてこちらを向いている。だらりとたれた腕の先で、めくれたタイルに指の節が触れていて、松の若木のようだ。

「吐き気が収まらないんだ」父さんがうめく。

「ほら、行こう」

「いや」と父さんは言って、屈んで脇をつかもうとするランドールを押しやるものの、両手の力が弱すぎて、乾いた枝のようにぱたりと落ちる。「トイレのそばでないと」

「ベッドのそばにごみバケツを置いとくから」ランドールが父さんを引っぱり上げると、脚を引きずったまま胸だけが宙に持ち上がる。だらりとぶら下がった姿は、紐に吊るされ、しわを伸ばして洗濯ばさみで留める前のシーツのようだ。おじいちゃんとおばあちゃんが生きていたころには母さんが二世帯分のシーツをまとめて洗っていたので、大量のシーツを干すために父さんは紐を余分に張っていた。母さんは紐のあいだを歩いてまずはシーツを塊（かたまり）のままぶら下げ、それから広げていった。シーツはとても薄くて、むこう側がほとんど透けて見えた。干したシーツのあいだは雲の中の部屋になったので、わたしたちはかくれんぼをして遊んだ。冬には顔が濡れて痛いほど冷たかった。夏には暑さの中でシーツはあっというまに乾いたけれど、いずれにせよ、わたしたちは密かな涼を求めて顔をつっこんだ。いちどわたしたちが泥の痕（あと）を残したことがあって、洗濯物を汚したといって母さんにどなられた。それからはシーツに触れないよう、手を浮かせて鼻をつっこみ、風でふくらんだ隣の通路を走る相手が見えないかと目を凝（こ）らした。いまでは洗濯物を洗って干すのはわたしとランドールの仕事だ。スキータはたぶん洗濯機の回し方も知らない。

「脚をつかんで」ランドールに言われ、わたしは腰を屈めて持ち上げる。父さんは見かけよりも重い。目を閉じ、顔に腕を当ててぜいぜいと息をしている。喉がぜろぜろ鳴っている。「せーの」

　暗い廊下をうしろ向きに戻るので、すり足でゆっくり歩いていく。母さんが死んでから、父さんはランドールとわたしに洗濯機の使い方を教えこんだ。シーツを洗って干すのはわたしたちの仕事になった。最初のうちは父さんに言われたときだけ洗い、その後はさんざん汚れて夜中に何度もかゆみで目を覚まし、脛（すね）や足首を引っかくようになってから洗った。最初のころ、ふたりともまだ背が足りなくてうまく紐にかけられなかったころには、こんなふうにシーツを干していた。ふたりでシーツを持って真ん中をたるませ、うまく引っかかってくれることを願いつつ、いっしょに数を数えて、湿った綿布を大きく振り上げる。父さんの足首はオレンジのようにすべすべだ。こんなにすべすべだとは思わなかった。

「一、二の、三」ランドールが言い、わたしたちはかつてのシーツのように父さんをベッドに転がす。一瞬、ランドールが縮んで半分くらいのサイズになる。体は伸縮ベルトのように細く、膝はソフトボールのように大きく、全身が骨と皮だ。わたしたちはふたりとも子どもに返り、母さんが死んだ直後に母さんのシーツを干そうとしているところ。目の奥がちくちくする。父さんが転がる際に、枕カバーに濡れた線の痕が残る。父さんがうめいて、怪我した方の手をつかむ。

ナイトスタンドの上のビールの缶が増えている。飲みかけだ。ランドールがベッドのそばに膝をついて薬を探していると、缶が揺れる。薬は床に落ちている。

「手、痛むの？」ランドールが尋ねる。父さんが横に転がってわたしたちの方を向き、わたしはバスルームからごみバケツを持ってきてベッドのそば、父さんの鼻の下に置く。底の方にキャンディーの包み紙と丸まったトイレットペーパーが入っているけれど、ほぼ空だ。ランドールがベッド脇のランプをつけて瓶のラベルを読み、どちらが痛み止めかを確認する。それにしても大きく、黒々として、数センチごとに筋肉が小石のように盛り上がっている。ときどき、どうしてこんなに背の高いマシンのような息子が自分と母さんのあいだに生まれたのか、父さんは驚いているのではないだろうかと思うことがある。ランドールに、父さんは驚いているのではないだろうか。するとマニーのこと、昨日の広場でチャイナと同じくらいまぶしかったマニーのことが思い浮かぶ。わたしと彼のあいだには、どんな子が生まれてくるのだろう。彼のように金色の肌をしたがっしりした子。わたしみたいに色の黒い小柄な子。あるいは、そのどちらでもない子。前にいちどだけ、父さんがランドールの試合を見に来たことがあった。ずっと体育館の入口に立って、野球帽を手にうんうんうなずいていたのだけれど、険しい顔でコートをにらむだけで、試合は半分しか見ていなかった。ハーフタイムになる前に帰っていった、

「父さん、この抗生剤、アルコールといっしょに飲んだらだめだって書いてあるよ。こっちの痛み止めも」

父さんは首を振って、じっと横たわる。

「ビールなんかなんでもない」口を枕に向けたまま、しわがれた声で答える。「ただの清涼飲料だ」

「吐気はたぶんそのせいだよ」

「いつまでもごろごろはしていられん」父さんのいい方の手が震えている。「家の備えをしないと」

「エシュ、水を頼む」ランドールが缶をつかんで片手でつぶす。缶を握る長い指はクモのようだ。

「これも持っていって」

わたしはシャツの裾をまくってビール缶をそこにのせる。父さんはぶつぶつ言っている。わたしが水を注いで戻ると、ランドールが薬を渡しているところで、父さんはいちおう片肘をついて体を起こしてはいるものの、ヘッドボードに寄りかかり、顔の横が押し潰されている。父さんが水と薬を一気に飲み下す。すばやく飲めば、あとから逆流してくるのを防げるとでもいうように。

「ハリケーンが来るんだからな」

「何をすればいいのか教えてよ」とランドールが言い、それからわたしに、胃が空だとよくないから、父さんにパンを二切れ持ってきてサイドテーブルに置いておくように言う。


昨日のそよ風が今日はしっかりと風になり、ときおり吹きつける突風も、森の中の広場に吹いていた風より強くなっている。わたしは父さんのピックアップトラックの荷台で金属の工具箱に手をつっこみ、懐中電灯とハンマーとドリルを探り出す。箱の底は釘でびっしり覆われ、鶏舎に積もった羽毛と干し草のようだ。〈まずは窓〉。父さんは言った。〈窓を全部ふさぐこと〉。釘はなかなか拾えない。うっかり指を刺してしまい、口に入れて吸うものの、血は出てこない。痛みだけ。チャイナの胸も、怪我が治って子犬がくわえたらこういう感じがするのだろうか。硬くなって、痛みの外側だけ治ったような感じ。

スキータが物置小屋から出てきて、ドア代わりのトタン板をもとの位置までずらして戻す。水道の蛇口をひねり、屈んで水を飲み、頭にざあっとかける。こっちへ近づいてくるときには水がしずくになって首をつたい、鎖骨の上で広がって、キロの赤いショールのようになっている。

「おまえらおやじのトラックで何してんの？」

「父さん、ぐあいが悪いのよ」

ランドールは体の半分だけピックアップトラックの中にいて、前に倒れ、ラジオをブラックミュージックの局に合わせている。長い脚が助手席側の硬い地面に伸びて、足の裏までぴったりついている。スキータに聞こえるように、フロントガラスに向かって大声をあげる。「おれたちでハリケーンを迎える準備をしろってさ」

「まずは板を打ちつけろだって」と、わたしも言い添える。スキータはシャツを着ていなくて、ショートジーンズのベルトをずいぶんきつく締めているので、ウエスト部分がシャワーカーテンのようにひだになり、ループに通した革が肌に食いこんでいる。昨日と同じズボン。思ったとおり物置小屋でチャイナと寝たようだ。

「おれは無理だな」スキータが答える。「もういちどチャイナを洗って、怪我の手当てをしないといけない。きちんとしておかないと、痕が汚くなるからな」

「それに何分かかるっていうんだよ？　十五分か、せいぜい三十分だろ？」ランドールがトラックから体を起こし、背後で音楽が流れだす。低音コントローラーがないので、小さな金属音にしか聞こえない。シャカシャカ鳴っていた歌が終わり、ＤＪが、女のＤＪが、なめらかにしゃべり始める。穏やかで深みのある、男のような声。

「ハリケーン・カトリーナは現在カテゴリー3の勢力で、月曜朝にはルイジアナ州ブラス－トライアンフに上陸すると予想されます。国立ハリケーンセンターはルイジアナ州南部およびミシシッピ州とアラバマ州の沿岸地域にハリケーン注意報を発令しました。ラジオJZ94・5では引き続き皆様に最新のハリケーン情報をお伝えしてまいります――」ランドールがラジオのスイッチを切る。スキータが地面を見つめ、口を動かす。描いたようにまっすぐな濃い眉が寄り、釣り針の形になる。父さんもそういう眉をする。わたしの眉は薄くてほとんど見えない。

「店に行って調達しておかないといけないものもあるし。バンデージとかなんとか」スキータが言う。

「それじゃあ、そのときに缶詰も買い足してこいよ」ランドールがぐるりと目を回す。

「そんな金はねえよ」

「それじゃあどうやって――」ランドールは言いかけてやめる。「くそ。おやじの財布からいくらか出しとくよ。いちばん安いのを買えよ。缶詰ならなんでもいい。火が使えなくなるからな」

「わかってるよ」スキータが答える。

「まったく、訊かなきゃよかった」ランドールが頭をこする。「捕まんなよ」

「捕まんねえよ」

「どうやって行くつもりだ？」

「ビッグ・ヘンリーに電話してある」

「さっさと行って戻ってこいよ」ランドールがふたたびラジオをつける。ラッパーがリスのような声で歌っている。ランドールがダイヤルをいじり、それからまた起き上がってつけ加える。「おまえの手もいるんだからな」

「ああ」スキータが首をぬぐうと水のショールが崩れてネクタイになり、肋骨の中央を流れ落ちる。空気は暑くじっとりして、風はあるのに水は蒸発しない。「チャイナを頼む」続いて突風が吹きつけ、スキータを家の中に押しこむ。

「ジュニア？」

工具箱から釘を取り出すのに、ジュニアの手を借りたい。あの小さなクモみたいな指の方が、わたしの指よりうまく取れそうだ。ベッドはもぬけの殻で、毛布と枕は床に落ちたまま。それを拾ってマットレスにのせる。窓のカーテンがはためく。扇風機を止める。

「ジュニア」

バスルームにもいない。最後に誰が使ったのか、便座はいつもどおり跳ね上がっている。スキータとランドールの部屋のドアは閉まっている。中でスキータの歩き回る音がする。ドアの真ん中より少し下に穴があるのは、前にスキータが腹を立てて蹴ったときにへこんだ痕だ。それを見た父さんがうしろからやってきてスキータを蹴り飛ばし、続いて顔をはたこうとした。

「ジュニアはそこにいる？」

「いや」壁が薄くて、声だけ聞くとスキータがすぐそばにいるようだ。スキータがドアを蹴ったのは、チャイナのことが原因だった。チャイナが太って胸が大きくなり、父さんが妊娠に気づいて、〈ピット〉が犬だらけになるのはごめんだと言ったから。その晩父さんは酔っていて、はたかれそうになったスキータが自分の顔を手でかばい、〈顔はぶたないで〉と、まるで顔でなければかまわないみたいに言ってからは、いちどもそういうことは口にしない。

「ジュニア？」

ジュニアは父さんのベッドのそばにいて、小さな細い背中をこちらに向け、丸刈りの頭を下に向けて立っている。片手は体の横にあり、もう片方の手はイースターの卵レースでゆで卵をスプーンにのせてバランスよく運ぶような感じで、前の方に伸びている。ただしそこにスプーンはなく、あるのはジュニアの人差し指だけだ。眠っている父さんの鼻の前で、羽根をむしった鶏のような肌と無精髭にいまにも触れそうな位置で、指をかざしている。ジュニアがそんなにじっとしているなんて、初めて見た。

「何してるの？」

ジュニアがびくりとする。わたしの方に向き直り、人差し指をさっと背中に隠す。目の下に隈ができていて、神経質な茶色い小男のようだ。わたしはジュニアの人差し指をつかみ、部屋から引きずり出してドアを閉める。

「エシュ」ジュニアがささやく。下を向いて床の裏側、床下にある自分の穴を透視するかのようにじっと見る。

「何してたの？」問いただして指を強く握ると、骨の上には皮しかない。指はいまもぴんと立っている。うめいて引っこめようとするけれど、わたしは離さない。

「父さんが息をしてなかったんだよ」

「どういうこと、息をしてなかったって？」

廊下を引きずって歩きだすと、ジュニアはしゃがんで丸くなり、足をつっぱって抵抗する。わたしはかまわずふたりで使っている部屋に連れていき、ジュニアの前に膝をつく。

「何してたの？」

ジュニアはわたしの首を見て、手を見て、あちこちに目を向けるくせに、顔だけは絶対に見ようとしない。ぐいと引っぱると、ようやくわたしの顔を見る。

「最初は眠ってるように見えたんだけど、しばらくしたら息をしてないように見えて、だから息をしてるかどうか確かめたかったんだよ。離してよ！」

「父さんが眠ってるときは、もうあそこに入っちゃだめだからね」わたしはまたしてもジュニアの腕を揺する。「ぐあいが悪いんだから」

「わかってるよ」ジュニアが泣き声になる。「ぐあいが悪いことぐらい知ってるよ」そう言って手を丸めるなりいきなり引いたので、濡れた紐のようにするりとわたしの手から抜ける。「手のこともビールのことも薬のことも全部知ってるよ」ジュニアが勢い余って弾む。「父さんが手を潰したときに見つけたんだよ。見つけたんだからね！」声が大きくなる。「ぼくだっていろいろ見てるんだからね！」

「何を見つけたの？」

「父さんの指輪だよ！」

「ジュニア！」

「ほらどうぞ！」ジュニアがどなる。いつもなら乳歯が見えるのに、黄色い小粒のキャンディーみたいな乳歯ではなく、濡れたピンク色の喉しか見えなくて、ふいにジュニアが赤ちゃんに戻る。いつもいつも口を開けて乳首を求め、わたしたちの指をつかみ、毛布をつかみ、よだれかけをつかみ、迷い犬の足をつかんで吸っていた、あの赤ちゃんに。ところが赤ちゃんジュニアだ、と思ったとたんにまたもや変わって、こんどはミニチュア版のスキータになる。父さんの呼吸を確かめていたのとは違う方の手をポケットにつっこんで、何かを、栗色の小さなものをさっと取り出し、部屋の反対側にほうり投げる。「どうせもう父さんには役に立たないじゃん！」どこかから走ってきたみたいに息が荒い。と、次の瞬間、クモのように廊下をささっと駆けていく。外階段で、わたしはすんでのところで取り逃がす。

「ランドール！」わたしは声を張りあげる。「ジュニアを捕まえて！」

ランドールが弾かれたようにピックアップトラックから飛び出し、長く黒い線と化して、ジュニアが消えた家の角を曲がる。続いてジュニアが床下にぶつかる音が聞こえてくる。地面にぴったり伏せているので姿は見えない。

「ジュニア」ランドールがどなる。「そこから出てこい」

ジュニアは答えない。

「それともおれが潜ろうか？」ランドールはあごに力をこめていて、けっきょく自分も床下を這っているのだろう。なぜならジュニアはわたしのいる方へ飛び出してきて、ウサギのように白目をむき、目をぐるぐる回して逃れようとするからだ。わたしは首尾よく捕まえる。するとジュニアの蹴ること蹴ること。毛皮をまとっていないのが不思議なくらいだ。

「いったい何をやらかしたんだ？」ランドールが家の角を曲がってくる。シャツの前に土がついて赤くなっている。

「父さんの結婚指輪を持ってたのよ」

「なんだって？」ランドールが顔をしかめる。

「父さんの結婚指輪を持ってたの。指にはまってたのを見つけてはずしたのよ。ポケットに入れてたの」一語ごとにランドールの顔が歪んで崩れ、ついにはひび割れたガラスのようになる。自分の耳にしていることが信じられないのだろう。

「おまえってやつは、いったいどうなってるんだよ？」ランドールが大声でどなる。ジュニアをわたしから引ったくり、もう一方の手でやせたお尻を思いきりひっぱたく。「どうなってるんだよ？」一段高い声でふたたびどなる。またもやひっぱたく。「ジュニア！」

ジュニアはランドールの手を逃れようとして走り、ふたりでその場をぐるぐる回っている。もちろんランドールの方が速くて力もあり、何度もその手を振り下ろす。

「なんて、汚い、まねをするんだ。病気に、なったら、どうするんだ！」ランドールの平手は二発命中する。その手は硬くこわばって板のようだ。「なんだってそんなまねをしたんだ？」

「母さんがあげたやつだからだよ！」ジュニアが泣き叫ぶ。その声はサイレンだ。「父さんにはもう役に立たないから！」ジュニアがしゃくりあげる。「欲しかったんだよ！」さらに泣き叫ぶ。「母さんのが！」

ジュニアのやったことを話すと、スキータは笑いだす。

「悪すぎだよ」

「最高にワイルドだな」

「それでおまえら見つけたんだろうな？　あいつ、自分で見つけてどこかに隠すぞ」

「見つけた」とわたしは答える。わたしのベッドの上に落ちていたので、トイレットペーパーを片手いっぱい持った状態で拾い、洗面所で洗った。金は古びて色あせ、ほとんど銀のように白くなっていて、とても母さんが触れたことのあるものには見えなかった。「血まみれだった」洗ったあとでわたしは吐いた。

ジュニアはしゃくりあげながら父さんのピックアップトラックの荷台で体を折り曲げ、工具箱の中に顔をつっこんで釘をつまみ出している。泣きべそまじりのしゃっくりが金属の中で反響し、拡大されて昇ってくる。つまんだ釘をジュニアが荷台にほうるたびに、チャリンと響く。

「それで、どうした？」スキータが尋ねる。

「わたしのいちばん上の引き出しに入れてある」

スキータが笑う。スキータの歯はミルク色だ。大きな笑み。

「指も探すべきだな。ただでタンパク質が手に入る」またしても笑う。「チャイナにやろう」

「やめてよ。ほんと最悪」

「あいつ、本当にどうなってるんだろうな」ランドールが首を振る。

スキータは笑いながら木材を引きずって物置小屋に入っていき、その後もしばらくひくひく笑ってつぶやく声が聞こえてくる。ビッグ・ヘンリーがスキータを迎えに車でやってきたときにも、スキータはトタン板を引っぱって戸口をふさぎながら、うつむいて笑っている。ビッグ・ヘンリーが車を停めてゆっくり歩いてくる。片手に握った飲み物は、意外にもビールではない。ビッグ・ヘンリーに向かってうなずいたあとも、わたしはトラックの荷台で腕組みをしてジュニアのうしろに立ち、ジュニアはいまもしゃくりあげながら、工具箱の中に鼻水をたらしている。

「どうした？」ビッグ・ヘンリーが訊いたので顔を上げると、わたしを見ている。わたしに訊いている。顔にかかっていた髪とあご髭を剃ったせいで、そこだけほかの部分よりつるりとして色が明るく、汗で光ってやわらかく見える。わたしはジュニアの骨ばった細い背中に視線を向ける。ジュニアがまたひとつ釘をほうる。チャリン。

「行こうぜ」スキータが笑い、ふたりは出かける。

窓をふさぐ

ジュニアはわたしに命じられてシャツの裾をまくった中に釘を入れ、わたしとランドールのそばに立っている。わたしたちは板を引きずって家をひとめぐりしながら、窓に当ててサイズを見繕（みつくろ）い、あとで打ちつける場所に板を下ろしていく。ランドールが持っているハンマーは、見つけた中で唯一柄が完全に残っていたものだ。わたしの役目は、ランドールが釘を打つあいだ、板の下を手が届く範囲で押さえていること。ジュニアはいまも体を震わせながら息を吸い、そのたびに唇が呑みこまれそうになる。板を打ちつけたあとも、どうしてもガラスの見える部分が残ってしまう。どんなに板を交換して並べ替えても、のぞけるぐらいとか、手が入るぐらいとか、隙間ができてしまう。集中しているにもかかわらずランドールは指を二本叩いてしまい、準備運動でもするようにスキップしながら小さく回って、小声で悪態をつく。そのときばかりはジュニアもしゃくりあげるのをやめて、くすくす笑う。わたしも同じく。雨不足で乾いた土が埃と化し、ランドールが釘を打つたびに板が震えて、土の固まったところから赤い粉がわたしの頭に降ってくる。

水用の瓶を家の中に運ぶ

わたしとジュニアで床下から拾い集めた瓶はキッチンにまとめて置いてある。大量にくっつき合って、オタマジャクシの卵みたい。真ん中が曇っているところまでそっくりだ。ジュニアとふたりで運んだときには、土埃をかぶって濁っていた。そこでふきんを濡らしてジュニアに一枚渡し、自分も一枚持って、キッチンの床に座り、いっしょに磨く。これはハリケーン日食だ。窓を覆われた家の中はひどく暗くて、いちばん明るいのがジュニアの着ている白いシャツ。開け放したドアのそばに残された四角い明かりの中にふたりで座ってふくうちに、ふきんがピンク色になっていく。これはわたしたちの飲み水用、調理用だ。ランドールは板の隙間を埋めようと苦戦しているけれど、うまくいかない。そもそも板が足りない。ガラスがのぞいている部分から、電線ぐらいの細い明かりがこっそり家の中に忍びこむ。父さんがベッドから起き出し、あちこちにぶつかって悪態をつきながら、よろよろとバスルームに入っていく。そして吐く。水をくれとどなるので、ジュニアに持っていかせる。その後わたしも用を足しに、父さんの工具箱にあった懐中電灯を持って行くと、父さんは的をはずしたらしく、吐瀉物が床に散っている。わたしはそれを、瓶を磨いたのと同じふきんでふき取る。流しには食器が山積みなので、ジュニアといっしょに外のホースでゆすぐと、ふきんから黄色と赤の水が流れだす。

ピックアップトラックを満タンにする

ジュニアはまん中に座り、やせた黒い脚をぶらぶらさせている。ランドールは運転。わたしは助手席の窓から片手をたらして風にまかせ、持ち上げられたり、押さえつけられたり、握手のようにつかまれたりしている。エアコンがないので窓を全開にしているにもかかわらず、腿の裏に布がべったり貼りついている。わたしたちがまだ小さかったころ、夏にシートの表面が熱して肌が溶けそうだというので、母さんがかぶせてくれた布だ。〈子どもたちには熱すぎるでしょう〉と言って、古い布を叩いてきれいにし、洗濯して、シートにかぶせた。ランドールが運転席に座る前に、父さんがいつも座っているところだけ薄くなっているのが目についた。ほかの部分は母さんがかぶせたときからほとんど変わらない。初めてこれをかけて乗ったときにはちくちくしたのを覚えている。それでも文句は言わなかった。そのころは家族全員が前の席に収まって、シートベルトの法律もなかった。わたしたちはいま、州間道路沿いにあるいちばん近くのガソリンスタンドを目指して田舎道を走っている。道の両側で松の木がひゅうひゅうと揺れ、突風に煽られて踊っている。松林の上に広がる前方の空は、雲に覆われて灰色だ、と思ったら、炎がワックスペーパーを突き破ってぱっと燃えるみたいに、いきなり日が差してくる。ガソリンスタンドでは、ランドールはジュニアが車を降りることさえ認めない。店に入ってあれこれねだられると困るからだ。わたしは中へ行って現金で支払い、ランドールはガソリンを入れる。エアコンが効きすぎるうえに蛍光灯がまぶしくて、店の中は息をするのもままならない。体がほてって、水を吸ったスポンジのようにぐっしょり濡れ、胸とお腹に煮え湯が溜まって、手脚が燃えるように熱い。ガソリンを入れた帰り道、裏通りに入ったところでランドールがアクセルを踏みこみ、加速する。わたしたちはアスファルトを破壊しながらエンジンを轟かせ、木立の前を走り過ぎていく。空を追い越し、風を追い越して。ジュニアが歯を見せて笑う。

冷蔵庫の中にあるものすべてに火を通す

冷蔵庫の中には卵が六個。冷飯が二、三杯分。ボローニャソーセージが三本。ガソリンスタンドから持ち帰った空の箱——中にはしゃぶって乾いたチキンの骨。牛乳約二リットル。ケチャップとマヨネーズ。うちのコンロはガス式なので、ランドールが火をつけるとキッチンがオレンジ色にぼうっと光り、影が壁を登っていく。開いた戸口を日差しが照らしかけて、不発に終わる。その薄明かりの中で、ジュニアは抱いた膝にあごをのせて座っている。床に積もった土埃にもようを描いている。ランドールにテレビはだめだと言われてふくれている。まだ許したわけじゃない、と言われて。ランドールは父さんが古いコーヒー缶に入れてカウンターに置いてあるベーコンの脂で卵を焼き、それに白米を入れて、クレオールの調味料を入れる。わたしがソーセージをスライスして焼くと、においを嗅ぎつけたとみえ、チャイナが吠えだす。ねだるように、大きな声で。わたしたちは卵ライスと半分にスライスしたボローニャソーセージを四つの皿に分けて盛り、スキータの分も少し取り分けておく。ジュニアとランドールは牛乳も飲む。父さんの皿を運んできたら眠っているので、皿はドレッサーの上に置き、父さんのことはそのままそこに、洞窟のような部屋の中に寝かせておく。部屋は完全に暗いのに、それでもなお、父さんは怪我した方の腕を目にのせて眠っている。

ピックアップトラックをピット池のそばの広い場所に移動する

〈ピット〉の中で実際に広いと呼べるような場所は池のそばしかない。地面を掘るにはダンプトラックを操縦するスペースを確保しなければならず、そのためには木を切り倒す必要があったからだ。ランドールが父さんのピックアップトラックを運転し、左右のミラーすれすれのところで木をよけて家の裏にまわりこむ。鶏がコッコと文句をたれて車の前から散っていき、風に煽られて不器用に飛び上がる。ランドールは、みんなでリスを焼いた即席のバーベキューグリルのそばに車を停める。金属のところどころに小さな黒い焦げの塊が付着し、その上を赤い蟻が流れていく。生きた線。わたしたちが車の窓を閉めて工具箱を固定するそばで、ジュニアはバーベキューグリルの前に膝をついている。

車が片づき、ランドールがジュニアに首を振って告げる。〈ほら、行くぞ〉。ジュニアは蟻の行列に指をつっこんでいるところで、散らばった蟻が手の上に溜まっている。それが全部背中を丸めてジュニアに咬みつき、あごが皮膚の中に埋もれている。ジュニアはいかにも得意そうな顔をして、〈見て、ずっと耐えてるんだよ〉と訴える。ランドールが腕をつかんでわたしが蟻を払うころには、ジュニアの皮膚は腫れて白と赤になり、内側からふくらんでいる。

〈おまえってやつは、いったいどうなってんだよ、ジュニア？〉ランドールが問う。

〈いちばん安いのを買ってこいよ〉とランドールが念を押していたので、スキータとビッグ・ヘンリーがトランクから荷物を下ろし始めたとき、わたしはてっきり半分にカットされた段ボール箱にはトマトスープが詰まっているものと思っていた。ところがスキータはドッグフードの大袋を引っぱり出して肩にかつぐなり、物置小屋へ運んでいく。そしてふたたび二十キロ入りのドッグフードを引っぱり出し、最初の袋の隣にどさりと落として、太っちょの双子みたいに並べて置く。チャイナが小屋の中から甲高い声で吠えている。お腹が空いているのだろう。

「わかったから！」スキータにどなられ、チャイナは吠えかけていたのを呑みこんでぴたりと黙る。スキータが物置小屋のトタンのドアをずらして開けると、チャイナはおとなしく出てきてスキータに頭をこすりつけ、ズボンを嗅いで、手をなめる。スキータもしゃがんでチャイナをなでてやる。

やるべきことを片づけて、ランドールとジュニアとわたしはかれこれ一時間ほど外に座っている。家の中は暑くて暗くてとても耐えられたものではない。まるで握りしめた拳の中にいるようだ。ジュニアは最初、古い延長コードを縄の代わりにして遊んでいた。木に結わえて縄跳びのように回していた。ところが木を相手に回すことはできても、真ん中で跳ぶ役がいない。けっきょくランドールが延長コードをはずし、わたしも前に出て反対側の端を握った。空がだんだん暗くなり、雲間から太陽ののぞく時間がしだいに短くなる中で、わたしたちは延長コードを回し、ジュニアは土埃(つちぼこり)の中で跳んでいた。

ランドールが先に車の方へ歩いていく。トランクの隅に箱が二つ押しこまれている。上が開いて外側に折れている。一方の箱にはグリーンピースの缶、銀色の缶に緑の文字でそう書いてあるのが十五個ぐらいと、肉の缶詰がいくつか入っている。そして二つ目の箱には、トップラーメンの袋が二ダース。ランドールがグリーンピースと肉の缶詰の入った箱をつかみ、わたしはラーメンの入った箱をつかむ。ランドールが箱を片手で抱え、筋肉が瘤(こぶ)になる。それからスキータに向かって肩をすぼめ、ずいぶん高いところにあるゴールをめがけてシュートを打つかのように片手を上げる。

「なんでこんなに豆ばっかりなんだよ？」

「それしか残ってなかった」

「で、肉の缶詰は三つだけか？」

「棚がすかすかだったんだよ。それが残ってた最後のやつ」

「調理が必要なものは買うなって言ったよな。トップラーメンを箱買いしてどうすんだよ」

「食うんだよ」スキータがチャイナから顔を上げる。チャイナの胸を確認するため、赤く濡れた傷を縁どるかさぶたの状態を見るために、茶色いバンデージをほどいているところだ。チャイナがスキータの腕をなめる。

「どうやって作るんだよ？　嵐が来たら停電するんだぞ？　ハリケーンのさなかになんの役に立つんだよ？」

「森にバーベキューグリルがあるだろ。あそこで火を起こして作ればいい」

「森は〈濡れる〉んだよ」

「そこまで大きくなんねえだろ。たぶんどっかで曲がって、こっちには来ないさ」

「それはないからな、スキータ。おれたちは一日じゅうラジオを聞いてるんだ。いまカテゴリー3で、確実にこっちに向かってる。ドッグフードなんか二袋も買いやがって！　グリーンピースがこれっぽっちで、どれだけもつと思ってるんだよ？」

「家の中にも何かほかに食うもんぐらいあるだろ！」

豆は嫌いだ。胃が焼ける。このところ胃の要求がしつこくて、赤ちゃんを養うために一日じゅう何かしら食べている。

「五人分、本当にぎりぎりなんだからね！」自分でも聞いたことがないほどきつい声になる。

チャイナのバンデージがはずれ、胸がだらりとたれ下がる。すでに痣（あざ）になり、使っていないせいで乳は枯れている。あんなに真っ白でしみひとつなかったのに、黒い痕がついている。傷のせいで残りの部分がよけいにきれいに見える。スキータはできることならチャイナの中に飛びこんで溺れてしまいたそうな顔をしている。

「ドッグフードって食ったことある？」スキータが訊く。

ランドールの箱がぴくりと動く。いまにも箱を投げ出しそうな顔。

ビッグ・ヘンリーがトランクを閉じ、なだめるように大きな手のひらを上に向ける。

「まあ、うちにも多少の予備はあるからさ。夏のはじめに飲み物と缶詰をまとめ買いして、その後も母親の菜園のを食べて節約してるから。マルキスのところにも予備ぐらいあるだろう。あそこのおばさんも、いざというときの蓄えだからそんなに食うなって、いつもがみがみ言ってるし。だからスキータ、おまえもドッグフードなんか食うことねえよ」

「塩味なんだぜ。ペカンみたいな味。最悪の場合、おれたちもチャイナみたいに食えばいい」スキータはそう言ってチャイナを肩から首へとなで、鋭いあごをたどって顔をつかむ。皮が前に押し寄せられてしわくちゃになる。引き寄せてキスをしようとしているみたい。チャイナが目を細める。チャイナを蹴ってやりたい。ランドールが自分の箱を肩にかつぎ、ラーメンの箱をわたしからつかみ取って家の方へ歩いていく。ジュニアは、こんどは延長コードを古い芝刈機に結わえつけ、綱引きでもするみたいに引っぱっている。太陽が顔を出して炎のように燃えあがり、木立のあいだを通り抜けてスキータとチャイナを照らし出す。ひざまずいて向かい合い、見つめ合う姿が光り輝く。スキータはすでに会話のことなど頭になく、チャイナははなから聞いていない。

「おれたちは犬じゃないからな」ランドールが言う。「おまえもだ」それからドアをくぐり抜け、拳のように固く閉じた家の中に姿を消す。日が陰り、その後はずっと雲が居座る。

十日目　無限の目の中で

けっきょくスキータの卵とボローニャソーセージはわたしが食べた。スキータはチャイナといっしょに物置小屋にいて、チャイナの傷を手当てしていた。かけらも残さず食べた。お皿を舌でなめてきれいにした。なんなら皿まで食べられそうだった。ランドールがいちどだけこっちをちらりと見て、それから棚の方へ行き、そこにある缶詰を全部引っぱり出してきた。いっしょにキッチンのテーブルに向かい、仕分けして、積み上げて、数を数えた。グリーンピースの缶が二十四個、肉の缶が五個、トマトペーストの缶が一個、スープ缶が六個、イワシ缶が四個、コーン缶が一個、ツナ缶が五個、塩味のクラッカーが一箱、牛乳なしで食べられるコーンフレークが少々。米と砂糖と小麦粉とコーンミールは役に立たない。トップラーメンは三十五袋あった。

「くそ!」ランドールがどなり、持っていたトマトペーストの缶を部屋の反対側に投げつけた。外では風が、建物のあいだを強引に通り抜けていった。

朝食のあとでバスルームにいると、話し声が聞こえてくる。外では雄鶏(おんどり)がけたたましく声をあげ、チャイナがそれに応えて吠えている。声の主は父さんの部屋にいるようだ。用を足してトイレットペーパーを取ろうと前に屈むと、腿のつけ根をお腹が頑として押してくる。わたしはそれを無視してドアを開け、忍び足で廊下を歩いて、開いたドアから聞こえてくるランドールと父さんの声に耳を傾ける。

「わかってるよ」ランドールが言う。「それでもまだ足りないんだってば」

「いずれにせよ、乾いたのを食べるしかないだろう」

「乾いたまま食べるなんてジュニアだけだよ。ほかは誰も食べないよ」

父さんはぜいぜいと息をしていて、痰が喉にからんでいるのが聞いていてわかる。続いて、咳をして吐き出す音。

「嵐のあとでいざということになれば、そのための金はちゃんとある。何があるかわからんことだし」

「だけど――」

「ほんの数百ドルだがな、ぼうず」父さんがぜいぜいとあえぐ。ランドールをそんなふうに呼ぶなんて、めったにないことだ。「数日もつだけの缶詰はちゃんと揃えた。余りもしないが、足りなくもない」

「とても足りるとは思えないよ」

「食べ物はいつも政府と赤十字が持ってきてくれる。とにかくあるのはそれだけだ。そこまでひどくなければガスも使えるだろうし」

「みんな成長期なんだよ、父さん。エシュも、ジュニアも、おれも。スキータだって。みんな腹ぺこだよ」

「あるものでやっていくしかないだろう」父さんが咳き込む。「これまでもずっとそうだった。これからもそうだ」またもや咳払いをして、痰を吐き出す。「おまえたちの母親は――」言いかけてやめる。「おれの結婚指輪は見つかったか？」

「うん。ジュニアが見つけた」ランドールが答える。「持ってくるよ」

その後はもう、ドレッサーに置いてある扇風機が延々と強風を送り続ける音しか聞こえない。熱した空気は二、三メートル先に移動して、蒸し暑い箱のような部屋の中で息絶える。わたしはランドールのあとについていく。ランドールはわたしとジュニアの部屋に入って引き出しをあさり、指輪を見つけて、父さんに返しやすいよう、汗ばんだ手のひらの中央に置く。指輪をはめる指はなくしても、父さんはそれをズボンのポケットに入れるか、シャツのポケットに入れるか、あるいは首のチェーンに通すかして、これからも肌身離さず持ち続けるだろう。

家の中は暗くて息が詰まり、耐えられるのは父さんぐらいのものだ。わたしたちはみんな、出られるようになるとすぐさま外に出る。空は青っぽい灰色の幕に覆われて、太陽はどこにも見当たらず、家より外がいいとは言っても、風があるのでましというていどにすぎない。それも、服を引っぱって体型をあらわにするような強風。光は四方から差しているのに、どこからも差してこない。鶏たちは低い茂みの中や古いフェンスの杭の上、古い洗濯機の上、ダンプトラックの上、あるいは倒壊した鶏舎のたきぎ用の木材の上に座っている。土埃の舞う地面にいるのは耐えられないとでも言いたげに、丸くうずくまっている。わたしは外の階段に座り、隣にはジュニアが座ってじっとりした肌をわたしにくっつけ、ランドールはボールを持ってガスタンクに座り、ボールを上に投げては、陰気な風にさらわれる前にキャッチしている。

スキータは物置小屋の外に何かを積み上げている。小屋の掃除をしているようにも見えるけれど、なにか違う。というのも、工具はどれも出してこないし、ドラム缶も、壊れた芝刈機も、自転車のフレームも、植木鉢も出してこないからだ。積み上げているのはどれもチャイナのものばかり。ドッグフード、チェーン、リード、餌を入れるボウル。ボウルは手で洗って階段の上のジュニアとわたしの横に並べてあり、水滴が集まって下に小さな水たまりができている。スキータがチャイナの毛布を洗濯紐のもとへ運んで紐にかけ、体を折り曲げるようにして庭のがらくたのあいだを歩きながら、何やら探し始める。

「スキータは何をしてるの？」ジュニアが訊く。

　わたしは肩をすぼめる。

　スキータが大きな棒、いつかの暴風雨で折れた枝を拾って背中を起こし、毛布を叩き始める。土埃が雨となって降り注ぐ。氷雨（ひさめ）のように、断続的に。その一部が妙に長く宙を漂い、雲のようにゆっくりと流れていく。なるほど、毛布にまぎれていたチャイナの一部、チャイナの毛だ。それを見て、わたしは牛乳に浮いたシリアルを思い出す。ケロッグの砂糖入りのライスクリスピー。

「食べ物、やっぱりもっと必要だよね」

　ランドールがボールをキャッチして、お腹に抱き寄せる。

「何かいい案でも？」

　わたしは自分の唇を吸う。なんでもいいから噛んでいたい。

「それはまだ」

　ランドールが顔をしかめる。ジュニアがわたしの肩に頭をのせる。

「疲れちゃったよ」とジュニアが言う。

　わたしは〈そんなにまとわりついたら暑い〉と言いたいのだけれど、野球ボールのような膝、紐みたいな首で支えるには大きすぎる重そうな頭を見てしまうと、けっきょく「ラーメンでも食べる？」と訊く。

「うん」

　スキータは顔をしかめながら毛布を叩いてきれいにしている。チャイナはさっきまでバケツのそばに座っていたのが、いまは低く身がまえている、と思ったら、つま先で地面をひと掘りしてさっと駆けだす。そのまま鶏舎の残骸まで走ってジャンプする。にやにや笑って、吠えながら。鶏の羽根をなめるつもりだ。鶏たちは頭を伏せて、身を寄せ合う。チャイナはそれを跳び越え、こんどはフェンスの杭の上にいる一群をめがけてジャンプし、もう少しで頭が届きそうになる。鶏たちはキイキイ騒いで跳びはね、やがてまた杭に着地する。続いてチャイナは、茂みの中の十羽あまりには目もくれず、洗濯機を目指して駆けだす。チャイナがジャンプして洗濯機に降り立ち、そこにいた鶏たちが散り散りになる。

「スキータ！」わたしはどなる。

「チャイナ！」スキータがチャイナを呼び、またしても毛布を叩く。

わたしはジュニアのラーメンを作りに暗い家の中に入る。父さんは熟睡しているとみえ、家の中はひどく静かで、わたしひとりしかいないみたいだ。

「卵を探そう」とランドールが言う。そばではジュニアが階段に座っておわんに顔をつっこみ、水っぽい汁をすすっている。その前にはラーメンを長いミミズ状のままあごに這わせ、唇のあいだから吸いこんでいた。ジュニアはラーメンを鍋に入れる前に割るのをいやがる。

「冷蔵庫に入れないといけないよ？」

「ゆでればいい。そうしたら何日かもつだろう」

最後の一滴を飲んだあとも、ジュニアはまだおわんの上に屈んでいる。自分の分も作ればよかった。ラーメンの塩気を想像したとたん、舌がゆるんで唾液が沁み出す。ジュニアの背中は若いカメの甲羅だ。あまりに薄くて、踏まれたら簡単に割れてしまいそう。

スキータは毛布をたたんで、チャイナのリードや訓練用のタイヤ、注入器、農場から盗んだ薬といっしょにドッグフードの袋の上に重ねている。ジュニアがおわんに指を入れて底に残った調味料をさらい、なめる。それからドアをバタンと鳴らしてキッチンに入り、おわんを流しに投げ入れ、ふたたびドアをバタンと鳴らして出てくる。ランドールのもとへ駆けていく足の裏が、黄色くちらちらと光る。チャイナの目の色。

「ジュニア、靴を履いて」とわたしは言う。

「おまえも行く、スキータ？」ガスタンクを滑り下りてまっすぐに立ちながら、ランドールはすでに木立の中に、土埃と風の中に、目を凝らしている。

「あとから行くよ。チャイナを運動させないと。しばらく閉じこめることになるから、うっぷんも溜まるだろうし」

ランドールはやれやれと首を振り、出口を求めて迷路をさまようように、洗濯機と芝刈機と壊れて動かない古いRV車のあいだをひとめぐりする。ランドールがそばを通ると、鶏たちがコッコと鳴いて吹きつける風に羽根を逆立て、やがてまた静かになる。わたしはお腹がぺこぺこだ。

「人数は多い方がいいんだからね」わたしはスキータに訴える。「あんたは母さんから教わってるけど、ジュニアはまだ要領がわからないんだから」

「すぐ行くよ」スキータは肩をすぼめる。そばにいるチャイナが首をかしげ、舌を出して、わたしのことを初めて見るかのような目で見る。折りたたまれた耳がテーブルナプキンのようだ。

わたしはため息をつき、風の中でそれがスキータの耳に届いたかどうかはわからないけれど、ランドールのあとを追って庭のがらくたの中へ狩りに出かける。風がすさまじい勢いで押してくるので、これはメディアが兄弟を惨殺したあとで呼び起こした風だ、と想像してみる。血の泡をあとに残しながら猛スピードで船を走らせるために。わたしには歩く力も風を押し返す力もほとんどない。こんなふうにお腹の空く朝は、往々にして吐き気もひどい。チャイナがスキータとじゃれ合っているのが聞こえてくる。スキータが笑い、チャイナが吠えて、トタン小屋が揺れる音。けれどもわたしはかまわず、ひたすら地面に目を凝らす。

嵐を控え、鶏たちは独自の対策をすませたようだ。卵はすっかり片づき、みごとに隠されている。樫と松の木の下に散ってそれぞれ探していると、ランドールがジュニアのそばにしゃがんで、母さんに教わった卵の探し方を説明するのが聞こえてくる。〈見るんだけれど、見てはだめ〉。母さんは言った。〈卵の方が見つけてくれる。あちこち歩き回っていたら、卵の方が来てくれる〉。ランドールのように屈んで、たくましい手をわたしの首のうしろにそっと当て、犬を落ち着かせるように落ち着かせてくれた。〈たいていは茶色で、少しだけ羽根がくっついている〉。そう言って、指を差す。〈卵がそういう色なのは、母鳥の色がそうだから。母鳥がどんな色でも、それが卵の色になる〉。母さんの唇はピンク色で、そんなふうに身を屈めると、ワンピースの胸もとからベビーパウダーの香りが漂ってきて、肌に散った痣と、ブラの中にたれたやわらかな胸が見えた。〈あんたと母さんみたいに〉と母さんは言った。〈あんたと母さんみたいに。ね?〉そう言って母さんがにっこり笑うと、上のまつげと下のまつげがハエトリグサのように合わさった。母さんの太い腕がわたしの腕にこすれ、母さんが指差す先をたどると、そこには卵が宝物のように寄り添い合っていた。クリーム色と白と茶色とこげ茶色と、斑点だらけでほとんど黒に見えるもの。たいていは雌鶏たちが近くに潜んでぶつぶつ言っていた。〈雄鶏はみんな逃げて偉そうにしているけれど、母鳥は、必ずそばにいる。ね?〉

湿ったTシャツのように頭上を覆う空の方で、松の木が肩をすぼめる。その下ではランドールが、ジュニアのシャツがいっぱいになるまで卵を入れている。ふたりで最高に難しいところ、ジュニアの針のような指でないと取れないところから集めた卵たち。ダンプトラックのエンジンのL字部分、いやなにおいのする古い冷蔵庫の底と地面のあいだ、動物たちに食いちぎられてむき出しになったマットレスのスプリングの中。わたしも探しているのに、ぜんぜん見つからない。

ジュニアのシャツの前に入っている卵はどれも温かい。重みでシャツの首がV字に引っぱられ、左右の鎖骨が合わさる部分に二個のビー玉がくっついているみたいだ。わたしは母さんがガンボを作るときに使っていた黒いでこぼこの深鍋に卵を並べ、転がっては止まる卵の数を数える。転がる卵をのぞきこもうとジュニアが前屈みになるので、ランドールがシャツの両側をつかんでいる。二十四個。ゆで卵にして保存できる卵が二十四個ある。これはなかなかのものだ。

マニーが現れたときにも太陽はなく、日差しが手を伸ばして彼を犬のようになでることも、彼が炎のように輝くこともない。それでも、たとえ燃えるようなまぶしさはなくても、消えゆく炎がなお灰に熱を宿しているように、内側からはっきりと光るものが彼にはある。階段に座っているわたしは真っ先に彼に気がつく。ジュニアとランドールは彼に背中を向けて鍋に卵を並べている。わたしが見ていることに気づいて、マニーは一瞬だけ歩みを止め、靴紐がほどけている、みたいな感じで目を見開き、顔の中の白い部分が大きくなる。けれども彼は歩き続け、どんよりした昼の明かりと風と揺れる緑の中で、だんだん大きく本物になり、やがて虫の声より足音の方が大きくなって、まるで彼自身が迫り来る嵐であるかのように、虫たちが一匹また一匹と静かになる。〈そういえば虫たちはどこへ行くんだろう〉と考えていると、彼はわたしの目ではなく、ランドールの背中を見ていて、またしてもわたしの中に憎しみがこみあげる。いったいこの愛情が消えてなくなることはあるのだろうか。

「よう」とマニーが言う。

ランドールが持っていた二十四個目の卵を落としそうになる。

「くそ」とランドールが言って、振り返る。

「悪い」マニーの肩。わたしは彼の肩と首がいちばん好きだった。その首筋に、いちどでいいから開いた唇を当ててみたい。彼はいまもこの庭でいちばん光り輝いている。もういちどわたしの上でまばゆく燃えあがってほしい。もういちどだけ。けれども彼はランドールの方を見て、かすかにほほ笑む。

それでようやく顔の傷、つれた皮膚が目に留まる。わたしに会いに来たわけではないのだ。「ちょっと話を、いいかな」

ランドールは前に屈んで最後の卵を鍋に入れ、鍋をわたしの腕に預ける。マニーに「ああ」と答えながら、顔はいまもわたしを見ている。「これ、まかせてもいいかな?」ふたりはいっしょに歩きだし、階段下で立ち止まる。

わたしは鍋を持って立ち上がる。卵が震えて互いにぶつかり、干上がった小川の石が足もとで転がるような音がする。

「ジュニア、遊んでこい」ランドールが開いたドアの向こうから声をかけ、雑用から解放されたジュニアが、ぼうず頭とぼやけた手脚になって飛び出していく。わたしは鍋を流しに置いて水を入れ、卵がひたひたになったところで水を止める。

「スキータは?」

「たぶん森のどこかでチャイナを走らせてるんだろう」

「あれは大した犬だな」

「ああ」

鍋に塩を振るものの、シェーカーの中には塩より米粒の方が多く入っている。

「試合の件で、コーチから連絡は?」

「合宿代はボーディンにやるってさ」

「そうか」

わたしはマッチでコンロに火をつけ、卵をゆでる。ふたりから見えないよう、ドアから一、二メートル離れて暗いキッチンの中に立ち、網戸のむこうに目を凝らす。

「申し訳ない」マニーが言う。

「まあな」ランドールがため息をつく。

「何が起きたのか、自分でもよくわからないんだ」

「ようするに、おれのいちばんの親友がおれの弟とやり合ったのさ」

「おれは別のことで頭がいっぱいだった。スキータに対してどうこうなんて、まったくなかったのに」

「あいつはそうは思っちゃいないぜ。おまえがわざと犬に毒を盛らせたと思ってる」

「おれがそんなふざけたまねをするかよ。おまえだって知ってるだろ」

ランドールの手は空っぽだ。マニーはブヨでも払うみたいに顔をあおいでいる。

「それと、おまえがおれの妹をいいようにもてあそんでいるとも思ってる」

「ランドール、頼むよ」

「何を？」

「おれたち、身内みたいなもんだろ」

マニーは両手をポケットにつっこんで、お腹に一撃をくらったみたいに体を曲げる。自分の言ったことを恥じるみたいに。

「おまえの身内はリコだ。おれとは血はつながってない」

「つながってるみたいなもんだ」

「問題はそこさ」ランドールが、馬が手綱を振りほどこうとするみたいに首を振る。「つながってるのはおれだけ」

「そんなことはない」

「あるさ」

「おれだってジュニアが育つのをおまえらといっしょに見守ってきた。それは本物だ」

「エシュとスキータは？」

「同じさ」

「違うな」ランドールが答える。「同じじゃない」小さな気泡、魚の口から昇ってくるような泡が、鍋の底から昇り始めて中央に集まる。そこから湯気が立ち昇る。「いろいろとやることがあるから。またな」

　ランドールがキッチンに入ってきて、わたしは何食わぬ顔で鍋から顔を上げる。ガスの炎のほの青い光の中でつま先立ちなどしていなかったかのように。立ち聞きなどしていなかったかのように。

「ゆであがるのを待ってたら永遠にかかるぞ。ほっとけよ」そう言いながら、ランドールはわたしを見るでもなく、大きな体でただまっすぐに立っている。それから大股で通り過ぎ、自分の部屋のドアを閉める。その音を聞くと同時にわたしは網戸から飛び出し、走りだす。またしてもつま先立ちで、かかとをほとんど地面につけることなく。いた、彼だ、木立の下に、沈みゆく日の下に、遠のいていく。わたしは溝を飛び越え、道路に降り立つ。

「待って！」彼を呼び止める。自分でも聞いたことがないほど高い声。

　マニーが立ち止まり、振り返る。その顔は風に煽られるモクレンの花、その目は明るい黄色の花芯。見えたと思ったら、次の瞬間にはもう見えない。

「どうした？」わたしが追いつくと、マニーが尋ねる。「ランドールが何か？」

　マニーの目がわたしを通り越して溝へ向かい、道へ向かい、傷ついた鍋のような色をした空へ向かう。

「ううん、わたし」

「おれ、行かないと」マニーが体の向きを変え始め、わたしに見えるのは彼の頭と、髪と、肩。見えたと思ったら、もう見えない。

「妊娠したの」

マニーが横顔でぴたりと止まる。その鼻はナイフのようだ。

「それで？」

髪の伸びるのが早いこと。すでにカールし始めている。生え際に汗の粒ができている。

「あんたの子」

「なんだって？」

「あんたの子なの」

マニーが首を振る。ナイフが宙を切る。汗が傷の上を転がり落ちて、朽ちたアスファルトの上に散る。

「そういう話はおれには関係ない」マニーがわたしに向かって目をしばたたく。そんなふうにまっすぐにわたしを見るのは、これが二度目だ。「いっさい関係ない」

いっさい関係ない。目をしばたたくと、なぜかスキータのことが思い浮かぶ。チャイナのそばに膝をつくスキータ。いつどんなときもチャイナのそばに膝をつき、チャイナをなで、愛し、知りつくしているスキータ。リコと対峙し、〈思い知らせてやれ〉とチャイナに言い聞かせていたスキータの顔。

わたしも飛びかかってやる、チャイナのように。

小さいころは、スキータやランドールと闘いごっこをしたものだ。スキータと取っ組み合ってお腹にパンチを見舞ったら、殴る方も殴られる方も筋肉がなくて、自分の腕が麺のようにぐにゃりとしたのを覚えている。ランドールが何やら文句をつけてきたので、胸を蹴とばして呼吸を奪ったこともある。中学生のときにふくらみかけた胸のことを笑われ、ロッカールームで喧嘩したことも。母親に頼んでトレーニングブラを買ってもらえと言われて。母さんが死んで四年が経っていた。シャツの肩の、本来ならブラの紐があるところを引っぱられて体を押され、わたしは猛然とその子に飛びかかった。

顔を叩き潰してやろうと思ってがむしゃらに腕を振り回し、脚で蹴って、肘鉄（ひじてつ）を食らわせ、ありたけの力でやっつけてやった。その子の体はわたしの倍はあったのに、びっくりしすぎてわたしを押し返すこともできなかった。わたし自身もベンチに倒れ、ロッカーで腕を切って血が出たけれど、その子の頭には紫色の瘤を作ってやったし、唇は豚の唇のピクルスみたいに腫れたピンク色にしてやった。それから三年、いまは廊下でわたしを見かけるたびにハローと声をかけてくる。わたしは本来、すぐに手が出る方なのだ。

　わたしはマニーに平手をみまう。何度も何度も。わたしの手は一陣の風、視界をよぎる黒い影だ。彼の顔は煮立ったお湯のように熱くひりひりする。

「おい！　こら！」マニーがわめく。肘と腕で防げるだけ防いでも、わたしはヘビのように隙間を縫う。自分の手も痛いぐらい、力いっぱい打つ。

「好きなのに！」

「エシュ！」マニーの首の表面が赤くなり、傷痕が白く浮き上がる。

　わたしは親指と人差し指のあいだのV字の部分で喉仏を突く。マニーが咳き込む。

「本気で好きだったのに！」これはナイフを振り回すメディア。ナイフで切りつけるメディアだ。わたしはマニーの顔を爪で引っかき、ピンク色の痕を残す。その部分が赤くなって、血がにじむ。

「なんだよばか！　おまえいったいどうなってるんだよ？」

「あんたのせいじゃない！」

　マニーがわたしの脇をつかんで持ち上げ、投げ飛ばす。わたしはうしろに飛んでいく。つま先が道路に触れ、続いてかかとがどすんと落ちて、体勢を整えようとあわてたせいで尻もちをつく。支えようと手をついたら、ただでさえひりつく手のひらがよけいにひりひりする。皮がむける。

「〈ピット〉に来る全員とやってるくせに、なんでおれのだって言えるんだよ？」

「あんたとしかそういうことはしてないからよ！」ふたたび彼に突進する。「そういうふざけたことはビッグ・ヘンリーにでも言うんだな！」マニーが身をかわし、またしてもわたしを突き飛ばす。離れながら、わたしは彼のＴシャツの首をつかむ。

「わかるんだってば！　あんたの子なの！」

「違うな」

「ランドールに言うから」

「おまえが誰とでも寝るってこと、あいつらが知らないとでも思ってるのか？」そう言ってマニーが唾を吐くと、赤い。やった、血だ。

　マニーは首を振ってふんと鼻を鳴らし、うしろに跳ねてわたしから逃れると、細い道路を走ってざわめく木立に呑みこまれる。そしてわたしは木の葉のように、まわりの緑のように震えながら、嵐の訪れを告げる最初の突風に体を曲げる。

「誰とでも寝るのはそっちだから！」わたしは大声で叫ぶ。

〈明日になれば、きっと何もかも洗い流される〉。わたしは頭の中で考える。わたしのお腹にいるものはこれからも容赦なく居座り続け、くる日もくる日も訪れる耐えがたい一日のように、やがて訪れるのだろう。小さくなっていくマニーを見つめながら、わたしの肋骨は乾いた夏の小枝のようにぽきぽき折れ、燃えて燃えて燃え続ける。

「赤ちゃんが生まれたらわかるから！」わたしは叫ぶ。「絶対にわかるから！」けれども声は風に捕まり、松のむこうへ運ばれて、地上に落とされ、息絶える。

　わたしが溝に座りこんでいるところへ、ランドールが探しに来る。縁に投げ出した両脚はブラックベリーに引っかかれ、つま先を蟻が這っている。でもそんなことはどうでもいい。涙が水のように流れ出るので、シャツで顔を覆っているのだけれど、あまりに暑いし、涙はぜんぜんなくならない。イエソンがほかの女と結婚するためにメディアを裏切って追放したとき、メディアは彼の花嫁を殺し、花嫁の父を殺し、ついにはわが子の命も奪って、竜に乗って風とともに飛び去った。メディアは叫び、その声はイエソンの耳にも届いた。

「どうした？」

「なんでもない」綿のシャツで口を押さえたままわたしは答える。

「例の白人の家に行くぞ」

「誰が？」

「おれとおまえ」

「何しに？」

「食料が足りない」ランドールが答え、一瞬だけあたりが静かになって、ランドールの息を吸う音と吐く音が聞こえる。「あいつに何か言われたのか？」

「ううん」わたしは顔をぬぐい、シャツを下ろす。目が熟れたブドウのように腫れて熱をもっている。

「何も言われてない」

「おまえの手が必要なんだ、エシュ」目覚めているときのランドールは体の隅々まで張りつめて、長い腕の線も、鉄柱のような脚も、顔も、たえず動いて何かを作ったり、守ったり、投げたりしている。けれどもいま、一瞬だけその表情がやわらいで、母さんが写した赤ちゃんのころの写真にそっくりになる。わたしがいちども見たことのないランドール。「頼む、エシュ」

前に屈んでシャツでふいても、涙はまだこみ上げてくる。

「無理」わたしはしゃくりあげる。

「頼むよ」ランドールがささやく。

「どうして？」わたしは息を吸う。

「おまえが必要だから」

わたしは顔をごしごしこする。そうすればマニーを恋い焦がれる気持ちをぬぐい去れるとでもいうように。マニーへの憎しみを、マニーを、ぬぐい去れるとでもいうように。それから、ほかにどうしようもないので立ち上がる。ほかにどうしようもないので、溝から出て蟻を払う。ほかにどうしようもないので、ランドールのあとについて家の裏へまわる。それが強さであろうと、弱さであろうと、とにかくそうする。しゃっくりが出る。けれども涙はいまも顔をつたう。母さんが死んだあとで、父さんが言った。〈何を泣いてるんだ？　泣くな。泣いたところで何も変わらない〉。それでもわたしたちは泣きやまなかった。ただ、静かに泣くようになった。隠すようになった。わたしは目からほとんど涙をこぼすことなく泣けるようになり、かわりに飲みこんだ熱い塩水が喉を落ちていく感触を味わった。ほかにどうしようもなかったから。わたしは涙を飲み下し、目を凝らして走りだす。

　森の中をランドールと走る最初のうちは、スキータと走ったときよりも余裕がある。スキータとは手をつないで全力疾走したけれど、ランドールとはジョギングていど。呼吸もとくに苦しくないので、別の痛みを抑えて質問する。

「ジュニアは？」

「そのへんを走り回ってる」

「スキータは？」

「同じく」

　おしゃべりなリスも、こっそりついてくるウサギも、森をのっそり歩くカメもいない。いったいどこへ行ったのか、ここには誰もいない。空を見上げると、走りに合わせて灰色が揺れ、鳥たちが巨大な群れをなしているのが見える。厚みを増していく雲のむこうにたとえ太陽が見えたとしても、これでは陰ってしまうだろう。鳥はみんな飛んでいく。北へ飛んでいく。群れは崩れて急降下したかと思うと急上昇し、バスケットボールを操るランドールの手、リードを持つスキータの手、何かを追いかけるわたしの脚のようだ。鳥たちをずっと眺めて、木立のむこうに消えるのを見送ると、あとにはもうわたしたちと、木立と、足もとでかさこそ鳴る落ち葉しか存在しない。腕に、頭に、蔓が絡まる。それを引きちぎって進み続け、ついに目の前が開けて、フェンスと牧場と納屋と家が前方に現れたところで、わたしは膝をつき、ランドールはうしろに倒れそうなほど体を反らす。どちらもぜいぜいと息をして、生まれたての赤ん坊のようにぐっしょり濡れている。

牛もいないし、シラサギもいない。ランドールがシカのように高く跳んで、手も使わずに柵を跳び越えるそばで、わたしは腹這いになって柵をくぐる。お腹が、水のちゃぷちゃぷはねるボウルのようだ。涙はほぼ飲み下し、顔が濡れているのは主として汗のせい。牛の落とし物ときのこを蹴飛ばしながら、わたしたちは牧場をつっ切る。前回よりも草が伸びて密になった気がする。青いピックアップトラックは見当たらないし、白人の男も女も、追いかけてくる犬もいない。家と納屋の窓にはすべて厚い板が打ちつけられている。けれどもランドールに持ち上げられ、体にまわされた腕をわたしのお腹がそっと押し戻し、椅子のように固定されたもう片方の腕でお尻を下から支えられた状態で、あのときスキータが割った窓を覆う板に耳を当てると、大きな体をしたまぬけな牛たちが納屋の中でごそごそ動き、静かに文句をたれながら、出口を探すかのように壁を叩く音が聞こえてくる。わたしは目をぬぐう。

「家の方に行ってみよう」とランドールが言う。

ランドールがゆっくりとわたしを下ろす。手のひらに板がこすれてざらざらする。目の前の板に視線を移すと、スキータが落ちたところにペンキをはねたような黒っぽいしみ、涙の形をした栗色のしみが残っている。スキータの血だ。これを見つけて、脚を引きずっていたあの老人はほくそ笑んだだろうか。少年が苦痛を味わったとわかって、なんらかの喜びを感じただろうか。それとも脚を引きずっていたあの白人の男は、窓に板を打ちつけながら黙って首を振り、怒りのせいで釘を打ち損じてカンマのように曲げてしまっただけだろうか。

ここの板はうちの板より厚みが均一でしっかりしている。うちのようにサイズの違う板を継ぎはぎしているのとは違い、隙間からガラスがのぞいている部分はどこにもない。板はすべてまぶたのようにぴったり閉じられている。

「どれ」ランドールが板と壁のあいだに指を入れようと試しても、爪の先しか入らない。「おまえがやってみて」そう言われて試しても、わたしの指も入らない。なんならジュニアの指でも入るとは思えない。「かなてこを持ってくるべきだったたな」

わたしは首を振る。

「くそ！」ランドールがどなって板を殴り、その部分がへこむ。中央がくぼんで、板の割れる音とガラスの砕ける音がする。手を引くと皮膚が潰れ、破れていて、板に血がついている。ランドールが自分の手をつかむ。おそらく板の裏のガラスも、ランドールの顔と同じ状態に違いない。ぴしぴしとひびが入り、互い違いに割れた裂け目が黒くなっている。目がうるんでいるようだ。「くそ」関節の谷間に血が溜まり、滝となって指のあいだを流れ落ちる。ランドールがわたしを見る。「これじゃあ、かなてこがあっても無理だな」

「まあ、スキータのようにはいかないよ」わたしの涙は生牡蠣（なまがき）の味がする。

「でもなんとかしないと」

「板が厚すぎるよ」

「試してみる」

ランドールはズボンをはくみたいに膝を胸に近づけたかと思うと、板の中央のくぼんだ部分をかかとで思いきり蹴る。背後のガラスが砕ける。もういちど蹴ると、板が裂ける。銃声のような音が響く。ランドールがぴたりと止まり、わたしたちは怖くなって周囲を見回す。けれども銃を斧のように振り回す老人はいないし、ピンクの服の女もいない。ただ牛たちが納屋の暗がりの中で静かにつぶやき、風が木々を揺さぶって通り過ぎていくのみだ。あたりの空気は、すでに降っていてもおかしくないぐらい熱くじっとりとしている。

「もう一回」と言うなりランドールは全身の筋肉を縮め、熱い空気に向かって、封印されたお菓子の家に向かって、ふたたび蹴りを入れる。板はふたつに割れるものの、釘で打ちつけられているので、はずれて落ちるわけではない。ランドールが地面にしゃがみ、悪い方の膝をつかむ。

「痛めた方の膝が」と言いながら、血の出たすり傷に付着した砂粒と痛みを吹き飛ばそうとするように、小さいころに母さんがすり傷に向かってやってくれたように、膝こぞうに息を吹きかける。「中をのぞいてみて」

隙間に目を当てると、暗がりと、かすかにふくらんだ薄地のカーテンが見える。暗がりの中からポプリとハウスクリーナーのにおいが漂ってくる。割れ目は指が二本入るていど。それ以上は無理だ。

「なんにもない。きれいに掃除したあとのにおいがする。たぶん避難するときに全部持っていったんじゃないのかな」

ランドールは膝のまわりと下あたりをさすっている。

「あの女、食べ物を残していって腐らせるようなタイプには見えなかったじゃん」

ランドールが笑う。ただし喉をこするような乾いた笑い。茶色くなった葉っぱが風に吹かれて地面を引っかくような音。

「行こうか」とランドールが言う。

ランドールは片手を胸に当て、痛めた方の膝をかばって跳びはねながら歩いていく。わたしは牧草地の縁で立ち止まり、牛たちを安全に匿っている納屋を振り返る。牛たちが干し草の悪臭の中で互いにこすれ合い、濡れた鼻面を天井に向けて、あの青はどこへ行ったんだろう、苦い緑の草と馴染みの鳥たちはどこへ行ったんだろう、と不思議がるさまが目に浮かぶ。翼の感触を恋しがるさまが思い浮かぶ。

帰り道、ランドールが歩いているのに長い腕が揺れていないのは、ひどく奇妙な感じがする。森はそれ自体が就寝中の生き物だ。あいかわらずもぬけの殻で、すべてが変。カサッという物音に、わたしはランドールよりも先に気がつく。ランドールは痛めた膝に気を取られているので、わたしは手を伸ばして引き止める。

「見て、あれ」

チャイナだ。茶色い何かを地面に落とし、ドライバーでつつくみたいに鼻であちこちつついている。続いて狙いを定めると、落とした何かに頭からつっこんで転げ回る。その動きはさながら煙のようで、ピンク色の肉球が宙で揺れている。目をぎゅっと閉じていたかと思うと、歯茎を見せてにやりと笑う。毛がみるみる赤く染まっていく。

「なんだ?」ランドールが訊く。

チャイナにも聞こえたに違いない。のたうち回っていたのをぴたりとやめて跳び上がり、水が凍ったように固まって、唇を閉じ、しっぽをぴんと立てている。わたしたちを見て、自分の獲物を見下ろし、それからちらちらと光る空に鼻を向けて、ひと吠えする。そして、走り去る。

それは死んだ鶏だ。ぱっくりと裂けて、いまも温かい。わたしの喉の内側もこういう状態なのだろうか。血と塩にまみれてピンク色。

「うちのだ」とわたしは言う。けれどもランドールは無言のまま、〈ピット〉と家に向かってひょこひょこと歩きだす。

「おまえ、いったい何してるんだ？」

ランドールの声は、公園で一日じゅうバスケットコートを走り回り、ますます黒くなり、ますます縦に伸びて、ただの呼吸する筋肉と化して帰ってきたときのようだ。くたびれきって自室の入口に立ち、廊下の明かりの下でじっと中を見つめている。帰りは長い道のりだった。わたしはランドールの拳を手当てしようと思い、アルコールと濡らしたペーパータオルを手に廊下を歩いていくところで、ランドールはその拳を顔に近づけ、いまにも吸いつきそうにしている。ジュニアは二歳になるまで拳の関節を吸っていた。


スキータは自分のベッドに座り、その膝にチャイナが前足をのせて、鼻を上に向けて座っている。チャイナの首の動きはとても優雅で、湿地帯（バイユー）に咲くスパイダリリーの白い花が水辺に首をたれる姿を思わせる。スキータのあごの先をなめている。チャイナのあごにはさっきの鶏のピンク色のしみがついている。スキータは笑っている。そういうはにかんだ笑みを見せるのは、お互いもっと子どもだったころ、スキータがクールエイドのパッケージを盗んで苦い粉を吸い、歯を蛍光ブルーや真っ赤な血の色に染めていたころ以来だ。子犬たちはバケツの中でため息をついたりくんくん鳴いたりして、ドッグフードの大袋やリード、なかば裂けたタイヤ、チャイナの毛布などといっしょに部屋の隅に置かれている。


「嵐のあいだだけ家に避難させようと思ってさ」スキータは顔を上げようとしない。

「断る」ランドールが言う。

「悪いけど、物置小屋に戻すつもりはない」

「なんでだよ？」

「なんでって、ぼろいからだよ」

「べつに問題ないだろう」

「危なくて置いとけねえよ」

「ここは家なんだぞ、スキータ。人間の家、犬のじゃない」

スキータが顔を上げる。はにかんだ笑みは消えている。チャイナの口を両手ではさみ、なめるのをやめさせる。チャイナは庭に散らばる廃品のようにぴくりとも動かない。傷を覆うかさぶたが錆びたように見えるところもそっくりだ。

「こいつらをあそこに置き去りにするつもりはない」

ランドールの顔が粉々に砕け、あとにはぽっかりと窓が開いている。

「おやじに言ってくる」

「ああ言えよ、くそ」スキータは顔じゅうを歯にし、チャイナを離して立ち上がる。チャイナも滑り落ちてまっすぐに立ち、スキータのあとについて部屋を出る。全員が揃って父さんの部屋の前に立ち、ランドールがドアをぐいと引いて、中に入る。

「父さん」音がしない。「父さん！」

父さんはわたしたちに背を向けていて、なんだかたったいまどこか高いところ、木かフェンスから落っこちて、骨が砕けてしまったかのように見える。続いてわたしたちの方に向き直り、肘をついて、体を引きずり起こす。

「なんだ？」口いっぱいに痛みをほおばっているみたいな声。「どうした？」

「スキータが、嵐のあいだ犬を中に入れようとしてる」

「中に？」暗がりの中で父さんの目がアルマジロのように光る。「なんの中に？」

「家の中」

「だめだ」父さんは枕にもたれ、それから自分の手の方に転がる。

「いやだ」スキータがランドールを肘で押しやり、父さんの前に立つ。チャイナがスキータの脚のあいだをくぐって座る。舌を突き出し、なんだかごく普通の犬みたい。「物置小屋に置き去りにはしない」

「いやだ？」父さんがスキータの方を向き、肘に寄りかかる。「いやだとはどういうことだ？　おれがだめだと言ったらだめなんだ！」元気ならどなっているところだけれど、ひと言ごとに息を継ぐので、実際にはあえいでいるようにしか聞こえない。

「犬が外ならおれも外に行く」

「なんだと？」父さんがかすれた声で言う。

「犬が物置小屋で過ごすなら、おれも物置小屋で過ごす」スキータが黒い部屋のさらに奥へ進み、闇の中の漆黒と化して、声が出てくる顔も頭も見えなくなる。チャイナが月明かりに照らされた河岸の白砂のような声で唸（うな）る。

「おまえは物置小屋へは行かないし――」声が乾いて、父さんが咳き込む。「犬とも過ごさない」

「いや、そうする」闇の中で漆黒が動く。「ランドールが引き止めようとしたら、喧嘩することになるから。おれたち全員」

「おれを起き上がらせるんじゃない」父さんが怪我していない方の手で体を浮かせ、ベッドから脚を下ろそうとする。ところが足先が毛布に絡まり、それを怪我した方の手で直そうとしたものだから、あわてて引っこめ、ぐらりと揺れる。鎮痛剤のせいでふわふわしているのだろう。酔ったときのように体が傾いている。

スキータが部屋の出口に近づいてきて、暗い穴で泳いでいた人間が水面に浮上するみたいに、廊下の裸電球のもとに姿を現す。黒い穴の底からマニーが浮上してきて、光を浴び、水をはねて、誕生するみたいに。

「誰にだって生きる価値はある」スキータが言う。「そしてチャイナも、子犬も、生きる」

「スキータ」ランドールに呼ばれてスキータとチャイナがぴたりと止まり、三者が戸口で顔を合わせる。チャイナは耳をぺたりと伏せ、しっぽをぴんと立てて、スキータと同様、張りつめて微動だにしない。

「なんだよ？」スキータが吠える。ふたりは歪んだ鏡のあちらとこちらに立つふたつの像だ。片や背が低く、片や高く、どちらも筋肉と腱が浮き上がり、全身が張りつめて、怪我した拳を握りしめている。

「おれはチャイナと寝る気はないからな」ランドールが手を伸ばし、怪我していない方の手でスキータをつかむ。

「やめないか！」父さんの険しい声が響きわたる。そしてすべての息を使い切ったかのように、どさりと崩れる。「だめだ。喧嘩はするな」

身をのり出さないと聞こえないぐらいの声。父さんの体がぐらりと揺れ、いい方の手でマットレスを叩いて体を起こす。

「カテゴリー5だぞ」父さんが言う。「ニュースの女がカテゴリー5と言っているんだ」

「え」わたしの口から漏れた声は、言葉というより吐息に近い。父さんはカテゴリー5のハリケーンを経験しているけれど、前回カテゴリー5が海岸を襲ったときのことを、わたしたちは知らない。ハリケーン・カミーユ、四十年ほど前のことだ。だけど母さんから話は聞いている。

「自分の部屋の中だけだからな、スキータ。一度でも部屋から出ているところを見かけたら、嵐の真っ只中にほうり出す。わかったか？　ランドール、それで手を打て」

父さんの腕ががくりと折れる。

「何かスープをくれ、エシュ」

スキータが腕組みをし、ランドールに向かって犬のように首を傾ける。ランドールが力なく首を振る。

「リビングで寝るのは毎度のことだし」溝に座りこむわたしを探しにきたランドールがいかに優しかったかを思いながら、わたしはそっとささやく。

「エシュ」父さんがかすれた声で言う。ドアを向いて横になっている。

「わかったよ、父さん。おれが持ってくる」ランドールが、こわばった腕でわたしをかすめて通り過ぎ、わたしとスキータを廊下に残していく。キッチンで、ガスにシュッと火のつく音がする。

「誰にでもチャンスは必要だ、エシュ」スキータが言い、チャイナとともに向きを変えて自分の部屋へ戻る。チャイナは脚を伸ばして床に座り、耳はふたたび天井を向く。しっぽがぱたりと床を叩き、口がにっと笑う。胸のかさぶたの両側で、皮膚がぴんと張っている。スキータが子犬の丸いお腹をつかみ、一匹ずつ取り出して床に置くと、とたんに子犬たちの鼻がひくひくし始め、チャイナに向かってぎくしゃくと歩きだす。チャイナはさっき鶏を見ていたのと同じ顔で、それを眺める。そしてなめる。「誰にでも」とスキータは言い、わたしを通り越して遠くを見る。

十一日目　カトリーナ

母さんから初めてハリケーンの話を聞いたとき、わたしはてっきりすべての動物が逃げるのだろうと、何日も前から風に向かって鼻を突き出し、察知して、嵐が来る前に逃げ出すのだろうと思っていた。きっとみんなピンク色の温かい舌を突き出し、味を見て判断するのだろうと。シカは仲間の跳ねる姿を見て自分もあとに続き、キツネはひとりでぶつぶつ言いながら肩をぐるりと回して出発するのだろうと思っていた。そして実際、大きめの動物はそうするのだろう。けれどもいまこうして考えてみると、そうでない動物、たとえばリスやウサギなどは、どこへも行かないのではないかという気がする。おそらく小型の動物は、逃げないのではないだろうか。小動物は枝の上や松葉に覆われた地面でぴたりと止まって鼻を上に向け、彼らにとっては塩のにおい、塩と澄んだ炎のにおいと感じられるものによって迫りくる嵐の気配を察知し、それからわたしたちのように準備に取りかかるのではないだろうか。リスは羽毛を集め、松葉を集め、抜け落ちた毛とドングリを集め、それを木のうろに敷きつめて、自分たちは幹の中に深く埋もれ、まわりで吹き荒れる嵐の音を聞くこともなく安全に過ごすのではないだろうか。ウサギは立ち上がって横を向き、片方の脛からもう片方の脛へ重心を移し、ヤシの実のようにいきなりドスンと襲ってくる嵐のにおいを嗅ぎつけてトンネル掘りに取りかかり、赤い粘土と砂を下へ下へと掘り進み、地面が黒く冷たくなるまで掘り進んで、あらゆる木の根を通り過ぎ、ついにはわたしたちが井戸水に使っている地下水源の真上に達するような深く長大な通路を築きあげ、実際にハリケーンが吹き荒れるさなかには大地の手にゆったり抱かれて、頭上と足もとで打ち寄せる水の音を聞いて過ごすのではないだろうか。

ゆうべは窓にちぐはぐの板を打ちつけたリビングで、寝具用のすのこを敷いて眠った。ランドールとわたしは隣り合って床で眠り、ジュニアはソファーで眠った。それぞれしんなりした自分の枕と毛布とシーツを持参し、さらに、はるか昔に回路の切れた冷たい電気毛布も引っぱり出してきた。それを重ねてマットレスにしたら、あまりに薄くて、座ったときに下のカーペットのでこぼこがそのまま伝わってきた。みんなで食器も全部洗った。バスタブにもキッチンと洗面所のシンクにもぎりぎりまで水を張り、洗い物とトイレの水洗に備えた。ゆで卵を何個か食べたほか、ランドールが全員分のラーメンを作ってくれた。熱いおわんを膝にのせ、こぼさないようにバランスを取りながらテレビを見た。番組は順番に選んだ。ランドールが見たのは家のリフォーム番組で、新婚の夫婦が自宅の書斎をミントグリーンのベビールームに作り替えていた。わたしはチーターのドキュメンタリー番組を選んだ。最後にジュニアの番で画面にアニメが映し出されてからは、本人が眠ったあともずっと、わたしたちは暗がりの中で色とりどりの光を浴びていた。父さんは自分の部屋で眠り、ドアを少しだけ開けていた。スキータはチャイナや子犬と部屋で眠り、ドアもぴったり閉じていた。

眠る前に、ちらつくテレビの明かりと埃をかぶったランプの明かりで本を読んだ。古代ギリシアではどんな英雄にとっても――メディアにとっても、切り刻まれた兄弟にとっても、うちひしがれた父王にとっても――水は死を意味した。バスルームでトイレに座っていると、外で金属と金属のガチャンとぶつかる音、壊れた機械が埋もれかけた墓石のように傾いて別の廃品にぶつかる音が聞こえてきた。激しい風と横殴りの雨の仕業だった。

　ハリケーン襲来の前日には電話がかかってくる。母さんが生きていたころには母さんが出ていた。電話は州政府からで、嵐の通過が予想される地域の全住民にかかってくる。母さんがいなくなってからはランドールが受けていた。毎年夏に、少なくとも一回はその録音電話を再生していた。いちどだけスキータが出たこともあって、そのときは録音が〈こちらは〉の続きをしゃべる前に切っていた。ジュニアはいちども受けたことがないし、父さんもない。わたしは昨日、初めてその電話を受けた。男の声だった。コンピューターの声、鉄の喉でしゃべっているような声だった。なんと言ったか正確には覚えていないけれど、だいたいこんな感じだった。〈避難命令が出ています。ハリケーンは明日、上陸します。自宅にとどまることを選択し、現時点で避難していないなら、われわれは責任を負いません。警告はしましたから〉。それから〈あなたの行動は次のような結果につながる可能性がありす〉と前置きして、一連の項目を並べたてる。男の声が本当にそう言ったかどうかは覚えていないけれど、わたしにはこう聞こえた。〈あなたは死ぬかもしれません〉。

　ハリケーンが現実になれば、まさにそのとおりだ。

　わたしが覚えている最初のハリケーンは八歳のときに来たもので、毎年夏に二、三回やってくる嵐の中でも、わたしが経験したものとしては最悪だった。母さんは窓際に椅子を引きずっていって座り、わたしを呼んで隣に膝をつかせた。その当時から窓を覆ううちの板は不揃いだったので、隙間から外をのぞき、暗がりの中で嵐のようすをうかがうことができた。電池式のラジオは具体的なことは何も教えてくれなかったけれど、庭はそれを教えてくれた。木立が折れそうなほど曲がって釣糸のように弧を描き、空のドラム缶がガラガラと庭を転げ、水がくっきりと筋を描いて流れ、土を削って谷を作った。母さんのお腹にはジュニアがいてすでに大きく、わたしはそこに片手を置いて外の光景を眺めていた。ジュニアはびっくりプレゼント、想定外のおめでただった。わたしとスキータとランドールが一年ごとに生まれたあとは、八年間なんの音沙汰もなかったのに。わたしは母さんのそばに膝をついてお腹に耳を当て、中でジュニアがシューシューと水の流れるような音をたてるのを聞いていた。外では風が枝をつけ根から揺さぶり、ついには家から三メートルのところにある木を根こそぎ倒した。母さんは窓を覆う板の隙間に片目を当ててのぞいていた。お腹の赤ちゃんがじっとさせてくれないかのように、右から左へ揺れていた。わたしの髪をなでながら。

　その嵐、エレインは、カテゴリー3だった。カトリーナは父さんの言うとおり、ゆうべ遅くにリビングに落ち着いてから見たニュースのアナウンサーが、カテゴリー5に達したと報じていた。

　エレインが通過するあいだ、ランドールと父さんは寝て過ごした。スキータは母さんのもう一方の隣、わたしの反対側に座って、母さんが小さいころに経験した大嵐、伝説のハリケーン・カミーユの話をいっしょに聞いた。リズベスおばあちゃんとジョゼフおじいちゃんの家は屋根をはぎ取られた、と母さんは話していた。いちばん鮮明に覚えているのは嵐が去ったあとのにおいだ、と言っていた。生ごみが暑い日なたに放置されて腐り、ウジが湧いたようなにおいだった、と。新しい死体と古い死体が海岸にも、通りにも、森にも散乱していたと言っていた。ジョゼフおじいちゃんが庭で骸骨を見つけて、肉も服もきれいに洗い流されてつやつやしていたのに、それでも口の中の虫歯のようににおった、と言っていた。おじいちゃんはその亡骸（なきがら）を教会へは持っていかずに、牡蠣用の袋に入れて森へ運んだのだという。たぶん骨はそこに埋めたのだろう、と母さんは話していた。リズベスおばあちゃんとふたりで何キロも歩いて掘り抜き井戸まで水を汲みに行った話も聞いた。病気になった話も。その時点になっても水はまだ衛生的とは言えず、ほとんどの人が病気になったという。便も尿も嘔吐もぜんぜん止まらなくて、一生水から逃れられない夢を見たそうだ。カミーユのような嵐は二度と来ないだろうし、もし来ても、二度とお目にかかりたいとは思わない、と母さんは言っていた。

　ゆうべはみんなが寝静まってから眠ったのに、いままたみんなが目覚める前に起きている。父さんのいびきがものすごくて、リビングまで聞こえてくる。ランドールはジュニアが寝ているソファーの方を向いて、わたしに背を向け、何かを隠すみたいに背中を丸めて眠っている。ジュニアは片手と片脚をソファーから落とし、毛布も体からずれ落ちている。テレビは映っていない。家はかつてないほどしんとして、電気のノイズも聞こえない。寝ているあいだに嵐が迫り、その手でわが家の息をふさいだようだ。電気は止まった。リビングの窓の隙間から見える朝は暗い灰色で、食器を浸した水のように濁っている。錆びたトタン屋根に雨がガラガラと打ちつける。風が、昨日は目で見てそれとわかるていどだったのに、いまはため息をついて〈ハロー〉と声をかけてくる。わたしは薄暗がりに横たわり、薄い毛布をあごまで引いて、天井をじっと見つめ、答えない。

母さんはエレインに言い返してやった。嵐の音に負けることなく語ってくれた。嵐のさなかにわたしたちをそばに呼び、守ってくれた。わたしの体の中にいる、もはや秘密とは呼べないこの秘密。わたしも守ってやれるだろうか。わたしもこの嵐に物申し、メディアのように呪文を唱えて骨抜きにしてやれたら、この子にも、わたしの指の爪ぐらい、小指の爪ぐらいの赤ちゃんにも、わたしの声が聞こえるだろうか。わたしが話せば、やがて生まれてくるときに覚えているだろうか。わたしのことがわかるだろうか。マニーにそっくりな顔で、彼の金色の肌とわたしの黒い巻き毛を合わせ持つ顔で、わたしを見つめるだろうか。ピンク色の指を伸ばして、わたしをつかむだろうか。

太陽は姿を見せない。猛り狂うハリケーンが海岸にわが身を叩きつけるそのむこうに、いるには違いないのだけれど。外に出たいのにスキータに出してもらえず、物置小屋の仕切りのむこうに立つチャイナのように。そしてわたしたちはここ〈ピット〉で、時間の中に閉じこめられている。太陽は木立のむこうに姿を隠し、けっして地平線のむこうへ逃げてしまったわけではないし、いつものように訪れては去っていくのだけれど、光は四方から差してどこからも差さず、どこもかしこも灰色だ。

こんなふうに目を覚まして横になっていると、いつものあの赤ちゃんが思い浮かんで、ほかは何も見えなくなる。わたしの頭が作りあげた赤ちゃん、わたしに向かって手を伸ばす黒いアテナ。その子がわたしに名前を与える。それがわたしの名だとでもいうように、〈母さん〉と。わたしは塩水を飲み下す。頭の中で響くその声が、長く甲高く汽笛を鳴らして走り過ぎる列車の音にかき消される。と、次の瞬間にはそれも消え、あとにはただ、地崩れを起こした世界を巨大なヘビが丸呑みするかのような風の音が聞こえるだけだ、と思ったら、またしても列車のような風が通り過ぎ、家がきしむ。わたしはボールのように丸くなる。

「いまの、聞いた?」

スキータだ。姿はほとんど見えない。廊下に通じる暗い戸口でぼんやりと動く、ひときわ黒い塊にすぎない。

「うん」風邪を引いたときのような鼻声。泣いてあふれた粘液が全部鼻に溜まっている。〈列車〉と母さんは言った。〈カミーユが来たとたん、風が列車の音になったのよ〉と。それを聞いて、わたしは母さんの膝に鼻をすり寄せた。列車の音なら、牡蠣の殻のビーチへ泳ぎに行くときに聞いたことがあった。セントキャサリンの中心部を走り抜ける列車の音は遠くまで響く。風がそんな音に聞こえるなんて、想像がつかなかった。でもいまのを聞けば、想像できる。

「ランプは?」

「テーブルの上」ひどく甲高い声になる。暗がりの中、スキータが何かにぶつかりながらテーブルの方へ歩いていき、手探りでケロシンランプの明かりをつける。

「来なよ」と言われ、わたしはスキータのあとについて家の奥、スキータとランドールの部屋へ向かう。部屋にはスキータが物置小屋で見つけたと思われる小さなケロシンランプが灯されて、いつもより小さく、狭く、暑く、赤く見える。スキータは自分も中に入ると、父さんの部屋の開いたドアをちらりと見て、自室のドアを閉める。風が叫ぶ。木々が腕を伸ばして家に殴りかかる。スキータがチャイナと並んでベッドに座り、手脚を伸ばしてくつろいでいたチャイナが物憂そうにわたしを見て、鼻と口をぺろりとなめる。わたしはランドールのベッドに上がって膝を抱く。子犬のバケツは静まり返っている。

「怖い？」

「いや」とスキータは答えて、片手でチャイナを首から肩、胴、腿へとなでつける。チャイナがうしろを振り返り、またしてもぺろりとする。

「わたしは怖い。風があんな音をたてるなんて初めて聞いた」

「うちは海沿いってわけじゃないし、これだけ離れて木に囲まれていれば安全だろう。バティスト家の人間はこれまでずっとここで暮らしてきて、こういうハリケーンをすべてのり越えてやってきたんだ。だいじょうぶだよ」

「覚えてる？　カミーユのときにも風がこういう音をたててたって、母さんが話してたこと」わたしは膝を抱く腕に力をこめる。「エレインのときとはぜんぜん違う」

「ああ、覚えてる」スキータがチャイナのあごの下をさする。するとスキータがねだったかのように、チャイナが体を近づけてにっこり笑い、キスをしようとする。をさするのをやめて前に身をのり出し、膝に肘を置いて両手をこすりながら横を向く。「だけど声は思い出せないな。言葉ははっきり覚えてるし、おまえとふたりで母さんの膝のそばに座ってたのも目に浮かぶけど、自分の声でしか聞こえてこない」

わたしは声も覚えている、と本当は言いたい。口を開いてものまねみたいに母さんの声を出し、自分が覚えているとおりに母さんの声を再現できたなら。だけどそれは無理。

「少なくとも、わたしたちには思い出があるわけだし。ジュニアなんか、何もない」

「母さんが最後に言ったこと、覚えてる？」スキータが訊く。

ジュニアを産むとき、母さんは胸にあごを押しつけていた。あえいで、うめいて、うめき声の最後の方は、車が停まるときに効きの悪いブレーキがきしるような甲高い音になった。それでも泣き叫んだりはしなかった。わたしはスキータやランドールといっしょに部屋の外で古いエアコンの室外器に上ってこっそり見ていたのだけれど、そうしたら母さんが、ジュニアを押し出したあとで、ジュニアが泣きだすのを見届けてから、頭をごろりとこちらに倒して、鏡のような目をしている、と思ったらわたしたちを見ていた。てっきりどなられるのだろうと思った。窓のそばから下りなさい、がさがさしないで、と。けれども違った。母さんはわたしたちを見て、ゆっくりと目をしばたたいた。鼻の上にひびのような線を浮かべて、唇を噛んだ。それから首を振ってあごを天井に向け、屠殺用の切り株にのせられた動物のように、前に父さんとジョゼフおじいちゃんがナイフで屠る前に押さえつけていた豚のように、上を向いて目を閉じた。それからしぼんだお腹、パンクしたサッカーボールのようにぐにゃりとしたお腹の下を両手で抱えて、泣きだした。母さんが泣くなんて、それまでいちども見たことがなかった。だけど母さんは何も言わなかった。父さんが友達を、ティルダとジョーさんを家に呼んでわたしたちの世話を頼んだあとも、ジュニアといっしょに父さんのピックアップトラックに乗せられて車の窓に寄りかかり、走り去る車の中からわたしたちをじっと見ていたときにも。母さんは首を振っていた。それは〈いやだ〉という意味だったのかもしれない。あるいは〈心配しないで――戻ってくるから〉。それとも〈ごめんね〉。もしかして〈だめよエシュ、あのベッドにいた女のようになっては〉と言っていたのだろうか。けれどもわたしはなってしまった。

「ううん」わたしは答える。「覚えてない」

「おれは覚えてる」そう言って、スキータは握った拳にあごをのせる。「ピックアップトラックに乗るときに、おれたちを愛してる、と言ってた。それから、いい子にしてろって。お互いの面倒を見ろって」

「覚えてない」スキータの記憶違いではないのだろうか。

「そう言ってた」スキータが背中を起こし、ふたたびベッドにもたれてチャイナの首に片手をのせる。チャイナがため息をつく。「おまえ、母さんに似てるよ。気づいてた？」

「ううん」

「似てる。体はそんなに大きくないけど、顔とか。唇や目もとの感じとか。成長するにつれてますます似てくる」

なんと答えればいいかわからないので、軽く顔をしかめて首を振る。〈だって母さん、母さんはずっとここにいるでしょう？〉母さんが恋しくてたまらず、わたしはまたもや塩水を飲み下すはめになり、新たな胸の傷に塩水がレモンジュースのように流れ落ちる場面が思い浮かんで、傷がしみる感触を味わう。

「聞こえた？」

「何が？」またしても鼻のつまった声になる。大量の木の葉が屋根を叩く。果てしのない土砂降りが砕ける波となって次々に屋根に襲いかかる。でも少なくとも、風はもう列車の音ではない。

「いまの」と言ってスキータが首を傾け、耳を窓に向ける。ランプの明かりの中で目がきらりと光る。スキータが立ち上がり、チャイナもいっしょに立ち上がる。耳がぴんと立ち、しっぽもとがって、舌は口の中にしまいこまれている。外の嵐のどこかで犬が一匹吠えている。

「うん」わたしは答え、皆でいっせいに窓に駆け寄り、板のあいだに残された明るい隙間から外をのぞく。犬の声は聞こえるけれど、姿は見えない。見えるのは松の木。細い幹が嵐の中でいまにも折れそうなほど曲がっている。灰色の光と叩きつける雨の中で、樫の木さえ枝と葉を失っている。犬は大声でドラムを連打するように吠えていて、最後の方で高くなる吠え方が、どことなく母さんのうめき声を、おじぎするようにしなる松の木を思わせる。もはや自分では支えることのできない体、壊れる寸前の何かを。甲高い声は小さな激浪のように近づいたり遠のいたりしながら、家のまわりを回っている。もしかしてジュニアののら犬、あのみすぼらしい家族の誰かが、避難所を求めて訪ねてきたのだろうか。涼しい床下と瘤のような膝をした少年と雨やどりの場所を求めて？

「無理だ」スキータが窓に顔を近づける。ガラスと板を突き破り、見えない犬を助けられるとでもいうように。わたしにはわかる、スキータにとってその犬はチャイナなのだろう。それまでうしろ脚で立っていたチャイナが、壁を押していた前足を下ろしてスキータの脚に寄りかかり、腿に頭突きを食らわせる。なめらかな白い頭とだらりとたれた耳は見るからにやわらかそうで、父さんが病院から戻って母さんが戻らなかったときに、ジュニアが包まれていた新生児用のおくるみを思い出す。〈おまえたちの弟だ。クロード・アダム・バティスト二世。ジュニアと呼んでやれ〉と父さんは言った。それから〈母さんは持ちこたえられなかった〉と。迷い犬は最後にもういちどだけ吠えたのち、一段と強まった風雨に喉を締められたように声を奪われる。チャイナはそれに応えて唸るものの、スキータが正面に膝をつくと、唸り声を呑みこむ。スキータがチャイナの顔を両手でつかんで耳をうしろになでつけ、チャイナの目が線のように細くなる。口もとが笑い、頭皮が張りつめて、むき出しの頭蓋骨のようだ。

ふいにチャイナが甲高い声を出し、さっと立ち上がってひと吠えしたかと思うと、スキータの膝をまたいでベッドを行ったり来たりし始める。それまでランドールのベッドでうずくまり、お腹のことに気を取られて自分だけの安全な世界に引きこもりかけていたわたしも、なんだろうと顔を上げる。チャイナは天井を見上げ、暗がりの中で歯をきらめかせて、続けざまに吠えている。

「チャイナ、どうした……？」スキータが手を伸ばし、体を丸めてすり抜けようとするチャイナを捕まえたそのとき、バーンと耳をつんざくような衝撃音が轟く。音と同時にチャイナはベッドを飛び下り、ドア板を噛みちぎりそうな勢いで戸口に突進する。スキータが力をこめてドアを開けると、ランドールがランタンを手に父さんの部屋へ駆けつけるところで、ジュニアがその腰にしがみついている。外ではいまも風がわめき、家はがたがた震えている。ランプは無用だった。父さんの部屋は天井にぽっかりと穴があき、その中で木の幹と枝が激しく揺れている。見当違いなところにいきなり巨大な藪が出現している。チャイナが風に向かって吠えたてる。

「父さん！」穴から流れこむ風と雨の中にランドールが駆けだす。外の灰色の世界が拳を固めて殴りこんでくる。父さんはドレッサーの前で膝立ちになり、ズボンの中に封のようなものをつっこんでいる。立ち上がってわたしたちを見る。

「いいから行け！」父さんがわたしたちに手を振り、手に巻いた包帯がちらりと光る。弛緩していた父さんが、風に煽られた洗濯紐のように急にぴんと張りつめて、破壊された部屋からわたしたちを廊下へ追い立て、自分も部屋を出てドアを閉める。ジュニアはランドールから離れようとしない。

「みんなでリビングにいよう」父さんはそう言ってどさりとソファーに倒れこみ、上を向いてクッションに頭を押しつける。母さんもよくそんなふうに、首をさらして枕に頭を押しつけていた。父さんは異様にまばたきをしている。

「父さんの手」とランドールが言う。

「なんでもない」父さんが返す。「ここで嵐の通過を待とう」

「どれぐらいかかると思う？」スキータが尋ねる。

「数時間だな」

チャイナがまたしても甲高く鳴いて、吠える。

「きっとチャイナにはわかったんだね」とわたしは言う。

「何が？」父さんの顔は濡れている。水なのか汗なのかわからない。

「べつに」とスキータが答える。

「さっきの木が倒れてくること」わたしも同時に答える。スキータがチャイナの首をなで、チャイナが唸り声を呑みこんで座る。スキータの腿に頭をのせ、お尻を上げて、鼻をくっつける。

「べつにわかったわけじゃない」スキータが言い、チャイナとふたりでひとつになり、ひとつの新たな生き物と化して、廊下に通じる明るい戸口へ、父さんの部屋のドアの下から風が唸り声をあげて薄い面状に吹きこむ場所へ踏み出す。自分の部屋に戻るつもりだ。

「リビングに来い、スキート」父さんが言う。目をぐるりと回して、閉じる。歯をむき出す。「頼むから」

わたしは毛布を持ち上げて体に巻き、さっき寝ていたところに座る。スキータはチャイナといっしょに戻ってきて、バケツと餌とリードとおもちゃを父さんからいちばん離れた部屋の隅、テレビの横に置く。それから自分の毛布を壁際に敷いて上に座り、その膝をチャイナが白く長々と覆って、自分の前足に頭をのせ、ピンク色の肉球をなめ始める。スキータがチャイナをなでて小さなケロシンランプを床に置き、薄暗がりの中でチャイナが炎を浴びて黄色いバター色に輝く。

「ジュニア」ランドールが言う。「おまえ漏らしたんじゃないだろうな」

ジュニアが前に屈み、股のあいだに顔を入れてお尻の下の床を触る。

「ぼくじゃないよ」

「じゃあなんで、このへんが全部濡れてるんだよ」

わたしたちは怯(おび)えながらも退屈して、ずっとリビングに座っている。石油ランプの明かりで本を読もうと思っても、風の音と容赦なく叩きつける雨に邪魔されて、言葉がまとまって聞こえない。断片と化してしまう。イエソンがほかの女と再婚して、メディアは泣き叫んでいる。〈追放とは、ああ神よ、ああ神よ、たったひとりで〉。それから〈死によって、ああ死によってのみ、諍(いさか)いは決着を見るだろう。はかない命の日々を終わらせることによってのみ〉。わたしはページに目印をつけることもなく本を閉じて上に座る。寒い。スキータの手はチャイナの脇腹に、チャイナの胸骨はスキータの膝にのって、どちらも眠っているように見えるけれど、ランドールのいまの言葉を聞いてふたり同時にうっすらと目を開ける。ランドールはジュニアにUNOのルールを教えようとしているところで、カードの束がジュニアの足のまわりで床に貼りついている。わたしは体に巻いていた毛布から脱(ぬ)け出す。父さんの部屋のドアの下からささやきかけてくる薄い面状の空気が、学校の廊下で強引にすれ違っていく男子生徒のようにわたしの体をかすめていく。〈どうしてショーツが濡れてるの？　流れたの？　出血してる？　それなら腹部に差しこみがあるはずでは？〉わたしは立ち上がる。足もとの床が黒ずんでいる。

　チャイナがごろりと立ち上がって歯をむき、駆けだそうとするところを、スキータが首をつかんで制止する。スキータも立ち上がり、落ち着いたようすで部屋を見渡す。

「水だ。水が家の中に入ってきてる」スキータが言う。

「そうじゃない。雨で板が湿っているだけだ」父さんが言う。

「床下から上がってくる」と、スキータ。

「いったいどこの水がここまで来るっていうんだ」父さんはわたしたちがよけいなもの——抗生剤とか、教師からの手紙とか、学校からの寄付の依頼とか——を手渡そうとしているみたいに、部屋に向かってぞんざいに手を振る。

「見てみればいい」ランドールが道路に面した窓の方へ歩いていき、老人のように腰を屈めてのぞきこむ。「道路に木がいっぱい倒れてる」

「だが水は来てないだろう」と、父さん。

「うん」

スキータとチャイナがジュニアのそばを通り過ぎる。ジュニアはいまもソファーの前にいて、片足ずつ上げては下ろし、自分に足があって、しかもそれが濡れているとは信じられないと言いたげに、足の裏を見つめている。ズボンを引っぱって体から引きはがしても、すぐにまた貼りつく。スキータが窓の隙間から外をのぞく。チャイナはそばに立っている。

「あそこだ」とスキータが言う。ランドールとわたしがスキータのいる窓に駆け寄ると、ジュニアが先にたどり着き、四人で重なり合うようにして、濡れた足で立つ。部屋のこちら側では、カーペットが水を含んだスポンジのようになっている。父さんも同じ窓を、板などないかのように、板のむこうが見えるかのように、見ている。

庭に湖が出現し、どんどん大きくなっている。折れた木立の下を生き物のように、巨大な頭をしたヘビのように這い進んでくる。その頭がわたしたちの立っている家の下に消え、しっぽがみるみる広がって、まるで自分の体よりも大きな何かを呑みこんだみたいに、うしろの方に、木立の中に、ピット池の方に伸びている。チャイナが吠える。風に波立つ水がわたしたちの方へ迫ってくる。

水が足の指を覆う。

「ピット池だ」ランドールがため息をつく。

父さんが立ち上がり、ゆっくりと窓の方へ歩いてくる。体じゅうの関節があらぬ向きに曲がっている。ランドールが場所を譲り、父さんが隙間から外をのぞく。

「嘘だろう」

体を動かすと、水が足首をなめる。冷たい。夏に初めて泳ぐときの、あの冷たさ。チャイナが吠え、窓から飛び下りてそのまま跳ね返り、しぶきが上がる。

「父さん？」ランドールが言い、ジュニアに腕を添える。ジュニアは目を見開いて立ちすくみ、ランドールの脚にしがみついている。いまはランドールの腕も鋼鉄には見えない。リボンにも、石にも見えない。肘の部分でやわらかく曲がり、筋肉の瘤もなく、人間の腕に見える。

「父さん！」ジュニアが叫んでランドールの腰に顔をうずめ、声の最後がランドールの腰に呑みこまれる。ジュニアの背が数センチほど高くなる。つま先で立っているのだろう。水はわたしのふくらはぎの中ほどに達している。

「見てあれ」とわたしは言う。

木と木のあいだに何か紺色の長いものが見える。ボートだ。誰かが助けに来てくれたに違いない。ところが一瞬だけ風がやんでよくよく目を凝らして見ると、それはボートではないし、誰かが助けに来てくれたわけでもない。父さんのピックアップトラックだ。水に持ち上げられ、ピット池の方から押し流されてきたのだ。ヘビが獲物を求めて遊びにやってきた。

「父さんのトラックだ」とスキータが言う。

父さんは笑いだす。


ヘビは庭全体を呑みこんだのち、いまや床下でそのあごを開いている。

「屋根裏を開けろ」父さんが言う。

水はわたしの膝の裏をなめている。

「固まってる」ランドールは廊下の天井にある屋根裏の扉からぶら下がった紐を引っぱっている。

「どいて」とスキータが言う。

水の舌がわたしの腿を這い上る。スキータが子犬の入ったバケツをわたしに手渡す。

「急げ」ランドールが言う。

三匹の子犬はか細い声でキャンキャン鳴いて、ささやくように吠えている。子犬たちの初めての言葉。

「引っぱれ」父さんは眉間にしわを寄せ、自分が紐を引くかのように片手を上げている。

水がショートパンツの股上をするりと越え、わたしは跳び上がる。

「わかってる！」木に吊るされたロープにぶら下がる要領でスキータが紐をよじ登り、屋根裏の扉がうめき声をあげて下に開く。

「上れ！」ランドールがジュニアを縄梯子（なわばしご）にのせ、屋根裏に押し上げる。チャイナはスキータのそばで泳いでいて、頭がブイのように弾んでいる。

「行って！」スキータがわたしを梯子の方に押しやる。わたしはつま先で廊下のカーペットをこすりながら水に浮いている。バケツを持ってのろのろと屋根裏に向かうわたしの背中をスキータがつかみ、安定させる。

「エシュ！」ジュニアが呼ぶ。

「ここにいるよ」暗がりの中でジュニアの目だけが白い。風にぶたれて屋根がきしむ。次にランドールが上ってくる。それから父さん、最後にスキータとチャイナ。わたしはバケツを膝に抱いて積み重なった箱の上に座り、腿に食いこんでくる壊れた装飾品を引っぱり出す。クリスマス飾りだ。ランドールは古いチェーンソーの上に座り、ジュニアはその横にうずくまっている。父さんは、さっき部屋で木が倒れてきたときにズボンに入れていた封を取り出している。透明なビニール袋。袋を開けて写真を取り出す。スキータが扉を引っぱり上げて、わたしたちを闇の中に封じこめる一瞬前、父さんがその中の一枚に触れようとするように、おずおずと、まつげを払うようにそっと、指を近づける。けれども濡れて光る指はわずか手前で止まり、父さんは写真をふたたび袋に戻して、ズボンのポケットに入れる。〈母さん〉。

屋根裏の扉がうめき声をあげて閉まる。

屋根は薄い。突風が屋根をまさぐるたびに、雨が激流となって降り注ぐたびに、一部始終が聞こえてくる。真っ暗でお互いの顔も見えないけれど、チャイナの声は聞こえる。太った犬が吠えるような、厚い布を引き裂くような、低い声。

「静かにしろ、チャイナ！」スキータに言われてチャイナはすばやくあごを閉じ、カチッと歯を合わせる音がする。わたしはバケツに顔を近づける。子犬たちはまだ耳が聞こえない。それでもミユウミユウ鳴いている。触れるといまも綿毛のようにふわふわで、それがちょうどシルクに変わっていくところ。わたしに触られて身をよじっている。白、まだら、黒地に白。乳を求めてなめてくる。

「家が」ランドールの声はごく穏やかで落ち着いているにもかかわらず、家がゆっくりと、係留を解かれた船のように傾いたその瞬間、わたしはほとんどパニックを抑えることができない。

「水」スキータが言う。「水だ」

「くそっ！」父さんがどなり、家がまたしても傾くのを感じて、全員が暗がりの中で息を呑む。

「水が」と、わたしも言う。

「ここまで来るなんて初めてだ」父さんがささやくように言う。「いまいましい川め」

「父さん」とわたしは言って、ひどくはっきりした声に自分でも驚く。毅然として、確信に満ちた、闇の中でもつかまっていられる手のような声。「水が屋根裏まで上がってきてる」

水の足はさっきよりも速い。濡れた触手でわたしの足の指を包み、足首を包み、ふくらはぎを這うように上ってくる。なんとせっかちな誘惑。風が叫ぶ。

「昔、ある一家が……」ランドールが言う。

「わかってる」父さんが答える。カミーユのときには、ある一家が十四人全員溺れ死んだ。自宅の屋根裏で。家がまたしても基礎ブロックから浮き上がり、ぐらりと揺れる。

「こんな屋根裏で溺れてたまるかよ」スキータが言い、何かをバンバン叩く音がする。見上げると、細かなくずが落ちてきて目に入る。スキータが屋根を内側から叩いている。脱出口を作ろうとしている。

「どけ」ランドールが言う。「ジュニア、エシュのところへ行ってろ」すると手首にジュニアの小さなとがった指が触れ、バンと何かにぶつかったかと思うと、わたしの膝のあいだに固定されたバケツの上に、子ザルのように座っている。「受け取った」とわたしは返す。

暗がりの中でランドールが何かを勢いよく振り回し、それが屋根にぶつかってへこんだ際に、隙間から明かりがのぞく。ランドールはなおも板を叩いて、唸る。何を振り回しているのか知らないけれど、だんだん穴があいてくる。そしてもういちど振り回したところで、わたしの指ぐらいの小さな穴があき、ランドールの振り回しているものがチェーンソーで、本体部分で屋根を叩いているのだとわかる。

「ガソリンは」ランドールが屋根を叩く。「入ってるかな」

「わからん」父さんが大声で答える。穴のむこうから嵐の声がして、雨と風が入りこむ。わたしたちは目を細める。水はズボンの股上を超えている。家が傾く。

ランドールがクランクを回す。一回、二回。三回目にコードを引いたところで手応えがあり、唸り声とともにチェーンソーが目を覚ます。ランドールはそれを指ほどの穴につっこんでぎざぎざの線状に切りつけ、チェーンソーを引き抜いて、ふたたびぎざぎざの線を描く。そうやって括弧の形ができたとき、チェーンソーがプスプスと音をたてて止まる。もういちどクランクを回しても、エンジンはかからない。そこでランドールが不格好なハンマーのように丸ごと振り上げて叩きつけると、板が割れて外に曲がる。ランドールがふたたびチェーンソーを叩きつける。するとチェーンソーで描いたまぶた、殴打して描いたまぶたがぴくぴくと動きだし、次の瞬間、屋根に穴が開く。嵐が叫ぶ。〈ようこそ、待っていたわ〉。水のあふれる屋根裏、狭苦しい棺桶のような屋根裏に、光があふれる。ランドールがジュニアをつかみ、ジュニアが弧を描いて背中につかまり、小さな手で洗濯ばさみのようにぎゅっとしがみつく。ランドールが穴を上って屋根の外へ、飢えた嵐の口の中へ入っていく。

ただただ恐ろしい。この風。のたうつ風は鞭のかわりにベルトどころか延長コードを振り回しているようだ。この雨。小石のように肌を刺し、とても目を開けていられない。この水。渦を巻いて押し寄せると同時に四方へ広がっていく。茶色い濁流とその下を流れる〈ピット〉の赤い粘土は、傷口から流れ続ける血のようだ。庭の廃品。冷蔵庫と芝刈機とＲＶ車とマットレスが、艦隊のように漂っている。それに木と枝。延々とはぜる爆竹のように、爆音を轟かせて次々に折れていく。そして屋根で身を寄せ合うわたしたち。肩にかけたバケツの取っ手が激しく震え、プラスチックの本体にガラガラとぶつかる。嵐はそこらじゅうにいる。父さんはわたしたちのうしろで膝をつき、全員をかき集めようとしている。スキータがチャイナを抱きしめ、チャイナが遠吠えをする。父さんのピックアップトラックがゆっくりと傾いていく。

スキータが前に屈んで自分のジーンズをつかむ。それを脱いで、体の前で懸命に押さえる。ズボンの脚が風にはためく。それから股上部分にチャイナのうしろ脚をつっこむなり、ズボンの片脚を自分の肩にほうり上げ、もう一方を脇の下にたくしこむ。

「縛って！」スキータが大声で訴える。

わたしはズボンの両脚を丸結びにする。指がかじかんで思うように動かない。濡れた生地をありったけの力で引っぱってから、しっかり結べたかどうか確認する。チャイナの頭と脚がスキータの胸に押しつけられ、布地の中で固定される。抱っこ紐に入ったスキータの赤ちゃんだ。震えている。

「見ろ！」スキータが指を差す。その先にあるのは、リズベスおばあちゃんとジョゼフおじいちゃんの家の残骸だ。建物の上半分とひさしが水の上に顔を出している。「小高くなってるんだ！」スキータが叫ぶ。

「どうやってあそこまで行くんだよ？」ランドールがどなる。

「木だよ！」スキータがじりじりと屋根を下り、うちからおばあちゃんの家に向かって大きく枝を張った樫の木に近づいていく。逆巻く水の上に、木はジャングルジムのようにそびえている。「この木に登ればいい！」

「だめだ！」父さんがどなる。「ここで待て！」

「水がもっと上がってきたらどうするんだよ？」ランドールが訴える。「ここにいて溺れるよりは、一か八かやってみようよ！」

食いしばったジュニアの歯から、唇がめくれ上がっている。まぶたが爆風に煽られたように開いている。ランドールが枝に向かって屋根を下り始め、ジュニアがうしろを振り返る。ランドールが片方の腕を自分の胸に押し当て、ジュニアの腕を押さえつける。

「いいかジュニア、初めてピット池で泳いだときとおんなじだ。しっかりつかまってろよ！」ランドールとスキータは並んで屋根の縁にしゃがみ、強風に羽根をもまれる二羽の鳥のように背中を丸めて、それぞれの荷をひしと抱えている。スキータが跳ぶ。

弾んで揺れる手前の枝にスキータがつかまり、なかば水に浸かりながら着地する。チャイナがキャンキャン鳴いてもがくと、スキータは片方の腕でさらに強く押さえつけ、枝が曲がって水に浸かっているところまで進む。それからふたたび、激しく鞭打つ次の枝を目指して跳ぶ。ジャンプして、つかむ。わたしも肩のバケツをかけ直し、屋根の縁へ向かう。風のせいで体が屋根に押しつけられる。ランドールがジャンプして、スキータと同じ枝にお腹から着地する。その腕はふたたび鉄と化し、ジュニアをしっかりと自分の体に押さえつけている。スキータとランドールはどちらも片手と両脚を使ってなかば葉の散った樫の枝を這い、それぞれの荷とわが身を引きずって前進し、水に達したところでふたたびひょいと立ち上がり、激しく鞭打つ次の枝に跳び移る。ランドールが立ち止まり、枝にしがみついて振り返る。

「来い！」ランドールがどなる。

わたしは屋根の縁にしゃがみ、足の指と手の指でトタンをぎゅっとつかむ。バケツの位置を調整する。わたしの心臓は傷ついた小鳥だ。肋骨のかごに翼をばさばさと打ちつける。息もできる気がしない。

「跳べ」父さんが言う。

わたしは前に身をのり出し、跳ぶ。

ハリケーンの手がわたしをつかむ。わたしは宙を滑り、いちばん密な枝に着地する。木が体に食いこんで、バケツがカラカラ鳴り、息ができず、目に涙がこみ上げる。急いで木につかまり、水に浸かったり出たりしながら枝を這い進む。取っ手のスチールワイヤが肩に食いこみ、生きた荷はすでにひどく重い。リズベスおばあちゃんの骨だけ残った家はあまりに遠い。この荷を本当にあそこまで運べるのだろうか。じりじりと移動して枝の根もとにたどり着き、水中で幹につながっているその部分に手と足を入れて、しっかりつかむ。そしてジャンプ。ランドールが待っている次の枝につかまる。ふたりでしがみついている枝が激しく震え、水中と空中で大きくくねる。小さな枝が、洗濯ばさみをはずした紐のように鞭打つ。まるで生き物だ。生きて、水に抗（あらが）い、わたしたちを背中から振り落とそうとしている。

うしろを振り返ると、父さんが宙を飛んでいる。枝にぶつかった衝撃で体が半分に折れ曲がり、顔が水に浸かりそうになる。ショックに身動きを奪われ、息ができずにいる。わたしたちを見上げ、目をしばたたく。ささやく言葉は、わたしたちには聞こえない。見えるだけ。〈行け〉。

スキータは水中から芽吹いたような木の中ほどまでたどり着き、枝から枝へ泳いでは、水面から体を突き出している。わたしたちもあとを追い、鞭打つ枝とうねる水の中を突き進む。洪水の表面を鳥のように流れていくビニール袋のあいだを縫って。枝と枝を魚網のように結ぶ洗濯紐のあいだを縫って。浸水した家から流れてくる自分たちの服のあいだを縫って。嵐の歯でこじ開けられ、窓から引きはがされた板のあいだを縫って。雨がカーテン状に落ちてきて、ゆったりと回転する父さんのピックアップトラックに、庭の廃品に、なだれるように降り注ぐ中を。そしてついにわたしたちは、いちばん遠くに張り出した枝の端、祖父母の家にいちばん近いところに集合する。揺れる枝と、お互い同士につかまり合う。チャイナは足の裏でスキータの胸を押しながら、首を大きく前後に揺すっている。そうやって体をのけぞらせようとするチャイナを、スキータは先の白くなった手でむずとつかむ。わたしの肩にはバケツが食いこみ、皮がむけそうだ。子犬ではなく、おとなの犬を三匹運んでいるみたい。それでもうちの方では梢がかろうじて見えるていどなのに、ここでは明らかに、あふれ返った水より枝の方が上にある。水の高さは手前の窓の中ほどぐらい。祖父母の家はもともと小高い場所に建っていたのに、わたしたちは誰もそのことに気づいていなかったのだ。

「おれが泳いでいって窓を割る。そうしたらみんな中に入れ」スキータが言う。

「急げ」ランドールが言う。

「エシュ、いっしょに来い！」スキータが言う。

「そんなことにこだわってる場合か！」父さんがどなる。

「子犬のために言ってるんじゃない！」スキータが目を細めてわたしを見る。

「だめだ、こいつは体が小さすぎる！」父さんが声を張りあげる。怪我していない方の手でわたしのあいている方の肘をつかむ。

「そいつは妊娠してるんだ」スキータが言う。

父さんの顔から表情が消え、わたしを突き離す。

わたしを突き離す一瞬前に、父さんは見た。濡れてぴったり貼りついただぶだぶのTシャツとショートパンツを。とがった肘と松の木のようにまっすぐな脚、舗装道路のように平らだったわたしのお腹が、もはやそうではないことを、濡れた服は示している。腰の丸みを、はっきりと突き出たお腹のふくらみを、父さんは見た。果実を見た。わたしは腕を振り回しながら、バケツの中でキイキイ騒ぐ子犬ごとうしろに倒れる。そしてわたしを押した次の瞬間、父さんは自分がしゃがんでいる枝に怪我した方の手を引っかけ、怪我していない方の手をわたしに伸ばす。見開いた目に映っているのは痛みと後悔。前回その顔を見たのは、ランドールとわたしにジュニアを渡し、〈母さんは――〉と言ったときだった。わたしは脚をばたつかせ、宙をつかみ、ハリケーンに平手をくらって背中から着水し、子犬たちがバケツから飛び出し、するとその目が生まれて初めてうっすらと開いていて、水に叩きつけられながら、けっして気のせいではなく、わたしのことを責めている。

「エシュ！」ランドールがどなり、ジュニアがランドールの腰に絡めた脚を靴紐のようにぎゅっと締める。ランドールがジュニアの脛を握る。定規のように細い脚。ランドールは飛びこむわけにはいかない。「泳げ！」ランドールが叫ぶ。

わたしは水を蹴り、手のひらで必死にかくものの、顔を出しているのが精一杯だ。牙を生やしたピンク色の口がぱっくり開いて、いまにもわたしを呑みこもうとしている。

「くそっ！」スキータがどなってチャイナを見下ろす。チャイナはジーンズの抱っこ紐に抗って顔を突き出している。

「エシュ！」ジュニアが叫ぶ。水はわたしを窓とは別の方へ、庭へ、ピット池の喉もとへ、引きずっていこうとしている。わたしはいちばん近くにいる子犬、まだらの子犬をさっと捕まえ、手の中でぐったりしているそれをシャツの中に押しこむ。白と、黒地に白の姿はすでにない。「くそっ！」スキータが叫び、チャイナの頭をつかんで、抵抗して引っかくチャイナに何やらささやく。チャイナが歯をむき、体をぐいとうしろに引く。さらにもがいて、上半身が手製の抱っこ紐から出てくる。スキータに頭を引っぱられて胴体まで出てきたところで、チャイナはスキータの胸を這い上る。そのままスキータから離れて宙で身をよじり、しぶきを上げてお腹で着水する。そして早くも泳いでいる。闘っている。スキータが飛びこむ。

水に呑まれて、わたしは叫ぶ。頭が沈み、水の味がする。きりりと冷たく、なぜかしょっぱくて、雨の中で涙をなめるような味。〈赤ちゃんたち〉とわたしは思い出す。それからレースを走るみたいに水を蹴る脚にさらに力をこめ、水中から顔が出た、と思ったらまたもやハリケーンの手に押さえられ、さらにもういちど押さえつけられる。〈誰かわたしをここから出して〉。するとハリケーンが〈し――っ〉と答える。水のむこう側から、押し殺した低い声でわたしを黙らせようとする。と、次の瞬間、本物の手、人間の手、冷たく硬い有刺鉄線のような手が脚に触れて、わたしはうしろに引っぱられ、それから水の上に押し上げられる。スキータがわたしを支えながら必死に水をかき、わたしとふたり、やっとのことで浮いている。チャイナは白い頭と化し、容赦ない水の中で旋回しながらしだいに遠のき、そのあいだもずっと吠え続けて、スキータはチャイナとわたしを交互に見ながら〈早く！早く！〉とランドールに向かって叫び、ランドールは両手と肩と肘で窓のガラスと木枠の残骸を叩き割り、中へ飛びこむそのあいだも、ジュニアは貝のようにぴったりしがみつき、するとスキータの手がリードのようにわたしの腕を締めあげて窓の内側へ押しこみ、もう片方の手で水をかきながら〈チャイナ、来い、チャイナ〉と呼び続け、けれどもチャイナの姿はどこにもなく、父さんが浮いたり沈んだり急に跳ねたりしながらこっちへ向かっていて、怪我した方の手がちらちらと見え隠れし、父さんも窓をくぐり抜けて、全員であたふたと壁につかまり、壊れた棚や板につかまって、ランドールが穴のあいた天井に手を伸ばし、なかば崩れた屋根裏にジュニアを連れてよじ上り、破れた屋根をハリケーンが指でもてあそぶその場所に上りきったところで、こんどはスキータがわたしを穴から押し上げ、ランドールがわたしの手首を折れそうなほど強く握って引っぱり、続いてスキータが水中の何かを蹴って自分も屋根裏に上がり、父さんがいまも下で仰向けになり片手と両脚で水をかいているのを見て、ランドールが〈父さんに手を貸せ！〉とスキータにどなり、スキータが穴のそばに腹這いになって、青ざめて歪んだ顔をわたしたちに向け、下に手を伸ばして父さんを引き上げ、子犬はおそらくシャツの中で死んでいてぴくりとも動かず、わたしは咳きこみながら子犬を取り出し、咳といっしょに水を吐き出し、ハリケーンを吐き出し、ピット池を吐き出し、それでもぜんぜん収まらなくて、スキータは壊れた屋根に体を押し当て、外を見ながらチャイナの名前を呼び続け、渦巻く水をチャイナが沼マムシのようにつっ切って、遠くで鞭打つ倒木のあいだにのまれていくさまをひたすら見つめ、ジュニアはしゃがんで足の親指に体重をのせ、ずっと前後に揺れながら、これ以上何も見なくてすむよう両手で目を覆い、泣き叫んでいる。〈いやだいやだいやだいやだいやだ——っ〉。

十二日目　生きている

　わたしたちは風がジェット戦闘機からくしゃみになるまで、穴のあいた屋根裏に座っていた。空が不気味なオレンジ色からきれいな灰色に白むまで、穴のあいた屋根裏に座っていた。煮えたスープのように渦を巻いて泡立つ水が数センチずつ引いて木立の中へ帰っていくまで、穴のあいた屋根裏に座っていた。雨がしずくに変わるまで、穴のあいた屋根裏に座っていた。体が冷えきってわずかな風にも凍えるようになるまで、穴のあいた屋根裏に座っていた。リズベスおばあちゃんの屋根裏で身を寄せ合い、体をさすり合って暖を取ろうとしたけれど、体は暖かくならなかった。わたしたちは濡れて冷たくなった小枝の山、あらゆる残骸の只中(ただなか)に取り残された人間の残骸だった。

　父さんは目を閉じて祈るように両手を組み、不自由な手と健康な手に向かってぶつぶつ唱えていた。わたしはそのそばを通り過ぎ、ジュニアを抱いているランドールと、そのときもまだ両手で目を覆っていたジュニアのそばを通り過ぎて、スキータのもとへ急いだ。スキータは屋根裏の屋根がほぼなくなったところ、天井の低い縦長の小部屋の前の方にしゃがんで、ぽっかり開いた穴から身をのり出していた。すぐにでも跳び下りたそうに見えた。わたしはスキータの肩甲骨のあいだに手を触れた。その肌は温かく、どこかから走ってきたのかと思うほど、外はかんかん照りだったのかと思うほど、熱かった。わたしが触れてもスキータはぴくりとしただけで、振り返ることもなく、沸き返る水に目を凝らし、木立が弾けて宙を飛び、古い洗濯機がゴーカートのように庭を旋回し、風が地面を引き裂くさまを眺めていた。足もとの板は濡れてスポンジのようにやわらかく、いまにも崩れ落ちそうに思われた。わたしはスキータを両脚ではさみ、背中に寄り添い、脇の下に腕を通して、肩に頭をのせた。

「おれはあいつを見捨てた」

　スキータは何度も目をしばたたいた。

「そんなことない」わたしはスキータの首に向かって告げた。

「ある」熊手が岩を引っかくような声だった。

「わたしたちのことは見捨てなかった」

　スキータが首を振り、頰がわたしの額をかすめた。あごの筋肉がぴくぴくしていた。スキータが震えだすのを感じて、わたしは腕に力をこめ、かつてセックスの相手を抱きしめたように、欲しがるものを拒(こば)むよりは与える方が楽だったので、自分を見られるよりはその方が楽だったので、そうしたように、スキータを強く抱きしめた。自分の腕にあんなに力がこもったのは初めてだった。

　わたしは力いっぱい抱きしめた。全身の力をこめて、ぎゅっと。スキータがばらばらにならないように。けれどもスキータは激しくびくっとして、自分で自分を解体するかのようだった。指を関節ごとにばらし、肋骨を弾き飛ばし、肩を脱臼させて、膝の関節を引き抜こうとするかのようだった。体を揺さぶって自分をなくしてしまおうと、骨と皮と伸びきった筋肉の小山にしてしまおうと、スキータをなくしてしまおうとするかのようだった。

「きっとだいじょうぶ」とわたしは言った。

　ハリケーンが笑った。枝をもがれた一本の木が弾みながら庭を横切り、父さんのトラックにバリバリとぶつかって、けんけんぱを跳んだあとでぎりぎり線の内側に踏みとどまるみたいに停止した。空がずいぶん近くて、手を伸ばせば腕まで埋もれそうだった。

スキータが目を細めて嵐に見入っているので、わたしも何か白いものが見えないか、チャイナが吹えながら必死に泳ぎ、渦を描いて流されていった方に何か見えないか、と目を凝らした。ビニール袋、壊れたドライヤー、古い冷蔵庫。チャイナのように体温のあるもの、闘っているものは、どこにも見当たらなかった。ハリケーンの突風が家の角の板をめくり、トタンがガラガラと飛んでいった。

「散発的になってきたね」わたしは言った。「弱まってきた」下のリビングが見えた。散らかり放題のドールハウス。まわりで木々が抗議し、バキバキと音をたてた。スキータはハミングするように曖昧に答えた。

「チャイナ」と言った。

水没していたトラクターが頭を出し、フードの上部が水中からのぞいた。

「水がタイヤの真ん中まで来たら探しに行く」スキータが言った。

わたしは黙って両手の指を組み合わせた。生身の鎖でスキータを引き止められるとでもいうように。

渦巻く水の上にタイヤの最初の一片が現れると、スキータがぴくりとした。スキータは腕の中の魚の群れだった。突風が吹きつけ、木立がカタカタ鳴った。空で風の渦巻く音がした。口笛がひゅうと下がってひゅうと上がり、一回転するような音。ハリケーンの唸り声は、百万人の父さんが魚のフライと小骨を呑み下すための全粒の白パンとビールを山盛りたいらげたあとで、いっせいに唸って椅子をうしろにずらしたような音がした。タイヤの中央の鉄の部分が見え始めたときには、まるで目が開いたかのようだった。スキータがわたしの腕からするりと抜けた。魚の群れが岩のまわりに一気に散ったかのようだった。

「どこに行くの？」

スキータはすでにわたしのそばを通り過ぎ、ランドールを通り過ぎて、父さんの前にいた。

「スキータ？」ランドールが呼んだ。ジュニアはランドールの泥まみれのシャツに顔をうずめていた。

スキータは、みんなで屋根裏に上ってきた穴のそばにいた。窓ガラスで顔と腿と胸が切れて、血が赤くにじんでいた。わたしは自分の腕に目を向け、ランドールとジュニア、父さんに目を向けた。みんな血がにじんでいた。深く切れていた。

「ぼうず」父さんが呼び止めた。

「あいつを探さなきゃ」スキータは答えた。

「嵐はまだ終わっちゃいない」父さんは横に傾いて膝を持ち上げ、ふたたび下ろして、もっと楽な姿勢を探ろうと、なんとか立ち上がろうと苦心しているように見えたけれど、天井の骨組みが低すぎて、そんなことは誰にもできなかった。

スキータがしゃがんだ姿勢で振り返った。ジャンプしてぴたりと止まる、ウサギのあれだ。スキータはふたたび動物に返っていた。少なくとも本人はそうするつもりだった。

「あいつが待ってるんだ」そう言うなり天井の穴から跳び下りて、下の水を跳ね上げた。

「スキータ！」ランドールがどなった。

壊れた窓と裂けた屋根から外をのぞくと、腰の深さの水の中を庭の方へ進んでいくスキータが見えた。顔を上げ、肩をそらし、腕をもたげ、水をなだめすかすように手を伸ばし、水面から数センチの位置で手のひらを下に向けていた。

「気をつけるんだぞ」父さんがしゃがれた声で言い、わたしは去りゆく嵐の中へ裸同然で歩いていく兄の姿を見守った。スキータはピット池へ向かっていた。まわりでは水が渦を巻き、折れた梢やさまざまな残骸が水中から顔を出して迷路を形作っていた。スキータが立ち止まり、振り返ってわたしたちを見た。わたしは壊れた窓から手を振った。気温が下がりつつあった。スキータがふたたび前を向き、横に伸びた木を迂回して、迷路の胃袋の中に姿を消した。あとに細い水の筋を残して。

水が引いたときには、父さんのピックアップトラックの前半分は潰れたガスタンクに乗り上げていた。うしろは地面についていた。中の水はすっかり流れ出て、窓にべったり泥がこびりついていた。庭はひとつの大きな水たまりと化していて、わたしたちは三月の雨以来の冷たい水の中をくるぶしまで浸かりながら、突風で開け放たれた裏手のドアまで歩いた。網戸はなくなっていた。トラックと同様、家の中は濡れて泥にまみれていた。事前に用意した食料は棚から洗い流されていたので、鶏の卵を探すように探し集め、グリーンピースの銀色の缶を何個か見つけた。トップラーメンも、ソファーの中で密封された状態で見つかった。見つけたものはそれぞれシャツに入れた。わたしの手はスキータをハグしたときについた血で、ピンク色になっていた。リビングの水たまりでそれを洗った。

「ここにとどまるのは無理だな。どこかに避難しないと」ランドールが顔をしかめた。「父さんの手のこともあるし、水だって……」言葉がとぎれた。「何がまぎれこんでるかわかったもんじゃない」

父さんは首を振った。唇が赤ん坊のように弱々しく、どことなくぼうっとして見えた。ピックアップトラックを見つめ、台なしになった家を見つめ、倒木と残骸の下に広がっているはずの庭を見つめた。

「どこへ」と父さんは言ったけれど、答えを求めているわけではなかった。

「ビッグ・ヘンリーのところ」ランドールが言った。

ランドールの背中で、ジュニアはようやく目の覆いを解いていた。酔っ払ったような顔をしていた。

「スキータはどうするの？」わたしは訊いた。

「見つけに来るだろう」と答えてから、ランドールは「父さん？」と言って腕を上げ、首を振って道路を示した。

「ああ」と答えて、父さんは咳払いをした。

「いっしょに直せるさ」とランドールは言った。

父さんは地面に視線を落とし、肩をすぼめた。続いてわたしに目を向けると、クモがささっと横に走るようにその顔を恥辱がよぎり、それから家のむこうの道路に向かって、ゆっくりと、不規則なリズムで、よたよたと歩きだした。腿の裏がざっくり裂けて、ズボンに血が染みていた。

わたしたちは倒れて裂けた木を迂回して道路に出た。みんなはだしで、アスファルトが暖かかった。洪水の手がリビングに押し入る前に靴を探す時間はなかった。嵐は木々を草のように引き抜いて、あたりにまき散らしていた。アスファルトからはがれた小石が足の裏に当たる感触で、そこが道路なのだとわかった。カーブに立っていた樫の木、道路に沿って延びていた松の林、四叉路(よんさろ)に立っていたモクレン、見慣れた木がすべて折れてぼろぼろに砕けていた。溝の中を早瀬のように流れる水の音に導かれ、わたしたちは道の先、ボア・ソバージュの中心部を目指した。

最初に目にしたのはジャヴォンの家だった。屋根板が全部こそぎ落とされ、丸はげになっていた。家の中は暗くて無人なのかと思ったら、誰かが、おそらくジャヴォンが、マニーのように明るい肌の色をした彼が、簡易車庫の残骸とおぼしき木材の山の前でライターの火をつけ、嵐が残していった冷たい空気にひとひらの温もりを添えていた。うちから二番目に近い家、家と家の距離がしだいに近くなるあたりにたどり着いたところで、わたしたちはほかの人々が受けた被害の状況を知った。すべての家がハリケーンに遭遇し、すべての家が何かを失っていた。フランコは両親とともに庭に出て、互いの顔と叩き潰された周囲の光景を眺めて呆然としていた。屋根が半分なくなっていた。クリストフとジョシュアの家は、ポーチと屋根の一部をなくしていた。ムッダおばさんとティルダの家には倒木がめりこんでいた。そして家並みが密になるにつれ、通りには人々があふれ、いずれもはだしで、なかば裸のような格好で、倒木やねじれたトランポリンをよけながらあたりをうろつき、互いに声をかけ合っては首を振り、ひたすらひとつの言葉を繰り返していた。〈生きている生きている生きている

生きている〉。ビッグ・ヘンリーはマルキスといっしょに自宅の前に立っていて、彼の家もまた屋根の一部を失い、庭の木が六本倒れて、緑のゲートのように家のまわりをふさいでいた。

「まさに奇跡だよ」ビッグ・ヘンリーは言った。「みごとにうちを避けてくれた」

「ちょうどおまえらのところへ行こうって話してたんだ」マルキスが言った。

ビッグ・ヘンリーがうなずいて、手に握った鉈（なた）、黒く鋭い刃をひと振りしてみせた。

「道を切り開いて行かなきゃなんないかもと思ってさ」マルキスが言い添えた。

「スキータは？」ビッグ・ヘンリーが尋ねた。

「探してる」ランドールが答え、背中のジュニアをぽんと押し上げた。

「何を？」マルキスが訊いた。

「チャイナが流されたのよ」わたしは答えた。

「流された？」ビッグ・ヘンリーが聞き返し、声の最後が裏声のように高くなった。

「ピット池に流れこんでる小川だよ」ランドールが説明した。「家は完全に水没さ。古い方の家まで泳いでいって、そこの屋根裏で嵐をやり過ごした」

〈溺れるところだったのよ。屋根裏の屋根を破って脱出したのよ。子犬とチャイナを失ったのよ〉。本当はそう言いたかった。

「泊まるところが必要なの」とわたしは言った。

「うちはおれと母親だけだから」ビッグ・ヘンリーが言った。「場所は充分にある。来いよ」ビッグ・ヘンリーは鉈をくるりと回してマルキスにほうり、マルキスは柄をつかもうとして危うく取り落としかけた。

「だいじょうぶですか、クロードさん？」ビッグ・ヘンリーが父さんに訊いた。

父さんの顔、肩、首、鎖骨、腕の先――すべての線が、網に捕まって地面を引きずられているように見えた。

「ああ、ちょっと座らせてもらえると。その、手が」と言って、父さんは言葉を止めた。ビッグ・ヘンリーはうなずいて、あの大きく慎重な手を父さんの背中に当てると、先頭に立って人々のあいだを通り抜け、砕けた木と打ち捨てられた釣糸のように絡まり合う電線のあいだを抜けて、自分の家へ向かった。そして振り返ってわたしを見たそのまなざしがあまりにやわらかく、おずおずとして優しかったので、わたしは自分の物語を最後まで話してしまいたくなった。〈わたし、妊娠してるのよ〉と。でも話さなかった。

だぶだぶのTシャツにサンダルを履いてヘアカーラーを巻いた年配の女たちと、スウェットパンツにタンクトップ姿の若い子たち、自転車に乗った男の子たち、そこここに集まって互いと空を指差す男たちの中に、マニーの姿もあった。白とシルバーのピックアップトラックの荷台に座っていて、トラックは半分道の上に、半分は外に停められ、もげた梢に囲まれていた。人混みのむこうからマニーもこっちを見ていた。離れていたので、瘤のような肩と金色の肌、そして、黒い、真っ黒な目しか見えなかった。脚にも胸にも泥がべったりこびりついていた。彼は片方の腕をちょっとだけ上げて、ぎこちなく手を振った。ランドールがわたしのそばで背中を丸め、父さんとビッグ・ヘンリーの背中をちらりと見やった。

「あいつなのか？」ランドールがささやいた。

わたしはうなずき、地面を見つめた。

「おまえが入れこんでるのは知ってたけど――」ランドールは唾を飲み下した。「あいつが相手にするとは思わなかった」

「わたしは相手にされたかったわけだから」わたしは言った。

「おれがボコってやる」ひゅうと口笛のような音がした。

若い女が人の輪から離れてマニーのそばに座り、マニーの肩に頭をのせた。シャリヤだった。マニーは彼女のそばで身を硬くして座ったまま、依然としてわたしを見つめ、ランドールを見つめて、わたしたちが手を振り返すのを、うなずくのを、なんでもいいから反応を返すのを待っていた。ランドールの肘の内側に手を差し入れると、手の甲にジュニアの脚がこすれた。ジュニアの肌もランドールの肌も温かかった。そんなふうにしてわたしは歩いた。ランドールはわたしの盾、温かい覆い、そして兄だった。

「だいじょうぶ」わたしは言った。「必要ない。自分でやったから」

ランドールはふんと鼻を鳴らしたけれど、ジュニアを下ろすわけではなく、かわりに腕に力をこめてわたしの腕を自分の腰に押さえつけ、わたしを引っぱって歩き続けた。そうやって、わたしたちはビッグ・ヘンリーの家の玄関までいっしょに歩いた。

ビッグ・ヘンリーの母親のバーナディンさんは息子の半分ぐらいの身長で、お尻が大きく、肩が薄くて、ビッグ・ヘンリーの用心深い手つきが誰に似たのかよくわかった。バーナディンさんは暗く蒸し暑い家のソファーに父さんを座らせ、開け放したドアと窓から差しこむ明かりの中で包帯をほどいて中の手をきれいにし、ふたたび包帯を巻き直した。小さな手はハチドリのようにすばしこく軽やかだった。バーナディンさんは缶詰肉のサンドイッチを作ってくれて、兄弟のひとりが小さな発電機を持ってくると、延長コードを介して冷蔵庫と小さな扇風機につなぎ、扇風機をリビングの窓に置いて、父さんの顔に当てた。父さんの顔は歪んで灰色だった。

マルキスはスキータを探しに、犬を連れてうちまでひとっ走りしてくれた。ララは溶けたバターのようにつやつやとして、ハリケーンの痕跡はどこにも見当たらなかった。マルキスが〈ピット〉に着くと、スキータは犬の声を聞きつけて森から出てきたという。残骸の中から濡れて泥にまみれたシャツを拾い出して着ていたものの、足ははだしのままだった、とマルキスは話していた。マルキスがビッグ・ヘンリーの家に連れてこようとしたら、スキータはライターを貸してくれと言い、自分はチャイナの帰りを待つのでうちで野宿する、と答えたらしい。マルキスが反論してもスキータは聞く耳を持たず、しかたがないので置いてきた、とマルキスは言った。わたしたちに報告しながら内頬を噛み、スキータを連れてこられなかったことをうしろめたそうにしていた。「あいつは頑固だから」ランドールが言った。「本人のしたくないことは何ひとつさせられないよ」

その晩、まだ使えるトラックとチェーンを持っている人たちが道路の木を片づけて焚き火をし、濡れた木が煙を上げているころ、わたしたちがビッグ・ヘンリーの家のリビングに薄いすのこを敷いて寝ていると、バーナディンさんがキッチンで息子に話すのが聞こえてきた。「もうひとりいたでしょう？」

「うん」ビッグ・ヘンリーは答えた。「犬を探しているらしい」

「必要なだけいてもらってかまわないからね」バーナディンさんが言った。「少なくとも命は無事だったんだから」

「うん」と答えながら、ビッグ・ヘンリーがわたしたちを見ていることはわかっていた。ジュニアはわたしの脇の下で汗をかき、夢の中でぴくっとして、父さんはソファーで石のようにじっとして、ランドールはうつ伏せになって重ねた腕に顔をうずめ、狭いリビングでほとんど斜めになって眠っていた。二、三の濡れた虫が外で唸るのを聞きながら、スキータはどこにいるのだろうと考えたら、火の前に座るスキータの姿、嵐の残していった寒気が去り、ふたたび蒸し暑くなった夜に向かって首を傾けるスキータの姿が思い浮かんだ。スキータの待つ姿が。

ビッグ・ヘンリーとソリーおじさん、発電機を持ってきた、やせて背の高い、肘から下の全面にぼやけた手製のタトゥーを彫っているあの人が、戸口でしゃべっている。日が照って、嵐のあとに残っていた雲はすっかり焼き尽くされている。日差しが弧を描いてドアから差しこみ、ビッグ・ヘンリーのそばをすり抜けてわたしの顔を焼く。

「あっちは橋が流されてた」

「湿地帯(バイユー)にかかってるあの古いやつ？　ひとつ目？　ふたつ目？」

「三番目の小さいやつ」

「東側の橋は？」

「あっちは無事だ。道路は完全に冠水だがな。いちおう車で行くには行けるらしい」

「どんなようすだった？」

　ソリーおじさんが咳払いをする。唾を吐く。

「ひどいな」もういちど咳払い。「相当ひどい」そう言って、肩をすぼめる。「で、おまえの母親はあのタープをこんどはどこに張れって？」

　ビッグ・ヘンリーは屋根の問題の部分を示すために、おじさんを外へ案内する。はだしの足が、赤ちゃんの足のように白くてやわらかそうだ。

「エシュ」ソファーから聞こえてくる父さんの声は、喉にスチールたわしが引っかかっているような音がする。わたしは目の隅に父さんの顔が映るぐらい、ほんの少しだけ振り返る。犬がいらだっているとき、その犬のことをよく知らないときに、近づくためのこつだ。

　父さんが低いハミングのような声を出す。起き上がって、使えない方の手といい方の手をおなかに重ねる。映らないテレビを見つめる。

「スキータが言ったことは、本当なのか？」

　わたしはカーペットに目を向ける。毛羽立って、栗色で、父さんが座っているソファーの縁の方だけふんわりしている。そこだけ誰にも踏まれたことがないのだろう。わたしはうなずき、頭を二、三センチ、枕にうずめる。

父さんの喉がクッと鳴る。咳払いをして呑み下す。

「押したりして、すまなかった」

猫が鼻とあごを洗うみたいに、父さんがいい方の手で顔をこする。鼻と頬がてかついて、薄暗がりの中で光って見える。わたしはおし黙る。息を吸うたび、吐くたびに、まるで爆発のように感じられる。

「とっさに……ああなった」父さんがかすれた声で言い、止まる。

わたしは急いで目をしばたたく。熱湯が胸に飛び散って、顔までびしょ濡れになったような感覚。

「すまなかった」と父さんが言う。

本当は〈うん〉と答えたい。あるいは〈わかってる〉と。あるいは〈わたしも、ごめんなさい〉と。でも実際には、部屋のネズミが鳴くようにキイと喉が鳴るだけだ。赤ちゃんはどこで眠ることになるのだろう。わたしといっしょにベッドで丸くなって眠るのだろうか。かつて父さんに教えられたように、わたしもジュニアに、哺乳瓶でミルクを飲ませる方法を教えるのだろうか。ジュニアはもうそれができる年齢だ。

「何か月なんだ？」父さんが尋ねる。

「わからない」声が高すぎて別の誰かがしゃべっているようだ。振り向いたら別の誰かがそばにいて、兄弟に挟まれて床に寝そべり、質問に答えていそうな感じ。

「落ち着いたら、ちゃんと診てもらわないとな」

「うん」と答えて父さんの方を向くと、父さんは体をたたむように折り曲げ、あんなに硬そうだった体がだらりとして、ぴんと伸びていた線がぽっきりと折れている。なすすべのない手。赤ちゃんのミルクはジュニアが飲ませてくれるだろう。ベッドに座って両側に枕を置き、腕を支えて。その短いあいだぐらいは、ジュニアもじっとしていられるだろう。

「きちんと備えて」

わたしはうなずく。

「万が一にも間違いのないように」

父さんがいい方の手でポケットをこする。ビニールのカサカサ鳴る音が聞こえる。すると一瞬、ソファーの上、父さんの横に、母さんがいる。ふたりで座ってテレビを見るときによくそうしていたように、父さんの腿に腕をのせ、手のひらで父さんの膝を覆っている。わたしはふと考える。もしかしてこれは幻肢痛なのだろうか。わたしたちがこんなふうに母さんのことを感じるように、父さんはなくした指のことを感じるようになるのだろうか。存在しないのに、するように。けれども父さんがふたたび顔を上げてわたしを見つめ、わたしの左肩のむこうの開いたドアに目を向けて、母さんの姿が消えてしまうと、やっぱり恐ろしく耐えがたい。

女の子だったら、母さんの名前をもらってローズと名づけよう。ローズ・テンプル・バティスト。

「セントキャサリンに行ってみないか?」網戸を通り抜けながらビッグ・ヘンリーが言う。ピンク色の足でうっかりランドールの頭を小突き、うしろに跳びのいた拍子にドア枠がガタガタ鳴る。ランドールが寝ぼけまなこで見上げる。わたしはジュニアの頭に手をのせて、なでる。

「なんだ?」

「ガソリンが手に入ったんだ。車に乗れる。ようすを見に行こうぜ」

ランドールがゆっくりと起き上がる。伸びをして、あくびをしながらしゃべる。

「そっちから戻ったらいちど家に寄って、もう少し食料を探したいな。おまえのところだって余裕はないだろう」

「スキータも誘おうよ」わたしは言い添える。

父さんは首を振っている。短いアフロヘアの片方がつぶれて平らになっている。

「あいつは来やしないよ」父さんは怪我した方の手首をつかみ、皮がむけそうな勢いでこすっている。事故の前、ハリケーンの前には、骨にワイヤーが入っているのかと思うほどしゃきっとして、母さんと並ぶとずいぶん背が高く見えたのに、いまは糸のようにぐにゃりとしている。「何かこれに効くものが欲しいな」

男の子だったら、スキータの名前をもらおう。そしてイエソンにちなみ、〈ジェイソン〉。ジェイソン・アルドン・バティスト。

「何か見繕ってきますよ」ビッグ・ヘンリーが言う。わたしはジュニアを揺り起こす。表に出ると、空は青く、雲ひとつない。

川と湾が出会うことで形成される湿地帯（バイユー）は、どんな夏の一日でもおかしくないほど穏やかで、風によって道路の反対側まで引きずられた水がそのまま残っていることを除けば、ハリケーンがここにいたことを言い当てるのは難しい。水が来るとすれば湿地帯（バイユー）からだとわたしたちは決めつけ、それゆえ自分たちは安全だと思いこんでいたのだけれど、カトリーナの容赦ない力と激しさ、そして長時間に及ぶ滞在は、すべての人々を驚愕させた。カトリーナの引き起こしたことは前代未聞だった。そしていま、ハリケーンのあいだボア・ソバージュの親族のもとに避難していたセントキャサリンの人々が、互いの車のあとに続いて長い列をなし、水に沈んだ湿地帯（バイユー）を横断して、それぞれの家を目指している。ビッグ・ヘンリーも、前の車にぴったり寄せて運転している。道路はそこかしこで姿を消し、わたしたちは水没したアスファルトを縁取る折れた草だけを頼りに、車が水につっこもうとしているのではないこと、父さんのピックアップトラックのように回転しながら沈んでいくわけではないことを確認する。タイヤから水が分かれて魚のひれでかいたようにひらひらと散り、ふたたび閉じて泥水になる。

嵐はいったい湾の底から何をかき起こしたのだろう。そして何をここまで引きずり、泥で濁った生暖かい水の中に残していったのだろう。

「木はどこへ行ったの？」ジュニアが尋ねる。

ボアにはいまも多少の木は残っている。二、三の若木。屈強な樫のうち、背が低く地面に近かったおかげで最悪の風を免れたもの。すべての葉と枝の半分をもぎ取られ、冬の枯れ木のように丸裸にされたとはいえ、多少の木は残っている。けれどもここセントキャサリンではすべての木がなぎ倒され、空があまりに広すぎる。それにボアでは、いまも家は建っている。闘いのあとのスキータとリコのように傷だらけで、わが家のように傾いたりなかば水に浸かったりはしていても、とりあえず建っている。けれどもここは、空があまりに広すぎる。わたしの胸の中で何かがぐるりと回転し、広がって、すとんと落ちる。あとには何も残らない。

セントキャサリンで最初にたどり着いた幹線道路、町の北側に沿って走る、海岸からいちばん離れたところにあるその道路は、すっかり泥に覆われている。そこにあった家はなくなり、あるいはひっくり返り、あるいは土台からもぎ取られて押し流され、隣家にぶつかっている。高校の敷地には水が押し寄せ、小学校はパンケーキのようにぺちゃんこに潰れて、道路のむこうにいまも立つ電柱のあいだには、四輪車がぶら下がっている。いつも十八輪トラックの荷台が停まっていた駐車場は空っぽだ。そのうち八台は通りの反対側に仰向けに転がり、レゴブロックさながらに投げ散らかされて木にぶつかっている。トレーラーパークだったところはドミノが倒れて折り重なったような状態で、ひとつのトレーラーの上に別のトレーラーがのり、さらに別のトレーラーが積み木のようにのっている。そしていたるところに人がいる。なかば溺れたようなありさまで。老いた白人の男と老いた黒人の男が、ぽつりと残った若木の下にタープを張って野宿をしている。ベトナム人一家がトレーラーハウスの牽引に使う鉄の棒にシーツをかぶせてテントにし、覆いの下に板を敷いて床にしている。女たちが駐車場やもぬけの殻のガソリンスタンドをうろついて、残骸の中から何か食べられそうなもの、あとで使えそうなものを物色している。道路標識の消えたかつての交差点に人々が群れて立ち、すべての所持品を詰めこんだビニール袋を足もとに置いて、誰かが拾ってくれるのを待っている。誰も来ない。

「なんだって？」ビッグ・ヘンリーが、誰かに何か訊かれたように口にする。

　海岸に近い方の幹線道路へ行ってみようと脇道を曲がると、角に年配の女の人が座っている。頭にタオルをかぶり、プラスチックと金属でできた椅子は左に傾いている。その人が手を振るので、わたしたちは速度を落とす。

「むこうへは行かれないよ。どこもぜんぜん通れない」

「わかりました」ビッグ・ヘンリーが答える。

「あんたたち、何か食べ物は持ってない？」その人は横の歯が欠けている。肌を見ても白人なのか色白の黒人なのかちょうどわからない色だけれど、年を取っていることだけは間違いない。目と鼻と唇が水に投げこまれた石で、そこから波紋が広がるみたいに、顔のしわが外に向かって広がっている。

「あります」とわたしは答えて、持ってきたトップラーメンを前の席にいるビッグ・ヘンリーにひとつ渡し、それをビッグ・ヘンリーが窓からその女の人に渡す。その人はラーメンをつかみ取ってまじまじと見つめ、笑いだす。その笑顔はほとんど歯茎だ。Tシャツには青とピンクのテディベアが描かれている。シャツの生地は、もとは白だったに違いない。

「なるほど、いいじゃない」彼女はなおも笑う。「いいじゃないの」

　ビッグ・ヘンリーは行けるところまで、といってもほんの三十メートルほど先まで車を進めて止まり、溝に落ちないていどにぎりぎりまで端に寄せて停車する。車の横に泥が跳ねて、レースもようになっている。ジュニアはふたたびランドールの背中によじ登り、ランドールは腕を輪っかにしてジュニアの腿の下で結ぶ。ジュニアの頬がランドールの頬をかすめる。ハリケーンが来てからというもの、ランドールがジュニアを下に置いたところは見たことがない。道路の真ん中に家が居座り、背後に待ち受ける秘密を守ろうとするかのように、わたしたちの方を向いている。その家を迂回して、わたしたちは先へと進む。

路上にあるのはその一軒だけではない。箱のように四角い二階建ての家が土台から投げ出されて回転し、横を向いている。別のある家はよその家、れんがの基礎部にのった木の家にぶつかって、そのままそこに落ち着いている。軽量ブロックの基礎部があちこちで地中から浮き上がり、地上一メートルの高さで止まって、家を奪われ、貧相な姿をさらして、誰かがなんとかしてくれるのを待っている。回転して向きの変わったある家では、野球帽をかぶった女の人が瓦礫の中を物色しながら歩いている。その息子、ジュニアと同じくらいの年の子が、通りに近いところで地面にしゃがみ、口をとがらせて、通り過ぎるわたしたちをじっと見ている。黄色いTシャツを着た男の人が、自宅の基礎のまわりを棒でつついている。わたしたちは小学校だったところ、もとの体育館のそばに差しかかる。ほんの数日前にランドールがそこで試合をし、合宿に参加して大学のスカウターに才能を見せつけるチャンスを、自分を証明するチャンスをふいにし、マニーがわたしの秘密を知って離れていき、スキータがわたしのために闘ったところ。それがいまは無惨に折れた木材と鉄筋の巨大な山と化し、突如として、あの日といまのあいだに巨大な裂け目が生じている。あの日があった世界はいったいどこへ行ってしまったのだろう。わたしは不思議な感覚に捕らわれる。なぜならわたしたちはいまその世界にいない。

「くそだな」ランドールがささやくように言い、ジュニアの脚を握る。ジュニアは小さく鼻声を出すだけで、何も言わない。「全部なくなってやがる」

わたしたちは揃って立ちつくし、目の前の惨状に見入る。やがてわたしが歩きだすと、みんなもその場をあとにするものの、ランドールが歩きだすのはいちばん最後で、そこにあったいまはなき体育館を、何度も何度も振り返る。泥の溜まった道路に電線が巨大なヘビのように長々とまたがっているので、わたしたちはそれを跳び越える。木立がすっかり姿を消し、線路に近づいていることがひと目でわかる。小さいころ、牡蠣の殻の入り江で泳いだときに列車が騒々しく汽笛を鳴らして走っていた、あの線路だ。そして今回、同じ入り江の水が押し寄せて、セントキャサリンの背後にあるボアの町まで呑みこみ、ばらばらにして吐き出した。線路の真ん中に家がのり上げている。黄色い壁、窓は嵐に吹き飛ばされて全開なのに、カーテンは残っている。弱々しく揺れている。家をまわりこんで線路に上がり、線路に沿って東と西を眺めると、ほかにも多くの家が並んでいる。鉄鋼のネックレスを飾る木製のビーズだ。

線路を越えるとビーズは姿を消す。ここには家はひとつもない。あるのは巨大な木材の山だけ。そうした山のいくつかは木材の色がすべて同じで、そのおかげでかろうじて、ここにも、そこにも、家が建っていたのだとわかる。ここには瓦礫の中を物色する人もいない。そもそも何を拾えるというのだろう。泥に埋もれることも海にさらわれることもなかったものが、はたしてここにあるとでも？　残された切り株は無惨で生々しく、木材の山も無惨で生々しく、すべてが真っぷたつに引き裂かれている。さらに海岸に近づいて、目を細めれば砂浜が見える地点まで来ると、樫の木がある。公園に生えていた何本かは、いまも立っている。けれどもそれ以外は地面から引き抜かれ、裸の樹冠を海に向けて横たわっている。残った木も死んでいるようにしか見えない。かつて歯科医院があり、ナマズとハッシュパピーのレストランがあり、動物病院があり、小さなほの暗い本屋があり、何かを壊してしまいそうでとても入る気になれなかったアンティークの店があった狭い通りは、どこも徹底的に破壊されている。嵐のあとに残されているのは、無造作に皿に盛られたパンケーキさながらに、コンクリートの土台に積み重なった板切れだけだ。

わたしたちは道の終わりにたどり着く。ここでは砂浜に沿って延びる道路までもがばらばらにはぎ取られ、あとには牡蠣の殻が埋まった赤い粘土質の崖が残されているにすぎない。ガソリンスタンドも、ヨットクラブも、砂浜に向かって並んでいた白い円柱のある古い屋敷も、かつて海水浴に来たときに、父さんのピックアップトラックにぎゅうぎゅう詰めに乗りこんでガソリンやポテトチップスや釣りの餌を買いにここへ寄るたびに、これでもかというほど自分たちがちっぽけで汚らしく貧しい存在に思えたものだったのに、すべてなくなっている。しかもそれらは、破壊されているとか瓦礫と化しているとかではなく、完全に消えている。ハリケーンが残したものは、コンクリートの土台からほつれ毛のようにぴんと立った数本の鉄骨のみだ。海岸を縁取るハイウェイを横切り、いく筋もの川が流れ落ちていく。そのむこうの砂浜に、ソファーがある。シャツの前をはだけた白髪の男がその肘置きに腰かけ、頭を抱えるか目をこするか髪をなでつけるか泣くかしていて、一匹の犬、オレンジ色の大きな犬が、日差しの照りつける中で男のまわりをくんくん嗅いで急に駆けだしたかと思うと、何かを見つけ、興奮して吠えている。ふたの閉じた黒い棺桶だ。犬がにおいを嗅ぎ、片脚を上げて、用を足す。

「なんにも残ってないな」ビッグ・ヘンリーが言う。

こんな静かなセントキャサリンは初めてだ。あるのは風と、青味がかった灰色の凪いだ海だけ。とてつもなく穏やかで、波が寄せては返すザーッという音さえ聞こえない。ビッグ・ヘンリーの声が運ばれて犬が顔を上げ、わたしたちをじっと見て、ふたたび宝のにおいを嗅ぐ。

「ちょっと来てみな」ランドールが呼ぶ。

ビッグ・ヘンリーとわたしはそちらへ向かう。ランドールの背中でジュニアが上下に弾んでいる。凪いだ水に浮かぶ小船に座っているかのような、穏やかな揺れ。わたしたちは破壊された道路の端におそるおそる立つ。道がさらに崩れはしないかと気が気でない。真っぷたつに折れた樫の木を乗り越え、空のイワシ缶のような虚ろな車を乗り越え、食料品店のネオンサインの残骸を乗り越える。

「こっち」と言ってランドールは脇道に入り、先を歩いて、だだっ広い静かな海から離れていく。

「ここ」

ランドールはかつて銀行だったところ、いまは基礎部の中央にエレベーターほどの巨大な金庫が残っているにすぎないところまで来ると、後方にあるコンクリートの板に跳びのって身を屈め、折れ曲がったコンクリートのあいだを見下ろす。

「見てみな」

「酒屋じゃん」ビッグ・ヘンリーが言う。

「おやじへの土産（みやげ）」ランドールの言葉で全員が膝をつき、歩くと揺れる危なっかしい床版の上でバランスを取りながら下をのぞくと、影の中でワインやウォッカやジンの割れたボトルの破片が赤や紺や紫にきらめいている。わたしはマッドドッグの小瓶、ライムグリーンの割れていないボトルを見つける。ランドールは同じくマッドドッグのオレンジ。ビッグ・ヘンリーはレッドと、ジンの小瓶を見つける。ジュニアに指で示されて、ランドールはウォッカの大瓶も掘り起こす。ビッグ・ヘンリーはマッドドッグのボトルを二本、ショートパンツのポケットに入れ、わたしはジンの小瓶とオレンジのマッドドッグをランドールのズボンに入れ、ランドールはベルト通しに片方の親指を引っかけて、ズボンを引っぱり上げる。ウォッカの大瓶はビッグ・ヘンリーが持つ。わたしはふたたびその場にしゃがんで熱したコンクリートの裂け目をのぞき、何かスキータに持ち帰れるような別の宝がないかと目を凝らす。わたしたちが目にした光景についてスキータに語るときに、何か手がかりになるようなもの。けれどももう、割れた瓶と、つぶれた看板と、折れた木材と、おびただしい量のごみしかない。

ビッグ・ヘンリーが隣にしゃがむ。ランドールは通りの先にある何かをジュニアに指差している。

図書館があったところ。ジュニアも学校の社会見学で行ったことがあるはずだ、たぶん。

「さっきの話、聞こえたんだけど。お父さんと話してたこと」

わたしはスキータになるべくきちんと伝えなければならないし、そのわずかなあいだだけは、スキータも目を閉じ、チャイナのことを忘れて、カトリーナとカトリーナが海岸にもたらした仕打ちをめぐる物語に耳を傾けなければならない。

「父親は誰？」ビッグ・ヘンリーが尋ねる。ビッグ・ヘンリーの目には、マニーのようなまばゆい炎もやけどしそうに冷たい氷も見当たらない。あるのは温もりだけ。空が雲ひとつなく澄みわたって広葉樹の二、三の葉が色づき始める、そんな最高の秋の日の太陽のような温もり。

「父親はいない」とわたしは答え、ガラスの破片を拾う。青と白のマーブルもよう、角がとれて丸くなったもの。それから赤いガラスと、ピンク色のれんがのかけら。その三つをまとめてポケットに忍ばせる。母さんの最後の言葉をスキータが語ってくれたように、わたしもスキータに語って聞かせよう。〈これは酒瓶だったもの〉と。〈そしてこれ、これは窓だったもの。そしてこれは、建物〉。

「それは違うな」ビッグ・ヘンリーが言う。そのあいだも顔は別の方、灰色のメキシコ湾の方を向いている。浅瀬に車が一台ある。日差しを受けて屋根が赤く輝いている。「父親はいるよ、エシュ」ビッグ・ヘンリーが大きなやわらかい手を差し出し、おそらくあの足の裏と同じくらいやわらかいその手を、立ち上がるわたしに貸してくれる。「その子の父親は大勢いる」

頬が張りつめるのを感じながら、わたしは笑みを浮かべる。目が濡れているのがわかる。わたしは塩水を飲み下す。

「忘れんなよ、おれはいつでもいる」ビッグ・ヘンリーが言う。

わたしはポケットの中で手の中の小石を痛いほど握りしめる。ビッグ・ヘンリーに言えたらいいのに。〈水が押し寄せてきたときにも、いてくれたらよかったのに。その大きな手と、大地に根を張る幹のような脚で、そばにいてくれたら〉。破壊された地面を先に歩き、わたしはランドールとジュニアのもとへ向かう。ふたりともわたしたちが近づいてくるのを見ている。

ガラスと小石は糸で結んで、ベッドの上に吊るそう。闇の中で閃光を放ち、カトリーナの物語を語ってくれるように。メキシコ湾に舞い降りて殺戮（さつりく）の限りをつくした母なるカトリーナの物語を。彼女の戦車は黒く巨大な嵐、それを牽くのは竜であった、と古代ギリシアの人々なら語るだろう。彼女はわたしたちの命をぎりぎりまで追いつめた残忍な母だけれど、それでもなおわたしたちを生かし、わたしたちは生まれたばかりのしわくちゃの赤ん坊のように、まだ目の見えない子犬のように、孵化して日差しを求める生まれたてのヘビのように、裸でとほうに暮れている。黒い湾と塩に焼かれた大地を残して、カトリーナは去っていった。生き永らえたわたしたちは這うことを学び、残されたものを拾いあさる。母なるカトリーナを、わたしたちはけっして忘れないだろう。情け容赦のない巨大な手をした次なる母が、ふたたび血を求めてやってくるまで。

スキータはかつて庭だったところ、けれどもいまは枝と木材と廃車とワイヤーとごみの山と化したところに、小さな空き地をこしらえてある。家は泥で塗装したのかと思うほど、泥に覆われて黒々としている。水のせいでいびつに傾いて見える。夜風は涼しく感じられるけれど、実際には、日中の暑さよりましだからにすぎない。バーナディンさんはわたしたち全員に、大きなカップに一杯ずつ、入浴用の水をくれた。入浴といってもその水に布を浸してせっけんをつけ、生暖かい青いタイル貼りのバスルームで、腐った卵のようなにおいがかすかに漂う中で、服を脱いで体を泡立て、カップの水でゆすぐだけにすぎない。それでも天にも昇る心地がした。バーナディンさんは父さんの包帯をほどいて手を洗い、顔を近づけて、〈ちょっと赤いわね〉と言った。父さんはすでに怪しくなったろれつで、〈まあなんとかしますよ〉と答えていた。夕食にはイワシとウインナーソーセージ、缶詰のコーン、それに乾燥ラーメンをクラッカーふうに食べ、赤いソーダとグレープのソーダを飲んだ。ぴりぴりした甘いソーダの最後の一滴を飲み下したあとも、爪についたイワシのオイルの最後の一滴をなめたあとも、まだお腹が空いていた。車で〈ピット〉に戻ると、道路脇の溝のそばに片づけられた倒木に乗り上げるようにして、駐車しなければならなかった。

スキータは斧を見つけたのか、それとも素手で折ったのか、倒れた木に囲まれて座っている。炎はみんなでバーベキューをしたときよりも大きく燃え、頭よりも高く跳ねて、スキータは黒々と照らされ、わたしが昼に見つけたガラスのように輝いている。みずから整えた泥と土の円の中にバケツを逆さにして座り、膝に肘を立ててじっと火を見ている。ショートジーンズにテニスシューズを履いて、そばにはゴムタイヤが置いてあり、その上に、ハリケーンの雲と同じ暗い灰色の鎖が置いてある。チャイナのリードだ。チャイナのものを見つけたのだ。

「食べ物、持ってきたよ」とわたしは言う。スキータはわたしたちが来ることを知っていたかのように、驚くようすもなく顔を上げる。白目の部分がやけに白く、見たこともないほどじっとして動かない。体の内側、中央に、硬い石でも入っているかのようだ。置き去りにされたコンクリートの基礎部のような、硬い石が。

「ありがとう」スキータが言う。「おまえらの靴」スキータが指す方を見ると、それまで気づかなかった別の小山がある。泥まみれの靴の山は、子犬だったころにチャイナが築いた山とそっくり同じだ。

「見つけておいた」

わたしたちは小山をあさる。スキータはソーセージ缶のふたをめくり、クラッカーの袋を開けて、小さなサンドイッチを作って食べ始める。ごくゆっくりと噛む。唇の両端にくずがたまり、舌でなめてきれいにする。

「おまえも来いよ」靴に足をつっこみながらランドールが言う。ジュニアが小さな黒い影となり、ランドールの脇を滑り下りる。わたしはジュニアに靴を投げてやる。ランドールが地面に腰を下ろし、ジュニアがその膝に陣取る。卵のような汗ばんだぼうず頭に、ランドールがあごをのせる。

「場所はいくらでもあるからさ」ビッグ・ヘンリーがシガリロを吸い、細い葉巻の先端が赤く光る。

「おれの部屋で寝ればいい」

「みんな心配してるんだからね」誰も言わないだろうから、わたしが言う。

スキータが食べながら笑みを浮かべ、首を振る。わたしたちが持ってきたクリームソーダ、スキータの好きな味、それを手に取り、ふたを開けて、ひと口飲む。

「おれはどこへも行かないよ」スキータはそう言って次のクラッカーサンドをほおばる。暗がりの中に肉のにおいがぷうんと漂う。クラッカーの方は無臭だ。煙が多くてそこらじゅうに焦げたにおいがするうえに、炎が熱くて耐えられない。スキータの隣に座ったものの、わたしはすぐさまうしろにずれ、すると、いまも倒木にくっついている青い厚みのある葉っぱが背中をくすぐる。「あいつがどこかそのへんにいて、帰ってくるからな」

「おまえはセントキャサリンを見てないから」ランドールが言う。「爆弾でも落とされたようなありさまだ。まるで戦場だよ」

「ボアはセントキャサリンとは違うだろ」スキータが一瞬顔をしかめ、切りつけたような黒い線が眉間に浮かんで、パズルのピースを誤ってはめたように鼻と唇の位置がずれて見える、と思ったら、すぐにまたなめらかになって光沢を放つ。「あいつは泳げるしな」

「また昼に戻ってくればいい」ビッグ・ヘンリーが提案する。

「いや」

「もしチャイナが帰ってきたとしても、たぶんどこへも行かないでしょう」わたしも言ってみる。

「〝もし〟じゃない」とスキータは言って、まるで自分の皮を脱ごうとするように、うなじから額へするりと頭をなでる。いまの自分を脱ぎ捨てて、別の何かになれるとでもいうように。人の姿を脱ぎ捨てて、闇にきらめくピットブルに、チャイナの白と対をなす黒いピットブルに生まれ変わり、残された木立の中に駆けだして小川の流れをたどっていけば、そこにチャイナの姿があり、うろの中で震えるリスに気づいて樫のにおいを嗅いでいるとでも、地上と地下の水のあいだに潜むウサギに気づいて地面のにおいを嗅いでいるとでもいうように。「チャイナは戻る。それが〝いつ〟かの問題だ」

わたしを振り返って顔を上げたスキータは、またしてもじっと固まったきり動かない。じりじりと焼かれて石になった砂。

「あいつはおれのところに帰ってくる」スキータが言う。「まあ見てろ」

それならわたしたちもここで、虫の鳴かないこの奇妙な闇の中で、いっしょに座っていよう。眠くなるまで座っていよう。やがて脚が痛くなるまで、ジュニアがランドールの腕の中で眠りに落ち、力の抜けた首がランドールの肘から転がり落ちるまで、いっしょにここにとどまろう。ランドールはジュニアを見つめ、ビッグ・ヘンリーはわたしを見つめ、わたしはスキータを見つめていよう。けれどスキータは誰のことも見つめない。スキータが見つめるのは闇、壊れた家、泥にまみれた電化製品、そしてまわりに横たわる梢と、根をなくして死にゆく葉っぱ。スキータは薪をくべ、その火で灯台のようにあたりを煌々と照らすだろう。チャイナのしっぽが刻むリズムに、泥を踏みこむ足音に、耳を澄ませるだろう。未来を見つめ、みずから起こした火の輪の中にチャイナが現れるのを見るだろう。ハリケーンに痛めつけられたチャイナは汚れて輝きを失い、スキータの歯の色、白目の色、血に束ねられた骨の色と同じくすんだ色をしているだろうけれど、それでも生きて、生きて、生きた姿で、現れるに違いない。そしてチャイナを目にするとき、スキータの顔は崩れて涙を流し、その涙は水のように、チャイナが去って石になった心を溶かしてくれるだろう。

〈チャイナ〉。チャイナは帰ってくる。そして乳の燃え尽きた体で、背筋を伸ばし、凜として立つだろう。わたしたちが〈ピット〉に起こした光の輪を見下ろし、わたしがずっと見守ってきたことを、闘ってきたことを、知るだろう。高らかに吠え、わたしを姉妹と呼ぶだろう。星に埋めつくされた空に、偉大な待機の沈黙が広がる。

チャイナは知るだろう、わたしが母であることを。

謝辞

この小説のために闘ってくれた編集者のキャシー・ベルデンをはじめ、ブルームズベリー・パブリッシングのすべての人々に感謝を述べたい。最初の一語からこの作品を信じてくれたエージェントのジェニファー・ライオンズにも感謝を述べたい。スタンフォード大学でステグナー・フェローシップの奨学生として過ごした時間のおかげで、この原稿を書き上げ、練り直すことができた。そのことについて、スタンフォード大学の英語科および創作科に心から感謝する。スタンフォード大学ではエリザベス・タレントとトバイアス・ウルフに、読者および指導者として示唆に満ちた助言をいただいた。そしてステグナー・ワークショップの驚異的な作家たち――サラ・フィッシュ、ジャスティン・セント・ジャーメイン、ステファニー・ソイロー、ジム・ギャヴィン、ヴァネッサ・ハッチンソン、アミー・ケラー、ハリエット・クラーク、ウィル・ボースト、ロブ・エール――の励ましとフィードバックなくしては、この小説を仕上げることはできなかっただろう。ほかにも多くの作家から、励ましと友情とフィードバックをいただいた。マイク・マクグリフ、J・M・タイリー、モリー・アントポル、スキップ・ホラック、シモン・タナカ、ジェレミー・チエンバレン、ピーター・ホー・デイヴィス、エリザベス・エイムズ・スタウトに感謝したい。またデリルでは、マーク・デドー、ミラー家の人々、サラ・ハッチャー、ジュリアン・デドー、アルドン・デドー、ジュディ・アン・デドー、ドロシー・スミスをはじめ、いつもわたしに帰る場所を提供し、愛を受け止めてくれた親族一同に感謝する。そして最後にわたしの家族、いつもわたしの心とともにあるジョシュア、姉妹としてともに闘ってくれるネリッサとシャリン、相棒のデショーン、わたしのライオン、カラニ、アーティストとして勇気づけてくれるジェリー、そして日々奇跡を起こし、道なきところに道を開くノリーンに、感謝を述べる。

カテゴリー5のハリケーンを生き延びて

ミシシッピのメキシコ湾岸地域に暮らしていると、ハリケーンにまつわる物語が世代を超えて語り継がれます。わたしの両親にとってハリケーンといえば、一九六九年八月十七日に上陸したカミーユでした。

母はよく、大叔母の家の窓が割れ、木が屋根を突き破ってきたことを話していました。父は、祖母の家が屋根裏まで水に浸り、嵐のさなかにみんなで軒下を泳いで逃れたこと、家が土台から浮き上がり、波に揺れる小船のように揺れたことを話していました。話しながら父は笑っていましたが、その笑みはこわばっていました。

〈列車のような音がした〉。カミーユのことを話すたびに母が繰り返すのを聞きながら、わたしは比喩としては理解できるものの、その音を想像することはできませんでした。

わたしにとってのハリケーンは、カトリーナです。

カトリーナがカテゴリー5になると知ったのは、上陸前夜のことでした。備えは万全のつもりでしたが、母は念のためにと言って、十九歳のときに飲酒運転者の事故に巻きこまれて亡くなったわたしの弟の写真をビニール袋に入れました。そしてさらに、わたしたちの出生証明書をはじめとする大切な書類をすべて取り出し、トランクに詰めました。それから母は、自宅のトレーラーハウスがあるところとは別のなるべく高い場所に車を移動しました。その時点でわたしは理解しておくべきだったのです。今回の嵐は、わたしたちが過去に経験した熱帯暴風雨やカテゴリー1、2、3のハリケーンとは別物だということを。けれどもわかっていませんでした。

わたしが違いを理解したのは、水がベイセントルイス市を覆ってデリルの町に侵入し始めたとき、そして避難先の祖母のれんが造りの家で、リビングルームに水が入ってきたときのことです。祖母の家はそれまでどんな嵐の際にも浸水したことがなかったので、安全だろうと思っていました。

水はあっというまに上がってきました。父のように泳いで避難した話や、屋根裏で一家全員が溺れた話を思うと、恐ろしくて屋根裏に上る気にはなれませんでした。そこでわたしたちは、生き延びるために自分にできることをしました。嵐の只中(ただなか)へ出ていき、胸の高さまである水の中を歩いて、肩にしがみつく子どもたちをおぶって、泳いで、這(は)って、より高い場所を目指したのです。

そして風もありました。

風によって周囲の木々は真っぷたつに折れ、南側の森は壊滅しました。弱い木は地面から根こそぎ引き抜かれて宙に飛ばされ、電線にぶら下がり、屋根にのり上げ、ほかの木につっこみました。

わたしたちはピックアップトラックに分乗し、隣人の庭に停めた車の中で嵐の大半を過ごしました。嵐の風に車ごと激しく揺さぶられ、自分が痙攣(けいれん)しているかのようでした。死ぬかもしれない、と思いました。風に煽(あお)られ車が横転して、あるいは木がこちらに飛んできて、箒(ほうき)で掃くように飛ばされてしまうのではないかと。

果てしのない時間が過ぎ、迫り来る褐色の渦の中に車が沈みかけ、やがて水が引いていくさまを延々と眺め続けたのち、ようやくわたしたちはボートに救出され、避難場所を提供してくれる隣人の家に移動することができました。

母は床に横たわり、わたしの妹の膝に頭を休めました。わたしはポーチに座り、はだしで震えていました。空はオレンジ色に染まり、風は戦闘機の音がしました。母が話していたのはこういうことだったのだ、と思いました。そしてそのハリケーンが、カミーユと同様、いかに世界を破壊し、木を、水を、家を、人を、破壊したかを理解しました。

言葉の比喩としてさえ想像し難い状況の中に、わたしたちは置かれていたのです。

ジェスミン・ウォード

ナショナル・パブリック・ラジオ「オール・シングス・コンシダード」より

二〇一一年十一月十七日

ジェスミン・ウォードとの質疑応答

質問：なぜハリケーン・カトリーナについて書こうと思ったのですか？

答え：わたし自身がカトリーナを生き延びたからです。とても恐ろしい経験だったので、書かずにはいられませんでした。また、自宅に留まって被災した人やハリケーン後に沿岸地域に戻った被災者を非難する向きに対し、怒りを感じていたというのもあります。そしてカトリーナの記憶が人々の意識から薄れてしまったことについても、不満を感じていました。

質問：過去の作品でも、今回も、エピグラフにおいて南部出身のラッパーと聖書の言葉を引用しています。ともに南部的な伝統であるとはいえ、ずいぶん性質を異にするように思われますが、作品にどのような含意を与えていますか？

答え：聖書の物語は気温や湿度と同じくらい、南部の精神にとって切り離すことのできない一部です。エピグラフはそのような歴史に言及しています。またヒップホップはわたしたちの世代のブルーズであり、わたしの描く人物たちにとって重要な意味をもちます。ヒップホップは彼らにとって、世界を理解するための言語なのです。

質問：エピグラフには詩人のグロリア・フエルテスからの引用もあります。詩はあなたにとってどのような重要性をもちますか？

答え：わたしは詩人になろうとしてなれなかった書き手です。わたしにとって詩を読むことは、世界を異なる目で見ることにつながります。そのためわたしは現在のアメリカ小説の流れに反し、文章の中に比喩的な表現を取りこもうと努めています。秩序と行為に基づき生き生きと書ける作家はすばらしいと思いますが、わたし自身は異なる方法を探っています。的確な言葉さえ得られれば、言葉によって読者を催眠術にかけることができると感じられる場面は多々あります。

質問：南部出身の作家として、必然的にフォークナーと比較されることになると思いますが、彼の遺産に対してはどのような意見をお持ちですか？

答え：初めて『死の床に横たわりて』を読んだときには、圧倒されるあまり書くことを放棄したくなりました。「彼がすでにやってしまった。しかも完璧に。いまさらわたしが何をするというのだろう」と思ったのです。けれども黒人の描写に関しては足りない部分もあること――人物設定に想像力が欠けていること、人間的な感情の発露が不十分であること、ページ上で完全に生命を得ているとは言い難いこと――を思い、やはり書こうと考え直しました。

質問：『骨を引き上げろ』という題名はどのように思いついたのですか？

答え：「サルヴェージ（salvage）」［引き上げる、救い出す、救助する］という言葉は、「サヴェージ（savage）」［野生、野蛮、獰猛（どうもう）、冷酷］という言葉に音がよく似ています。わたしの生まれ育ったところでは、サヴェージであることは若者にとって名誉と見なされます。サヴェージとはすなわち、地獄を見ようが、洪水やカトリーナが襲ってこようが、石油が流出しようが、飢えと熱気に苦しめられようが、自分は強く、荒々しく、希望を持ち続けるのだ、ということを意味します。ハリケーンのあとで海岸に立ち、アスファルトがはぎ取られ、ガソリンスタンドも家屋も商店も姿を消し、樫（かし）の木が根こそぎ倒され、文明の恩恵も——電気も、ガスも、水道も、政府のセーフティネットも——いっさいなく、あるのは自分の手と、脚と、頭と、闘う意志だけとなれば、自分にできることをするしかありません。すなわち生き延びること、サヴェージであること、です。「骨」という言葉には、バティスト家や同様の境遇にあった人々が悲劇のあとでどのような状況に置かれたかを読者に思い起こしてほしい、という意味合いがこめられています。

質問：ギリシア神話の登場人物であるメディアは魔法の力をもち、新しい妻を娶（めと）った夫を罰してわが子を殺した女性ですが、主人公のエシュは彼女に強く引きつけられます。メディアは作中にどのような形で表れていますか？

答え：メディアの要素を最も直接的に見ることができるのは、チャイナです。チャイナは残酷で、魔法めいたところがあり、忠実です。また、自然を操り世界を破壊するメディアの力は嵐とも密接に関連し、その点において、ハリケーン・カトリーナの中にもメディアの要素を見ることができます。そしてメディアの弱さと心の優しさを理解し、呼応するという意味において、メディアはエシュの中にも存在します。

アメリカでは、白人作家の作品には普遍性が認められ、古典作品を参照する権利が認められる一方で、黒人でありなおかつ女性である作家の作品は、〝その他〟というゲットーに押しこめられてしまいます。わたしはそのことに激しい怒りを覚えます。西洋文学の遺産を受け継ぐひとりとして、本作ではエシュを古典作品およびメディアという普遍的なアンチヒーローになぞらえることにより、わたし自身も作家としての権利を主張したいと考えました。わたしの書く物語はわたしの属するコミュニティに固有の物語ですが、それはディテールが固有という意味であり、生き延びた者の物語、サヴェージの物語、というより大きな意味においては、本質的に、普遍的な人間の物語なのです。

質問：今日十代の母親をめぐっては、眉をひそめる一方でリアリティ・ショーのスターとしてもてはやす、というういびつな現象が見られます。

答え：まさにいびつな現象です。リアリティ・ショーにおける彼女たちの人気は、視聴者の道徳観と嫌悪感を想定した上に成り立っています。彼女たちが見世物であることに変わりはありません。『十六歳と妊娠（*16 and Pregnant*）』や『ティーン・ママ（*Teen Mom*）』に登場する中に黒人がほとんど見られないのは、興味深い現象です。黒人の十代の母親という人物像がわたしたちの社会意識に依然として大きな影を落としているため、そのことを人種や社会階層的なステレオタイプと絡めて語りたくないのでしょう。なぜならそのようなステレオタイプは今日なお、一部の人々にひじょうに便利に利用される恐れがあるからです。

質問：闘犬についても、とくにマイケル・ヴィックの闘犬賭博が取り沙汰されてからは、ひじょうに問題視されるようになりました。作品ではスキータとチャイナの驚くべき関係性が中心テーマのひとつに据えられていますが、チャイナについてはどのように着想を得ましたか？

答え：わたしが子どものころに父がピットブルを飼っていて、ときどき闘わせていました。わたしの地元では弟をはじめ多くの男性がピットブルを飼い、けっしてお金のためではなく、名誉のために闘わせることがありました。父のピットブルを家族はとてもかわいがり、ときどきわたしのおもりをまかせるほどでした。六歳のときにひとりぼっちで未舗装の私道に座りこんで泣いていたわたしを、その犬がなめてくれたことを覚えています。その一方で、闘犬で闘うときには信じられないほど獰猛だったことも覚えています。弟が飼っていたピットブルは、弟亡きあと、わたしたち家族にとって弟の生きた形見になりました。

質問：あなたの作品は政治的だと思いますか？

答え：『骨を引き上げろ』の最初の下書きを終えた時点で、むしろ政治性が不足していると感じました。自分の書こうとするコミュニティの現実に対し、もっと正直になるべきだと思いました。二〇〇〇年の秋に弟を亡くしてから続く四年のあいだに、わたしの属するコミュニティでは黒人の若者が四人亡くなっています。原因は自殺、薬物の過剰摂取、殺人、そして弟と同じく交通事故です。わたしと家族は二〇〇五年のハリケーン・カトリーナを生き延びました。浸水した祖母の家を逃れ、ある白人一家に避難場所の提供を拒まれて、カテゴリー5のハリケーンを、屋外に停めたピックアップトラックの中で過ごしたのです。町全体が破壊され、人々が水を求めて闘い、生き延びるための足しになるものを求めて棺をこじ開けるさまを目にしました。自身の生まれ故郷について書くという責任を引き受けるからには、容赦のない語りが必要だと悟りました。登場人物を大切に思うあまり、情けをかけて手加減するわけにはいきません。人生はわたしたちに手加減などしてくれないのですから。

（初出：「パリ・レビュー」二〇一一年八月三十日）

訳者あとがき

二〇〇五年にアメリカ南部沿岸地域を襲ったハリケーン・カトリーナについては日本でも繰り返し報道されたので、ニュース映像を記憶されている方も多いのではないだろうか。『骨を引き上げろ』は、そこに映し出されていた人々の生身の物語だ。終盤で実況される嵐の猛威、翌日に明らかになる被害の実態、この世の終わりかと見まがう荒涼たる風景は、安全な場所にいるはずのわたしたちをもすくませる。生々しい身体感覚を通じて読者をその場に引きずりこまずにおかない語りの力は、秒速七十八メートルの暴風雨を屋外に停めた車の中で耐えたという作者の実体験によるところも大きいに違いない。

本作はハリケーン・カトリーナを生き延びたバティスト家の人々の物語だが、実際には、彼らはハリケーンが地域を襲うはるか以前から生き延びるために闘っていた。草むらに隠された卵を拾い、リスを仕留め、必要とあらばほかから盗む暮らしは、見方によっては狩猟生活のようでもある。附録解説にもあるように、ウォードはボア・ソバージュを舞台とする小説を三つ書いているが、その中で、本作は群を抜いて獰猛（どうもう）な野生のエネルギーに満ちている。妻に先立たれた父クロードは四人の子どもを抱えて孤軍奮闘しているし、長兄のランドールはバスケットボールを通じて将来を切り開こうと日々練習に励んでいる。次男のスキータは闘犬を通じて、文字通り闘っている。

スキータはなんとも不思議な存在だ。愛犬のチャイナがどことなく神がかった威厳をまとっているのに対し、スキータは人間離れした野生の雰囲気を漂わせている。繰り返し引用されるギリシア神話の効果と相まって、両者は森に暮らす獣神のイメージを喚起する。スパニッシュモスの絡(から)まり合う暗い森は、つねに異空間への入口だ。そこで繰り広げられる奔放な愛の営みは、たとえば『真夏の夜の夢』のような、人間と妖精たちが戯れる異界を彷彿とさせないだろうか。また、人目を避けて森の奥でおこなわれる犬と男たちの闘いは、勇者らが命を賭して武勇を競ったといわれる古代オリンピックの光景を想起させないだろうか。ミシシッピ南部で海と森に親しみ育った作者にとって、広大なメキシコ湾を地中海に、湿地帯(バイユー)の森をアテネの森になぞらえるのは、もしかするとごく自然なことなのかもしれない。

　その一方で、細やかな観察にもとづく日常のディテールも、読む喜びに溢れている。南国の田舎で育ったわたしには、ひとつひとつの情景やエピソードが奇妙なほど懐かしく、不思議な既視感を拭えない。うだるような暑さ、庭を徘徊する鶏たち、毎年やってくる嵐とオレンジ色の空。あるいは子どものころに噛んでみたゴムの味、生で食べるインスタントラーメン、Tシャツの裾をポケットがわりに利用する便利な小技。一台の車にぎゅうぎゅう詰めに乗りこんで出かけるドライブ。それらの情景を、はたして何十年ぶりに思い出したことだろう。ウォードは記憶と観察の天才に違いない。だがそこでふと気づくのが、わたしにとって一九七〇年代の古き良き思い出であるものが、バティスト家の人々にとっては二十一世紀アメリカの現在であるという事実だ。

　数十年に及ぶ時間の差が意味するものは何なのか。エシュの目を通して注意深く観察すると、彼らの苦境の根底にある社会的状況が見えてくる。たとえば父のクロードは、酒は飲むが、けっして怠惰ではない。むしろ朝から晩まで忙しく動き回っている。必要な収入が得られないのは、おそらく地域に仕事がないからだろう。スキータは片道三キロを歩いて草刈りのアルバイトに通うが、その取り決めが教会の温情による特例的な措置であることを、エシュの言葉はほのめかしている。ランドールはバスケットボールを通じて進学のチャンスをつかもうと必死だが、合宿費を捻出できない生徒が、同じチームに少なくとももうひとりいる。

物語の一貫した話者であるエシュは、読書家で成績がいいにもかかわらず、進学という選択肢があるようには見受けられない。求められるままにセックスに応じてしまう自尊心の低さについて、作者のウォードは地域に根強く残る男性優位主義の影響を指摘している。揺るぎない家族愛はあるのだが、エシュと亡き母が一段低い地位に置かれている（いた）状況は、そこかしこから読み取れる。またウォードは回顧録『私たちが刈り取った男たち』（未邦訳）の中で、自身の妹も十代で未婚の母になったことや、顔見知りの少年に体を触られたときに自分も声をあげられなかったことを明かしている。作家として輝かしい成功を収めたウォードにとっても、エシュは〝もしかしたらそうなっていたかもしれない自分〟であるに違いない。さらに、作品の随所に垣間見える黒人と白人のコミュニティの分断も、不穏な現実を映している。

『骨を引き上げろ』はさまざまな物語を内包した重層的な作品だが、エシュに注目するならば、妊娠に気づいて怯えていた彼女が現実と向き合い、ハリケーンというカタストロフィを生き延びて母になることを決意するまでの物語、と捉えることも可能だろう。破壊された自宅の庭で兄弟とともに焚き火を囲み、泥の中から回収した靴を履いてチャイナに思いを馳せるエシュには、すでにチャイナに通じる凛とした風格が備わっているように思う。本作から六年後に書かれた『歌え、葬られぬ者たちよ、歌え』にも、その後のエシュ（エシェル）とスキータが一瞬だけ登場するので、ぜひ再会を楽しんでいただきたい。

最後になるが、『ギリシア神話』に関しては山室静・田代彩子両氏の共訳による偕成社版を、エピグラフの旧約聖書抜粋に関しては日本聖書協会の口語訳版を参照させていただいた。エシュがわが子の名前にと考えたジェイソン・アルドン・バティストの〝ジェイソン〟は、イエソンの英語読みである。

今回もすばらしい解説により深い理解を授けてくださった青木耕平氏と、迷いがちな訳者を的確なご指摘により導いてくださった作品社の青木誠也氏に、心より感謝申しあげます。ありがとうございました。

二〇二一年七月

石川由美子

【著者・訳者略歴】

ジェスミン・ウォード（Jesmyn Ward）

ミシガン大学ファインアーツ修士課程修了。マッカーサー天才賞、ステグナー・フェローシップ、ジョン・アンド・レネイ・グリシャム・ライターズ・レジデンシー、ストラウス・リヴィング・プライズ、の各奨学金を獲得。本書『骨を引き上げろ（*Salvage the Bones*）』（2011年）と『歌え、葬られぬ者たちよ、歌え（*Sing, Unburied, Sing*）』（2017年）の全米図書賞受賞により、同賞を2度にわたり受賞した初の女性作家となる。そのほかの著書に小説『線が血を流すところ（*Where the Line Bleeds*）』および自伝『わたしたちが刈り取った男たち（*Men We Reaped*）』などが、編書にアンソロジー『今度は火だ（*The Fire This Time*）』がある。『わたしたちが刈り取った男たち（Men We Reaped）』は全米書評家連盟賞の最終候補に選ばれたほか、シカゴ・トリビューン・ハートランド賞および公正な社会のためのメディア賞を受賞。現在はルイジアナ州テュレーン大学創作科にて教鞭を執る。ミシシッピ州在住。

石川由美子（いしかわ・ゆみこ）

琉球大学文学科英文学専攻課程修了。通信会社に入社後、フェロー・アカデミーにて翻訳を学び、フリーランス翻訳者として独立。ロマンス小説をはじめ、「ヴォーグニッポン」、「ナショナルジオグラフィック」、学術論文、実務文書など、多方面の翻訳を手掛ける。訳書に、『歌え、葬られぬ者たちよ、歌え』（作品社）など。

骨を引き上げろ

2021年9月10日初版第1刷印刷
2021年9月15日初版第1刷発行

著　者　ジェスミン・ウォード
訳　者　石川由美子

発行者　和田肇
発行所　株式会社作品社
〒102-0072　東京都千代田区飯田橋2-7-4
TEL.03-3262-9753　FAX.03-3262-9757
https://www.sakuhinsha.com
振替口座00160-3-27183

装　幀　水崎真奈美（BOTANICA）
本文組版　前田奈々
編集担当　青木誠也
印刷・製本　シナノ印刷株式会社

ISBN978-4-86182-865-2 C0097

【作品社の本】

ヴェネツィアの出版人

ハビエル・アスペイティア著　八重樫克彦、八重樫由貴子訳

“最初の出版人”の全貌を描く、ビブリオフィリア必読の長篇小説！

グーテンベルクによる活版印刷発明後のルネサンス期、イタリック体を創出し、持ち運び可能な小型の書籍を開発し、初めて書籍にノンブルを付与した改革者。さらに自ら選定したギリシャ文学の古典を刊行して印刷文化を牽引した出版人、アルド・マヌツィオの生涯。　ISBN978-4-86182-700-6

悪しき愛の書 **フェルナンド・イワサキ著　八重樫克彦、八重樫由貴子訳**

9歳での初恋から23歳での命がけの恋まで――彼の人生を通り過ぎて行った、10人の乙女たち。バルガス・リョサが高く評価する“ペルーの鬼才”による、振られ男の悲喜劇。ダンテ、セルバンテス、スタンダール、プルースト、ボルヘス、トルストイ、パステルナーク、ナボコフなどの名作を巧みに取り込んだ、日系小説家によるユーモア満載の傑作長篇！　ISBN978-4-86182-632-0

誕生日 **カルロス・フエンテス著　八重樫克彦、八重樫由貴子訳**

過去でありながら、未来でもある混沌の現在＝螺旋状の時間。家であり、町であり、一つの世界である場所＝流転する空間。自分自身であり、同時に他の誰もである存在＝互換しうる私。目眩めく迷宮の小説！『アウラ』をも凌駕する、メキシコの文豪による神妙の傑作。　ISBN978-4-86182-403-6

悪い娘(こ)の悪戯(いたずら) **マリオ・バルガス＝リョサ著　八重樫克彦、八重樫由貴子訳**

50年代ペルー、60年代パリ、70年代ロンドン、80年代マドリッド、そして東京……。世界各地の大都市を舞台に、ひとりの男がひとりの女に捧げた、40年に及ぶ濃密かつ凄絶な愛の軌跡。ノーベル文学賞受賞作家が描き出す、あまりにも壮大な恋愛小説。　ISBN978-4-86182-361-9

外の世界 **ホルヘ・フランコ著　田村さと子訳**

〈城〉と呼ばれる自宅の近くで誘拐された大富豪ドン・ディエゴ。身代金を奪うために奔走する犯人グループのリーダー、エル・モノ。彼はかつて、“外の世界”から隔離されたドン・ディエゴの可憐な一人娘イソルダに想いを寄せていた。そして若き日のドン・ディエゴと、やがてその妻となるディータとのベルリンでの恋。いくつもの時間軸の物語を巧みに輻輳させ、プリズムのように描き出す、コロンビアの名手による傑作長篇小説！　アルファグアラ賞受賞作。　ISBN978-4-86182-678-8

密告者 **フアン・ガブリエル・バスケス著　服部綾乃、石川隆介訳**

「あの時代、私たちは誰もが恐ろしい力を持っていた――」名士である実父による著書への激越な批判、その父の病と交通事故での死、愛人の告発、昔馴染みの女性の証言、そして彼が密告した家族の生き残りとの時を越えた対話……。父親の隠された真の姿への探求の果てに、第二次大戦下の歴史の闇が浮かび上がる。マリオ・バルガス＝リョサが激賞するコロンビアの気鋭による、あまりにも壮大な大長篇小説！

ISBN978-4-86182-643-6

【作品社の本】

戦下の淡き光　マイケル・オンダーチェ著　田栗美奈子訳

1945年、うちの両親は、犯罪者かもしれない男ふたりの手に僕らをゆだねて姿を消した——。母の秘密を追い、政府機関の任務に就くナサニエル。母たちはどこで何をしていたのか。周囲を取り巻く謎の人物と不穏な空気の陰に何があったのか。人生を賭して、彼は探る。あまりにもスリリングであまりにも美しい長編小説。

ISBN978-4-86182-770-9

名もなき人たちのテーブル　マイケル・オンダーチェ著　田栗美奈子訳

わたしたちみんな、おとなになるまえに、おとなになったの——11歳の少年の、故国からイギリスへの3週間の船旅。それは彼らの人生を、大きく変えるものだった。仲間たちや個性豊かな同船客との交わり、従姉への淡い恋心、そして波瀾に満ちた航海の終わりを不穏に彩る謎の事件。映画『イングリッシュ・ペイシェント』原作作家が描き出す、せつなくも美しい冒険譚。

ISBN978-4-86182-449-4

ヤングスキンズ　コリン・バレット著　田栗美奈子・下林悠治訳

経済が崩壊し、人心が鬱屈したアイルランドの地方都市に暮らす無軌道な若者たちを、繊細かつ暴力的な筆致で描きだす、ニューウェイブ文学の傑作。世界が注目する新星のデビュー作！　ガーディアン・ファーストブック賞、ルーニー賞、フランク・オコナー国際短編賞受賞！

ISBN978-4-86182-647-4

孤児列車　クリスティナ・ベイカー・クライン著　田栗美奈子訳

91歳の老婦人が、17歳の不良少女に語った、あまりにも数奇な人生の物語。火事による一家の死、孤児としての過酷な少女時代、ようやく見つけた自分の居場所、長いあいだ想いつづけた相手との奇跡的な再会、そしてその結末……。すべてを知ったとき、少女モリーが老婦人ヴィヴィアンのために取った行動とは——。感動の輪が世界中に広がりつづけている、全米100万部突破の大ベストセラー小説！

ISBN978-4-86182-520-0

分解する　リディア・デイヴィス著　岸本佐知子訳

リディア・デイヴィスの記念すべき処女作品集！　「アメリカ文学の静かな巨人」のユニークな小説世界はここから始まった。

ISBN978-4-86182-582-8

ラスト・タイクーン　F・スコット・フィッツジェラルド著　上岡伸雄編訳

ハリウッドで書かれたあまりにも早い遺作、著者の遺稿を再現した版からの初邦訳。映画界を舞台にした、初訳三作を含む短編四作品、西海岸から妻や娘、仲間たちに送った書簡二十四通を併録。最晩年のフィッツジェラルドを知る最良の一冊、日本オリジナル編集！

ISBN978-4-86182-827-0

美しく呪われた人たち　F・スコット・フィッツジェラルド著　上岡伸雄訳

デビュー作『楽園のこちら側』と永遠の名作『グレート・ギャツビー』の間に書かれた長編第二作。刹那的に生きる「失われた世代」の若者たちを絢爛たる文体で描き、栄光のさなかにありながら自らの転落を予期したかのような恐るべき傑作、本邦初訳！

ISBN978-4-86182-737-2

【作品社の本】

ユドルフォ城の怪奇（全二巻）

アン・ラドクリフ著　三馬志伸訳

刊行から二二七年を経て、今なお世界中で読み継がれるゴシック小説の源流。イギリス文学史上に不朽の名作として屹立する異形の超大作、待望の本邦初訳！

ISBN978-4-86182-858-4（上）／978-4-86182-859-1（下）

ヴィクトリア朝怪異譚

ウィルキー・コリンズ、ジョージ・エリオット、メアリ・エリザベス・ブラッドン、マーガレット・オリファント著　三馬志伸編訳

イタリアで客死した叔父の亡骸を捜す青年、予知能力と読心能力を持つ男の生涯、先々代の当主の亡霊に死を予告された男、養女への遺言状を隠したまま落命した老貴婦人の苦悩。日本への紹介が少なく、読み応えのある中篇幽霊物語四作品を精選して集成！

ISBN978-4-86182-711-2

ゴーストタウン　**ロバート・クーヴァー著　上岡伸雄、馬籠清子訳**

辺境の町に流れ着き、保安官となったカウボーイ。酒場の女性歌手に知らぬうちに求婚するが、町の荒くれ者たちをいつの間にやら敵に回して、命からがら町を出たものの――。書き割りのような西部劇の神話的世界を目まぐるしく飛び回り、力ずくで解体してその裏面を暴き出す、ポストモダン文学の巨人による空前絶後のパロディ！

ISBN978-4-86182-623-8

ようこそ、映画館へ　**ロバート・クーヴァー著　越川芳明訳**

西部劇、ミュージカル、チャップリン喜劇、『カサブランカ』、フィルム・ノワール、カートゥーン……。あらゆるジャンル映画を俎上に載せ、解体し、魅惑的に再構築する！　ポストモダン文学の巨人がラブレー顔負けの過激なブラックユーモアでおくる、映画館での一夜の連続上映と、ひとりの映写技師、そして観客の少女の奇妙な体験！

ISBN978-4-86182-587-3

ノワール　**ロバート・クーヴァー著　上岡伸雄訳**

“夜を連れて”現われたベール姿の魔性の女「未亡人」とは何者か!?
彼女に調査を依頼された街の大立者「ミスター・ビッグ」の正体は!?
そして「君」と名指される探偵フィリップ・M・ノワールの運命やいかに!?
ポストモダン文学の巨人による、フィルム・ノワール／ハードボイルド探偵小説の、アイロニカルで周到なパロディ！

ISBN978-4-86182-499-9

老ピノッキオ、ヴェネツィアに帰る

ロバート・クーヴァー著　斎藤兆史、上岡伸雄訳

晴れて人間となり、学問を修めて老境を迎えたピノッキオが、故郷ヴェネツィアでまたしても巻き起こす大騒動！　原作のオールスター・キャストでポストモダン文学の巨人が放つ、諧謔と知的刺激に満ち満ちた傑作長篇パロディ小説！

ISBN978-4-86182-399-2

【作品社の本】

歌え、葬られぬ者たちよ、歌え

ジェスミン・ウォード著　石川由美子訳　青木耕平附録解説

全米図書賞受賞作！　アメリカ南部で困難を生き抜く家族の絆の物語であり、臓腑に響く力強いロードノヴェルでありながら、生者ならぬものが跳梁するマジックリアリズム的手法がちりばめられた、壮大で美しく澄みわたる叙事詩。現代アメリカ文学を代表する、傑作長篇小説。　ISBN978-4-86182-803-4

アウグストゥス　**ジョン・ウィリアムズ著　布施由紀子訳**

養父カエサルを継いで地中海世界を統一し、ローマ帝国初代皇帝となった男。世界史に名を刻む英傑ではなく、苦悩するひとりの人間としてのその生涯と、彼を取り巻いた人々の姿を稠密に描く歴史長篇。『ストーナー』で世界中に静かな熱狂を巻き起こした著者の遺作にして、全米図書賞受賞の最高傑作。

ISBN978-4-86182-820-1

ストーナー　**ジョン・ウィリアムズ著　東江一紀訳**

これはただ、ひとりの男が大学に進んで教師になる物語にすぎない。しかし、これほど魅力にあふれた作品は誰も読んだことがないだろう。――トム・ハンクス

半世紀前に刊行された小説が、いま、世界中に静かな熱狂を巻き起こしている。名翻訳家が命を賭して最期に訳した、“完璧に美しい小説”第一回日本翻訳大賞「読者賞」受賞　ISBN978-4-86182-500-2

ブッチャーズ・クロッシング　**ジョン・ウィリアムズ著　布施由紀子訳**

『ストーナー』で世界中に静かな熱狂を巻き起こした著者が描く、十九世紀後半アメリカ西部の大自然。バッファロー狩りに挑んだ四人の男は、峻厳な冬山に帰路を閉ざされる。彼らを待つのは生か、死か。人間への透徹した眼差しと精妙な描写が肺腑を衝く、巻措く能わざる傑作長篇小説。

ISBN978-4-86182-685-6

黄泉（よみ）の河にて　**ピーター・マシーセン著　東江一紀訳**

「マシーセンの十の面が光る、十の周密な短編」――青山南氏推薦！　「われらが最高の書き手による名人芸の逸品」――ドン・デリーロ氏激賞！　半世紀余にわたりアメリカ文学を牽引した作家／ナチュラリストによる、唯一の自選ベスト作品集。　ISBN978-4-86182-491-3

ねみみにみみず　**東江一紀著　越前敏弥編**

翻訳家の日常、翻訳の裏側。迫りくる締切地獄で七転八倒しながらも、言葉とパチンコと競馬に真摯に向き合い、200冊を超える訳書を生んだ翻訳の巨人。知られざる生態と翻訳哲学が明かされる、おもしろうてやがていとしきエッセイ集。　ISBN978-4-86182-697-9

夢と幽霊の書

アンドルー・ラング著　ないとうふみこ訳　吉田篤弘巻末エッセイ

ルイス・キャロル、コナン・ドイルらが所属した心霊現象研究協会の会長による幽霊譚の古典、ロンドン留学中の夏目漱石が愛読し短篇「琴のそら音」の着想を得た名著、120年の時を越えて、待望の本邦初訳！

ISBN978-4-86182-650-4